Branding

Jackie van Laren bij Boekerij:

De *Q*-serie:
Zin
Lief
Ziel

Vallen
Opstaan

De *Eilandliefde*-serie:
Duingras
Stormwind
Springvloed
Tegenstroom
Hoogtij
Branding

De meisjesmagneet
Thuiskomen
Twee prinsen

De *Onder de bomen*-serie:
Lentegroen
Zomerloof
Herfstrood
Winterzon

E-only:
Alle verhalen (tot nu toe)

boekerij.nl

Jackie van Laren

Branding

Deel 6 in de *Eilandliefde*-serie

BOEKERIJ

ISBN 978-90-225-9534-3
ISBN 978-94-023-1928-6 (e-book)
ISBN 978-90-528-6513-3 (audio)
NUR 301

Omslagontwerp: Johannes Wiebel | Punchdesign, München
Omslagbeeld: © Shutterstock.com en stock.adobe.com
Zetwerk: CeevanWee, Amsterdam

Deze uitgave kwam tot stand door bemiddeling van Marianne Schönbach Literary Agency bv

Voor de enige echte Alexandra

Wat er voorafging

Tjerk Boomsma is een echte eilander. Toch heeft hij niet zijn hele leven op het eiland gewoond: daar was hij in zijn jonge jaren te avontuurlijk voor. Hij is het leger in gegaan, heeft met vlag en wimpel de commandotraining afgerond en is vervolgens zo'n beetje over de hele wereld wel uitgezonden geweest, op missies die niet alleen gevaarlijk, maar vaak ook zeer geheim waren. Dat vond hij prima; hij was een harde en erg op zichzelf. Toch is hij tussendoor altijd teruggekomen naar het eiland, en toen zijn defensietijd abrupt ten einde kwam werd het weer zijn permanente verblijfplaats. Hij verbouwde de boerderij van zijn familie tot een pension, nam de reddingsploeg onder zijn hoede en ging verder zijn gang, maar alle eilanders weten precies wat ze aan hem hebben: hij is misschien wel een beetje een stijfkop, maar volkomen eerlijk en recht door zee. Je kunt op hem bouwen.

Dat werd des te duidelijker toen het eiland werd getroffen door een natuurramp: een voor de kust vergaan containerschip zorgde ervoor dat het strand werd overspoeld met vervuiling. Tjerk was onmisbaar bij de coördinatie van het opruimen daarvan, en daar waar de burgemeester van het eiland, De Lange, maar niet in actie wilde komen, stak Tjerk de handen des te harder uit de mouwen. De eilanders die politiek actief zijn zouden nu eigenlijk het liefste zien dat Tjerk de nieuwe burgemeester wordt, maar hijzelf wil daar niets van weten, zelfs niet wanneer burgemeester De Lange middels een afzettingsprocedure is weggewerkt.

Intussen is er bij de vrienden van Grote Vis van alles aan de hand, en ook bij de vuurtoren gaat niet alles naar wens. Tjerk probeert alles voor iedereen op te lossen, en dan moet er ook nog een nieuwe burgemeester komen, waarbij hij scherp zal moeten opletten dat die niet van alles overhoop haalt wat voor de eilanders belangrijk is.

Tjerk voelt zich overal verantwoordelijk voor... maar wie zorgt er voor Tjerk?

1

Ik word te oud voor deze grappenmakerij. Gisteren een avondje doorgezakt met de mannen van Ons Sociaal Belang in de Vis. Intussen is het een uur of elf en heb ik al twee koppen koffie in mijn mik, maar ik heb nog steeds een houten kop. Vroeger had ik erom gelachen en was ik fris van de brits gesprongen voor de standaard roswoz: reveille, ochtendsport, wassen, ontbijt, ziekenrapport. Nou, ziek ben ik niet, maar ik weet nog niet hoeveel koffie er uiteindelijk in zal moeten om me weer een beetje mens te maken. Ik zal voortaan wat voorzichtiger moeten doen met het gratis bier bij de Vis.

Ik vond het wel wat hebben om weer even onder de militairen te zijn, met die schoonmaakactie de afgelopen tijd. Ik kreeg er een heleboel herinneringen bij, hoewel het natuurlijk niet hetzelfde was als hoe het er bij de commando's aan toe ging.

Ik heb daar nog wel eens over nagedacht.

In mijn commandotijd dacht ik alleen maar: hoe harder, hoe beter. Hoe meer ik kan verdragen, hoe sterker ik ben. Maar nu vraag ik me af of je jonge kerels eigenlijk niet beschadigt, door ze zo af te beulen als ze met ons deden. Ik heb nog jaren op scherp gestaan: bij het minste beetje onraad stond ik al naast mijn bed, klaarwakker. Ook als ik op het eiland was. Tegenwoordig zouden ze dat waarschijnlijk PTSS noemen, maar wist ik veel.

Vincent zei gisteravond nota bene tegen me dat ik soft begin te worden op mijn ouwe dag, omdat hij vroeger een beetje bang voor me was, maar nu niet meer. Nou, hij moet wel op zijn woorden passen, die grapjas. Ik ben dan wel vijfenveertig, maar dat kun je toch nauwelijks oud noemen?

'Hé, Tjerk!'

Als je over de duvel praat, dan trap je hem op zijn staart. 'Vincent. Je ziet er weer puik uit. Ben je je haarborstel kwijt? En je scheermesje?' Kijk hem nou staan lachen, alsof niks hem kan raken. De weerbarstigheid van de jeugd.

'Welnee, dit is gewoon hoe mijn haar zit, en ik scheer me morgen wel weer. Ik moest even wat halen voor Ax.' Hij houdt een rol ducttape omhoog. 'Jij ziet er trouwens wel een beetje aangeknaagd uit, grote vriend.' Vin schuift aan aan mijn tafeltje op het bescheiden terras van het Boathuus en steekt zijn hand op voor een vaas. 'Kan wel even. Jij ook een? *Hair of the dog* en zo, hoewel je dat dan eigenlijk 's morgens vroeg meteen moet doen.'

Ik knijp mijn ogen even tot spleetjes en kijk nog eens goed naar zijn gezicht. Hij doet wel héél luchthartig; ik zou bijna gaan denken dat hem het een of ander dwarszit.

'Gooi de boel maar open,' moedig ik hem aan, 'ik hou niet zo van omtrekkende bewegingen. Recht eropaf, dat is altijd het beste.'

'Gesproken als een ouwe stomp,' zegt Vincent een beetje schamper. 'Je weet toch wel dat dat hele militaire gedoe van jou niks voor mij is?'

'Hoeft ook niet.' Hij krijgt een glas bier onder zijn neus geschoven, en ik bestel er toch ook maar een. Daar gaan mijn goeie voornemens. 'Je hoeft niet bij de marine te zitten om rechtdoorzee te zijn. Zonder omwegen ben je er het snelst. Feit.'

'Ik ben gewoon niet zo dapper, denk ik,' zegt Vin met een diepe zucht, terwijl hij in zijn glas duikt. Ik had het niet verkeerd gezien: er zit hem echt iets dwars. Typisch; gisteren leek die eeuwig onbezorgde houding van hem nog onverwoestbaar.

Zijn glas is al half leeg als het de tafel weer bereikt. Hij veegt zijn mond af met de rug van zijn hand, knippert een paar keer met zijn ogen en gooit er dan plompverloren uit: 'Milena wil bij me weg.'

'Wát?' Ineens snap ik waarom dat jong om elf uur 's morgens een vaas bier nodig heeft.

'Kwam ze vanochtend ineens mee.' Hij slikt moeilijk. 'Ze was heel stil, toen we net waren opgestaan, en toen vroeg ik ernaar, en toen kwam het hoge woord eruit. Ik vond haar de laatste tijd al zo... ja, weet ik veel, zo teruggetrokken? Ze is nooit zo heel uitbundig, ze is rustig vanbinnen, en je weet nooit precies wat daar allemaal voor ideeën liggen te borrelen, maar dan ineens komt ze met iets creatiefs waar je niet op gerekend had, weet je wel? Ik dacht dus: ze zal wel op een of ander plannetje broeden, en ik heb haar een beetje met rust gelaten de afgelopen weken. We waren ook zo druk met de partij, en met de raad, en met die hele procedure tegen burgemeester De Lange...'

'Is al met al nog best snel gegaan,' brom ik. Ik voel wel dat ik nog iets aan geluid moet produceren, maar ik wil zijn relaas niet onderbreken met al te veel inhoud, net nu het een beetje op gang begint te komen. 'Het kan soms een vreselijk slepend proces worden, zo'n afzettingsprocedure tegen een burgervader.'

'Ja, nou ja,' zegt Vin, en dan houdt hij zijn laadklep.

Verdorie.

'Kom op, jong,' zeg ik, 'laat zakken die onderkaak en praat verder. Kikadewado.'

'Wát?' Nu is het zijn beurt om verbaasd te zijn, precies zoals ik voor ogen had. Zo'n beroerde tacticus ben ik nog niet.

'Tjerk, wat is dat nou weer voor een woord, is dat weer een van je idiote legerafkortingen?'

'Staat voor: kind kan de was doen,' zeg ik tevreden. 'Of zoals jullie tegenwoordig zeggen: *easy as*. Nou, vooruit, praat verder, ik heb niet de hele dag de tijd om voor geestelijk verzorger te spelen.'

Vin geeft me een korte grijns. Hij voelt zich ellendig, dat is me wel duidelijk, maar hij kan mijn niet al te genuanceerde bavianenhumor – ken uzelve, is mijn persoonlijke motto – toch wel waarderen, zo te zien.

Ik knijp mijn ogen weer even half dicht en kijk naar de knalblauwe lucht. Nazomeren op het eiland; er zijn rottere plekken op de aardkloot. De grootste seizoensdrukte is voorbij, maar er zijn nog net genoeg mensen op het eiland om het nog een beetje gezelligheid te geven, zodat we niet alleen maar tegen elkaars koppen aan hoeven te koekeloeren, zoals in de winter. Op een gegeven moment merk ik dan altijd dat ik steeds minder ga zeggen. Als je niks te melden hebt, dan kun je wat mij betreft ook maar beter je bakkes houden, dus ben ik tegen de tijd dat het maart is over het algemeen zo sociaal als een beer die net wakker wordt uit zijn winterslaap.

'Nou, ze was dus al een tijdje zo stilletjes,' zegt Vincent dan moeizaam, 'maar ik had al die tijd geen idee dat er zoiets groots onder zou kunnen zitten. Ze heeft het gevoel dat ze het nog niet heeft verwerkt. Dat hele gedoe met die loverboy, weet je wel? Ze denkt ook dat we geen gelijkwaardige relatie hebben. Ik begrijp gewoon niet waar ze het over heeft! We hebben het toch goed samen? We wonen lekker, ik bedoel, als we nou nog bij Ax in de achtertuin in dat proefhuisje hadden gezeten... Nou ja, misschien dat ik me er dan iets bij voor zou kunnen stellen. Maar we hebben gewoon een lekker huis, niet groot, maar wel comfortabel zo voor zijn tweetjes. We zouden er zelfs wel met z'n drietjes in passen. Ik heb dat laatst ook gezegd, was een grapje, hoor, ik hoef echt niet meteen aan de kinderen, maar als je dan Martin en Mandy zo ziet, en nou is Wende ook zwanger, dan ga je toch nadenken, weet je wel?'

'Begrijp ik,' brom ik. Hoewel dat maar ten dele waar is: ik heb nooit een vrouw ontmoet in wie ik langer dan een week of drie geïnteresseerd was, laat staan dat ik voortplanting in beraad zou nemen. Ik was ook veel te vaak voor langere tijd weg: ik heb een paar missies gedaan waar de honden geen brood van lusten. Mooi werk, hoor, maar zwaar, en gevaarlijk ook. Dan moet je niet een vrouw en een paar bloedjes van kinderen thuis hebben zitten. En zeker niet als je dingen moet doen waar je niet over kan praten.

'Nou ja, en toen had ik dat dus gezegd,' gaat Vin verder, 'en ik denk dat dat haar aan het denken heeft gezet, als ik zo een beetje terug redeneer, want daarna werd ze dus steeds stiller. Tot vanochtend. Ze zei het ook nog gewoon zo, met droge ogen. Wel een beetje moeizaam, maar zo heel vastbesloten, zoals ze dat kan doen, weet je wel? Ik wist dat het geen zin had om met haar in discussie te gaan. Ik stond zelf meteen zowat te janken, ik wist niet wat me overkwam.'

Ik kijk Vincent aan. Ik zie aan zijn gezicht dat hij het er echt heel moeilijk mee heeft. Die jongen is aan de binnenkant zo anders dan je zou denken als je hem niet goed genoeg kent; niks geen flierefluiter, bloedserieus is hij, en trouw als een hond. Aan zijn beste vriend Axel, aan Grote Vis, aan de partij – hij doet het goed, hoor, in de eilandpolitiek, met die snelle babbel van hem – en aan dat meiske, dat om de een of andere reden zo zijn hart heeft gegrepen.

Het is ook wel een mooitje, Milena. En ze heeft iets mysterieus, ik denk dat hij daarom meteen zo weg van haar was. Zou niks voor mij zijn; ik hou van een vrouw die rechtdoorzee is, net als ik. Eentje bij wie je weet waar je aan toe bent. 'Wanneer wil ze dan weggaan?' vraag ik dan maar, niet om zout in de wond te strooien, maar omdat ik weet dat het de zaak vaak wel vooruit helpt als je je leeg kan praten.

'Ze is al aan het inpakken,' zegt hij ellendig. '"Vinnie, je moet weten dat het niet is omdat ik niet van je hou," zei ze doodleuk, terwijl ik daar zo'n beetje kapot stond te gaan, tien minuten voordat ik bij de Vis moest zijn. Ze zei dus dat ze gewoon wél van me houdt, en toch moet ze bij me weg, omdat ze het nodig heeft om het een tijdje alleen te doen, en over haar gevoel voor mij na te denken. Zodat ze zeker weet dat ze van me houdt om mij, en niet omdat ik haar heb gered toen ze zich zo ellendig voelde. Ze zegt dat ze een gelijkwaardige relatie wil. Maar dat hebben we toch?'

Het jong gooit zijn armen in de lucht, en mompelt dan nog een keer: 'Dat hebben we toch gewoon?' Hij ziet er zo ellendig uit dat ik hem bijna mee naar huis zou nemen.

'Misschien voelt zij dat niet zo,' zeg ik voorzichtig. 'Rouw is een vreemd proces. Bij iedereen verloopt het anders, en soms doen mensen dan dingen die je niet verwacht. Dienstmakker van me, zat bij de contraterrorismeploeg, heeft er met zijn neus bovenop gestaan toen een andere jongen met wie we op de opleiding hadden gezeten werd opgeblazen door een IED. Hij kon de klodders van zijn butsmuts schrapen.'

'Gátver,' zegt Vincent. 'Wat is een IED?'

'Burgers noemen dat een bermbom.'

'Jeeeez,' zegt hij zachtjes, 'ja, dan snap ik wel dat je moet rouwen. Als ik ernaast zou staan en Ax werd opgeblazen door zo'n ding, dan zou ik ook niet weten waar ik het zoeken moest.'

'Precies. Die maat van me die dat had gezien heeft zijn gezin zo laten zitten. Is uitgetreden, heeft een of andere wankelende boerderij in Slovenië gekocht en is daar de boel gaan opknappen. In zijn eentje. Hij kon het niet meer opbrengen om thuis te komen na zo'n missie en dan op de bank te zitten met zijn dochtertje op schoot en naar een of andere tekenfilm te kijken.'

'Als ik dat zo hoor, dan mag ik niet eens klagen,' zegt Vincent miserabel. 'Er is niemand dood, of zo.'

'Daar zeg ik het ook niet voor, man. Ik zeg het omdat je gewoon niet in het hart van een ander kan kijken, zelfs al ben je een stelletje. En verwerkingsprocessen zijn rare kronkelpaden, daar kan je soms geen peil op trekken. Het ligt niet aan jou, ze moet gewoon iets doen met zichzelf, zo te horen, en het beste wat je kan doen is haar de ruimte geven.'

'Ja, straks zit ze ook ineens op een boerderij in Slovenië. Of Kroatië, daar komt haar moeder vandaan. Heeft ze geen contact meer mee, maar toch. Straks zie ik haar nooit meer.'

'Het is een gok die je moet nemen. Als je van haar houdt, moet je haar loslaten. Als je mazzel hebt...'

'Ja. Dan komt ze terug, wil je zeker zeggen. Nou, of ik nou zo'n mazzel heb... dat is maar helemaal de vraag.'

Ik blijf er de hele dag over nadenken. Vin, met zijn snelle babbel, en zijn trouwhartigheid. Ik pak van alles op; beetje onderhoud aan de reddingsboot, loods opruimen, lekkende kraan repareren in het pension, maar Vinnie met zijn verhaal blijft zich naar voren worstelen in mijn gedachten, hoe hard ik ook probeer aan andere dingen te denken.

Bijvoorbeeld aan hoe ik al een paar jaar diep in mijn hart blij ben als de echte zomerdrukte weer voorbij is, omdat een fulltime baan als accommodatieverhuurder eigenlijk niks voor mij is. Ik heb pension Westerveld van mijn grootouders geërfd, dus ik kan het pand moeilijk verkopen; de eilanders zouden me voor gek verklaren. Hoewel ik er waarschijnlijk wel een prijs voor zou beuren, waardoor ik de rest van mijn leven niet meer hoef te werken. Maar nee. Te veel herinneringen; misschien ben ik diep in mijn hart wel net zo'n sentimenteel type als Vincent.

Vroeger, toen ik nog een klein Tjerkje was, was Westerveld nog een boerderij. Toen ik eenmaal op mezelf was, mijn bep en paak al hoog en breed madeliefjes lagen op te drukken en mijn ouders veilig in een aanleunwoning op de vaste wal zaten, moest er iets gebeuren met de familieboerderij. Het was inmiddels een lekkend oud kreng waar ik voor geen goud in had willen wonen. Maar met een paar zakken stuc en een paar potten verf erdoorheen knapte het heel aardig op, en toen werd dat hele ouwe ervan eerder een pluspunt. Het was pittoresk. Ik kon de verhuur altijd wel uitbesteden als ik op missie was, de inkomsten waren op dat moment niet noodzakelijk maar altijd welkom, en als ik op het eiland was had ik tenminste iets te doen.

De laatste tijd heb ik voor mijn gevoel wel een beetje te veel te doen gehad, met alle problemen rond het containerschip dat hier voor de kust is vergaan. Wat dat betreft zou ik een voorbeeld aan Vin moeten nemen: die gast wandelt door het leven met een kop alsof niks hem raakt, alsof hij nooit haast of zorgen heeft. Maar iedereen hier weet dat hij hard werkt en volkomen betrouwbaar is, en dat heeft hij de laatste tijd des temeer bewezen in de zaak rondom onze voormalige burgervader De Lange.

Ik heb trouwens nog geen dag spijt gehad dat ik ben afgezwaaid – je moet dat soort werk niet te lang volhouden, want je gaat wel voelen dat je geen twintig meer bent, en dan wordt het op een goed moment te gevaarlijk – en ik heb ook helemaal geen spijt dat ik de reddingsbrigade onder me heb sinds ik weer een fulltime-eilander ben. Lekker die jonge gasten trainen, ik vind het wel wat hebben, en we winnen bijna altijd als er een wedstrijdje is. Zo hard als ze mij hebben aangepakt ben ik natuurlijk niet voor mijn team; het zijn geen militairen. Maar toch. Is mijn eigen training toch nog ergens goed voor geweest. Reddingsboot, loods en spullen onderhouden, team trainen, zorgen dat we overal bij zijn als er iets inter-eiland gebeurt, pension runnen, en nou ben ik ineens ook nog een soort onbezoldigd lid van Ons Sociaal Belang.

Ik ben niet zo van de politieke partijen, maar onze voormalige burgemeester maakte het wel heel erg bont. Ik kon niet op mijn handen blijven zitten terwijl hij zo oneervol verzaakte; na die ramp met dat containerschip had hij natuurlijk meteen in de pen moeten klimmen om zo veel mogelijk ondersteuning bij elkaar te krabben en te bijten. We zijn niet voor de kat z'n *glory hole* een beschermd natuurgebied! Ik weet zeker dat er in Brussel wel een of andere schoonmaaksubsidie te halen moet zijn geweest, maar dan had die luie Rotterdammer, of waar kwam dat stuk vreten vandaan, wel eerst tot actie moeten overgaan. Maar nee hoor; niks deed hij, *nada*, noppes. Als mijn ouwe maten niet waren komen opdraven met cohorten tegelijk, dan was het eiland er nu nog steeds een stuk slechter aan toe geweest. En ik kreeg het er alleen maar drukker door.

Ik kon er gelukkig aardig wat inkwartieren in Westerveld,

en iedereen hielp mee om de jongens een dak boven hun hoofd te geven, maar het was wel even coördineren geblazen: het onderdak, maar ook de schoonmaakwerkzaamheden. Gelukkig deden alle jongelui van het eiland behoorlijk mee, en het grootste deel van de eilandraad stak ook netjes de handen uit de mouwen, dus de ergste vervuiling is intussen opgeruimd. Maar niet dankzij ex-burgemeester De Lange. Gelukkig is die man zelf nu wel min of meer opgeruimd. Afzettingsprocedure; was even een werkje maar dan heb je ook wat. Als het niet schuurt, dan gaat het ook niet glimmen, zeg ik altijd maar: we kunnen er nooit op achteruit gaan, en Vincent heeft maar weer eens bewezen dat je op hem kunt rekenen.

Nu is Westerveld leeg; ik heb het voor de rest van het seizoen maar helemaal uit de verhuur gehaald.

Als die kraan in een van de badkamertjes niet meer lekt – ik weet niet wat het is met kranen, ze zullen elkaar wel aansteken of zo: begint er een te druipen dan kun je er donder op zeggen dat de volgende erachteraan komt – en ik de boel goed geveegd en gezogen heb, is het intussen een uur of vier 's middags. Ik besluit toch maar even een verkenningstocht naar de Vis te maken. Kijken hoe het nou met Vincent gaat; ik blijf aan het jong denken, met zijn grote mond en zijn kleine hartje. Ik dacht altijd dat Axel meer een soort jongere versie van mij was: weinig woorden, veel daden, dat werk, maar nu ik Vin wat beter heb leren kennen zie ik in hem toch ook wel wat van mezelf terug. Die branie. Altijd gevaarlijk, dat soort jongens: als ze zich eens echt bezeren zie je het er niet meteen aan af.

Ik ga lopen, dwars door de duinen; het is goed weer en ik kan de beweging wel gebruiken. Als ik even moet zweten dan stop ik misschien eindelijk ook met piekeren. Hoe harder de machine werkt, hoe makkelijker ik de boordcomputer uit kan schakelen.

Ruim een half uur later doemt het dak van de Vis op in de verte, terwijl ik schuinsweegs een duintopje afdaal – ik voel mijn beenspieren. Ik moet dit vaker doen; door al dat gedoe rondom De Lange heb ik veel te vaak achter een bureau gezeten in plaats van dat ik buiten bezig was. Nog even en ik ben een *pencil pusher*. Ik wist overigens niet van mezelf dat ik handig was in papierwerk. Ik heb dat in mijn leven altijd hartgrondig vermeden, maar De Langes aanpak – of eigenlijk het gebrek daaraan – en het feit dat het om het welvaren van mijn geboortegrond gaat, heeft blijkbaar toch iets van onvermoede motivatie aangeboord.

Ha. Op mijn ouwe dag, toch nog iets over mezelf geleerd.

Ik sta weer op de weg.

Tijd voor een glas, maar misschien moet ik nu maar een colaatje nemen.

'Ha, Tjerk,' hoor ik uit verschillende monden als ik binnenstap, en ik zie het halve partijbestuur van Ons Sociaal Belang om de tafel zitten, onder de bezielende leiding van Menno Olivier. Vincent komt net met een enorm blad *liquid courage* aandragen en voor ik het weet zit ik tussen de dorpsgenoten met – alsnog – een vaas in de hand.

'Wat is de reden voor het feest?' vraag ik.

'Mijn dochter heeft een plaatje gemaakt,' zegt Menno, trots als een pauw. 'Met die vrijer van haar, en nog wat van die muziekfiguren uit Amsterdam, en nou zegt ze dat het een hit is!'

'Daar moet op gedronken worden,' roept Thé Boersma, die ze weg kan zetten alsof hij hol is vanbinnen. Hij houdt zijn alweer lege glas triomfantelijk in de lucht. 'Doede, je bent zeker niet met een taxi hier, hè?'

'Nee, idioot,' zegt Boonstra, die op de fiets moet zijn gekomen, anders had ik een van zijn taxi's wel voor de deur zien staan.

'Wat ben je laat, Tjerk,' zegt Vincent in mijn oor, terwijl hij snel Thé nog een vaas toesteekt. 'Menno appte toch half vier? Siets kan ook ieder moment komen, de boot van half vier was zijn laatste vandaag.'

'O, ik heb niks gehoord,' zeg ik verbaasd. Ik vis mijn mobiel uit mijn zak en inderdaad: een hele rij berichten van al deze eilandridders. 'Ik was aan het werk,' zeg ik dan maar, en het is ook de waarheid. 'In Westerveld; het is er een beetje een zooitje geworden nu al die landmachters er weer uit zijn.' Ik blaas mijn adem uit. 'Ik vind het maar een gedoe, zo'n pension runnen. Eigenlijk niks voor mij. Maar ja, ik zal het wel moeten blijven doen, want van de wedde die ik voor de reddingsboot ontvang kan ik net de onkosten betalen. Gelukkig heb ik nog wat op de bank van toen ik nog uitgezonden werd, anders zat ik nu waarschijnlijk op een houtje te bijten.'

'Je kan altijd hier werken, in het hoogseizoen,' bromt Axel met die lage stem van hem. Hij is erbij komen staan, en ik weet niet of ik me nou vergis, maar die jongen kijkt ook al zo zorgelijk. Zijn vrouw staat achter de bar, met die dikke buik van haar, want als ze dat niet zo zouden afspreken dan zou ze blijven rondrennen. Wende is een goeie, dat heeft die jongen goed voor elkaar: lief, zorgzaam, trouw, slim, handig, kan hard werken, en ze is nog knap ook. Maar ze kan blijkbaar niet stoppen met dat harde werken, hoewel niemand het haar kwalijk zou nemen als ze het intussen wat rustiger aan zou doen.

Ik kijk nog eens goed, en ik vind dat ze er eigenlijk maar witjes uitziet.

'Alles goed?' vraag ik over mijn schouder aan Axel, met een knikje richting Wende.

'Hm,' zegt Axel, bijna onhoorbaar in het gebulder van de manschappen aan tafel. Ik zie aan zijn gezicht dat er iets aan schort, dus ik zet mijn vaas neer en schraap mijn stoel achteruit, sta op en geef hem een klap op zijn schouder.

'Kom, jong, even naar buiten. Die kop van jou staat me niet aan,' zeg ik tegen hem, en even later lopen we door de voordeur, om onder de luifel even te blijven staan. Van hieraf kan je het strand zien. Grote lap gele leegte, glinsterend in de nazomerzon. De zee is kalm en het is niet druk, maar ook niet helemaal doodstil: hier en daar een mensfiguurtje, een dappere kitesurfer in de zee. Boven ons hoofd klinkt het zachte zoeven van de windmolen die Martin heeft gebouwd, de broer van Wende. Ook al zo'n aanwinst op het eiland: uitstekende architect, die jongen. Ik zou eens met hem moeten praten als ik ooit iets anders met Westerveld wil doen.

'Zit Cam in de surfkeet?' vraag ik langs mijn neus weg. 'Ik zag hem niet rondlopen.'

'Waarschijnlijk wel,' antwoordt Axel, 'Martin is thuis met zijn gezinnetje; hij moest wat tekenen voor Menno. Die heeft toch een paar huisjes in zijn achtertuin?'

Ik knik.

'Moeten gerenoveerd. Gaat meteen klimaatneutraal, nou ja, je kent het hele gedoe. Wat wij hier ook hebben gedaan.'

Ik knik nog een keer, en we staan even in stilte.

'Hm,' zegt Axel dan, 'was er nog iets? Anders ga ik weer aan het werk. Zo rustig is het nou ook weer niet.'

Ik keer me naar hem toe en kijk hem eens goed aan. 'Wat zit je dwars? Ik ken je goed genoeg om aan je te zien dat je je ergens over opvreet, dus zeg op. Ik heb vanochtend Vin met zijn drama ook al over me heen gehad, dus jij kan er ook nog wel bij.'

'Vin?' zegt Axel meteen bezorgd. 'Wat is er met Vin?'

‘Zijn meissie wil weg. Verbaast me dat hij nog niks tegen je heeft gezegd.’

‘Hm,’ zegt Axel weer. ‘Wil me zeker niet belasten. Moet hij wel doen; we zijn niet voor niks maten.’

‘Vraag hem er zo maar naar, het zit hem hoog.’

‘Ik wist helemaal niet dat Milena en hij problemen hadden,’ bromt Axel nog.

‘Hij wist het ook niet,’ zeg ik droog. ‘Maar wat is er nou met jou aan de hand, dat je zo’n grafkop trekt? Gaat alles wel goed bij jullie?’

‘O, ja, tussen Wen en mij gaat het prima. Alleen...’

‘Maak je je zorgen over dat je straks vader wordt?’

‘Hm,’ zegt hij, met een klein glimlachje. ‘Soms, een beetje. Soms vraag ik me af hoe we het moeten doen, maar, andere kant: Mart en Mandy krijgen het ook voor elkaar, dus...’ Hij valt stil en staat een beetje op zijn lip te kauwen.

‘Wat dan, jong?’ dring ik aan.

‘Nou... Wende. Is er behoorlijk beroerd van, die zwangerschap. Spugen, slecht slapen, paar keer heel draaierig geweest, soms ineens buiten adem, en ze wordt zo dun. Je zou het niet zeggen, met die buik, maar haar armen en benen zijn net stokjes. Ze eet wel goed, maar er valt blijkbaar bijna niet tegenop te eten.’

‘Moet ze niet een beetje meer rust houden dan?’

‘Ha,’ zegt Axel, ‘als jij nog een goed idee hebt om Wen haar bed in te praten, dan hoor ik het graag. Niet tegen te houden. Onredelijk, ook.’

‘Vrouwen,’ zeg ik begrijpend. ‘Er is een reden waarom ik er geen heb.’

Axel geeft me onverwachts een grijns. ‘Is ook wel veel moois aan,’ zegt hij dan, de bijdehanterik, ‘als je de goeie te pakken hebt.’

‘Je dacht toch niet dat ik tekort ben gekomen?’ Ik grinnik. ‘Ik ben niet zo’n vreselijke schuinsmarcheerder als Vin vroeger was, of Cam... Iets andere doelgroep ook, voor mij. Maar ik mag niet klagen. Vakantiesfeer en dergelijke, dat werkt altijd wel mee.’

Axel kijkt even naar me; zijn gezicht is alweer zo dodelijk ernstig. ‘Zat er nooit eentje bij die...?’

Ik schud resoluut mijn hoofd. ‘Moet er niet aan denken. Krijg ik zo’n tante die me gaat vertellen hoe ik het moet doen, zeker. Zo’n regelaarster van dienst. Niks ten nadele van Wende, hoor, maar dat zou niks voor mij zijn. Mijn vrijheid, en dergelijke.’

‘Ik vind het wel mooi om het samen te kunnen doen,’ zegt Axel, ineens een beetje kleintjes, en dan zie ik aan hem dat hij zich écht veel zorgen maakt.

‘Komt wel goed,’ zeg ik, met een bemoedigende klap op zijn schouder, maar terwijl ik die klap geef gaat de deur open en steekt Vin zijn hoofd naar buiten.

‘Ax, Wende is onderuitgegaan. Flauwgevallen. Ze heeft zich niet bezeerd, maar ze moet wel naar huis.’

Axel schiet langs Vincent terug naar binnen en ik kijk Vin even aan.

‘Red jij het om hier in je eentje te staan?’ vraag ik. ‘Er zijn er ineens twee weg, dan, hè?’

‘Zal doorpezen worden,’ zegt hij fronsend.

‘Ik steek wel even een pootje bij,’ bied ik aan, ‘het is al middag, en een pilsje tappen kan ik ook wel.’

Intermezzo 1: Axel en Wende in de LaRo

'Wen, gaat het?'

'Ja, ja, ja, ik was maar heel even weg, maak je toch niet zo druk, lieverd, het gaat best.'

'Hm.'

'Nee, echt.'

'Nou, je klinkt anders niet alsof het best gaat.'

'O? Hoe klink ik dan?'

'Moe. Eh... dof. Ik weet niet precies. Alsof je naar bed moet, niet alsof je achter de bar moet staan. Je neemt ook helemaal nooit vrij; iedereen zou dat prima vinden, hoor, als je vrij nam. Je bent toch zwanger? Van een tweeling, ook nog.'

'Je hebt het toch niet aan Tjerk verteld, hè?'

'Hm. Nee. Maar hij zag wel dat ik me zorgen maak. Over jou en over de kleintjes.'

'Ax, ik heb toch gezegd, ik wil niet dat iemand weet dat het er twee zijn, want dan gaan ze allemaal nog meer om me heen hangen en alles uit mijn handen trekken en zo, en...'

'Dat is wel uit vriendschap, hoor. Of uit liefde. Bij mij.'

'Ja dat wéét ik, maar ik ben toch niet ziek? Ooh...'

'Wat? Wat gebeurt er?'

'Ik voel me af en toe ineens zo drááierig! En ik heb ook niet genoeg lucht, lijkt het wel; ik voel me alsof ik drie trappen op heb gerend!'

'Als ik je in bed heb gestopt, ga ik meteen doc Ellen bellen.'

'Nee, nee, ik ben niet ziek, luister nou naar me!'

'Doe verdomme nou niet zo eigenwijs, Wende! Je gaat in bed en ik ga Ellen bellen, en daarmee uit!'

'Jezus, wat ben je – snif – bazig.'

'O, niet huilen, Wen, ik, hm, ik bedoel het niet lelijk, maar je bent ook zo'n stijfkop.'

'Nee, jij – snif – niet dan?'

'Hmm. Ja, ik ook, maar alleen omdat ik goed voor je wil zorgen. Ik ben toch je man? Dan moet ik toch goed voor je zorgen? Niet huilen nou, we zijn er bijna.'

'Ik kan het niet helpen dat ik moet huilen, dat komt door de hormonen! Ik moet al huilen als ik een kitten zie op de tv, laat staan als mijn man tegen me gaat zitten schreeuwen.'

'Hmmmm.'

'Ja, ik weet wel hoe je het bedoelt, Ax, ik weet héús wel hoe je het bedoelt.'

'Nou. Hier, we zijn er; ik zet hem even niet in het steegje, dat doe ik zo wel. Gaan we een keertje gewoon door de voordeur naar binnen.'

'Hoezo ga je de LaRo wegzetten, ga je niet terug dan?'

'Nee, natuurlijk niet, ik blijf bij jou.'

'Maar...'

'Wen, jij bent belangrijker dan de Vis, hoor. Voor mij.'

'Oooh... -snif –'

2

Ik moet er toch wel weer even inkomen, met het horecawerk. Ik heb natuurlijk wel vaker in een of andere tent op het eiland gestaan, en ik heb wel eens in de Brulboei gewerkt in mijn jonge jaren, als ik terug was van missie en het was er nogal een toestand. Dat was voordat Axel hier permanent zat, nog met dat eerste vriendinnetje van hem; wat een luxepaardje was dat, zeg. Ik kan me haar nog wel herinneren. Heel mooi was ze, maar gelukkig werd hij er niet van. Heeft hem ook zo laten zitten; nou, ik dacht toen nog: zie je wel, niks dan ellende. Maar goed, hij is nu toch een stuk beter terechtgekomen.

Het is ook wel wat rustiger op het eiland vergeleken met, zeg, tien jaar geleden; toen had het een soort party-eilandreputatie. Allemaal van die jongelui die kwamen drinken en vechten tot ze omvielen. Konden ze mijn hulp in de Boei wel goed gebruiken, ja; ik heb er een hoop op straat gesmeten.

Nu zijn de badgasten meer van het type natuurliefhebbers, surfers of gezinnen. Veel beter voor de sfeer, in de zomer. Surfers kunnen ook flink feesten, maar over het algemeen zijn ze toch een stuk rustiger dan van die testosteronbommen die met hun gewaxte en afgetrainde borstkassen de boel onveilig komen maken. Ik kon daar altijd zo om grinniken: wasbordbuik, dikke armen, maar twee van die spillepoten eronder. Die waren ze dan vergeten te trainen. Als ik ze een half uurtje onder handen had kunnen nemen, waren ze jankend naar hun moeder gelopen, feit.

'Tjerk!'

'Zeg het maar!' brul ik terug tegen Vin, die zo hard loopt te werken dat hij geen tijd heeft om zich zorgen te maken.

'Vijf bier, twee cola, drie thee.'

'*Roger*,' zeg ik op de automatische piloot, en ik tap, zet thee en schenk cola als een achtarmige bandiet. Tussendoor moet ik nog iets met vuile glazen en een ouwe watermolen van een vaatwasser die hier achter de bar staat. Ze hebben er nog een in de keuken, die is wat moderner, maar dit is vooral voor het glaswerk, en ik moet nog poetsen ook als het eruit komt. Gelukkig hoef ik niet ook nog af te rekenen, want ik heb het er maar druk mee. Ik snap wel dat Axels vrouw er na een dag op haar benen staan een flauwte van kreeg, ze heeft ook al een enorme buik. En zo lang is ze volgens mij nog niet zwanger. Of misschien toch wel, en hebben ze het gewoon stil weten te houden? Hoewel, stilhouden is niet echt een ding hier op het eiland, wat dat betreft is het niet veel anders dan onder militairen.

'Tjerk, we krijgen dorst.'

Dat is Siets, die grapjas. Hij is lekker op zijn zitvlees blijven zitten toen Wende omviel, hij mag niet janken.

Tot mijn verrassing staat Siets alsnog op, om naar de bar toe te lopen. 'Als jij tapt, dan neem ik het wel even mee. Vinnie heeft het al druk genoeg.'

'Roger,' zeg ik weer, en ik vul de glazen.

'Kan ik meteen even met je praten over ouwe Pier.'

'Wat is er met Pier?'

'Schijnt niet lekker geworden te zijn van de week, toen hij

boven zat. Hoorde ik via via; hij wil dat natuurlijk niet weten, want hij ziet de bui al hangen.'

'Letterlijk,' zeg ik droog, want Pier is al zeker vijftig jaar onze vuurtorenwachter. Als er iemand goed zicht heeft op het weer, dan is hij het wel.

'Ik weet dat jij ook geen voorstander bent van onbemande vuurtorens, dat dan alles via de centrale gaat. Pier weet dat ook, dus ik dacht: als jij nou even een babbeltje met hem gaat maken? Gewoon even kijken hoe het met hem is. Dan weet hij in ieder geval dat hij een medestander heeft, en heb je kans dat hij gewoon met je wil praten, in plaats van dat hij zo stug gaat zitten zwijgen. Je weet hoe hij is.'

'Best, ik loop wel even bij hem langs. Ik weet hoe hij is, ja, en ik snap hem maar al te goed. Serieus, jij zit er toch ook niet op te wachten? Dat een of ander burgermansfiguur die hier niemand kent en niks weet van hoe het hier gaat, een beetje mee kan gaan zitten kijken met van die camera's op afstandsbediening, naar al die stelletjes die lekker tussen de duinen hun ding liggen te doen?'

Siets schiet in de lach. 'O, dus dáárom wil je niet dat onze toren alleen maar door de *vessel traffic service* wordt beheerd! Je hebt een geheim schatje en je ligt ermee in de duinen!'

Ik brom, een beetje extra weerspannig: 'Mij niet gezien, ik heb al genoeg zand moeten happen in mijn leven. Als ik nog eens met een vrouw eindig, dan wel graag in een bed. En daarnaast: ik weet hoe het werkt. Als je de toren kunt zien, dan kan de toren jou ook zien. Als ik al eens een keer iets in een duinpan zou willen uitvreten, dan weet ik precies welke ik nemen moet. Ik ben toch geen badgast?'

Siets staat maar door te grinniken.

'Maar serieus, Siets, jij ziet dat toch ook niet zitten, die centrale? Het gaat mij om onze autonomie.'

'Ik begrijp wel wat je bedoelt, hoor,' zegt hij. 'Ik vind het ook wel fijn dat als ik eens bel, ik gewoon Pier aan de lijn krijg, met wie ik een praatje kan maken. En andersom, als Pier iets geks ziet, dan weet hij ook wat hij moet doen. Het wordt meteen een stuk onpersoonlijker met die VTS. Dan krijg je net zo'n soort luchtverkeerstorengevoel, moet je Engels tegen ze praten, zeker. Zal jij wel geen moeite mee hebben, maar ik kom er niet zo ver mee. Ik kan badgasten-Duits, en daar houdt het wel een beetje mee op.'

'Dus dat,' zeg ik, terwijl ik een volgetapt vaasje op het dienblad zet. 'Hebben jullie trouwens al iets gehoord over een eventuele nieuwe burgemeester?'

'Nou,' zegt Siets, 'normaal gesproken duurt de aanstellingsprocedure voor een nieuwe burgemeester een maand of acht, maar we hebben natuurlijk in de raad zo snel we konden de eerste stappen gezet om het proces op gang te brengen. We hopen eigenlijk dat het ministerie en de commissaris er ook een beetje vaart achter willen zetten; zo'n eiland als dit moet je toch niet te lang zonder burgervader laten zitten. En volgens mij had de commissaris er ook best oren naar; het zal wel niet lang meer duren of de vacature wordt opengesteld. Ik vind trouwens nog steeds dat jij dan moet solliciteren, Tjerk.'

'Ga toch weg, ik ben daar helemaal niet geschikt voor. Ik ben van het doen, niet van het erover leuteren.'

'Maar je kent het eiland door en door, je komt hier vandaan, je hebt de nodige ervaringen in je rugzak zitten, je hebt overal een mening over, die je dan ook niet bepaald onder stoelen of banken steekt... We hebben je nou bijna zover dat je in de raad zit, als reservelid van de partij; je bent al zo vaak aangeschoven dat het nauwelijks meer uitmaakt. Die laatste stap is toch niet zo groot? Ik weet zeker dat de hele raad je aanstelling zou steunen.'

'Ik wil er niks mee te maken hebben,' zeg ik beslist. 'Ik wil alleen maar dat er een behoorlijke kerel voor De Lange in de plaats komt, eentje die een beetje kan doorpakken. Niet eentje die na een paar jaar leuk meedraaien ineens zijn interesse verliest en gewoon de andere kant uit kijkt als er wat gebeurt op het eiland.'

'We hebben het er al eens eerder over gehad, jij en ik, en hoewel ik het met je eens ben dat De Lange meer had moeten doen met die vervuiling, snap ik ook wel waarom hij er niet helemaal met zijn hoofd bij was, de afgelopen tijd. Die zoon van hem, die Leon...'

'Die rommelde toch eerst met onze Mayke, van hier in de keuken?'

'Ja,' zegt Siets, 'en toen ging het allemaal nog wel, hoewel het toen al een wilde was, hoor. Weet je nog dat Axel en Vincent ze uit de bunker hadden gehaald, die jongen helemaal groen van de drugs? Het hele dorp liep te hoop. Iedereen sprak er schande van; hij had een slechte invloed op die meid van Ferwerda.'

'Gelukkig heeft die meid van Ferwerda een hoofd op haar schouders waarmee ze gewoon best aardig zelf kan nadenken,' klinkt nu van schuin achter mij een vrouwenstem. Mayke staat daar, met haar handen in haar zij en haar wenkbrauwen opgetrokken. 'Waren jullie even lekker de wereld aan het duiden, als twee van die witte ouwe mannen op de televisie?'

Ik was even vergeten hoe ze uit de hoek kan komen als je haar tegen de haren in strijkt.

Siets slikt in wat hij nog had willen zeggen, knikt naar me, pakt het intussen gevulde blad met bier van de bar en verdwijnt in looppas naar zijn tafel.

Ik kijk even naar Mayke.

Ze kijkt onbevreesd terug. 'Ging jij ook nog wat zeggen?'

Ik kan er niks aan doen: ik grijns. Ze zou een peloton in hun kisten kunnen laten sidderen met zo'n blik. 'Ik zou niet durven,' zeg ik dus. 'Hoewel ik niet begrijp hoe je vrijer het met je uithoudt, met die scherpe tong van je.'

Ze grijnst me stralend tegemoet. 'Cammie is immuun. En plus, hij kan veel beter scherp uit de hoek komen dan ik. En nog een plus: hij weet toch wel dat ik er niks van meen. In ieder geval niet als ik het tegen hem doe. Hij zegt dan gewoon zoiets uiïgs, op die bekakte toon van hem, en dan kan ik mijn lachen niet houden.'

Nu schiet ik voluit in de lach. 'Ik ben maar wat blij voor je dat je nu met die jongen bent, Mayke. Daar zit tenminste een kop op, al heeft hij wel raar haar op die kop zitten. Leon was een lapzwans. Beter kwijt dan rijk.'

'Ik vind Cammies haar juist leuk,' zegt ze, 'maar je hebt wel gelijk: Leon was een zelfingenomen, oerdomme slapjanus die alleen maar bezig was met zijn eigen pleziertjes, en met proberen cool te zijn. Of wat dan ook. Hij ging er trouwens wel erg ver mee, toen het eenmaal over was tussen ons; volgens mij is hij ergens aan de wal gaan wonen, eerst bij zijn neef in Amsterdam, en toen later ging hij naar... Nou ja, ik heb het allemaal niet zo heel precies meer gevolgd, moet ik je bekennen; ik was te druk met wat er hier allemaal gebeurde. Maar ik heb dan wel weer via Vinnie meegekregen dat burgemeester De Lange soort van afwezig was op een gegeven moment, juist toen we wel een beetje leiderschap konden gebruiken; kwam dat volgens jou door Leon?'

'Nou,' zeg ik, 'niet om het een of ander, maar ik hoor ook nog wel eens wat: die jongen is dus op een goed moment in zijn eentje teruggegaan naar Rotterdam, waar de familie eerst woonde, en als ik de verhalen mag geloven verdween hij binnen no time in een crimineel circuitje waar je je zoon denk ik liever niet in ziet verdwijnen. Coke en escorts voor dure zakenlui regelen, en toen zijn er een paar keer meiden wakker geworden in het ziekenhuis, out gegaan door de drugs, of rohypnol, ik weet het ook niet precies. Hij was in ieder geval lekker op weg om een soort tweede Joran van der Sloot te worden. Nu zit-ie in een of andere dure privé-instelling voor jongelui met psychosociale stoornissen.'

'Wat... wat bedoel je? Is Leon eigenlijk een psychopaat?' Nu klinkt Mayke oprecht verbaasd.

Ik knik, maar Mayke is niet verbaasd door de inhoud van mijn dienstmededeling, maar door iets anders, zo blijkt als ze haar mond opnieuw opendoet.

'Ik kan gewoon niet geloven dat ik het niet heb gezien, toen ik nog iets met hem had. Nu je het zegt, Tjerk, het staart me zowat recht in mijn gezicht. Een psychopaat. God, wat een naïef ei was ik op dat moment, zeg!'

De volgende morgen, strak om negen uur, nog voordat de Vis opengaat, meld ik me bij Piers vuurtorenwachtershuisje. Meteen de daad bij het woord, daar hou ik van. Ik had het ook nog wel een weekje kunnen laten liggen, maar dat is niks voor mij.

Pier heeft vanuit zijn woonkamer het beste uitzicht van het hele eiland. Ik ben in stilte altijd wel een beetje jaloers op hem geweest; zijn huis staat naast de toren, en het is niet enorm groot, maar het staat boven op de laatste duintop en kijkt uit over zee. Er mag hier verder niet gebouwd worden, dus hij heeft ook nog eens heerlijk het rijk alleen, en als hij daar genoeg van zou krijgen, dan fietst hij het pad af en dan staat hij zo in het dorp.

Hij is niet de enige wachter; hij is al in de zeventig en hoewel hij een pittige ouwe baas is, kan hij natuurlijk niet vierentwintig uur per dag, zeven dagen in de week daarboven zitten en de Waddenzee in de gaten houden. Er zijn nog een paar jongens, stagiairs van de zeevaartschool, die bij toerbeurt naar boven klimmen. Die logeren dan een tijdje bij hem, hij heeft er een soort blokhut voor in zijn tuin gezet, en hij maakt dan, als baas torenwacht, de roosters. Ze moeten ook om de beurt koken. Dus helemaal alleen is hij nou ook weer niet.

Laatst was er een meid bij. Dat vond Pier maar niks, totdat ze er eenmaal was en ze zo gezellig kon praten, en een stuk lekkerder eten kon maken dan die jongens. Toen was hij wel om, die ouwe landrot. Grote praatjes, zelf nooit gevaren. Maar hij weet alles van ons stukje zee, en hij kan je precies vertellen waar de zandbanken liggen en hoe ze verschuiven met de stormen.

Er is al jaren sprake van dat alle vuurtorens in Nederland onbemand zouden moeten zijn, en dat alle toezicht van de eilanden doorgeschoven moet worden naar de zeeverkeerscentrale Waddenzee. De marine in Den Helder neemt ook een deel voor haar rekening, waar het de Noordzee aangaat, maar wij moeten natuurlijk weer eigenwijs zijn: wij willen onze toren gewoon lekker zelf bemand houden. De communicatie loopt wel alsnog via de centrale, en het is voor de zeevaartschool een mooie stageplaats, zo stel ik me voor. Maar Pier heeft in zijn eentje al meer levens gered dan die hele centrale bij elkaar, gewoon door goed op te letten. Surfers die in de problemen kwamen, viskotters, zelfs de veerboot en de Waddentaxi moest hij wel eens een handje helpen. Zonder een paar ogen in de toren hadden we denk ik heel wat meer ongelukken gehad in de dik vijftig jaar sinds Pier op zijn post zit.

Hij heeft het vak geleerd van zijn vader, zoals dat vroeger ging, en hij is een traditionalist, onze Pier. Ik kan dat wel waarderen; tradities zijn er om in ere te houden. Al ben ik zelf al lang geen militair meer, ik heb het nog wel in me zitten. Het is iets om je aan vast te houden; bekende rituelen geven een bepaald soort rust. Troost, misschien zelfs wel. Ik ben niet kerkelijk, daar heb ik te veel ellende voor gezien. Sommige mensen rennen de kerk dan in, bij mij gebeurde juist het omgekeerde: ik zorg wel voor mezelf, want wie kan ik meer vertrouwen? Maar ik heb begrip voor de behoefte aan houvast.

Ik klop op Piers achterdeur; hij zal wel open zijn, maar het is nog vroeg.

Even later hoor ik geslof en gaat de deur open: Pier staat in volle glorie voor mijn neus, in een geruite pyjama, een bruine badjas en op een paar ouwemannetjesslippers. Keurig rechtop met zijn dunne, witte, strak achterovergekamde haar.

'Tjerk.' Met een hoofdgebaar nodigt hij me uit binnen te komen. Zonder woorden schenkt hij me een kop koffie in. Hij is nooit een grote prater geweest, Pier, net als ik eigenlijk: misschien dat hij daarom nooit is getrouwd. De koffie is sterk als een klap tegen je kop, maar toch smaakt hij me goed.

'Kom je doen?' vraagt Pier.

Ik haal mijn schouders op. 'Even bij je kijken.'

'Zeker omdat ik boven was omgevallen. Ben je overgelopen naar het kamp centrale?'

'Absoluut niet; ik kom eigenlijk kijken of ik iets voor je kan doen.'

Piers ogen lichten op. 'Wat dan? Wou jij naar boven?'

'Waarom niet?' zeg ik, met een klein glimlachje. 'Je hebt me wel eens naar boven laten klimmen, maar ik heb nog nooit een hele wacht gedraaid.'

'Je hebt er wel de goeie instelling voor,' zegt hij, en van een man van weinig woorden beschouw ik zoiets als een compliment.

'Waar zijn al je hulpjes?' Ik had wel verwacht dat er op z'n minst een paar in en om het huis zouden hangen, maar het licht in de blokhut buiten is nog uit en Pier is hier overduidelijk in zijn eentje.

'Ik heb er maar twee. Eentje zit boven. Die komt zo naar beneden, dan ga ik.'

'Ik dacht dat je er altijd minstens vier had?'

'Er kwam niet meer, deze ronde.' Pier haalt zijn schouders op. 'Is wel eens eerder gebeurd. Was nooit een probleem. Dan zit ik wat langer boven; het verveelt nooit.'

'Totdat je uit je stoeltje kukelt,' zeg ik, met een blik over de rand van mijn koffiemok.

Pier kijkt me lang aan. Ik kijk onbewogen terug.

'Dus je komt toch om me uit de toren te halen?' zegt hij dan uiteindelijk. 'Als je maar weet dat ik niet naar de vaste wal ga, naar zo'n ouwemensen-instelling. Dan ga ik liever meteen dood.'

'Welnee. Oude bomen moet je niet verplanten. Ik kom je helpen. Zei ik toch?'

'Hoe dan?' Ik krijg toch nog een licht achterdochtige blik van hem.

'Nou, rooster me maar in, maar wel na vijven 's middags: ik help tijdelijk mee bij de Vis, omdat Axels vrouw een beetje last van die dikke buik van haar begint te krijgen. Ik weet niet voor hoelang, maar ik wil overdag beschikbaar zijn als ze me nodig hebben. Ik neem hier dan in ieder geval wel één wacht per etmaal, totdat we de boel beter hebben kunnen organiseren, en ik ga op zoek naar nog minstens één andere eilander die voor langere tijd regelmatig een wacht kan doen. Zodat je niet alleen maar afhankelijk bent van stagiairs om de toren bemand te houden. En dan kan je ook eens een keer iemand bellen om het van je over te nemen, als je je eens een dag wat minder fit voelt. Want je hebt het de afgelopen vijftig jaar wel allemaal alleen gerooid, Pier, maar er komt natuurlijk een dag dat je moet toegeven dat je het in je eentje niet meer trekt.'

'Moet jij zeggen,' bromt Pier, 'jij hebt het uitgevonden. Heb jij daar nooit last mee, dan?'

Ik haal mijn schouders op. 'Tot nu toe gaat het allemaal nog wel goed. Maar ik ben een realist, net als jij: het gaat totdat het niet meer gaat.'

Intermezzo 2: Mayke en Cam, 's morgens in bed

'Mayke-lief?'

'Wat is er, Cammie? Heb je wel lekker geslapen? Je was zo onrustig.'

'Nou... ik lag wel een beetje te piekeren.'

'Waarover dan? Alles gaat toch goed, met het geld, en zo? Volgens mij hebben we er nog nooit zo goed voorgestaan met de Vis als nu.'

'Dat is het ook niet.'

'Wat is het dan wel?'

'...'

'Sjonge jonge, Cam, ik moet het ook wel uit je trekken, hè? Kom op, vertel nou, twee weten meer dan een, en misschien zit je wel voor niks te piekeren. Heb je ruzie gemaakt met je vader?'

'Nee, nee, helemaal niet, hoewel hij nog steeds wel probeert om me toch te betrekken bij zijn, nou ja, zijn imperium, zal ik maar zeggen.'

'Is er dan iets met je ouders, hebben die dan ruzie met elkaar gemaakt?'

'Nee, ook niet. Ze zijn nog steeds verrassend innig, in aanmerking nemende dat ze een slecht huwelijk hebben.'

'Volgens mij hebben ze helemaal geen slecht huwelijk, ze hebben er alleen een beetje lang over gedaan om elkaar echt te leren kennen. Pas toen jij hier zat, en het ging aan tussen ons, en je moeder koos jouw kant, weet je nog, toen ging je vader pas eens echt goed kijken naar zijn vrouw. Wat voor tijger ze eigenlijk is. En toen ging hij volgens mij ook meteen een stuk aardiger tegen haar doen. Respectvoller, weet je wel? Vinden vrouwen fijn, het gevoel dat ze gerespecteerd worden, heheh.'

'Zit nou niet zo vilein te gnuiven, je weet dat ik jouw emancipatoire overtuigingen volledig onderschrijf.'

'Ja, je onderschrijft ze met woorden van meer dan vijf lettergrepen. Poeh.'

'Ja, ja ja, ik weet het, ik weet het; dat ik nou eenmaal beschik over een wat uitgebreider vocabulaire dan de gemiddelde Nederlander is voor jou altijd een bron van vermaak. Maar ik respecteer jou toch ook?'

'Ja, dat doe je. Ik heb heus geen klagen op dat gebied, lieverd. Het enige wat je nog steeds niet zo goed kan is van je hart geen moordkuil maken. Vertel nou wat je dwarszit; je weet toch, gedeelde smart? En zo?'

'Ik weet het wel, maar ik vind het lastig om een voor mijzelf nog maar half afgemaakte gedachte in woorden te vatten.'

'Zolang die gedachte niet iets is in de categorie dat je bij me weg wilt, kan het toch niet zo erg zijn?'

'Ik wil niet bij je weg, Mayke-lief. Onder geen beding. Maar ik begin wel iets te merken van... tja. *Ennui*?'

'Ik weet niet eens wat dat precies betekent, geloof ik.'

'Verveling, misschien... Sleur. In het werk dan, hè, niet in onze relatie. Ik heb alle problemen die zich zouden kunnen voordoen al wel een keer onderhanden gehad, we draaien goed, we hebben een mooie financiële buffer, maar we kunnen niet echt nog veel verder groeien, als bedrijf. Dat hoeft ook niet per se, maar ik merk dat ik intussen de financiële zaken voor de Vis, de huisjes, de kitesurfschool, alles zo'n beetje, met twee vingers in mijn neus doe, en dat ik eigenlijk op zoek ben naar iets nieuws; iets waar ik mijn tanden in kan zetten. Die affaire rondom het containerschip en die vervuiling heeft me nog wel een tijdje lekker beziggehouden, maar nu dat ook allemaal weer geluwd is...'

'Ik snap het denk ik wel... Moet het iets heel moeilijks zijn? Iets waar je hard over na moet denken?'

'Niet direct, zolang het maar iets heel anders is. Ik... ik heb er denk ik behoefte aan om iets te leren wat ik nu nog niet kan.'

'Oké, even denken, wat kan je allemaal hier op het eiland... Paardrijden? Misschien kan je veerbootkapitein worden?'

'En dan moet ik zeker de hele dag die neuzelige stem van Siets aanhoren?'

'Ha, nou ja, weet je, hier vind je wat, daar laat je wat. Je kan ook weer in het shantikoor gaan, daar hebben ze je toch voor gevraagd?'

'Dat laat ik toch echt liever aan Axel over. Hij kan tenminste zingen.'

'Jij kan ook zingen, je voelt je alleen maar *awkward*. Maar je kan het wel. Op de taxi gaan rijden voor Doede, dan?'

'Mmm...'

'Bij Tjeerd in Beppe's Keuken gaan staan? O, nee, dat wil ik niet, dan kom je iedere dag terug en dan ruik je als een patatje van het boven de frituur hangen. En je ruikt juist zo lekker van jezelf, naar vers gemaaid gras... mmmm...'

'Ha, dat kriebelt! Ik wil dat zelf ook liever niet, ruiken als een patatje. Buitendien, en niet om het een of ander, maar jouw friet is lekkerder.'

'Dankjewel, lieverd. Maar zo vinden we niks te doen voor je. O, wacht! Je kan aan Tjerk vragen of je in de reddingsploeg kan. Ga je wel helemaal dood als hij je gaat trainen, die ouwe commando, hij kent geen genade. Dat zegt hij tenminste altijd over zichzelf, maar volgens mij valt dat dus eigenlijk wel mee. Hij doet wel altijd zo stoer en zo militairderig, maar hij heeft een klein hartje, hoor. Zeggen mijn ouders ook altijd.'

'Het is een idee.'

'Hoera, het eerste idee dat je niet meteen van tafel veegt. Nou, waarom ga je niet straks meteen mee naar de Vis en vraag je hem ernaar? Of heb je niet in de groepsapp gekeken?'

'Nog niet, wat is er dan?'

'Wende moet rust houden van doc Ellen, ze heeft te hard gewerkt. Daarom ging ze gisteren onderuit, het heeft iets te maken met dat je meer bloed moet aanmaken omdat je zuurstof voor twee moet rondpompen of zo. En je baby krijgt natuurlijk eerst, zo werkt de natuur, dus als je je dan te hard inspant val je gewoon om. Schijnt later wel weer beter te worden, en ik weet er ook niet alles van, maar ik heb gisteren nog even zitten googelen.'

'Natuurlijk.'

'Hoe dan ook, Tjerk wil wel invallen, net als gisteren; mocht het nou na de lunch meevallen met de drukte, dan gaat hij weer zijn eigen ding toen. Is toch sympathiek van hem, nietwaar? En als hij er dan toch is, kan je mooi meteen aan hem vragen of je in de reddingsploeg mag.'

'Ik zal sowieso meteen mee naar de Vis gaan; ik kan me voorstellen dat Axel liever bij Wende blijft, of dat hij in ieder geval niet de hele dag in de Vis wil blijven.'

'Ja, en de surfkeet kan natuurlijk ook wel bijna dicht; het begint al aardig fris te worden in het water volgens mij. Vinnie gaat er al niet meer in.'

'Vinnie wordt oud. Maar je hebt gelijk: dan kunnen Martin en Mandy ook meedraaien in de Vis, als Axel voor Wende moet zorgen.'

'Toch een gedoe, hè, zo'n kind krijgen...'

'Een gedoe, en een verantwoordelijkheid. Maar wel mooi. Ik vraag me wel eens af hoe wij het zouden doen, weet je dat, Maykelief?'

'Echt. Denk jij na over kinderen. Zomaar. En dat zeg je gewoon niet tegen mij. We krijgen het al niet eens voor elkaar om te gaan trouwen, jij en ik! Die ring die ligt daar maar, in het kastje. Ik kan hem ook niet om, in de keuken, weet je wel, dus, eh...'

'Nou ja, er is ook de hele tijd iets aan de hand. Iets wat dan eerst moet, en zo. En het zijn verder ook nog niet heel goed uitgewerkte gedachten, bij mij, hoor, maar goed... soms speelt het wel eens door mijn hoofd. Bij jou niet dan?'

'Soms.'

'Ja, soms...'

'Als je het nou hebt over iets nieuws nodig hebben, iets waar je veel voor moet leren, iets waar je je tanden op stuk kan bijten, nou, dan is kinderen krijgen ook een optie, Cammie. Hoewel het wel een rare motivatie zou zijn.'

'Laten we eerst nog maar even verder denken. En ik ga wel met Tjerk praten.'

3

Ik weet niet precies hoe het kan, maar de ochtend vliegt voorbij, terwijl ik niet meer doe dan achter de bar staan, koffiezetten, glazen poleren, colaatjes inschenken en af en toe een tafeltje afrekenen. Die jongelui werken allemaal hard en ze zijn ontzettend goed op elkaar ingespeeld, het is bijna als een *squad* die al een tijdje samen op missie is. Het is altijd mooi om in een soepel werkend team terecht te komen. Ik help ze graag, dat sowieso, maar ik kan er zelf nog wel een beetje extra van genieten omdat ik goed werk zie.

Vincents probleem is volgens mij intussen breed gedeeld; iedereen lijkt ervan te weten, en ik zie ook dat hij doorlopend steun krijgt, terwijl er verder geen woorden aan worden vuilgemaakt – zal hij zelf wel niet willen, als ik hem zo een beetje inschat. Een klop op zijn schouder van Martin, in het voorbijgaan, Mayke die ongevraagd een heerlijk uitziend bord voer voor zijn neus zet als het even rustig is, en Mandy die, met haar kleintje aan de hand, even bij hem komt zitten terwijl hij eet.

Dat kindje is trouwens een volkomen kopie van zijn vader, zeg. Lieuwe, heet hij, ik weet het nog, en ik kan niet anders dan het een vertederend hummeltje vinden. Ik heb zelf nooit zo veel met kleine kinderen gehad; ze pasten ook niet echt in mijn levensstijl, maar als ik nu van dichtbij zo'n jong, gelukkig gezinnetje bekijk als dat van Martin, Mandy en hun kleintje, dan snap ik ineens wel beter wat daar nou precies het mooie aan is.

Op een bepaalde manier heb ik die boot gemist, en misschien is dat een verlies. Ik heb andere keuzes gemaakt, en het zit niet in mijn aard om lang te piekeren over iets waar ik niks meer aan kan doen – ik ben toch meer van het praktische, en het roeien met de riemen die je hebt – maar zo heel af en toe kan me wel eens de gedachte bekruipen hoe anders mijn leven had kunnen verlopen als ik andere keuzes had gemaakt.

Maar als ik dan voor een vrouw had gekozen, en ineens zou die dame besluiten dat het allemaal op de schop moest, had ik ook zo kunnen eindigen als Vincent. Die loopt met een wit gezicht en een holle blik in zijn ogen door de zaak; volgens mij werkt hij extra hard om maar niet te hoeven nadenken. Heb ik begrip voor, ik ben ook wel eens op dat punt geweest. Toen mijn ouders kort na elkaar waren overleden, in hun aanleunwoninkje op de wal, terwijl ik op een geheime missie zat en niet naar huis kon. Is me ook niet in dank afgenomen hier op het eiland; ze liggen natuurlijk wel hier begraven. Ik heb toen een paar mensen iets meer over de missie moeten vertellen dan me lief was, om enig begrip te kweken voor het waarom – ik was niet op tijd terug voor beide uitvaarten – en dan maar hopen dat de roddelmachine de rest zou doen. Hielp wel: begrip kwam er. Maar ik heb toen ook wel een maand of zes met zo'n holle blik rondgelopen. Ik kan alleen maar hopen dat het voor die jongen niet zo lang gaat duren.

'Vincent ziet er minder dan puik uit, vandaag,' zegt Cam, die naast me achter de bar is verschenen. 'Ik heb begrepen dat Milena vanmorgen op de vroege boot naar de wal zat. Hij heeft haar zelf weggebracht; heel dapper van hem.'

'Zeker,' zeg ik. Ik heb nooit zo goed hoogte van die Cam kunnen krijgen. Hij heeft een goeie reputatie in het dorp – Henk en Jeltje Ferwerda zijn in ieder geval maar wat blij met hem als schoonzoon – maar hij is wel een geval apart. Heel slim, volgens mij; slimmer dan je misschien op het eerste gezicht zou denken. Maar goed, dat is Mayke waarschijnlijk ook.

'Heb je sinds vanmorgen nog contact gehad met Axel?' vraag ik om het gesprek een beetje aan de gang te houden; in mijn ervaring krijg je het snelst hoogte van een ander mens als je het eigenlijk over niet al te belangrijke zaken hebt.

'Hij heeft in de groepsapp gezegd dat doc Ellen vanmorgen nog een keer is langs geweest en dat die voor de zekerheid wil dat ze even naar het ziekenhuis gaan. Ik verwacht dat ze intussen ook wel van het eiland af zijn. Ben jij...' Hij kijkt me peilend aan. Hele lichte ogen heeft dat jong, maar toch kan hij er heel doordringend mee kijken, bijna alsof hij een soort scan van je maakt. 'Ben jij bereid, of van plan, om langer voor Axel in te vallen, of is het verstandig als ik vast om me heen kijk naar een andere oplossing?'

'Denk je dan dat het langer gaat duren dan een paar dagen?' Ik moet ons gesprek even een halt toeroepen om een bestelling klaar te zetten, en Cam doet meteen mee. Ik de cola, hij het bier. Handen uit de mouwen, daar hou ik van.

'Nou,' zegt hij dan, als niemand kan meeluisteren, 'Wende is zwanger van een tweeling. Ik heb Axel even kort gesproken, vanochtend vroeg, op het plaatsje bij ons achter. Ze hebben dat tot nu toe stil gehouden, en ik mag het niet verder vertellen, maar tegen jou kan ik dit wel even zeggen. Het kan zijn dat er complicaties ontstaan. Dat kan doc Ellen zo even gauw niet zien, en het kan ook zijn dat ze gewoon rust moet nemen.

Axel overweegt om na het onderzoek in het ziekenhuis met haar naar haar ouders te gaan, want hij ziet al aankomen dat het niets gaat worden met dat rust nemen, met Wende, als hij gewoon hier op het eiland blijft. Dan kan ze het niet loslaten.'

Ik grijns. Hij heeft gelijk, en Axel waarschijnlijk ook.

'Maar hou het voor je,' mompelt Cam, 'dat van die tweeling; Wende wilde dat om de een of andere reden stilhouden, en Axel wil het graag zelf vertellen. Afhankelijk van hoe het gaat in het ziekenhuis komt hij zo snel hij kan terug, desnoods in zijn eentje, om de hele groep in te lichten. Maar als ze rust moet nemen tot na de bevalling en ze gaat naar haar ouders, dan gaat hij natuurlijk mee. En dan zijn we zo...' hij fronst even, 'vier maanden verder, gok ik, voordat ze allebei weer terug zijn, en waarschijnlijk wel langer voordat Wende weer een beetje de draad kan oppakken. Gelukkig komt de herfst eraan; als dit was gebeurd in het voorjaar had het me meer zorgen gebaard.'

'Hm,' zeg ik, terwijl ik erover nadenk. 'Dus je vraagt me min of meer of ik zo'n beetje tot het eind van het jaar hier wil werken. Elke dag. Zes dagen in de week. Op maandagen waren jullie toch altijd dicht?'

'Ja, maar dat kan nu eigenlijk niet meer, als er huurders zijn voor de huisjes. Maar we doen het wel wat rustiger aan vanaf oktober.' Cam fronst. 'En elke dag is misschien ook wel wat overdreven; we kunnen gewoon kijken hoe het gaat. Als we van Siets weten dat het rustig wordt, dan redden we het wel, zeker als Martin en Mandy om de beurt meedoen. De kitesurfkeet gaat ook dicht, volgende week. Het wordt toch al bijna te koud in het water. De diehards kunnen hun eigen boontjes wel doppen, dat deden ze ook voordat er een keet stond. Ik kan het weten; ik was er een van. Vin ook, trouwens, en kijk ons nu eens: wij liggen ook niet meer in het water. Het enige vervelende is dat we dan ook geen uitkijk meer hebben op het strand, maar goed, we hebben altijd Vlamkop nog, als er iemand in de problemen raakt.'

'Dus, op oproepbasis,' zeg ik.

'Zoiets.' Cam grijnst. 'Zal ik je vast toevoegen aan de groepsapp?'

Eigenlijk hoef ik daar niet zo lang over na te denken. 'Doe jij dat maar, jong. Zolang ik er nog onderuit kan als de reddingsboot nodig is, of als ik een of andere *snafu* heb met mijn pension.'

'Uiteraard,' zegt Cam ernstig.' Als er een snafu is, dan staan we allemaal klaar, dat weet je. Trouwens...' Hij aarzelt even, maar gaat dan toch verder. 'Er is nog iets waarover ik even met je van gedachten zou willen wisselen.'

Die avond sta ik in Beppe's Keuken op mijn beurt te wachten. Om een uur of vier ben ik weggegaan uit de Vis, ook al bood Mayke aan om voor iedereen te koken. Restjesdag, noemt ze dat. Dan maakt ze blijkbaar alles op wat op moet, en dan werken ze dat ratjetoe met z'n allen weg, na de werkdag.

Ik heb even tijd nodig om na te denken, en dat lukt me over het algemeen beter als ik alleen ben. Maar na een dag horecawerk heb ik nou ook weer geen zin om een bord AVG voor mezelf te maken, dus ga ik maar even bij Tjeerd langs.

Hij heeft niet veel geluk gehad met zijn personeel; nadat hij die twee vervelende grieten die in het voorjaar en de zomer bij hem werkten eruit heeft gezet, heeft hij steeds wisselende hulpjes gehad, maar niemand die bleef. Het zal Cam nog niet meevallen om iemand voor de Vis te vinden in het naseizoen; ik kan me er maar beter bij neerleggen dat ik er tot in het nieuwe jaar een baantje bij heb.

En Cam, in de reddingsploeg? Want dat vroeg hij me. Hij

lijkt me er op de een of andere manier geen geschikt materiaal voor. Tjeerd wel, al had ik dat in eerste instantie ook niet gedacht, maar die jongen heeft een soort betonnen kop; wat erin zit, zit niet in zijn kont. Hij moest en zou erbij, en hij heeft zich de blaren getraind. Krom van de spierpijn heeft hij gelopen, maar het is hem gelukt, en hij houdt het allemaal netjes bij, als ik hem zo in zijn Beppe-shirtje zie staan. Twee keer zo breed geworden; het is een wonder dat hij de meiden niet van zich af moet slaan.

Cam is taniger, qua bouw. Zelfs als ik hem train wordt hij waarschijnlijk niet veel breder dan dit. Maar dat is nog niet zozeer het probleem; tanige kerels kunnen beresterk zijn. Cam heeft op een bepaalde manier iets... zachts. Verweekt wil ik het niet noemen, dat zou te ver gaan, maar hij is toch... tja. Hij komt onmiskenbaar uit zo'n deftige familie, die vader van hem schijnt bizar rijk te zijn, dus hij zal als baby wel in een pluchen box hebben gelegen.

'Ha, Tjerk,' zegt Tjeerd hartelijk tegen me als ik aan de beurt ben, 'wat mag het wezen, je gewone recept?'

'Ja, doe maar kapsalon en een berenhap. En een flesje spa rood om het weg te spoelen.'

'Meenemen?'

'Ja, je denkt toch niet dat ik het in de etalage van deze treurtent ga zitten opeten?' plaag ik Tjeerd goedmoedig. 'Ik heb al geen privéleven, en dan loop ik daar wel helemaal mee te koop.'

'Aaah,' zegt Tjeerd sarcastisch, zonder een spoor van medeleven. 'Je krijgt wat je verdient, man. Moet je ons maar niet zo afbeulen.'

'Grapjas.' Ik ga verder op een wat serieuzere toon. 'Ik ben te werk gesteld in de Vis, voor *the time being*, omdat Wende even naar het ziekenhuis moet voor een check-up.'

‘O?’ zegt Tjeerd. ‘De zwangerschap?’

‘Blijkbaar. Ze was van de graat gegaan tijdens het werk. Maar nou zegt Cam vanmiddag ineens tegen me dat hij interesse heeft in de reddingsploeg. Hij verveelt zich, moet je nagaan. Alles bij de Vis loopt op rolletjes en hij is op zoek naar iets nieuws om zijn tanden in te zetten. Wat denk jij?’

‘O, dat trekt hij wel. Enorme doorzetter, die Cam. Zou je niet zeggen als je hem zo ziet, of als je hem hoort praten, maar die jongen schijnt een nog hardere kop te hebben dan ik. Maar het is maar waar je zin in hebt, nietwaar? En of je je nou minder gaat vervelen als je je kapot moet trainen onder jouw bezielende leiding, daar durf ik mijn hand niet voor in het frituurvet te steken.’

‘Hm,’ brom ik nadenkend. ‘Dus je bedoelt dat hij meer een geestelijke uitdaging nodig heeft?’

‘Kan ik me bij hem wel voorstellen.’

Ik kan het me bij die jongen ook voorstellen. Heel goed zelfs. Ik geloof dat ik een idee heb.

Intermezzo 3: Axel en Wende, in de auto op weg naar Doornsteek

'Ja maar, Ax, ik wil helemaal niet naar mijn ouders! En hoe moet het dan met de Vis?'

'Ja, ik wil dus niet dat je thuis blijft, want dan neem je die rust niet, Wen. Je hebt bloedarmoede, je moet meer eten en minder doen. Nou, als iemand dat bij jou voor elkaar krijgt, dan is het je moeder wel.'

'Ja, maar wie gaat dan alles regelen bij de Vis? Ik wil niet maandenlang zonder jou in Doornsteek in bed liggen wachten totdat ik een keertje mag bevallen!'

'Ik blijf toch bij je? Ik ga niet in mijn eentje op het eiland zitten terwijl jij hier bent; ik ga na een dag al dood. En je ouders zeiden dat dat kon.'

'Ja, plek zat, dat is niet het probleem.'

'Wat is dan wel het probleem? ...Wen? Hallo, ben je daar?'

'Ja, ik ben hier, ik probeer te bedenken wat het probleem is, behalve dat ik het natuurlijk gewoon niet zo wil.'

'Hm. Loslaten.'

'Ja, dat weet ik ook wel, dat ik het moet loslaten, maar dat wil nog niet zeggen dat dat dan in een keer lukt!'

'Ik vind het ook niet makkelijk, hoor. Maar we hebben Cam, en je broer, en Vin, die houden de boel wel aan de gang.'

'Nou, Vinnie is anders ook niks waard, op dit moment. O, ik kan mijn nichtje wel door elkaar rammelen; waarom doet ze nou zoiets idioots?'

'Laat Milena nou, ze heeft er vast goeie redenen voor. Ze is heel integer, dat weet je; en ze heeft toch niet gezegd dat het uit is?'

'Had ze net zo goed wel kunnen zeggen. Wat heb je eraan als

het aan is, als je er niet bent voor elkaar?'

'Heb jij een punt. Maar goed, Tjerk komt dus bijspringen, totdat wij weer terug zijn. Dat hij er tijd voor heeft, zeg; hij heeft zo veel gedaan de afgelopen maanden met die vervuiling. Ik had gedacht dat hij blij zou zijn dat het ergste achter de rug was. Even bijkomen. Wat zit je me nou ineens raar aan te kijken, Wen?'

'Ik kijk niet raar, ik moet lachen. Soms herinner ik me ineens dat ik, toen ik je net kende, dacht dat je een stille was. Maar dat ben je helemaal niet.'

'Hm.'

'Ja, dat doe je dan weer wel, dat hummen, maar gelukkig kan je in ieder geval tegen mij ook gewoon praten.'

'Selectief. Niet tegen iedereen, en ik heb ook niet altijd zin. Nu wel; *enjoy it while it lasts*.'

'Ha, ouwe gek dat je er bent; je praat tegen mij volgens mij altijd veel, behalve wanneer ik tegen je zeg dat je dat doet, dan hou je er meteen mee op. Maar goed, jij vindt dus dat ik me geen zorgen hoef te maken?'

'Hm.'

'En de bestellingen?'

'Cam. Of Mayke.'

'De administratie?'

'Ook Cam, natuurlijk.'

'Rooster?'

'Je broer.'

'Centrale inkoop? Als we dat niet goed afspreken zit straks ineens de halve horeca op het eiland zonder pleepapier.'

'Ik zou zeggen: Mayke. Maar dat zie ik je broer ook wel regelen, of Cam pakt het erbij. En Mandy moet Vin maar een beetje uit het slop trekken voor de promotie en dergelijke, en dan komt het wel goed. Surfkeet gaat dicht, het wordt rustiger... Komt echt wel goed, Wen. Focus je nou maar op je buik.'

'Nou, als ik nog dikker word hoef ik niet eens meer naar beneden te kijken om te kunnen navelstaren. En je zal af en toe toch terug moeten naar het eiland, alleen al om de kinderkamer af te maken. Anders zit ik hier straks met twee mini-Axels en dan kunnen die nergens slapen. Dan neem ik ze bij me in bed en dan moet jij op de bank beneden.'

'Ik pas daar niet op. Dan steek ik uit. Met mijn schouder. Ik heb er wel eens op geslapen, maar toen was ik heel dronken, dus toen merkte ik het niet zo. De volgende dag was ik gesloopt, en niet alleen van de kater.'

'Ha, des te meer motivatie.'

'Hm. Despoot!'

'Despotin, dan, hè?'

'Dat is geen woord.'

'Ik vond hem wel leuk.'

'Ik ook. Ik ben maar blij dat je niet zo raar bent gaan doen als Gwen, toen je broer nog met haar ging en ze naar het eiland kwamen. Weet je nog, toen Gwen zwanger was? Zwangerzilla, noemde Mart haar toen.'

'Was je bang dat ik ook een zwangerzilla ging worden? En Gwen was niet eens zwanger, die had het zich allemaal in haar hoofd gehaald, die rare muts. Blij dat Mart uiteindelijk het licht heeft gezien, zeg! Nou is hij tenminste gelukkig.'

'Ik weet niet of ik bang was, en jij bent misschien wel een ander soort zwangerzilla: je wilt niks loslaten, je wilt alles gewoon blijven doen zoals altijd. Maar dat kan helemaal niet, en het kan ook niet terug naar hoe het was als de baby's eenmaal zijn geboren.'

'Nee, hè? Ik begin dat intussen ook wel een beetje te snappen, maar ik moet me daar nog wel op instellen...'

'Wat een zucht, Wen. Maar je hebt nog even de tijd. Om aan het idee te wennen. En we gaan het allemaal wel rondbreien, samen. Laten we nou eerst maar eens de knoop doorhakken over de namen.'

'Fedde en Dominique.'

'Hou op, Fedde vind ik wel leuk, maar je gaat een kind toch niet opzadelen met mijn tweede naam?'

'Vind ik juist zo mooi, jouw tweede naam! Oké, Fedde en....'

'Sil?'

'Sil?! Wat is dat nou voor naam? Ik dacht dat je Dominique al zo'n meisjesnaam vond.'

'Mooie eilandernaam, hoor, Sil. Ik vind het wel leuk als ze korte namen hebben, en een beetje, hm, noordelijke namen? Net als Lieuwe.'

'Ja, dat vind ik ook leuk. Dus, eh, Fedde is een optie. Nou nog een tweede...'

'Doede?'

'Doe de twist? En plus, bij Doede moet ik meteen aan taxi's denken.'

'Wen, serieus. Oké, Doede valt af. Hm... Jelmer, Roef, Auke, Bern, Sieuwert, Friso...?'

'Roef vind ik wel aardig. Eh, even denken... Ik vind een H vaak wel mooi, maar ik wil niet twee van die namen die op een -e eindigen, dus niet Hidde, maar eh... Henning? Hessel?'

'Hm. Hessel.'

'Oké, dus voorlopig Fedde en Hessel. Ben benieuwd wat mijn ouders ervan zeggen.'

'Niet geheim houden?'

'Niet voor mijn ouders.'

'Hm. Goed. Testpubliek.'

'Ja, precies. Het wordt nou wel steeds echter, hè?'

'Ja. Enger, ook.'

'Ax, vind jij het eng? Ik dacht dat jij nergens bang voor was.'

'Wel voor jou verliezen.'

'Ja, nu ga ik tegen jou zeggen dat je je geen zorgen hoeft te maken, hoor. Er worden elke dag ik weet niet hoeveel kinderen geboren, en ook tweelingen, zonder dat er iemand bij doodgaat, dus niet stressen. Als jij gaat stressen ga ik ook stressen, en dat moeten we niet hebben. Jij bent wel mijn rots in de branding, hoor, Ax.'

'Hm. Rots. Branding. Check.'

'Lieverd.'

4

Eerste maandag van oktober, elf uur in de morgen, het giet van de regen en de Vis is leeg. Nou ja, leeg op het gebied van gasten; de hele groep is er wel, want Axel is er even. Hij is een paar uur op het eiland en dan gaat hij weer spoorslags terug naar zijn schoonfamilie, omdat Wende daar rust ligt te houden onder de vleugels van haar moeder.

We zitten om de grote tafel, iedereen met een kop koffie van Cams hand: hij is nog steeds de beste barista.

'Mijn zus wordt daar gillend gek,' mompelt Martin. 'Ik zie het zo gebeuren. Mijn moeder gaat haar natuurlijk op de kop zitten, en dan wordt ze helemaal knetter. Of Wen vindt dat ze overal bij moet meehelpen, en dan gaat ze het hele huis opruimen. Als ze dat wel eens met mijn kamer deed, dan kon ik meteen een jaar lang niks meer vinden.'

'Maar jij bent toch heel netjes? Je ruimt altijd al je rommel keurig op!' Mandy zit naast Martin te stralen, met Lieuwe op haar schoot. Je kan zien dat ze gelukkig is; ze heeft zo'n soort gloed over zich. Opnieuw bekruipt me de gedachte dat ik wellicht een of andere boot heb gemist, en opnieuw kijk ik naar Vincent, die, een beetje onderuitgezakt, op zijn vingernagel zit te knagen. Hij heeft het omgekeerde van zo'n gloed;

keerzijde van de medaille. Ik moet straks nog maar even met hem praten.

'Ja, vind je het gek dat ik opruim,' zegt Martin verongelijkt, maar hij meent er niks van. 'Ik ben van de weeromstuit netjes geworden! Ik dacht op een gegeven moment: ik doe het maar meteen zelf, anders gaat Wen het straks doen, en als ik het zelf doe weet ik tenminste gewoon waar het ligt. Hoe doe jij dat, Ax? Ben jij nooit je spullen kwijt?'

'Soms,' bromt Axel. Hij ziet er een beetje afgeknepen uit. 'Maar dan vraag ik aan haar waar het is, en dan zegt ze het, en dan is het niet meer kwijt.'

'Gaat het wel goed met je, jongen?' vraag ik hem.

'Het gaat,' zegt hij. 'Ik ben wel bezorgd, en ik vind het niet oké dat ik hier de boel achter moet laten, hoewel ik heus wel weet dat jullie weten wat je moet doen. En Tjerk: nogmaals bedankt dat je wilt bijspringen.'

'Geen probleem,' zeg ik, maar omdat het hem blijkbaar echt raakt – ik zie het aan de blik in zijn ogen – probeer ik er maar een grapje van te maken. 'Als je maar niet denkt dat ik je plek overneem in het shantikoor.'

'De zomervakantie is al voorbij, dus dat zal niet meer nodig zijn. Ik denk dat de Haerfeste-commissie een groter probleem is.'

'Gaat dat dan door?' Cam klinkt verbaasd als hij aan tafel aanschuift, eindelijk met een eigen kop koffie.

'Er was toch de vorige keer zo veel om te doen in de media?' vraagt Mandy, terwijl ze haar koekje aan Lieuwe geeft. 'Wij hebben er hier natuurlijk niet zo veel van gemerkt, en Mart en ik zijn zelfs niet eens in het dorp gaan kijken, maar...'

'Er kwamen tien activisten met een spandoek,' zegt Axel, 'maar het hele dorp wist ervan, omdat Siets had gemeld dat ze eraan kwamen. Dus toen stonden ze daar bij het voetbalveld met hun protestactie, en dichterbij konden ze niet komen, daar zorgde de voetbalclub wel voor.'

'We doen dat al eeuwen,' zeg ik, 'en ineens komt er een of andere politiek correcte antroposofische wokkel die vindt dat het feest teruggrijpt op een ritueel waarbij er mensenoffers plaatsvonden, en dat dat heden ten dage niet meer kan, omdat dat een misdaad tegen de menselijkheid zou zijn. Wat gebeurt er nou helemaal? Er wordt een strooien pop in elkaar geknutseld, die zetten we midden in het dorp, iedereen die iets te wensen heeft prikt er een briefje op, daar gaat uiteindelijk de hens in, iedereen staat te kijken, en daarna gaat de hele goegemeente bij Burema naar binnen om zich een stuk in de kraag te zuipen. En het is hier niet *The Wicker Man* of zoiets, er zit geen echt mens in; dat ding is van gras!'

'Yo, rustig, Tjerk,' zegt Vincent ineens. 'Ik ben dan wel geen eilander, maar ik weet dat dat soort tradities waarde hebben hier op het eiland, en iedereen aan tafel weet het ook.'

'Tradities moet je eren,' mopper ik, toch nog een beetje nijdig. 'Niet afvoeren omdat iemand een of ander idioot politiek punt probeert te maken. Laten ze eens gaan kijken in de eerste de beste bananenrepubliek; dáár gaan ze pas lekker om met mensenrechten. Daar gaan ook echt mensen dood. Geen symboliek. Maar goed, Ax, ik ga wel voor jou in die commissie zitten, al zullen ze wel al begonnen zijn. Ze zullen alle handjes-bij wel kunnen gebruiken.'

Axel knikt; ik zie aan hem dat hij weer iets van zijn interne lijstje afstreept, en dan haalt hij diep adem. 'Ik moet het jullie maar gewoon vertellen,' zegt hij dan. 'Wen wilde het de afgelopen tijd voor zich houden, want ik denk dat ze zelf ook even aan het idee moest wennen, maar jullie hebben misschien gezien dat ze echt heel snel heel zwanger werd?'

Iedereen knikt.

'Ik dacht dat jullie het al veel langer wisten, maar dat jullie gewoon je mond hadden gehouden,' zegt Mandy glimlachend. 'Langer dan die geijkte drie maanden, bedoel ik.'

'Nee, nee, dat is het niet,' zegt Axel. 'Ik moest misschien zelf ook wel even wennen aan het idee, in eerste instantie, en toen hadden we dat gehad, en toen gingen we naar de wal voor controle, en toen, nou ja, toen bleken er twee in te zitten.'

'Een twééling?' roept Mayke verbaasd uit, 'jullie krijgen een tweeling?'

Axel knikt.

Iedereen heeft wel wat te roepen. Vooral felicitaties, natuurlijk, en Axel glimlacht wel een beetje, maar helemaal zorgeloos kijkt die grote jongen nog niet. Dus, realist als ik ben, som ik op: 'Twee wiegjes, twee maxi-cosi's, twee autostoeltjes, een tweepersoons wandelwagen, dubbel zoveel kinderzooi in je huis, en twee keer zoveel zorgen om hun welzijn.'

'Hm,' zegt Axel. 'Dat, dus. En dubbel zoveel zorgen om mijn vrouw. En dan ben ik nog niet eens begonnen met denken aan dubbel zoveel kosten, van al die dingen die je daarnet opnoemde, Tjerk.'

'Als je op dat vlak problemen voorziet,' zegt Cam, 'dan verneem ik dat graag aanstonds. Geldzorgen zijn geen zorgen, Axel, daar heb je mij voor.'

'Bedankt, man,' verzucht Axel. 'Ik denk dat ik het wel voor mekaar ga krijgen, maar ik zou het wel handig vinden als we een keertje samen naar wat dingen kunnen kijken.'

'Uiteraard,' zegt Cam met een grijns, '*happy to be of service.* En bekijk het van de positieve zijde: een tweeling betekent natuurlijk ook: dubbel geluk, dubbel zoveel knuffels...'

'Dubbel zoveel poepluiers...' zegt Martin treiterig.

'De positieve zijde, heer Freriks,' zegt Cam met een frons.

Hij probeert dan wel streng te kijken, maar hij bakt daar natuurlijk niks van, die pretletter.

Iedereen lacht. Ook Axel, en zelfs Vincent.

Het lijkt wel een partijbijeenkomst van Ons Sociaal Belang in het dorpshuis, die Haerfeste-commissie. Siets, Hayte, Bob, Menno Olivier, allemaal zitten ze er, hoor; alleen Vincent ontbreekt, maar ik weet van hem dat hij dit maar een ouwemannenclub vindt. Net als het shantikoor. Misschien is het voor al die ouwe mannen – ik reken mezelf daar natuurlijk niet toe, hoewel we elkaar qua leeftijd niet eens zover ontlopen – meer de extra kans om even aan moeder de vrouw te ontsnappen en onder elkaar een biertje te pakken, dan dat ze nou zo nodig een strooien pop in elkaar willen klussen. Op een bepaalde manier kan ik daar best in komen.

'Dus jij komt in de plaats van Axel,' zegt Hayte. 'Nou, da's mooi. Hem hebben we vooral voor de spierballen, want hij zegt nooit zo veel, dus wat dat betreft zitten we goed met jou. Zowel voor de spieren als voor die zwijgzaamheid, al krijgen we er bij jou nog een lekkere klodder eenzelvigheid bij ook. Hoelang zit je nu alweer voor vast op het eiland, zonder dat je echt behoorlijk aan iets hebt meegedaan, man?'

Ik zucht. 'Jaar of vijf, denk ik. En wat leuter je nou: ik doe toch de reddingsboot, en het team? Ik ben gewoon niet zo'n verenigingstijger.'

'Dit is geen vereniging,' protesteert Bob, 'dit is een noodzakelijke traditie. De strieman moet er staan precies drie weken na de herfstequinox, anders...'

'Onheil!' roept Hayte sappig.

'Narigheid,' doet Menno een duit in het zakje, en hij houdt zijn bierglas proostend omhoog. 'Strieman moet branden.'

'Strieman moet branden,' mompelen ze allemaal, als een

soort toast; ik doe er het zwijgen toe.

'Hij was al zo toen we nog op de basisschool zaten,' zegt Hayte tegen Bob, die een paar jaar jonger is. Over mij. Alsof ik er niet gewoon naast zit.

'Hallo?!' mopper ik verongelijkt.

'Op zich handig dat je er nou toch bent,' zegt Menno onverstoorbaar; hij kent me langer dan vandaag. 'We hebben in de raad iets gehoord over de aanstelling van de nieuwe burgemeester.'

'Zo, dat is snel,' zeg ik verrast.

'Zei ik toch,' zegt Siets. 'De commissaris wilde er ook wel vaart achter zetten. Heeft ook meteen een kandidaat naar voren geschoven, nog voordat we de kans hadden gekregen om zelf met iemand te komen. Was nog wel even discussie over, maar ja.' Een veelbetekenende blik.

Ik doe alsof mijn neus bloedt en duik in mijn bierglas; ik wil pertinent niet te boek staan als de kandidaat-burgemeester vanuit de eilandraad. Het is niks voor mij, dat heb ik al ik weet niet hoe vaak gezegd, maar dat stelletje stijfkoppen heeft collectief een paar dysfunctionele flappers aan hun kanis hangen, waar blijkbaar geen geluidsgolven in kunnen. Ze horen het niet. Het registreert niet. En nog los van het feit dat ik het niet wil: stel, ik zou ermee instemmen en ik word het niet. Dan blijf ik daar dus mee rondlopen, hier. Als je van buiten komt en je wordt het niet, dan ga je gewoon ergens anders je ding doen, maar ik heb er geen zin in om voor de rest van mijn leven te boek te staan als Tjerk-die-bijna-burgemeester-was-geworden.

November, Echo, Echo: nee.

Hayte is intussen ook aangehaakt bij het gespreksonderwerp. 'Maar ja,' pakt hij het op, 'als wij vanuit de raad geen geschikte kandidaat kunnen aandragen, dan wordt het op een gegeven moment belangrijker dat het een beetje snel gaat, dan dat het per se iemand van ons moet zijn. En hij heeft goeie papieren, die kandidaat. Niks op aan te merken. Van onbesproken gedrag, ongetrouwd, begin veertig –'

'Gescheiden?' onderbreek ik hem.

'Nooit getrouwd geweest, volgens mij. Te druk met de carrière,' zegt Hayte. 'Hij heeft dan ook wat op zijn naam staan; directeursfuncties toen hij nog niet eens dertig was, en een heleboel commissariaten, onder andere bij de Bilderberg-hotels. Dus ervaring met de toeristenindustrie. Schijnt enorm gefocust te zijn, en schijnt zich heel snel in te kunnen lezen.'

'Oké...' zeg ik langzaam en nadenkend, 'dat klinkt helemaal nog niet zo verkeerd. Een doorpakker is nou net wat we nodig hebben. Hoe heet hij?'

'Groenendijk. Alex Groenendijk.'

'Dieken binne altied mooi,' mompelt Menno vanuit zijn bierglas. Hoe meer bier hij drinkt, hoe minder ABN hij praat.

'Waar komt hij vandaan?'

'Tjerk, man, wat is dit, een kruisverhoor? Als je wilt meebeslissen moet je in de raad gaan zitten.' Hayte grijnst naar me.

'Sorry, ik wil gewoon goed gebrieft worden voordat ik de vijand tegemoet treed.'

'Hoe weet je nou zeker dat die Groenendijk de vijand is?'

'O,' zeg ik, 'dat weet ik helemaal niet zeker, maar ik heb geleerd dat het niet onverstandig is om van het ergste uit te gaan, want dan valt het altijd mee.'

'Nou,' zegt Siets sappig, 'als hij over de vuurtoren gaat beginnen, wat hij vast en zeker gaat doen, dan zijn de poppen aan het dansen. Ben je nog langs geweest bij Pier, Tjerk?'

'Check,' antwoord ik. 'Het gaat wel goed met die ouwe, maar hij heeft manschappen tekort. Gaat hij zelf de hele tijd boven zitten. Ik ben nog op zoek naar een paar jonge kerels hier op het eiland, die hij en beetje kan opleiden en die dan af en toe de wacht kunnen nemen als hij niet genoeg van die piepers krijgt aangeleverd van de opleiding. Is dat niks voor jouw zoon, Menno?'

'Die werkt zich al bijna dood in die snackbar van hem,' zegt Menno, die blijkbaar weer een beetje uit zijn bierfuzz is gekomen, 'en ik ken hem: als je het hem vraagt zegt hij ja. Dan voelt hij zich verplicht. Maar, eh, jij zit toch de hele tijd in de Vis? Willen die het er niet bij doen? Ik zag gisteren Vincent met zijn ziel onder zijn arm door het dorp schuiven; die jongen kan wel wat afleiding gebruiken volgens mij, nu zijn famke is weggelopen.'

'Volgens mij zit het wel wat ingewikkelder dan dat,' mompel ik, en ik bedenk me dat ik me, intussen alweer een paar dagen geleden, had voorgenomen nog een praatje met Vin te maken. Toch maar even doen; die jongen heeft het zo te horen wel nodig.

Ik heb het maar druk, al met al: met een dienst draaien bij de Vis, de reddingsboot en de loods een beetje netjes houden en twee keer een wacht in de toren is mijn tijd aardig gevuld geweest de afgelopen dagen. En dan ben ik nog niet eens binnen geweest bij Westerveld; daar moet ik ook nog steeds een paar dingen doen.

Intermezzo 4: Cam en Vincent

'Maar ik kan toch gewoon Pater inlichten en hem vragen een beetje rond te bellen? Dat wil hij vast wel doen; hij vindt dat volgens mij wel leuk. Detectiefje spelen, weet je wel?'

'Beter van niet.'

'Maar je bent toch bezorgd?'

'Als een malle. Ik doe geen oog dicht. Als ze me af en toe appt, dan is dat zo'n opluchting, ik weet echt niet wat ik meemaak. Ik had geen idee dat dit bestond.'

'Wat, precies, heer Busquet?'

'Je zo ongelooflijk klote voelen omdat je vriendin bij je weg is.'

'Maar het is toch niet officieel, eh, "uit" tussen jullie? Ik heb er altijd wat moeite mee om over relaties te spreken alsof het een stoplicht betreft, maar je begrijpt wat ik bedoel.'

'Ik begrijp precies wat je bedoelt. En ik weet het dus eigenlijk niet. Ze zei wel dat ze nog steeds van me houdt, voordat ze wegging, en ze zei ook niet dat het echt helemaal over was, maar ze ging toch. En ik snap het gewoon niet. Als je van elkaar houdt, en alles is goed, en zo, dan ga je toch niet weg?'

'Misschien was niet alles goed. En zo. Voor haar dan, bedoel ik.'

'Ja, precies, daar ben ik dus zo bang voor. Maar ze heeft er van tevoren niks over gezegd, dat is het irritante; ik heb heus wel gevraagd of er iets aan de hand was, maar dan haalde ze zo haar schouders op... Ik dacht: ze moet er misschien nog even over nadenken, het komt vanzelf... Nou, en toen kwam ineens dit. Dat ze wegging, dat ze vond dat we een ongelijkwaardige relatie hebben.'

'Je bent er wel stuk van, hè, heer Busquet?'

'Ja. Natuurlijk. Hoe zou jij je voelen als Mayke van het ene moment op het andere de kolder in haar kop kreeg?'

'Ik zou letterlijk omvallen van verbazing, omdat het zo niet bij haar zou passen. Ze is daar veel te gelijkmatig voor. Maar Milena... die heeft toch altijd iets mysterieus. Ze heeft altijd wel een deel van zichzelf voor zichzelf gehouden, ook al waren jullie nog zo innig, samen. Ik kon dat wel zien, maar ik had geen idee dat het tot problemen zou leiden.'

'Ik merkte dat ook, natuurlijk, en ik dacht dat het het beste was om haar gewoon een beetje ruimte te geven, dat het dan vanzelf goed kwam. Nou, mooi niet; nou heeft ze zo veel ruimte gepakt dat ik geen idee heb waar ze is en waar ik aan toe ben met haar. En ik zit dus ook nog mooi met de hypotheek, hè? Ik red het net, in mijn eentje, maar de wasmachine moet niet kapotgaan, zeg maar.'

'Als je iets nodig hebt dan moet je het ogenblikkelijk zeggen. Jij was er voor mij toen ik op zwart zaad zat in Australië, dus... *Happy to return the favour*. Daar heb je vrienden voor.'

'Thanks, man.'

'Trouwens.'

'Zeg het maar, Camster. Heb jij ook wat op je lever? Zolang je niet meteen weggaat: kom maar op.'

'Nou... ik heb het er ook al met Mayke over gehad, en zij adviseerde me er eens met Tjerk over te praten, maar... ik verveel me. Niet in mijn relatie, begrijp me niet verkeerd, maar ik mis... een uitdaging. Iets waar ik mijn tanden op stuk kan bijten.'

'Ooo... keeeee... Nou, dat zou ik nou nooit hebben. Als ik het rustig had, dan ga ik lekker liggen tukken, niet piekeren over een extra uitdaging. Maar goed, ieder zijn ding natuurlijk.'

'Precies. Welnu. Ik heb met Tjerk gesproken: ik dacht, misschien kan ik meedoen met de reddingsploeg. Als ik zijn training overleef. Dat is wel meer een fysieke dan een geestelijke uitdaging, maar het zou me in ieder geval een tijdje goed bezighouden. Dus ik heb het hem voorgesteld.'

'En hij lachte je zeker vierkant uit? De reddingsploeg is voor van die brede gasten als Axel, die er geen moeite mee hebben, wat zeg ik, die het lekker vinden om de *obstacle course from hell* te doen en te oefenen met sprinten in een laag mul zand tot aan je knieën. Niet voor types zoals wij.'

'Ik zou niet zover gaan om te zeggen dat jij en ik samen onderdeel van hetzelfde type uitmaken, Vin.'

'Pff. Patser. Ik bedoel: tanig. Niet van die spierbundels. Axel is gewoon van zichzelf zo, hoor; ook als hij niet zou trainen.'

'Ik geloof je op je woord. Maar dat was eigenlijk niet precies hoe Tjerk reageerde. Hij zei: "Als je denkt dat je het aankan, kom dan maar een keertje meetrainen op zaterdagochtend vroeg." Het is nu toch rustig, omdat Axel aan de wal zit bij Wende. Hij was wel verbaasd dat ik het hem vroeg, want hij had me ingeschat als net zo'n luie draadnagel als jij. Zijn woorden, niet de mijne.'

'Luie draadnagel. Ja hoor, lekker dan.'

'Hoe dan ook. Ik ga zaterdag. Ga mee, man. Dat verzet je zinnen een beetje. Als je je kapot traint heb je tenminste nog het gevoel dat je iets nuttigs hebt gedaan.'

'Dan sta ik de rest van de dag op mijn benen te wankelen, en jij ook, maar goed. Oké. Wie zitten er nog meer in de ploeg dan?'

'Tjeerd, van Beppe's Keuken, en Bob, die met Siets op de veerboot zit, en de broer van Doede, hoe heet hij ook weer, zijn jongere broer?'

'Eh... Anne. Anne Boonstra.'

'O ja. *Boy named Sue*, ik zal er nooit aan wennen, ook al heb ik me laten vertellen dat het een mooie Friese voornaam is.'

'Nee, jij trekt volle zalen, met je Camerlingh!'

'*Don't remind me*, ik win met gemak de vreemdenamenwedstrijd, als die gehouden zou worden. En die jongen die bij Burema achter de balie werkt, die doet geloof ik ook mee, maar ik kan me zijn naam ook niet meer herinneren.'

'Bedoel je Arie? Serieus? Zit die in het reddingsteam,

tegenwoordig? Shit. Shit, shit, shit. Ik denk niet dat ik meega, hoor, als hij er ook is. Ik wist dat helemaal niet.'

'Wat is er mis met die Arie? Ik ken hem alleen van gezicht.'

'Nou... in mijn, eh, wilde jaren, zal ik maar zeggen, van voor Milena, toen wilde ik nog wel eens blijven slapen bij, eh, dames die een kamer bij Burema hadden. Ook bij, eh, Mandy.'

'Ja, en? We weten toch allemaal hoe jij was voordat je een brave monogame huisvader werd? Ik heb niet de indruk dat iemand je het verleden nadraagt, en dat is maar goed ook, anders zouden we in hetzelfde schuitje zitten. Man, wat was ik onverantwoordelijk bezig in die tijd; het schaamrood stijgt me naar de kaken als ik eraan terugdenk.'

'Dat heb ik nou ook. En die Arie, die weet dat. Dus iedere keer, maar dan ook echt iedere keer als ik hem tegen het lijf loop gaat hij me zo ongenadig zitten zieken!'

'Ik durf te wedden dat hij gewoon jaloers is op je succes in het verleden, heer Busquet.'

'Da's geen garantie voor de toekomst, helaas.'

'Inderdaad. Maar kom nou maar gewoon mee, zaterdag, en als Arie tegen je begint en het wordt vervelend, kan ik altijd nog mijn ouweheer channelen en op mijn befaamde kaktoon iets ongezelligs tegen hem zeggen.'

'Kan je hem nog, dan, die kaktoon? Je praat een stuk minder zo, weet je dat?'

'Ik denk wel dat ik nog weet hoe het moet, maar ik ben blij dat ik hem een beetje kwijt ben. Een loden last, zo'n opvoeding als de mijne.'

'Als je lang genoeg met mij omgaat word je nog ordinair.'

'Dat ben jij niet, heer Busquet. Net zomin als dat je een flierefluiter bent. Ik waardeer onze vriendschap zeer, en ik ben er voor je. Net zoals jij er voor mij was. We hebben het er niet vaak over, en gelukkig maar, anders zou ik er nog emotioneel van worden –'

'Ha, hou op, idioot.'

'Maar serieus. Wat jij voor mij hebt gedaan, zorgen dat ik uit Australië kon vertrekken toen ik op mijn allerdiepste dieptepunt was, dat was een daad van ware vriendschap, die ik niet had zien aankomen en die ik nooit zal vergeten. Ik ben je veel, zo niet alles verschuldigd, dus aarzel nooit om me iets te vragen.'

'Ja, hou nou je muil maar, anders begin ik ook nog te janken.'

5

Ik had niet gedacht dat Cam zou komen opdagen, maar wie schetste mijn verbazing dat vanochtend in het halfduister – nog even en we moeten later gaan beginnen, anders breken we onze nek nog op het strand – niet alleen Cam kwam opdagen op de training, maar ook Vincent.

Ze hebben zich kapot gewerkt, en ze konden meer aan dan ik had verwacht. Ze zijn er natuurlijk nog niet, niet in één keer, maar ik dacht wel dat ze het loodje zouden leggen bij het planken en het opdrukken. Viel me reuze mee.

'Komt van het kiten,' zei Vincent na afloop, helemaal paars aangelopen. 'Of misschien ook wel van het drummen. Daar heb je ook conditie voor nodig.'

'Ik heb geen aanwijsbare reden,' zei Cam, zwaar ademend en met een vertrokken gezicht maar blijkbaar niet bereid zich geestelijk gewonnen te geven. 'Misschien veel seks in rare posities? Ik hijg anders ook nooit zo.'

Ik kan het wel waarderen dat die jongen zo vasthoudend is, dat hij zich niet wil laten breken. Dat is een mooie eigenschap.

'Jongens,' zeg ik, nu we in de Vis zitten met een kop koffie, nog voordat de boel opengaat, 'ik moet het even ergens over hebben met jullie.'

Ze knikken en kijken me aan.

'Ouwe Pier, van de vuurtoren, die heeft mensen tekort. De zeevaartschool stuurt hem stagiairs, maar die jongelui moeten er wel op inschrijven. Als ze dat niet doen heeft hij niemand; op dit moment heeft hij wel een beetje hulp, maar te weinig. En kijk, het is op zich een goeie regeling voor hem: hij is een ouwe, eigenwijze baas die het altijd allemaal zelf heeft gedaan, dus hij wil natuurlijk niet dat er elke dag een thuiszorgdame van de wal komt. Als die jongelui van de zeevaartschool er zijn, kunnen ze ook een beetje een oogje op hem houden. Hij leert ze wat, zij houden hem in de gaten. En ze koken om de beurt, dus hij krijgt goed te eten zonder dat hij daar zelf al te veel tijd in hoeft te steken. Maar goed, op dit moment zijn er dus niet genoeg stagiairs om een behoorlijk wachtrooster op te stellen. Nu gaat hij zelf steeds boven zitten, dat deed hij vroeger natuurlijk ook, maar laatst is hij gevallen. Hij wil nog wel, maar hij redt dat allemaal niet meer. Ik ben bij hem langs geweest om met hem te praten, en stoppen vindt hij geen optie. Hij is opgeleid door zijn vader, heeft alle technologische veranderingen meegemaakt, hij is vuurtorenwachter in hart en nieren. En hij is als de dood dat we de bemanning van de vuurtoren voorgoed kwijtraken op het eiland.'

De jongens knikken, terwijl ik even een slok neem. Ik heb voor mijn gevoel in jaren niet zo veel gepraat als de afgelopen weken, maar ik ben nog niet klaar.

'Ik neem steeds een dienst, na vieren, zodat ik daarvoor hier kan werken als jullie me nodig hebben. Ik heb ook een paar keer de *graveyard shift* gedaan; dan ben ik net op tijd weer beneden voor de roswoz en kan ik meteen door om hier mee te draaien, mocht het zo te pas komen. Maar goed, ik alleen ben geen structurele oplossing voor Piers probleem, dus ik denk zo: als het mij lukt, dan moet het jullie ook lukken om er af en toe een wacht bij te pakken. Het is geen *rocket science*, je moet er een beetje Engels voor kunnen om met de centrale te communiceren, je moet die apparaten kunnen uitlezen en je moet goed opletten. Maar jullie zijn slimme jongens, dat lukt jullie wel.'

'Ros-wat? Wat zei je nou net? Soms komt er van dat jargon uit jou waar ik echt geen touw aan vast kan knopen.'

'Reveille, ochtendsport, wassen, ontbijt, ziekenrapport. Opstaan, voor burgers, Vincent.'

'Wacht even,' zegt Cam. '*Hold your horses*. Heb jij een Atlascomplex, Tjerk?'

Ik zal hem wel verbijsterd aankijken.

'Je neemt het leed van de hele wereld op je schouders,' zegt Cam, met een klein glimlachje. 'Hier in de Vis hebben we een probleem, jij staat er. Pier heeft een probleem, jij staat er. Haerfeste-commissie: jij springt in voor Axel. Paar maanden terug, dat ongeluk met dat vrachtschip: wie loopt er te regelen en te coördineren?' Hij geeft me een nadrukkelijke blik.

Ik haal mijn schouders op. 'Ik heb gewoon wel handige ervaring voor een heel aantal dingen. En wat betreft dat gezonken containerschip: daar is het laatste woord wat mij betreft ook nog niet over gezegd. Dat ligt daar nog steeds, niet al te ver bij de kust vandaan, in een stroming die alle troep die er misschien nog uit komt zo langs onze kust slingert en verder de Waddenzee in. Niemand weet precies wat erin zit; als die containers doorroesten, wat ze natuurlijk gaan doen, en de inhoud komt eruit en die spoelt aan, dan kunnen we weer opnieuw beginnen. En als dat schip nog vol stookolie zit is de ramp helemaal niet te overzien. Ik wil iets met een professionele berger, het groots aanpakken, maar dat kost nogal wat centen. Gaat de gemeente wel een beetje boven de pet, denk ik. Dus ik heb zelf de hele boel uitgezocht. Wat er aan subsidies te halen valt, hoe we gebruik kunnen maken van het feit dat we een beschermd gebied zijn op Europees niveau, dat de zeehondjes er dood van kunnen gaan, et cetera, et cetera. Het wachten is alleen nog op een nieuwe burgemeester. Hoewel er geruchten de ronde doen dat daar meer beweging in zit dan ik had gedacht.'

'Ja, die geruchten heb ik ook gehoord,' zegt Vincent, terwijl hij rondjes draait met zijn schouder.

'Zere vleugel, jong?' vraag ik, een beetje vilein.

'Hij ligt er nog net niet af, sadist,' zegt Vin grijnzend. 'Ik zal het wel overleven.'

'Spierpijn is in ieder geval beter dan hartenpijn,' zegt Cam.

'In welk opzicht?' Vincent lijkt daadwerkelijk geïnteresseerd in het antwoord op die vraag, hoewel ik een uitdrukking over zijn gezicht zie trekken die me raakt. Die jongen zit zich verschrikkelijk groot te houden.

'Spierpijn ben je in een dag of drie vanaf,' zegt Cam droog. 'Maar, Tjerk, als schaduwkeizer van dit eiland ben je wel lekker bezig. Waarom heb je jezelf niet naar voren geschoven voor die burgemeesterspost?'

Ik zucht. 'Ik blijf dat maar uitleggen, hè? Ik ben een man van doen, niet van erover lullen. Maar ik hoop dus dat die voorgestelde burgemeesterskandidaat hier op korte termijn aan de slag kan, en dat hij zich dan op mijn bergingsplan gaat focussen, niet op het onbemand maken van de vuurtoren. Want daar wordt niemand beter van. Wij niet, de zeevaart rondom het eiland niet, en Pier al helemaal niet. Dus, lang verhaal kort: kan ik jullie inroosteren voor een leswacht?'

Cam en Vincent kijken elkaar even aan. En dan knikken ze.

Goddank. Weer een punt van mijn actielijst.

Ik begin er al aan te wennen: bardienst in de Vis, wacht in de toren, slapen, *repeat*. Soms even een dagje werk aan de winkel in de loods van de reddingsboot, en ik heb het ook nog voor elkaar gekregen om Westerveld een beetje verder aan te harken, al schiet dat niet zo hard op als ik wel zou willen. Het is aanpoten, maar tegelijk prima te doen; ik hou wel van een beetje druk op de ketel. Ik eet alleen te veel patat, want ook nog koken voor mezelf, dat gaat me met zo'n goedgevulde dagindeling te ver.

Mayke weet dat wel, die slimmerd; ze geeft me salades voor de lunch. 'Van het huis,' zegt ze dan, met zo'n blik die zegt: opeten.

Dekken, dienen, hulzen rapen, noemden we dat vroeger: niet zeuren en schouders eronder. Ik knaag een bord bladeren weg als een konijn – toegegeven, het smaakt altijd goed, want ze doet er lekkere dingen doorheen – en dan mag ik van mezelf 's avonds wel een beetje klandizie naar Tjeerd brengen.

'Goed van je, dat je Cam op Vlamkop wil laten meedraaien,' zei Mayke vanmiddag nog tegen me, toen ik mijn bord bladgroen van haar kreeg. 'Zoiets vindt hij leuk. Hij zal het wel allemaal heel snel doorhebben, hij is idioot slim. En dan komt hij straks ineens met een of ander vernieuwend idee, let maar op.'

'Zolang dat idee maar niet iets te maken heeft met de controle over de toren aan de centrale uitleveren,' zei ik, al enthousiast kauwend, langs een snavel vol bladeren.

'Hij weet wel hoe het zit, hoor,' zei ze met een grijns. 'En als hij nog een keer komt trainen, geef hem dan maar flink van katoen. Hij heeft twee dagen spierpijn gehad, maar dat is alleen maar goed voor hem.'

'Doe maar een extra grote, even geen kapsalon, gewoon een zak friet met mayo,' zeg ik nu tegen Tjeerd, die een vers afgebakken lading patat met zout bestrooit en omhusselt met een gebaar alsof hij het al duizend keer heeft gedaan. Dat zal ook wel zo zijn, bedenk ik me als ik hem eens goed observeer; hij straalt iets uit van... ik weet het niet precies. Het is me al eerder opgevallen; soms lijkt het wel weg, soms staat hij 's zaterdags op de training met frisse moed, maar zo af en toe zakt de frisse moed van zijn gezicht af en dan zie ik...

'Wat is er, jong? Je ziet er aangeknaagd uit.' Recht eropaf. Admiraal Nelson zei het al, als ik de geschiedenisboeken mag geloven.

Tjeerd staat een beetje te schutteren terwijl hij mijn puntzak volgooit. Blijkbaar heb ik doel getroffen, al valt het hem zo te zien niet mee om er iets over te zeggen.

'Ach,' mompelt hij dan uiteindelijk, 'paar maanden geleden, toen met die vervuiling en alles...'

'Ja?'

'Kleindochter van Boersma.'

'Ja, ik weet wel wie je bedoelt. Leuke meid. Werkte die niet een tijdje op de veerboot, in het voorjaar?'

'Hele leuke meid,' zegt Tjeerd, op een toon alsof de wereld vergaat.

'Had je een oogje op haar?'

Hij krijgt het voor elkaar om mij mijn puntzak aan te reiken en tegelijk zijn schouders op te halen.

'Ik ben niet zo'n makkelijke met die dingen,' zegt hij dan moeizaam. 'Ik zag haar wel zitten, maar ze is naar een of ander hotel in Schotland vertrokken, of zoiets. Ze ging daar minstens een half jaar werken, het was een soort opleiding...'

Ik ben de enige klant in de zaak. Waarschijnlijk ben ik ook de laatste, want Tjeerd komt achter zijn balie vandaan, loopt naar de deur, steekt zijn hoofd naar buiten om de straat op en neer te kijken en draait dan zijn bordje om. Hij knipt ook nog dat neonding uit dat zo'n beetje in de etalage staat, en daarna gaat hij, een beetje onderuitgezakt, aan een van zijn eigen tafeltjes zitten.

Hij geeft me een blik, die zegt: ga ook zitten, dus dat doe ik dan maar.

'Vertel verder,' zeg ik, terwijl ik begin te eten.

'Nou, helemaal aan het eind, vlak voor het concert op het strand, weet je nog? Toen ging ik een stukje met haar lopen. Ze was op een gegeven moment naar huis gegaan, omdat die meiden die hier bij me werkten haar dwarszaten. Ik heb ze toen zonder pardon weggestuurd.'

'Die twee kan ik me nog wel herinneren,' zeg ik met een veelbetekenende blik richting Tjeerd. Ze waren nou niet direct moeders mooiste, allebei niet. Nou is dat op zich geen probleem, vlag erover en voor het vaderland zeiden ze dan op de kazerne, maar vanbinnen waren ze ook niet helemaal fris, en ze hadden zich allebei in het hoofd gehaald dat ze die jongen aan de haak wilden slaan. Dat Tjeerd meer oog had voor de kleindochter van Boersma vonden ze niet zo leuk.

'Nou, en toen kwam ze weer terug,' gaat Tjeerd verder. 'Ik baalde ervan dat ze weg was, dus ik was blij dat ze terugkwam, en toen gingen we even samen lopen, en toen hebben we gezoend, maar ze ging toch naar Schotland. Ik ben er goed ziek van geweest.'

'En zo te zien ben je er nog steeds wel een beetje ziek van.'

Tjeerd knikt miserabel. 'Ken je dat gevoel, dat je denkt: die moet ik hebben? En dat het dan niet lukt?'

Ik observeer hem even in stilte, maar zeg dan toch: 'Zelf nog niet meegemaakt. Maar ik kan me er wel iets bij voorstellen.'

Op dat moment begint mijn mobiel geluid te maken: het muziekje van dat marsliedje uit de film *Cadence*, uit 1990.

'The Chain Gang'. Oeroud, maar werd regelmatig gedraaid op verschillende kazernes waar ik gelegerd was, en er waren altijd wel een paar van die spierwitte grapjassen met bloemkooloren die dan ook gingen proberen dat loopje te doen. Het leek natuurlijk nergens op; swingen kan je niet leren.

'Tjerk,' brom ik in het apparaat. Ik heb nog net op tijd een friet ingeslikt.

'Ja, hallo, spreek ik met Pension Westerveld?' Een damesstem, een beetje gecultiveerd, maar net niet bekakt. Ik gok, puur afgaande op de stem, dat het zo'n nieuwrechtse zweefster is. Zo eentje die flexitarisch eet en fanatiek aan yoga doet. Geen kinderen. Onflatteuze fladderkleren van een of ander eco-verantwoord merk en niet genoeg vlees op de botten.

'Eigenlijk is het pension gesloten, maar zegt u het maar.' Terwijl ik wacht op wat de dame allemaal gaat mededelen laad ik snel nog twee frieten met een forse klodder mayo in.

Tjeerd zit me op te nemen.

'Een klant,' mompel ik onhoorbaar, mijn wenkbrauwen omhoog.

De dame heet Leonetta. Achternaam: Van Roezeveer. Die voornaam heb ik nog nooit eerder gehoord; klinkt me een beetje als zo'n samenstelling van creatieve ouders in de oren. Vader heet Leo, moeder heet Aletta, zoiets. Denk aan prinses Laurentien.

Ze arriveert met de boot van half twaalf en ik heb nog net een uurtje om in ieder geval één kamer in Westerveld een beetje op te kalefateren. Gelukkig heb ik alle kranen gerepareerd en vrijwel alle rommel opgeruimd, maar als ik nog eens met een kritisch oog rondga in de kamers kan ik niet anders dan constateren dat het een ouwe troep begint te worden. Ik wist dat natuurlijk wel, maar als ik me nu voorstel dat ik hier voor het eerst binnenkom, als gast, dan zie ik het ineens weer met frisse ogen. De bedden, daar is niet zo veel mis mee, dat zijn gewoon bedden. Maar de meubels zijn eigenlijk allemaal beschadigd, lelijk, ouderwets – maar niet op een hippe vintagemanier – en als ik eerlijk ben gewoon rijp voor de brandstapel.

Ik richt één kamer in – de kamer met het schoonste tapijt – met het beste van wat er nog bij zit, en stapel meteen alles waarvan ik vind dat het direct weg kan op in de kamer die ik tot rommelhok heb gebombardeerd. Eigenlijk zou ik de hele boel moeten opknappen, alleen: wanneer in godsnaam?

En daarbij: heb ik er nog wel zin in, in dat pension? Kan ik het financieel misschien ook wel uithouden zonder die inkomsten? Ik verdien nu het nodige bij in de Vis, en de eilandraad heeft geregeld dat ik ook nog wat krijg voor mijn hulp aan ouwe Pier van de toren. Ik noem dat ding nou nooit Vlamkop; voor mij is het de toren. Vlamkop is de burgernaam. Voor de reddingsboot krijg ik ook nog iets van een vergoeding, en ik heb mijn schadevergoeding nog. Daar kom ik niet aan. Ik weet niet wat het is, misschien een soort schaamte, maar dat geld heb ik nog nauwelijks ergens voor gebruikt. Ik heb steeds het gevoel gehad dat er ongeluk aan dat geld kleefde; een idioot idee natuurlijk, maar op zich ook niet vreemd, als je bedenkt hoe ik eraan ben gekomen.

Ik heb bij mijn laatste uitzending een paar vervelende dingen meegemaakt, en ik had schade. Ik praat daar niet graag over. Ik heb het natuurlijk allemaal zelf weten op te lossen, maar het had niet veel gescheeld of ik was gecrepeerd in het stof van Afghanistan, met een stuk munitie in mijn donder en geen kans op extractie door mijn wapenbroeders. Daarna was ik er klaar mee. Tenminste, nadat ik defensie aansprakelijk had gesteld voor de hele toestand, en ik een zogenaamde volledige schadevergoeding had ontvangen. Het is een aardige hoeveelheid geworden – ik maakte dan ook onderdeel uit van een niet ongevaarlijke missie, zal ik maar zeggen – maar ik ben me altijd blijven storen aan dat ene woord: volledig. Hoe weet iemand anders nou hoe die momenten voor mij zijn geweest? Hoe kan je dat volledig in geld uitdrukken?

Ik moet niet te diep in die gedachten duiken; ik weet achteraf gezien zeker dat ik, toen ik net terug was, met een flinke portie PTSS heb geworsteld. Daarvan is het grootste deel wel gezakt, door stug door te gaan, mezelf fysiek goed uit te putten, mijn conditie een beetje terug op niveau te brengen, er niet over te praten en mezelf de tijd te geven. Doc Ellen heb ik niet nodig gehad, hoewel ik denk dat ze het wel aan me heeft gezien, in het begin.

Zelfrevalidatie, zal ik maar zeggen. Ik denk niet dat ik nog snel op een ander zal vertrouwen.

Misschien is de allerlaatste stap in dat hele proces uiteindelijk wel dat ik dat geld op mijn bankrekening gewoon alleen maar zie als geld, niet meer als een herinnering aan een periode in mijn leven waar ik alleen maar in kleine porties over na moet denken, anders ga ik me slecht voelen. Dat ik dat geld gewoon ga gebruiken, om van te leven, als ik geen zin meer heb om een pension te runnen.

Het is een gedachte.

Ik moet aan die gedachte wel even wennen.

Terwijl ik sta te poetsen en aan meubels sta te sjorren, dwing ik mijn denkprocessen een andere kant op. Terug naar het hier en nu; ik kan beter even nadenken over alles wat Tjeerd me gisteravond heeft verteld. En vooral over alles wat hij niet heeft verteld. Zo'n prater is het jong niet: tussen de regels door kunnen lezen is wel een vereiste als je een beetje chocola wilt maken van wat hij allemaal zegt.

En dan, langzaam... vormt zich een idee in die ouwe schedel van mij.

Die kleindochter van Boersma, die dus iets weet van horeca... Intussen weet ze er waarschijnlijk wel heel wat meer van dan gevulde koeken verkopen op de veerboot. Als ik nou eens met Thé Boersma ga praten. Die weet vast wel hoe hij zijn kleindochter moet bereiken, want Tjeerd heeft geen contact meer met haar. Zal in Schotland wel een andere mobiel hebben genomen, die meid. En hij is er dan nog wel ellendig van, maar hij gelooft er al lang niet meer in, dus hij gaat ook niet even aan bij de Boersma's om te vragen hoe of wat.

Ga ik dus wel doen. Want als het me nou lukt om dat meiske terug te krijgen naar het eiland, kan ze vast wel haar handen uit de mouwen steken in de Vis. Dan krijg ik daar ook een klein beetje meer ruimte, kan ik me misschien weer even iets meer focussen op Westerveld en echt goed bedenken wat ik ermee ga doen. En als Vin en Cam eenmaal goed ingewerkt zijn op de toren, dan kan ik ook iets minder vaak een wacht nemen, en hebben we toch wat meer flexibiliteit als er minder stagiairs komen.

Dan hou ik voor Pier de coördinatie wel even bij me; ik merk aan hem dat hij het wel prettig vindt om een beetje ontzorgd te zijn. Als hij er een keer in de week gaat zitten, is dat wat hem betreft zat. Ik hou die ouwe zelf ook wel een beetje in de gaten; ik denk dat ik doc Ellen maar een keertje mee moet nemen als ik bij hem langsga, want ik vind dat hij wel heel kortademig wordt. Als het zo doorgaat moet hij aan de beademing als hij helemaal naar boven is geklommen.

Ik heb Pier nu in ieder geval wel zover dat hij het ermee eens is om nieuwe camera's op te laten hangen, zodat de centrale een wat beter beeld krijgt van ons stukje Waddenzee. Wat hem betreft was het ruim voldoende dat ze onze radarbeelden kregen, en de rest moest, in zijn woorden, 'met de ogen gebeuren'. Maar uiteindelijk moest hij wel toegeven dat het misschien toch wel veiliger was als de verkeerscentrale ook visuele informatie krijgt.

Begrijp me niet verkeerd, ik ben nog steeds absoluut voor het houden van een bemande toren op het eiland. Maar we moeten wel realistisch blijven: wat wij doen is iets anders dan wat de Vessel Traffic Service doet. De VTS is een verkeersleidersdienst, en wij zijn meer... Tja. Het gaat me aan het hart om het te zeggen, maar het is natuurlijk wel waar: wij zijn meer een soort pretwachters. Belangrijk voor de pleziervaart, en wij zien het als er een kitesurfer in de problemen komt, en het is een mooie stageplek voor jonge mensen die interesse hebben in zeevaart en die misschien overwegen om scheepsverkeersleider te worden, maar...

Met mijn handen in mijn zij laat ik een diepe zucht gaan.

Alles verandert.

En ik begin oud te worden, al moet ik toegeven dat ik dat niet zo leuk vind.

Intermezzo 5: Axel en Vincent aan de telefoon

'Heb je nou al weer wat van haar gehoord, Vin?'

'Nax, noppes, nada. Vorige week stuurde ze me twee keer een appje. Eén appje. Ik weet af en toe niet waar ik het zoeken moet, man. Ik kan dat tegen jou wel zeggen, maar... echt.'

'Hm. Snap ik. Kan je wel werken?'

'Ja, dat gaat juist wel aardig, dan heb ik tenminste een beetje afleiding. En dat Cam en ik een rondje hebben meegetraind met Tjerk was denk ik ook wel goed, ik ging dood van de spierpijn de volgende ochtend, maar ik was wel wat... nou ja, agressie kwijt? Dus dat, weet je wel? Ik ben niet zo'n agressieve pik, dat weet je, maar ik merk toch wel dat ik behoorlijk nijdig ben, eigenlijk. Vooral omdat ik het gewoon niet goed begrijp.'

'Snap ik.'

'Tjerk heeft ons geleerd hoe we boven in Vlamkop vuurtorenwachter moeten spelen, heb je dat al meegekregen? Is ook wel nodig, dat Pier een beetje hulp krijgt, en ik vind het ook best interessant, die apparaten, en die verkeersleiding en zo, en het uitzicht is fantastisch, maar...'

'Maar?'

'Als ik daar dan zo een tijd zit, over de zee te koekeloeren, dan ga ik natuurlijk gigantisch zitten piekeren. Als ik loop te rennen in de Vis dan gaat het soort van wel, dan kan ik het een beetje voor me uit schuiven, maar...'

'Ja, snap ik.'

'Cam heeft aangeboden om aan zijn vader te vragen om Milena op te sporen. Eerst zei ik natuurlijk dat ik dat niet wilde, maar ik maak me echt zorgen. Wat als ze nou opnieuw in de handen van zo'n jongen terechtkomt als die loverboy waar jij en Martin haar van hebben gered, in Arnhem? Wat dan?'

'Volgens mij is het nou juist dat stuk verleden waar ze van los wil komen, Vin. Ze wil denk ik – denk ik, hoor, ik weet dat natuurlijk ook niet zeker – zich helemaal losmaken, kijken of ze soort van afscheid kan nemen van die periode van haar leven, en dan, nou ja, laat ik zeggen: schoon bij je terugkomen.'

'Waar is dat dan voor nodig? Ik vind dat onzin, hoor. Het is toch allemaal opgelost? Die gasten kunnen haar niks meer doen.'

'Gaat het niet om, Vin. Ik denk dat zij zichzelf... hm. Hoe moet ik dat zeggen? Ze wil volgens mij niet bij je zijn omdat je haar hebt gered, want dat is iets van, hm, alsof ze zelf niet heeft gekozen, of zoiets. Ze wil bij je zijn omdat ze het wél zelf heeft gekozen. Ik leg dit heel onhandig uit; sorry, man, ik ben niet zo goed in van die emotionele dingen.'

'Gelijkwaardigheid, bedoel jij volgens mij. Dat zei ze zelf ook al, ja. Wat ik weird vind, want ik behandel haar toch altijd als gelijkwaardige?'

'Maar dat wil nog niet zeggen dat zij dat zelf ook zo voelt.'

'Hm.'

'Je klinkt als mij, Vin.'

'Ja, soms is zo'n hum ook echt het enige woord dat je kan zeggen. Ik begin steeds meer begrip voor je te krijgen.'

'Grapjas.'

6

Om de een of andere reden zit ik tegenover Leonetta van Roezeveer aan een tafeltje bij 's Graven. Ik eet daar nooit; ik zie die lui in de bediening wel kijken, Als ik vanavond nog even binnenstap in het Boathuus gaan ze natuurlijk allemaal snuffelen, en dan roepen dat ik naar citronella ruik. Dat is lokaal *slang* voor met iemand de duinen in duiken; als je dat van plan bent en je jezelf niet van tevoren goed insmeert tegen de muggen, dan word je doodgestoken terwijl je de daad ligt te doen, maar zodra je – ervoor óf erna – in gezelschap komt verraad je jezelf meteen.

Dat ben ik helemaal niet van plan, de duinen in duiken, maar om de een of andere reden is er iets aan deze Leonetta waardoor het moeilijk is om nee te zeggen. Misschien is het omdat ze zo'n volkomen ander type is dan ik had verwacht. Geen flexitariër, wel een bloedmooie vrouw met schouderlang, steil, dik haar in een soort honingkleur met van die lichtere strepen erin. Ze is heel goed onderhouden – het zal me niet verbazen als ze zich heeft laten liften, ze is iets ouder dan ik maar dat zou je niet zeggen – en heel goed verzorgd. Ze heeft iets over zich alsof ze normaal gesproken op een paar enorme hakken en in op maat gemaakte designerkleding door het leven gaat, maar voor hier heeft ze *colour coordinated* outdoorkleding, de duurste merken, en ze weet het op de een of andere manier nog modieus over te laten komen ook. Misschien is het dat sjaaltje om haar hals. Ze is perfect opgemaakt zonder dat het nadrukkelijk is, heeft bij haar outdoorkleren en haar sjaaltje gouden oorbellen in die er duur en toch subtiel uitzien, en ze heeft een heel duur horloge om haar pols. Ze ziet eruit, als ik eerlijk ben, alsof ze naar een kuuroord in Zwitserland zou moeten, niet naar dit eiland. Alsof ze met een gladjakker van een rentenier met een Rolls zou moeten dineren, niet met mij.

'Wat interessant,' zegt ze nu, haar stemgeluid een beetje laag en hees, 'zo'n baan als beroepsmilitair.'

'Het was heel veel wachten, en dan af en toe ineens een heleboel actie,' zeg ik, met een iets te nonchalant schouderophalen. Zij heeft me ook het een en ander over zichzelf verteld; ze is de eigenares van een zeer exclusieve modeketen met filialen in tien landen. Ze spreekt vijf talen vloeiend – in haar eigen woorden dan, want ik heb het nog niet kunnen controleren – en ze heeft een IQ van boven de 130. Nogmaals: niet kunnen controleren, maar ze lijkt me inderdaad vrij slim. Misschien niet zo slim als Cam, maar in ieder geval wel slim genoeg om mij zo te manipuleren dat ik nu tegenover haar aan tafel zit te eten, terwijl ik dat niet van plan was. Ik was van plan om bij Tjeerd langs te gaan.

Wat me aan de ene kant minder bevalt, maar aan de andere kant toch ook wel een beetje intrigeert, is dat deze dame mij blijkbaar ziet als een soort jongen van de gestampte pot, en dat dat mij in haar ogen aantrekkelijk lijkt te maken. Een soort exotisch uitje: uit eten met een arbeider. Ze moest eens weten wat ik allemaal heb meegemaakt. Hoe kan het toch dat sommige mensen een inschatting maken van een situatie, gebaseerd op zo weinig informatie? Dat zou ik zelf nou nooit doen; daar ben ik te behoedzaam voor. Misschien komt het ook doordat zulke mensen te veel van zichzelf uitgaan; ik ben er vrijwel zeker van dat dat in ieder geval bij deze dame aan de hand is.

Leonetta. Ja ja; in de loop van het diner worden haar signalen iets minder subtiel, en zeker nadat ze twee grote bellen wijn heeft weggetikt. Ik begin te twijfelen; laat ik het maar eerlijk toegeven, want als ik rechtdoorzee ben voor anderen, dan moet ik dat ook voor mezelf zijn. Ik heb eigenlijk wel zin in seks; het is alweer best een tijd geleden.

'Ik had het pension eigenlijk al gesloten, wat vroeger dan ik normaal doe, want ik moet aan een aantal kamers wat onderhoudswerkzaamheden uitvoeren,' zeg ik tegen Leonetta, vergezeld van, zo hoop ik, mijn beste warme blik. Ik vertel haar in telegramstijl hoe het komt dat ik die onderhoudswerkzaamheden moet uitvoeren – containerschip gezonken, vervuiling op het strand, cohort militairen ingekwartierd in Westerveld – en vervolg daarna, met nog zo'n blik, 'maar voor jou maak ik een uitzondering.'

Ze lacht. Ze heeft wel een aardige lach; het geluid klinkt authentiek, maar ze gooit met iets te veel drama haar hoofd in haar nek. 'Hoe wist je nou dat ik het was?' zegt ze vrolijk, 'dat kon je toch helemaal niet weten? Ik weet zeker dat je mijn naam niet kent. Vertel eens, wat dacht je dat ik voor iemand was, toen je me aan de telefoon kreeg?'

Omtrekkende bewegingen helpen niet, ik moet haar vertellen van de flexitariër in fladderkleren. Dan lacht ze nog harder. Ik vraag: 'Waarom Westerveld? Je lijkt me niet zozeer een standaard badgast. Ik zou je eerder zien in een high-end kuuroord ergens in het buitenland.'

'Daar zou ik mezelf eigenlijk ook eerder zien, als ik heel

eerlijk ben,' zegt ze met donkere stem, 'alles hier is toch wel wat meer... tja. *Downmarket.* Dit restaurant is waarschijnlijk culinair gezien het beste wat dit eiland te bieden heeft, maar dit vlees, deze groenten... het is natuurlijk allemaal volkomen bourgeois.'

Ik leun een beetje voorover, geef haar een indringende blik en praat blokletters. Misschien is ze al dronkener dan ik had gedacht. 'Leonetta: waarom Westerveld?'

Ze geeft een soort mini-gilletje en draait een beetje in haar stoel; blijkbaar vindt ze mijn bavianengedrag iets opwindends hebben. 'Ik was hier... een aantal jaar geleden, op uitnodiging van iemand – anders zou ik het ook niet hebben gedaan – en toen logeerde ik ook bij Westerveld, omdat het midden in het hoogseizoen was, en dit hotel was volgeboekt. Het ging om het huwelijk van een vriendin; ze stond erop hier te trouwen, ik weet ook niet precies waarom.'

Ze is meer dan aangeschoten, dat kan niet anders; ik zie haar zorgvuldige sociale filters een voor een van haar gedrag af vallen. Maar goed dat ik voor de vorm één slok wijn heb genomen en voor de rest water, en dat ik vanmiddag niet aan het bier ben gegaan in de Vis, anders had ik niet zo goed op kunnen letten.

'Nou ja, hoe dan ook,' gaat ze zorgeloos verder, 'als jij die wijn niet opdrinkt, kan ik dan...?'

Ik geef haar woordeloos mijn wijnglas, dat ze met drie ferme slokken leegt.

'Zo!' zegt ze tevreden. 'Dat zit erin. Nou, toen ik hier dus was, toen heb ik een heel... interessante nacht beleefd. Met de beheerder van pension Westerveld. Jij dus. Het gebeurde heel spontaan, we hebben ons niet eens behoorlijk aan elkaar voorgesteld. Hoewel je er in alle eerlijkheid wel... anders uitziet dan ik me herinner.' Ze giechelt een beetje mal. 'Het is geen achteruitgang, moet ik zeggen: je bent veel breder geworden. En dat baardje heb je gelukkig ook afgeschoren. Goed gedaan, hoor.'

Ik grijns; ik kan me nog precies herinneren met wie ik seks heb gehad in mijn leven, en deze bizarre dame zit daar niet bij. 'Was dat... zo'n acht jaar geleden?' vraag ik onschuldig. Acht jaar geleden zat ik in Oekraïne, op een zeer geheime, samengestelde Special Forces-missie met meerdere deelnemers uit verschillende NAVO-landen. Ik heb toen een nachtje geluk gehad bij een pronte meid die Bohuslava heette en die niet helemaal gratis was. Het contrast met de situatie die ik me voorstel bij Leonetta's verhaal is zo groot dat mijn grijns nog iets breder wordt.

'O, kijk, hij herinnert het zich,' kirt ze vrolijk. 'Nu begrijp je zeker wel waarom ik specifiek bij Westerveld wilde logeren. Nettie van Roezen, heette ik toen nog; er is vast nog wel iets terug te vinden in de administratie.'

Het is een *booty call*. Een beetje een omslachtige, maar toch. Ik kan me niet herinneren er ooit eerder een te hebben gekregen – en strikt gesproken is de booty call nog niet eens echt voor mij persoonlijk ook – maar ach, denk ik filosofisch, eens moet de eerste keer zijn. Bij wie had ik het pension tijdens Oekraïne ook alweer in beheer gegeven? Volgens mij was het Bob. Ik kan me niet meer herinneren of hij in die tijd een baardje had, maar hij moet in ieder geval flink tekeer zijn gegaan met Nettie van Roezen, en die gedachte maakt iets competitiefs in me wakker dat niet zo heel vaak de kop opsteekt. Ik ga er een mooie nacht van maken.

Als de vroege ochtend is aangebroken en ik wakker word naast Leonetta/Nettie – haar haar zit als een vogelnest en ze snurkt zachtjes, wat haar ineens een stuk menselijker maakt –

glip ik voorzichtig uit het bed. Het is niet erg breed, maar ik kan zo'n beetje overal slapen, dus ik heb al met al nog best een aardige portie nachtrust gehaald na het doen van de daad. Gelukkig waren die laatste paar slokken wijn geland bij Leonetta tegen de tijd dat we Westerveld hadden bereikt – ik moest een arm om haar heen slaan omdat ze begon te zwabberen– want ik kan me zomaar voorstellen dat deze dame, als ze broodjenuchter is, één keer per nacht niet genoeg zou vinden.

Ik vond het wél genoeg. Toen de spanning eenmaal was afgetopt was ik er meteen ook wel klaar mee, als ik eerlijk ben.

Al even stil sluip ik het pension uit, en via allerlei achterafweggetjes en doorgangetjes waar je een eilander voor moet zijn om te weten hoe of wat, bereik ik mijn eigen huisje, dat half in de duinen ingegraven ligt. Als ik door de voordeur ga kan het halve dorp me zien, maar ik heb daar iets op gevonden: vanaf de duintop achter mijn huis kan ik met een sleuteltje het raam van mijn slaapkamer aan de buitenkant openmaken, en dan klim ik zo naar binnen. Kikadewado. Er moet niet toevallig net een fietser of een hondenuitlater op het schelpenpaadje door de duinen achter mijn huis komen, maar daar is het nu echt nog te vroeg voor.

Ik zucht ervan als ik eenmaal binnen sta, strip mijn tenue af en duik onder de douche. Lang en heet, ik wil het eigenlijk een beetje van me af schrobben, merk ik. Dat verbaast me; ik heb nooit veel last van schaamte als ik eenmaal ergens voor ga. Aan de andere kant liggen de tijden dat ik lachend met mijn makkers een vrouw een PINO noemde – een potentieel interessant neukbaar object – al een tijdje achter me. Toen had ik pas echt geen schaamte.

Een dik kwartier later kom ik, rood als een garnaal, mijn badkamer weer uit, en spontaan besluit ik nog maar een klein tukje te doen. Ik heb nog wel even de tijd voordat iemand me ergens verwacht; als ik om half tien in de Vis ben is dat prima, en ontbijt, dat zie ik dan wel weer.

Ik word om half negen weer wakker, een half uur eerder dan ik van plan was, doordat mijn mobiel ongeoorloofd lawaai begint te maken. Ik krijg vlak achter elkaar een hele rij WhatsApp-berichten, die blijkbaar van Leonetta komen; ik had haar nummer niet opgeslagen in mijn adresboek, maar dat doe ik nu toch maar even.

je bent gevlucht! lees ik, gevolgd door een schaterende emoji.

ik had nog wel zo gehoopt op een ontbijtje samen

het is nog niet te laat; bel me

Kom, Tjerk, wees nou niet ineens zo angstig: bel me even op.

Ha. Deze dame bedrijft psychologie als een tweede natuur: ze verwacht zeker dat ik haar het tegendeel wil bewijzen, dat ik dus niet angstig ben, en dat ik dan wel even zal bellen. Maar dan kent ze me nog niet. Dat doet ze natuurlijk sowieso niet; ik heb haar nog niet eens uit de droom geholpen dat haar vorige avontuurlijke nachtje hier op het eiland helemaal niet met mij was.

Ik stijg uit mijn bed, spring in een schone boxer en rommel in mijn kast; ik zal even de wasmachine aan het werk moeten zetten, zo te zien. Mijn mobiel negeer ik totdat de machine draait en ik in de kleren zit; tegen die tijd heeft ze me nog zeker twaalf van die berichten gestuurd. Hoe kom ik hier nu weer vanaf?

Even zit ik hoofdschuddend op de rand van het bed. Het heeft allemaal iets wanhopigs. Ik heb de laatste dagen meermaals gedacht, als ik al die jongelui van de Vis zo bezig zag met hun leven, met de opbouw ervan, gezinnen stichten, al die dingen, dat ik misschien een boot had gemist, maar nu weet ik weer zeker dat ik maar blij ben dat ik niet aan boord ben gegaan. *That ship has sailed*, om even in de marinevergelijkingen te blijven, en dat is maar goed ook.

ik moet werken, typ ik, kort en krachtig, en dan zet ik WhatsApp op stil en maak ik dat ik de deur uit kom.

Intermezzo 6: Mandy en Martin, 's morgens in de keuken van huisje 1

'Wat is er, lieverd, heb je iets verkeerds gegeten?'

'Oef, nee, niet dat ik weet. Gewoon, hetzelfde als jij en Lieuwe, en jullie hebben ook niks. Er komt ook bijna niks uit, het is alleen maar *dry heaving*. Getver.'

'Arme jij. Moet ik doc Ellen even bellen voor je?'

'Nou nee, ik denk dat ik eerst even naar de drogist moet.'

'Waarvoor dan?'

'O, Mart, je bent een schat, maar af en toe ben je toch zo *clueless*, hè? Gelukkig draagt het alleen maar bij aan je charme. Ik moet een zwangerschapstest halen, denk ik. Vorige keer begon het ook zo.'

'Huh? Heb je de pil gemist, dan?'

'Nee, maar van Lieuwe werd ik ook gewoon zwanger ondanks de pil. Dat gebeurt gewoon soms, schijnt het.'

'Twee keer achter elkaar?'

'Nou ja, dat kan toch? Waarom niet?'

'Bliksem slaat toch ook niet twee keer op dezelfde plek in? Ik heb zeker enorm sterk zaad!'

'Haha, doe nou maar niet zo trots. Die pil onderdrukt de eisprong, dus als er iets heel sterk is hier, dan zijn het mijn eieren. Wat kijk je ineens moeilijk, lieverd, heb ik je in je mannelijke eer gekwetst?'

'Nee, nee... of ja, dat natuurlijk ook: ik heb extra veel liefde nodig, en een heel groot ontbijt, en zo, om dat allemaal weer goed te maken. Maar ik zat eigenlijk ineens te denken: hoe doen we dat dan met ons huisje? Het past nu al bijna niet meer. Ik krijg elke keer meer tekenopdrachten, ik kan dat eigenlijk nauwelijks in het kantoortje doen, en ik kan ook niet steeds twee tafels tegen elkaar aan zetten in de Vis en daar gaan zitten tekenen. Eigenlijk wil ik het liefst mijn tekentafel ophalen bij mijn ouders, weet je wel, die je rechtop kan zetten; als ik dan toch als architect aan het werk blijf, dan heb ik dat ding echt nodig. Maar ja, waar zet ik hem dan? Lieuwe barst met al zijn speelgoed nu al zowat uit zijn kamertje, en ik zie hem daar straks als tiener niet nog zitten. Maar we hebben ook niet echt geld om iets in het dorp te kopen – die prijzen zijn absurd – en daarnaast: wie moet de boel hier dan beheren?'

'Misschien kunnen we iets van Cam lenen? En dat beheer, dat zal toch ook wel lukken als we in het dorp wonen en er eerst tien minuten voor moeten fietsen? Daar maak ik me niet zo druk over.'

'Misschien zou dat wel kunnen, bij Cam lenen... en hij zou het vast ook wel doen, want zo is hij wel, maar... ik denk toch niet dat ik dat wil. Ik zou me daar denk ik hartstikke ongemakkelijk bij gaan voelen.'

'Je wilt je eigen broek kunnen ophouden? Ach lieverd, je hoeft daar niet zo bij te fronsen, ik snap het wel hoor.'

'Mm, nou, ja, zoiets is het inderdaad wel, ja. Maar goed, wat doen we nou?'

'Als het zo is, hè? We weten het nog niet zeker.'

'Als het zo is.'

'Nou ja, eh, ik... moet eerlijk zeggen dat ik het niet heel fijn vind om over na te denken, maar, eh, het is niet gepland, dus...'

'Maar wel gewenst!'

'Weet je dat zeker, Mart?'

'Natuurlijk weet ik dat zeker, Mandy! Doe normaal!'

'Oef, wat een opluchting...'

'Kom hier jij, en niet huilen, lieverd, we verzinnen er samen vast wel iets op.'

7

'Dat meen je niet,' zegt Vincent ongelovig. De dorpstamtam is weer lekker bezig, blijkbaar weet intussen het hele dorp dat ik met Leonetta heb zitten eten in 's Graven, en vermoedt waarschijnlijk iedereen dat de avond nog een staartje heeft gehad. Ik zie dus geen reden om eromheen te draaien als Vin me ernaar vraagt bij de eerste bak koffie.

'Ik meen het wel, helaas,' zeg ik, met een diepe zucht. 'Ik denk dat ik blij moet zijn dat ze iets te veel wijn op had, want anders was ik er denk ik niet zo genadig vanaf gekomen.'

'Nou, nou, heer Tjerk,' zegt Cam, met dat uitgestreken smoelwerk van hem, 'gratis seks, dat kan toch niet zo'n straf zijn? Of ervaar je het niet als gratis als je voor het diner hebt moeten bloeden?'

'Jongen, ik hoop dat je een hogere pet van me ophebt dan je nu doet voorkomen, en zo niet, dan ga je dat op de volgende training voelen,' zeg ik dreigend.

'Kwinkslag,' mompelt Cam deemoedig, 'waar is je gevoel voor mannenhumor?'

'Ja, ja, het is al goed. Maar serieus: ik moet dat soort dingen niet meer doen. Het is me niet goed bevallen, en al helemaal niet dat die vrouw meteen 's morgens vroeg begon met appen.

Ze wilde samen ontbijten; ze vond het blijkbaar niet zo leuk dat ik hem was gesmeerd.'

'Is natuurlijk ook niet leuk,' zegt Mayke met een frons, 'geen vrouw zal het leuk vinden om na zo'n avond zo, nou ja, toxisch te worden behandeld.'

'Mayke-lief, dat is overdreven,' zegt Cam ernstig, 'ik kan me voorstellen dat je 's morgens wakker wordt en dan denkt: wat doe ik hier. En dat je dan zo snel mogelijk weg wilt.'

'*Been there, done that*,' zegt Vin, 'en al helemaal met van die onverzadigbare cougars.'

'Ja, maar jij was vroeger een vreselijke slet,' zegt Mayke blijmoedig tegen Vin, 'en Tjerk, nou ja, eh, niet.'

'Misschien was ik ook wel een vreselijke slet,' zeg ik, 'alleen was ik er gewoon beter in om het stiekem te doen.'

Iedereen lacht.

'Wij hebben geen idee wat je allemaal op je kerfstok hebt, Tjerk,' zegt Cam met een brede grijns, 'en dat is onderdeel van je charme.'

'Ik denk dat het ook wel zo verstandig is dat jullie niet weten wat ik op mijn kerfstok heb,' zeg ik grinnikend, een beetje om het mysterie aan de gang te houden, maar toch ook wel met een ondertoon van waarheid. Vroeger las ik graag van die Andy MacNab-thrillers, vooral ook omdat die man wist waar hij het over had: hij had bij de SAS gezeten. Ik had een keer de kans om hem te horen spreken, ergens in Engeland, en ik weet nog dat hij zijn lezing begon met de onvergetelijke woorden: '*The first person I killed...*'

Het was daarna doodstil in de zaal en ik bedacht me dat al die mensen waarschijnlijk dachten: ik ben nu in een ruimte met een man die wel eens iemand heeft vermoord. Op dat punt in mijn leven had mijn werk een bepaalde mate van normaliteit voor me gekregen, en dat moment staat me nog zo helder voor de geest omdat ik me twee dingen realiseerde: het eerste was dat de meeste mensen nooit in hun leven iemand zullen ontmoeten die een ander mens heeft doodgemaakt, en het tweede was dat buiten mij niemand in de zaal wist dat er daar niet een, maar twee mannen aanwezig waren die wel eens iemand hadden moeten ombrengen.

Sommige dingen zijn niet bespreekbaar. Punt.

'Vind je het heel erg dat ik het ontbijt nog niet helemaal heb opgeruimd?' vraagt Mandy nu aan Mayke. 'Gelukkig is het niet zo heel druk met de huisjesverhuur; ik was me toch een partij niet lekker vanochtend!'

'Doen we het toch even samen, dan is het zo weg.'

Mayke laat haar scherpe blik over het gezicht van haar vriendin gaan. 'Je ziet inderdaad wel een beetje bleek, vrouw. Heb je iets verkeerds gegeten?'

Martin, die naast me zit aan de ronde tafel, heeft ook al zo'n bezorgde kop. 'Mart, je vrouw is in blijde verwachting,' mompel ik vanuit mijn mondhoek, nu ik me herinner dat ze eerder zo'n soort gloed over zich had. Kan niet missen.

'Hoe weet jij dat?' smoest hij terug. 'We weten het zelf nog niet eens zeker.'

'Goed kijken,' zeg ik terug. 'Geeft het problemen?'

'Woonruimte,' zegt Martin zachtjes; ik hoor de ernst in zijn stem.

'We hebben het er zo dadelijk wel even over,' zeg ik dus, en ik zie dat zijn gezicht een beetje ontspant.

Cam, aan de overkant van de tafel, heeft niets gemist, dat weet ik zeker. Die jongen zou het niet gek doen op speciale missies, hij is er oplettend genoeg voor. Hij observeert me nog een tijdje standvastig – ik kijk gewoon terug, en hoewel het geen wedstrijdje wie-het-eerst-wegkijkt wordt, is er toch een zekere spanning in die uitwisseling van blikken – en mompelt dan, bijna onhoorbaar: 'Atlascomplex. Net als Axel.'

Zo tegen half vijf 's middags sta ik voor het hekje bij Thé Boersma's werkschuur, achter zijn huis. Ik ben gaan lopen; het bevalt me eigenlijk wel om de hele tijd op en neer te lopen naar de Vis, en dan het liefst dwars door de duinen. Hoe steiler hoe beter; ik merk dat mijn conditie alweer een beetje is opgekrikt. En daarnaast krijg ik er een gevoel van vrijheid van, wat ik op het moment niet bepaald heb als ik zo mijn volle dagen eens overzie.

'Tjerk,' zegt Thé, die me ziet staan. Hij komt naar me toe. 'Wat blijf je daar nou staan?'

Ik loop achter hem aan zijn erf op.

'Moeder de vrouw was al aan het eten begonnen, maar een kop thee kan er vast nog wel vanaf.' Hij heeft een klein kraantje in zijn hand, waarvan hij blijkbaar was vergeten dat hij het vasthad. Hij kijkt er in ieder geval even verbaasd naar en legt het dan op een grote, rommelige werkbank. 'Zal je zien dat ik er morgen naar loop te zoeken,' zegt hij dan over zijn schouder naar mij, met een grijns vol zelfkennis.

'Als je dingen opruimt op de plek waar ze horen, dan hoef je nooit te zoeken,' zeg ik een beetje pesterig. 'Discipline, Thé.'

'Ja, ja, ja,' bromt hij, en dan sta ik in de keuken bij ma Boersma, die me een warme grijns en een kop thee geeft.

'Wat is er, jongen, lekt je sanitair nog bij Westerveld?' Ze is misschien maar vijftien jaar ouder dan ik, maar ik krijg van haar altijd meteen het gevoel dat ik bij mijn bep en paak op bezoek ben.

'Ha, nee, dat heb ik nu wel allemaal gerepareerd,' zeg ik, ook grijnzend.

'Waarom kom je niet ook bij mij werken?' grapt Thé. 'Je

werkt toch al zo'n beetje overal, als ik het goed begrijp, en ik kan ook wel een knecht gebruiken op mijn ouwe dag.'

'Nou...' zeg ik, terwijl ik me met mijn thee in de hand op een keukenstoel laat zakken, 'dat is wel waarom ik even bij jullie aanloop. Ik begin het een beetje te druk te krijgen, dus ik moet wat oplossingen verzinnen. Nou heb ik het er nog niet met die jongelui bij de Vis over gehad, want ik wilde eerst even bij jullie vragen hoe de vlag erbij hangt, maar... die kleindochter van jullie. Die was toch zo dol op het eiland? Ik zie haar nooit meer.'

'Wij ook niet,' zegt ma Boersma met meteen iets verdrietigs in haar stem. 'In het voorjaar en de zomer kwam ze als het even kon het weekend, en ze heeft ook, heel kort maar, op de boot gewerkt, maar ze is een of andere horeca-opleiding gaan doen, en nu zit ze al een paar maanden in Schotland. Ze heeft twee keer gebeld en ze klonk niet alsof ze het erg goed naar haar zin had.'

'Ze belt d'r mem ook niet genoeg,' zegt Thé, 'we maken ons een beetje zorgen.'

'Denken jullie dat ze in de Vis zou willen werken?' vraag ik dan maar plompverloren. Recht eropaf, en dergelijke.

'Als je haar dat in het voorjaar had gevraagd had ze een gat in de lucht gesprongen, maar nu? Ik weet het niet,' zegt ma Boersma nadenkend. 'Ze heeft zo'n gedoe gehad met die meiden die bij Tjeerd Olivier in de zaak werkten van de zomer. Ik ben bang dat dat haar hele idee over het eiland een beetje heeft gekleurd.'

'Tjeerd had een oogje op haar,' zegt Thé warm. 'Hij dacht dat we dat niet in de gaten hadden, maar we zagen het natuurlijk meteen. Jammer hoor, ze zou slechter kunnen doen.'

'Laat dat "had" maar weg, Thé,' zeg ik. 'Die jongen kan haar volgens mij niet zo makkelijk vergeten. Maar daar kom ik niet om; Cam Henriques beschuldigt me er de hele tijd van dat ik een Atlascomplex heb, ik wil er niet ook nog een Cupidocomplex bij aangesmeerd krijgen. Die jongelui moeten hun eigen zaakjes maar regelen.'

Op dat moment geeft mijn mobiel het 'pingng' van een sonarpeilende onderzeeër. Ik heb dat in de gauwigheid even ingesteld voor wanneer Leonetta me een appje stuurt. Ik heb het zeker tien keer gehoord vandaag, en ik heb zeker tien keer niet gereageerd. Doe ik nu ook niet, maar ik kan een frons niet onderdrukken.

'Moet je dat niet opnemen, jong?' zegt Thé, met een knik naar mijn broekzak.

Ik schud mijn hoofd. 'Is een dame in Westerveld. Ik weet al wat ze wil.'

'Die waar je gisteren mee hebt zitten eten in 's Graven?' Thé geeft me een blik die precies tussen afgunstig en afkeurend in zit.

Ik zucht. Wat gaat de tamtam toch snel. 'Ja, die is het, en laat ik maar gewoon eerlijk zijn: ja, alles wat je je erbij kan voorstellen is ook gebeurd, min of meer. Ik... nou ja, het was alweer een tijdje geleden, voor mij, en... tja.' Ik haal mijn schouders op.

'Je hoeft je niet te schamen, hoor,' zegt ma Boersma vriendelijk, 'iedereen grinnikt er wel om, maar niemand misgunt het je. Je bent een vrije jongen, het is nou niet dat je een gezinnetje op z'n kop zet. Ik wilde net iets zeggen over Cupido, maar aan je gezicht te zien heb je het eigenlijk niet zo goed naar je zin gehad met die dame.'

'Die dame kan er niks aan doen. Ik denk vooral dat ik het met mezelf niet zo goed naar mijn zin had. Heb. Maar daar kom ik verdorie helemaal niet voor!'

Ma Boersma schenkt mijn theemok opnieuw vol.

‘Nou, vertel dan,’ zegt Thé.

Ik haal diep adem, blaas in mijn thee, gooi een gloeiend hete slok naar binnen en zeg dan: ‘Ik red het eigenlijk net niet, met Westerveld, met de Vis, met Pier, met de reddingsboot, en de ploeg trainen. Ik heb ook nog Axels plek ingenomen in de Haerfeste-commissie, ik ben een soort reservelid van Ons Sociaal Belang, ik moet regelmatig aanschuiven bij de eilandraad vanwege die vervuiling, blijkbaar ben ik ineens een expert, omdat ik wél iets heb gedaan daar waar De Lange het liet liggen... Ik kom handen en voeten tekort. En dus dacht ik ineens aan jullie Greetje. Kan ze niet gewoon terugkomen en bij de Vis gaan werken?’

Zo. Ik heb het er in één klap uitgegooid. Al mijn ongenoegen. Ik zie het bijna fysiek op tafel liggen en kijk er met enige verbazing naar. Zou Cam gelijk hebben? Ik heb me veel te veel op de hals gehaald, dat is duidelijk, maar waarom in godsnaam? Vroeger zou me dat nou nooit zijn overkomen, dan had ik gewoon heel duidelijk voor ogen gehouden wat de *chain-of-command* was: welke verantwoordelijkheden bij mij liggen en voor welke zaken ik met een gerust hart kon zeggen: ander loket.

Maar nu is er geen ander loket. De eilandraad is nog net niet stuurloos, we hebben gewoon heel snel iemand nodig aan het roer, iemand die een beetje doorpakt en die orde op zaken stelt.

Ik zucht.

‘Weet je wat het is met jou,’ zegt Thé grijnzend, ‘jij voelt je veel te verantwoordelijk. Nogal wiedes dat iedereen je de schaduwburgemeester van het eiland noemt.’

‘Maar dat ben je niet helemaal van harte, zo te zien,’ valt ma Boersma in. ‘Ik ga wel even met mijn dochter bellen, het zit haar ook niet helemaal lekker dat Greet zo ver weg zit, en dan zal ik eens zien wat ervan komt. Lijkt me heerlijk als ze een tijdje voor vast op het eiland komt, toch, Thé?'

'Schat van een meid,' mompelt Thé, die het blijkbaar moeilijk vindt om dat hardop te zeggen, maar het toch niet binnen kan houden.

'Volgens mij zijn jullie een stel fantastische grootouders,' zeg ik met een glimlach.

'Drink jij je thee nou maar op,' zegt ma Boersma, 'en de volgende keer dat het je hoog zit moet je even wat eerder aanlopen, jongen.'

Als ik eenmaal boven in de toren zit – ik heb wacht tot twee uur 's nachts, en dan komt Cam – heb ik rustig de tijd om mijn gedachten op een rij te krijgen. En ik heb ook de kans – of nou ja, de kans, het is meer dat ik er niet langer onderuit kan – om Leonetta eindelijk eens antwoord te geven. Dat malle mens heeft me intussen, ik lieg niet, meer dan dertig WhatsApp-berichtjes gestuurd. In één dag. Waarom?

Niet in staat een hint te begrijpen.

ik zei toch: ik moet werken, app ik nu naar haar, en direct komt ze online en begint ze een antwoord te typen.

Waar werk je dan, dan was ik even langsgekomen. En hoezo moet je ergens anders werken als je de eigenaar van het pension bent?

Ik heb nog wel meer te doen op het eiland, typ ik dan maar, hoewel ik weet dat ik moet oppassen met haar; als ik de boel niet heel snel afkap blijft ze doorgaan. Net zo lang totdat ik...

Nee. Ik weet dat het ontzettend makkelijk zou zijn, en fysiek waren we eigenlijk best aan elkaar gewaagd, maar ik heb er echt geen zin in om nog een keer een nacht met die haai door te brengen. En dat komt niet door die jongelui in de Vis, die me de hele dag door dwars hebben gezeten. Vinnie de tweede noemden ze me, omdat Vin blijkbaar te boek stond als 'de cougarkeizer'. Een dubieuze titel, die ik niet graag van hem zou overnemen. Hij claimde dat hij het, voordat hij Milena kende in ieder geval, altijd wel wat vond hebben om met oudere vrouwen het bed te delen, omdat die a. heel ervaren zijn, b. precies weten wat ze willen en c. geen absurde verwachtingen koesteren. Het is gewoon stevige seks om de seks, een soort wederzijds gebruiksrecht. Ik kon wel lachen om al die verhalen, en ik kan me dus ook nog wel voorstellen dat je dat allemaal lachend doet als jonge, vrije vent, maar op de een of andere manier is juist dat denk ik wat me er zo van tegen de borst stuit. Dat inhoudsloze. Plus het gevoel dat Leonetta me links en rechts in de rondte zou managen als ik haar ook maar een millimeter ruimte zou geven.

Terwijl ik dit heb zitten overdenken, heeft zij me een hele trits berichten gestuurd, voornamelijk met betrekking tot wat ze deze dag allemaal heeft uitgevoerd en waar ze me allemaal niet heeft gezien. Ze heeft me lopen zoeken. Ze is zelfs in de Vis geweest, maar – goddank – blijkbaar precies op het moment dat Cam en ik in het generatorhok zaten om uit te vinden hoe we de onlangs geleverde waterstofbatterij aan moesten sluiten op de windmolen en de afgifte van de zonnepanelen. Blijkbaar kan de Vis twee dagen draaien op die batterij als er niet voldoende stroom wordt opgewekt door de zonnepanelen op de huisjes en de windmolen. Duur grapje, dat wel. Cam heeft natuurlijk weer allerlei plannen; als het goed werkt wil hij een hele, nou ja, batterij van die batterijen neerzetten, om ook het huisjespark te kunnen bedienen. Hij heeft een soort plan in zijn hoofd om de hele ratsmodee zelfvoorzienend te maken, maar hij heeft het wel netjes uitgewerkt in stappen: als je dat allemaal in één keer zou moeten kopen, dan haal je de kosten er niet meer uit voordat de apparatuur is versleten. Handige duvel, die Cam; het bevalt me wel dat ik dat jong langzaamaan wat beter in kaart krijg.

Ik beheer de reddingsboot van het eiland, en ik train het bijbehorende team, app ik nu maar terug, om toch iets te zeggen. Ik ga er niet om liegen, dat zou te ver gaan, maar ik weet zeker dat, als ik haar nu zou vertellen dat ik boven in de toren zit, ze over tien minuten beneden aan de deur staat te kloppen.

Even schiet het beeld van seks in de toren me door het hoofd – het is niet hoog genoeg voor de *mile high club*, maar op de lijst van aparte locaties scoort het best goed – maar dan toch niet met háár, is de eerstvolgende gedachte. Ik heb bijna medelijden met die vrouw; ze heeft niets gedaan, maar om de een of andere reden jaagt intussen zo'n beetje alles aan haar me de stuipen op het lijf. Haar vasthoudendheid, haar doelgerichtheid, haar doordachte kledingkeuze. Het feit dat ze er bij voorbaat al van uitgaat dat ze het gaat krijgen zoals ze het hebben wil, en dat ze met zo'n verbeten volharding doordouwt. Ze zou geen gekke militair zijn; ik gok dat ze minstens twee keer in de week een sportschool vanbinnen ziet. Haar lichaam is al net zo goed onderhouden als de rest.

Misschien hou ik gewoon meer van mollige vrouwen. Dat zou het ook kunnen zijn. Twee armen vol lekkere, warme, zachte vrouw. Ik voel mezelf grijnzen.

Ik ben ook bij de loods van de reddingsboot geweest, maar daar was je ook niet, appt ze nu.

Ik had iets anders te doen, zeg ik dan maar; ik voel me een beetje schuldig over al mijn negatieve gedachten.

Waar ben je nu? Ben je thuis? Woon je in zo'n schattig oud eilandhuisje? Ik ga ervan uit dat je op dit moment niet meer aan het werk bent, dus waarom gaan we niet nog even iets drinken.

Kijk, en dat is nou, in één leesteken samengevat, waarom ik dit verder in de kiem ga smoren. Leonetta stelt me geen vraag, ze geeft me een opdracht. O, de zin heeft wel de vorm van een vraag, maar het vraagteken ontbreekt.

Ik frons, kies haar nummer en druk op 'bellen'. Dit ga ik even live afhandelen, want anders appen we morgenochtend nog met elkaar. Al verwacht ik dat ik nog een keer in blokletters tegen haar zal moeten spreken voordat ze bereid is om van me aan te nemen dat ik niet van plan ben nog iets met haar te drinken, laat staan nog een nacht met haar door te brengen.

Intermezzo 7: Mandy en Martin, 's morgens vroeg in bed

'Ja, nou weten we het dus zeker, Mart. Ochtendpies is het sterkst.'

'Yegh. Vind je het stom als ik zeg dat ik eigenlijk toch ook heel blij ben?'

'Nee, dat vind ik juist lief van je! Ik ben zelf geloof ik ook wel heel blij, maar het is ook wel stressen.'

'We hebben nog negen maanden, hè, we verzinnen er wel wat op. En ik heb het er met Tjerk over gehad. We konden nou niet echt een hele lange brainstorm opzetten, daar was het net iets te druk voor, maar ik vind het al een fijn idee als hij ook een beetje met ons meedenkt. Meestal heeft die man wel een of andere oplossing. En ik ga een aardig centje overhouden aan de renovatie van die huisjes van Olivier, dus dat kunnen we dan ook extra goed gebruiken. Hoef ik ook niet bij Cam aan te kloppen.'

'Jij bent je zorgen zo te horen alweer helemaal kwijt.'

'En jij nog niet, hè, liefje?'

'Nou, nee, niet echt. En er moet ook eerst maar eens een gezond mensje uit komen; dat lijkt me het allerbelangrijkste, toch? Ik bedoel... O, Mart, ik stress me dood, ik weet gewoon helemaal niet hoe we het voor elkaar moeten boksen!! Hu-u-u...'

'Niet huilen, lieverd, we vinden wel een oplossing. Dat beloof ik je!'

'Hoe kan jij nou zo rustig blijven?'

'Nou, een van ons moet dat toch doen? Jij moet de baby al doen, en al die hormonen en zo, dus dan kan ik maar beter degene zijn die rustig blijft. Plus, ik schijn daar talent voor te hebben, als ik mijn zus mag geloven. Hoewel die zelf volgens mij ook niet zo rustig is, met die buik van haar. Ik ben je helemaal vergeten te vertellen dat ze me gisteravond appte om te zeggen dat ze ze allebei tegelijk voelde bewegen.'

'Mart! Hoe kan je me dat nou niet vertellen?'

'Je sliep al! Weet je, ik was eerst best wel pissig op haar dat ze het stil had gehouden; ze weet het al sinds de eerste echo natuurlijk, dat het er twee zijn. En de reden waarom is ook zo bizar! Typisch Wende, maar wel bizar: ze wilde niet dat iedereen dan alles uit haar handen zou gaan trekken en haar als een invalide zou behandelen. En dus zei ze niks tegen mij, haar eigen broer. Nou vráág ik je! Ik ben bijna geneigd om onze zwangerschap ook stil te houden, gewoon om terug te pesten.'

'Dat gaan we niet doen, Mart.'

'Nee, weet ik ook wel, hoor.'

'En ik snap haar denk ik ook wel een beetje: ik zou het ook irritant vinden als iedereen me ineens als een breekbaar poppetje zou gaan behandelen zodra ze weten dat ik zwanger ben. En het is natuurlijk ook niet niks, een tweeling.'

'Ja, en mijn zus kennende is dat voor haar echt, nou ja, *beyond* irritant als mensen haar werk uit handen gaan trekken, alsof ze het niet aan zou kunnen. Maar goed, ik vond het toch wel een beetje ruk dat ze me niet in vertrouwen had genomen.'

'Snap ik ook wel weer.'

'Ik vind het ook vervelend dat Ax hier nou niet is; hij heeft wel wat anders aan zijn hoofd, maar ik had graag even met hem samen nagedacht over wat we nou allemaal kunnen doen...'

'Volgens mij doe jij wel net alsof je zo rustig bent, maar zit jij je net zo hard op te vreten als ik, Martin Freriks!'

'Euh... betrapt... denk ik.'

'Nou ja. Je hebt wel gelijk: we hebben nog negen maanden. En samen kunnen we vast wel een oplossing verzinnen.'

'Samen lukt volgens mij alles.'

'Volgens mij ook... hé, Lieuwe, kleine lieverd, ben je helemaal zelf uit bed gekomen? Kom er maar gauw even in bij ons, hoor, anders krijg je van die koude voetjes. We kunnen nog wel heel even blijven liggen voordat we op moeten staan...'

8

Het is een heel onaangenaam gevoel om door het dorp te lopen, wat zeg ik, over het eiland te lopen, met het gevoel dat er ieder moment een goedverzorgde vrouw van achter een boom kan springen met de intentie me het bed in te sleuren. Ik ben over het algemeen rechtdoorzee tot het punt dat het haast niet meer leuk is – ik zie dat heus wel bij mijn gesprekspartners, maar ik denk dan altijd: gewoon even doorbijten, daar krijg je haar van op je borst – maar op de een of andere manier ben ik dus belachelijk slecht toegerust om een vrouw als Leonetta te vertellen waar het op staat. Het voelt een beetje als haar een stomp in haar gezicht geven; ik geloof niet dat ik nou bijzonder ridderlijk ben aangelegd, maar zoiets staat wel in de kolom 'onder geen beding' bij mij. Laat ik kort zijn: mijn telefoongesprek met haar vanuit de toren was geen groot succes. Het was alsof ik tegen de Chinese Muur aan zat te praten.

Toch is het me gelukt haar af te schudden. Ze vond het niet leuk, maar goed, al is het niet direct een verzachtende omstandigheid: ik vond het zelf ook niet leuk. Ik was nota bene thuis. Gelukkig kon ik een uurtje eerder weg bij de Vis, zodat ik me in een presentabel tenue kon hijsen voordat ik naar het gemeentehuis zou gaan, waar de nieuwe burgemeester zich vandaag komt voorstellen. Van die officiële gelegenheden zijn sowieso niet zaken waar ik over het algemeen verlangend naar uitzie, maar toen ik mijn voordeur opende om het pand te verlaten, richting het gemeentehuis, toen stond ze daar. Tot mijn grote, niet al te aangename verrassing. Ik stond bijna direct neus aan neus met haar.

'Ha,' zei ze opgewekt en niet gehinderd door enige gêne met betrekking tot haar opdringerigheid, 'ik had al uitgevonden dat je hier woonde, na enig rondvragen, en ik heb vandaag een tijdje op het terras van Het Zandblauwtje gezeten, zodat ik kon zien wanneer je thuis zou komen. Je hebt het er maar druk mee, hè? Ik begrijp van die meneer van de supermarkt dat je naast de reddingsboot beheren en in de strandtent werken, ook nog vuurtorenwachter bent. En je hebt natuurlijk je pension. Wat een *Renaissance Man*! Ik vind het wel iets romantisch hebben, hoor, al ben je wel erg moeilijk te traceren. Ik ben ook in de strandtent geweest, dat vertelde ik je gisteravond al, maar toen was je er niet. Vandaag ben ik opnieuw gaan kijken, maar toen zag ik je alweer niet.'

'Ik was er wel, ik denk dat ik even achter was. Nu ben ik op weg naar een borrel van de eilandraad om de nieuwe burgemeester te verwelkomen, dus, met je welnemen...' Ik probeerde in eerste instantie nog de confrontatie te omzeilen, door zo duidelijk mogelijk in lichaamstaal aan te geven dat ik graag aan de slag wilde met dat op weg gaan, maar Leonetta is volgens mij ontzettend goed in het negeren van signalen als dat haar zo uitkomt, want ze ging geen millimeter uit stelling.

'Aha, daarom zie je er ineens zo opgedoft uit!' Dat woord opgedoft kwam eruit alsof ik een polyester pak van C&A aanhad. Nou is mijn pak – ik heb er één – op maat gesneden, zodat ik er in geval van nood een kogelvrij vest en een schouderholster onder aan kan, dus zó goedkoop is het niet. Ik moest wel even mijn best doen om mijn gezicht in de plooi te houden. En toen was het me plotseling echt allemaal te veel. Het is allemaal al spannend genoeg met zo'n nieuwe burgemeester, en die eilandraadsborrels, waar ik dus sowieso al niet zo dol op ben. Ik weet dat ik uit beleefdheid ben uitgenodigd – ik ben tenslotte geen raadslid– en dus vind ik het een vereiste om mijn beste beentje voor te zetten, maar voor mij is het bijna net zo vervelend als een raadsvergadering. Niet lullen maar poetsen, ik blijf erbij.

'Luister eens even, Leonetta,' zei ik dus, en ik hoorde dat er iets gestaalds in mijn toon sloop, 'we hebben een prima nacht gehad, maar ik heb geen behoefte aan herhaling. Ik heb er ook geen behoefte aan om zo ongeveer door jou gestalkt te worden. Je bent ongetwijfeld een aardige vrouw, maar ik ben niet op zoek naar een aardige vrouw, ook niet voor een avontuurtje dat langer dan één nacht duurt; ik heb er simpelweg geen plaats voor in mijn leven.'

'O, staat het er zo voor?' Leonetta was, uiteraard, gepikeerd. 'Nou, denk maar niet dat je zo bijzonder was, hoor. Ik heb leuke herinneringen aan de vorige keer dat ik hier was, mede door jou, hoewel je toen een stuk gewilliger was. Ik was wel in de *mood* voor een reprise, maar als het zo moet, dan kan ik mijn tijd ook wel beter besteden.' Ze stak haar neus in de lucht en keerde zich om, duidelijk van plan om weg te marcheren van het slagveld als overwinnaar.

Maar zo makkelijk geef ik me nou ook weer niet gewonnen.

Ik dacht er een halve seconde over na en zei toen op zo neutraal mogelijke toon: 'De vorige keer dat je me hier trof, was ik er niet. Ik was toen nog militair in actieve dienst, en ik was op dat moment uitgezonden naar Oekraïne. Ik vermoed dat je een warme nacht hebt beleefd met Bob, die op dat moment het pension voor me beheerde.'

Ze keek me over haar schouder aan, haalde die schouder een klein stukje op en zei toen koeltjes: 'Dat verklaart een hoop.' En toen liep ze weg.

Intussen sta ik met een glas halfdood bier in de hal van het raadhuis net te doen alsof ik met Menno en Siets in gesprek ben, maar in feite ben ik nog steeds aan het nadenken of zij niet toch de veldslag met glans heeft gewonnen. Waarschijnlijk wel.

Nou ja. Voor mij alleen maar opnieuw een bewijs dat vrouwen een genoegen zijn dat in heel beperkte porties genoten dient te worden – in ieder geval voor een man als ik.

'Waar blijft hij dan?' zegt Siets ongeduldig. 'Het zou toch wel zo beleefd zijn als hij gewoon bij het begin van de borrel al aanwezig was!'

'Heeft iemand hem überhaupt al gezien?' Menno kijkt in de rondte, waar natuurlijk alleen maar bekende eilandkoppen tegen elkaar aan staan te praten – voornamelijk mannen, hoewel ik in de gauwigheid ook doc Ellen en haar vriendin zie, en Ria van de VVV, die met haar onbedwingbare nieuwsgierigheid ook naar binnen is geslopen.

'Ik heb begrepen dat hij in Burema logeert totdat de ambtswoning is geschilderd,' zegt Siets, 'maar toen ik Arie vroeg of hij hem al had gezien, zei die dat alleen zijn vrouw al was ingecheckt.'

'Hij was toch ongetrouwd?' zeg ik verbaasd.

'Laat dat maar aan Tjerk over, die onthoudt dat soort dingen,' zegt Menno lachend. 'Je hebt helemaal gelijk, ik was dat even vergeten.'

'Hoezo stuurt hij zijn vrouw vooruit? Waarom komen ze dan niet samen? En ook stom dat die informatie over die man dan blijkbaar niet klopt!' Siets fronst erbij en zijn stem klinkt nog iets neuzeliger dan normaal. Zal wel van de zenuwen zijn.

En dan komt er een onbekend gezicht door de deur naar binnen. Een vrouw, niet al te lang, stevig van postuur – zo stevig dat het bijna gezet mag heten – maar ondanks haar zwarte jurk en die enorme, knallend roze zijden sjaal om haar nek, zie ik meteen dat ze zeker niet vormloos is. Alle rondingen zitten erop en eraan. In overvloed, zou ik bijna zeggen. Ze heeft dik, rossig blond haar, in een beetje een rommelige coupe geknipt, maar gelukkig niet zo kort dat het een kortpittig kapsel is, en een vriendelijk, glimlachend gezicht. Haar lippenstift past precies bij haar sjaal en haar zwarte schoenen zijn netjes en elegant, zonder dat er van die enorme palen van hakken onder zitten.

Het gepraat van al die eilanders verstomt bijna helemaal als ze zonder aarzeling met stevige stappen naar het midden van de hal loopt, onbevreesd om zich heen kijkt en vrolijk zegt: 'Hallo allemaal, sorry dat ik wat later ben. Ik ben Alexandra Groenendijk, jullie nieuwe burgermoeder, maar noem me vooral Alex, hoor! Ik zie ernaar uit om met jullie allemaal kennis te maken; praat lekker verder, dan maak ik wel even een rondje.'

Ik vergeet van verbazing een slok te nemen van mijn lauwe, intussen vrijwel overleden bier, en kan niet anders dan deze dame met mijn ogen volgen terwijl ze met uitgestrekte hand op Ria af stapt en een praatje met haar maakt.

Na Ria stapt ze door voor weer een handdruk en een paar woordjes, en aan het eind van de borrel heeft Alexandra-zeg-maar-Alex met iedereen een vriendelijk babbeltje gemaakt en wordt er weer even druk gepraat als voordat ze binnenkwam. Ze blijkt een enorm goed geheugen voor namen en gezichten te hebben. Het begon een beetje stroef, zoals dat natuurlijk altijd gaat, maar daar is een half uurtje later eigenlijk al niets meer van te merken, hoewel er nu misschien nog wel een extra handje zand in de machine zat. Niemand, maar dan ook niemand, had erop gerekend dat Alex voor Alexandra zou kunnen staan.

Nee, laat ik nou maar gewoon man en paard noemen – vrouw en paard zou misschien passender zijn, hier – hoe vervelend het ook is om het te moeten toegeven: we zijn er op geen enkele manier van uitgegaan dat we een vrouw als burgemeester zouden krijgen. We hebben allemaal voetstoots aangenomen dat het een man zou zijn, en iedereen, ook ikzelf, moet razendsnel schakelen.

Ik zie dat dat niet iedereen even goed lukt.

'Mag ik even bijkomen van de schrik,' mompelt Siets, als Alex Groenendijk al pratend ver genoeg van ons verwijderd is geraakt om het niet te kunnen horen.

Menno bromt wat, maar zegt niks; ik zie aan zijn gezicht dat hij nog lang geen vrede heeft met het idee.

Ik vind eigenlijk dat ik mezelf een preek zou moeten geven. Ik ben blijkbaar veel minder modern, veel minder inclusief dan ik dacht. Ik heb geen problemen met doc Ellen en haar vriendin, ik heb in mijn werk als militair nooit problemen gehad met collega's van een andere sekse, met een andere seksuele voorkeur of genderbeleving dan de mijne, maar van het idee van een vrouwelijke burgemeester op mijn geboortegrond moet ik toch echt even bijkomen. Atze Tarquinius Boonstra, je bent een ouderwetse, misogyne man, mopper ik op mezelf, en ik kan niet anders dan een tikje teleurgesteld zijn.

In mezelf.

Ik weet wel dat ik van die militaire bavianenhumor kan hebben, maar ik heb altijd gedacht dat dat niet serieus was. Dat was ik niet écht. Het is toch andere koek om ineens zo'n spiegel voorgehouden te krijgen.

'Wat vind jij er nou van?' vraagt Menno zacht, nu hij zijn tong blijkbaar weer heeft teruggevonden.

'Ik sta nog even te wennen aan het idee,' zeg ik maar eerlijk, terwijl ik Alex' voortgang door de hal van het raadhuis met mijn blik volg. Ze kan dit goed. Ze is sociaal, en behoorlijk onverschrokken, dat moet ik haar nageven, maar als ik er al zo over blijk te denken, hoe moet het dan met de allerconservatiefste eilanders?

'Denk je dat ze het kan?' vraagt Menno.

'Nou ja, dat cv zal toch wel echt van haar zijn,' zeg ik, 'met al die bestuurlijke ervaring, en zo?'

'Ja, maar...' zegt Menno, die precies op tijd stopt met zijn tegenwerping.

'Gaat niet, hè?' zeg ik, met enig medeleven. 'Je kunt niet zeggen dat het niet telt, alleen maar omdat ze een vrouw is. Of eigenlijk: omdat ze niet is wat we hadden verwacht.'

'Dat wil ik ook eigenlijk helemaal niet zeggen, maar...' zegt Menno weifelend.

'Maar eigenlijk toch ook weer wel?' Ik kijk hem met opgetrokken wenkbrauwen aan. 'Ik sta net te bedenken dat ik ouderwetser ben dan ik van mezelf wist, dat ik deze mogelijkheid gewoon helemaal niet voor ogen had. Stom.'

'Jij bent toch altijd voorbereid op alles?' Siets geeft me een por.

'Blijkbaar niet. In ieder geval niet hier, op het eiland.'

'Heb je je badgastenschatje trouwens al de laan uit gestuurd? Ik hoorde van Ferwerda dat ze aan het rondvragen was waar je woonde.'

Ik knik, en grijns half. 'Vlak voordat ik hier kwam. Ze nam het niet zo heel erg goed op.'

Menno en Siets schudden hun hoofd en zeggen pesterige dingen die ik van mijn brede schouders af laat glijden terwijl ik Alex, Alexandra, observeer. Er is iets aan haar waardoor je oog aan haar blijft hangen. Ik weet niet precies wat het is; ze is niet direct een standaard knappe vrouw, ze heeft geen standaard figuur. Ze is heel... eigen, en ze heeft een bepaald soort... uitstraling. Ik krijg er de vinger niet achter, dus ik schud mijn hoofd en mompel tegen Menno en Siets: 'Ik vind het wel weer mooi geweest. Ik moet straks nog een wacht op de toren, dus ik denk dat ik maar weer eens ga.'

'Er komen nog sateetjes,' zegt Menno verlekkerd, 'van 's Graven.'

'Ik vind die van Mayke Ferwerda beter,' zeg ik, al half over mijn schouder, en ik loop richting de deur, terwijl ik mijn lege bierglas handig op een tafeltje parkeer.

Vlak voordat ik die deur bereik hoor ik Alex' stem achter me. Ze heeft een warme alt, laag maar niet mannelijk, melodieus, haar accent niet volks en niet bekakt, niet stedelijk en niet boers. Ze zou het achtuurjournaal kunnen voorlezen, zo neutraal ABN spreekt ze. Ik kan absoluut niet aan haar spraak horen waar ze oorspronkelijk vandaan komt.

'Meneer Boomsma, Tjerk, was het toch?'

Ik keer me om en geef haar de korte versie van mijn glimlach. Dat is, heb ik me wel eens laten vertellen door een vrouw die interessant genoeg was om een week of drie mijn bed mee te delen, een soort bliksemaanval: zij vond me, in haar woorden, onweerstaanbaar als ik eerst serieus keek, en dan zo heel even naar haar glimlachte. Geen idee of het ook werkt bij Alex Groenendijk, maar ik bemerk bij mezelf de onbedwingbare neiging iets van indruk op haar te willen maken. 'Inderdaad,' zeg ik, en ik maak mezelf iets breder dan strikt noodzakelijk, 'Tjerk Boomsma is mijn naam.'

'Nou, Tjerk, ik hoop dat je ongetwijfeld drukke schema het toelaat om deze week even een kop koffie met me te drinken, want ik begrijp van verschillende raadsleden dat jij zo ongeveer bij alles op het eiland op de een of andere manier wel betrokken bent. Of dat je er op z'n minst een mening over hebt.'

'Ik zit niet in de raad,' zeg ik een beetje stug, 'ik hou niet van vergaderen. Ik ben een aanpakker.'

'Dat begrijp ik ook,' zegt ze met een glimlach die haar ogen bereikt. 'Ik wil met iedereen langer spreken voordat ik echt ga beginnen, maar ik zou een van de eerste gesprekken graag met jou willen voeren, omdat ik denk dat jij een uniek perspectief hebt.'

'O,' zeg ik, stupide, en ik realiseer me dat ik me gevleid voel. Het moet niet gekker worden.

Intermezzo 8: Tjeerd en Vincent

'Hoe gaat het nou, Vinnie?'

'Ruk. Jij?'

'Mja. Eigenlijk best wel goed, maar toch ook weer niet.'

'Dus ook gewoon ruk? Wat is jouw probleem? Heeft Tjerk je te hard aangepakt van het weekend?'

'Nee, nee, dat vind ik eigenlijk wel lekker. Dan stop ik tenminste even met nadenken.'

'Ik heb dat ook, ja. Je gaat me toch niet vertellen dat het om een vrouw gaat, hè? Want dan ben je dus net zo het zaadje als ik, vriend.'

'Ehm...'

'Ja, hou maar op; wie is het?'

'Heb je al iets van Milena gehoord?'

'Een paar keer, heel kort, het schijnt goed met haar te gaan en ze zei dat ze me miste, maar ze wilde niet bellen, en ook geen heel gesprek op de app. Ze wil van me afkicken, wat dat dan ook moet betekenen. Ik wil helemaal niet van haar afkicken, en volgens mij kan ik dat ook niet. Maar je zit me af te leiden door over mijn shit te beginnen, terwijl ik nou juist graag een beetje afleiding wil hebben door over jouw shit te horen. Vertel. Wat is je shit.'

'Meh...'

'Kom op, Tjeerd. Met je ballen op tafel.'

'Man, man, man. Nou ja. Eh, weet je nog van de zomer, toen die twee meiden hier werkten?'

'Die twee lelijkerds die allebei achter je aan zaten?'

'Nou, eh, ja. Toen dus. Ze waren vanbinnen uiteindelijk nog lelijker dan vanbuiten, want ze hebben Greetje Boersma van het eiland af getreiterd.'

'Greetje Boersma?'

'Ja, je weet wel, de kleindochter van Thé Boersma, de loodgieter.'

'Ja, ja, ik weet wie Greetje is. Leuke meid, lijkt ze me. Lekker nuchter.'

'Ja. Nou ja, dat dus.'

'Dus jij... en Greetje...?'

'Nou, eh, ja. Zoiets, ja. Er is eigenlijk helemaal niks gebeurd, helaas, kan ik wel zeggen; we hebben, nou ja, een beetje gezoend, maar ik wist het gewoon meteen, weet je wel? Die moet ik hebben. Maar toen ging ze weg, en nu zit ze ergens in het buitenland op een of andere hotelschool-opleidingsdinges, weet ik veel... in Schotland.'

'Dat had ik dus bij Milena ook. Dat ik dacht: die moet ik hebben.'

'Nou ja. Dat dus.'

'Ik was vroeger toch een enorme sloerie, weet je wel? Ik had vroeger zo tegen Tjerk gezegd, als hij last had van die vrouw die in Westerveld zat, met wie hij in bed heeft gelegen en waar hij meteen niet meer vanaf kwam: geef maar hier, ik neem haar wel van je over. Ik heb de nodige expertise met cougars. Maar nu, op dit moment, moet ik daar echt niet meer aan denken.'

'Nou, ik ben nooit zo'n, eh, versierder geweest als jij, Vin, ik heb dat niet in me, en ik weet ook eigenlijk niet hoe het moet, ik bedoel, hoe dóé je dat? Je gaat gewoon naast een vrouw zitten, of staan, en je zegt, zullen we dan maar?'

'Soms wel. Het gaat er vooral om dat je het niet erg moet vinden als ze nee zegt. Zolang je denkt, ik zie het wel, dan is er niet zo'n soort spastische spanning in de lucht, weet je wel? Vrouwen zijn daar allergisch voor, als ze het gevoel krijgen dat, als ze maar een heel klein beetje toegeven, ze er meteen niet meer onderuit kunnen, omdat die kerel zo strak staat dat hij haar meteen op haar rug gooit zodra hij een opening ziet.'

'Een opening.'

'Haha, ja, *no pun intended*, hoor. Maar begrijp je wat ik bedoel? Als je relaxed bent, en je doet het met zo'n houding van: voor jou tien anderen, dan lukt het dus beter.'

'Ik zou daar niks van kunnen. Maar ik denk ook niet dat ik het zomaar met iedere vrouw zou kunnen.'

'O, jawel hoor. Als die bewuste opening eenmaal in beeld komt...'

'Pff. Vin. Echt. Ik zit zo niet in elkaar.'

'Ik dus ook niet meer, weet je dat? Ik heb het wel even overwogen, om weer op jacht te gaan, misschien ook wel omdat ik dacht dat ik dan een soort wraak nam, of zoiets scheefs, maar verdomme, ik kan het gewoon niet meer opbrengen! Ik zie alleen maar Milena's gezicht voor me.'

'Stelletje sneue rukkers zijn we, man.'

'Zeg, speak jij even voor jezelf, ja? Ik ben dan blijkbaar wel voor eeuwig verpest voor alle cougars, maar ik wil mezelf toch niet tot het legioen van sneue rukkers rekenen, hoor. En jou ook niet.'

'Nou... als jij het zegt...'

'Ik zeg het.'

9

Ik zit aan hetzelfde tafeltje als waar ik heb gegeten met Leonetta, maar verder is alles volkomen anders. Om te beginnen zit ik met mijn rug naar de ingang, wat ik altijd een heel vervelende positie vind om stelling in te nemen, maar ik had deze keer geen keus. Mijn tafelgenote zat er al, en vanuit haar positie gedacht is het begrijpelijk dat zij die stoel heeft genomen: ik ben niet de enige met wie ze heeft afgesproken. Toen ik aankwam werd mijn stoel opgewarmd door de kont van de aanvoerder van de boerenpartij, een stugge man met de naam Jelle Brokstra. Hij is derde generatie import: zijn grootouders zijn uit de buurt van Emmen hier op het eiland komen boeren, en mijn paak had altijd ruzie met die familie. Het is natuurlijk onzin, maar ik zie hem nog steeds niet als een volwaardige eilander.

Het volgende verschil is dat het ochtend is, geen avond, en het derde verschil is natuurlijk dat dit geen afspraakje is, maar een werkbespreking. Ik heb een uur, zo stond er in de mail die ze me stuurde, aangevuld met het advies me goed voor te bereiden.

Dat laatste is voor mij een *no brainer*: ik ben altijd goed voorbereid. Maar dat wil nog niet zeggen dat ik het achterste van mijn tong ga laten zien; als ik tegenover Alexandra-zeg-maar-Alex aan tafel schuif, ben ik van plan de kat uit de boom te kijken. Laat haar maar praten; ik heb tenslotte geen officiële positie in de gemeenteraad, ik vertegenwoordig geen partij met een partijprogramma dat ik voor het voetlicht moet brengen. Niks van dat al. Ik zit hier op persoonlijke titel, dus behoud ik me het recht voor om te observeren.

Ik zeg, als we eenmaal de begroetingsrituelen hebben uitgevoerd – dag Brokstra, hallo Alex – in eerste instantie helemaal niets. Ik kijk alleen maar naar haar. Ze ziet er goedverzorgd uit, maar op een totaal andere manier dan Leonetta. Die had een geur van luxe om zich heen hangen, alsof ze zou weigeren te slapen onder lakens van te goedkoop katoen. Alex heeft meer iets... alsof ze haar best heeft gedaan om de juiste kleuren bij elkaar te zoeken. Ze heeft een donkerblauw damespak aan, met een jasje dat wonderlijk genoeg heel goed om haar ronde vormen heen past (zou ze dat speciaal hebben laten maken?) en een mosterdgele blouse onder het jasje, die goed kleurt bij haar gouden oorbellen en haar haar. Een aparte kleur, die ze verrassend goed kan hebben. Geen lippenstift deze keer, ik heb beter zicht op de natuurlijke vorm van haar mond en – eerlijk – dat is niet onaangenaam. Ze draagt wel mascara, maar zo te zien heeft ze lange, dikke wimpers en zou ze ook prima zonder kunnen. Op zich logisch; vrouwen met zulk dik haar hebben meestal ook mooie wimpers. Haar ogen zijn, nu ik haar in het wat onthullendere ochtendlicht kan bekijken, niet donkerbruin maar meer een soort hazelnootkleur.

Ze kijkt terug, en begint niet met praten. Het was natuurlijk mijn bedoeling dat ze dat wel zou doen, en ik was bereid om tot ver voorbij het punt van ongemak te wachten met spreken – ik kan dat goed. Als het moet heb ik geen gêne; die heb ik op een van mijn missies achtergelaten, in een gemeen prikkende struik waar ik drie dagen in heb gelegen om vijandelijke stellingen te observeren.

Verrassend genoeg heeft zij er niet zo veel last van dat de sfeer al zeker vijf minuten ongemakkelijk is. Ze kijkt dapper terug; ze observeert mij minstens even scherp als ik haar, haar gezicht even uitdrukkingsloos als het mijne. Ik begin bijna te geloven dat het een *staring contest* wordt, en dat wakkert mijn competitiviteit aan: als we zo gaan beginnen, dan gaat ze erachter komen dat ik een harde kop heb. Maar vlak voordat ik me voor de volle honderd procent heb vastgebeten in de gedachte dat ik dit wedstrijdje hoe dan ook ga winnen, trekt ze één wenkbrauw op en grinnikt ze.

Daar had ik niet op gerekend.

Ik heb verdorie het gevoel dat ze me precies, maar dan ook precies doorheeft, en dat gevoel zit me niet lekker. Het is een blotebillengevoel, alsof ik ongewild mijn complete strijdplan, ligging, bewapening, alles, zo in handen van de vijand heb gelegd.

'Het werd bijna een wedstrijdje, hè?' zegt ze dan ook nog, met een breder wordende glimlach.

Welja, benoem het gewoon, waarom ook niet. Ik moet me beheersen om niet op mijn stoeltje te draaien.

'Maar toen bedacht ik me waarom ik je heb uitgenodigd, en dat dat doel eigenlijk belangrijker is dan dat we er een krachtmeting van maken, Tjerk.' Ze pakt haar koffiekopje en neemt er een laatste slok uit. 'Zullen we koffie bestellen? Ik zit al aan mijn derde kop, maar ik kan het de hele dag door drinken, dus voor mij maakt het niet uit.'

Ze kijkt over haar schouder, krijgt iemand in het oog die in de bediening loopt – een of andere tiener van de wal, ik ken het meisje niet – en bestelt een kop zwarte koffie.

'Hetzelfde,' brom ik, nog steeds een beetje weerspannig, en het gevoel bekruipt me dat, ondanks al mijn gedachten, mijn observatietechniek, mijn koppigheid, mijn fysieke aanwezigheid (ik weet dat ik behoorlijk breed overkom als ik op de juiste manier ga zitten), zij de leiding over deze bijeenkomst geen moment uit handen heeft gegeven.

Later op de dag, in de Vis, is het flink druk, maar het lukt toch om een gesprek met Vin aan te knopen; iets wat ik nu al langer van plan ben dan me lief is.

Ik loop in de bediening, hij staat warme en koude dranken en glazen te doen achter de bar, en als het even een kwartiertje iets rustiger is – iedereen heeft zijn bestelling en er komt geen nieuw volk binnen – kruip ik ook achter de bar om hem een handje te helpen.

'Hoe is het?' vraag ik.

'Het gaat,' zegt hij, een tikje somber. 'Ik heb vanochtend een berichtje gehad van Mi. Weet je waar ze zit? In Thailand. Met twee van haar vriendinnen van vroeger. Voor minstens twee maanden! Ze hebben een of ander baantje in zo'n luxe resort.' Hij zucht. 'Ik ben al blij dat ze niet alleen is gegaan, weet je dat?'

'Maar het zit je niet lekker?'

'Nee, natuurlijk niet. Er is daar een enorme surfscene, en ik weet natuurlijk donders goed hoe het er hier aan toe kan gaan, laat staan hoe het daar is. Witte stranden, lekker warm, palmbomen, vakantiesfeer...'

'Je bent bang dat ze een ander tegenkomt.'

Vin zwijgt, bijt op zijn lip en poetst verwoed door; het glas in zijn hand gaan nog net niet aan scherven.

Ik weet ook even niet wat ik moet zeggen; zijn angst lijkt me niet helemaal ongegrond. 'Ik heb vanmorgen koffiegedronken met Alex Groenendijk,' zeg ik dan maar, in de hoop dat ik zijn interesse in de lokale politiek kan activeren. Plus, in alle eerlijkheid, ik heb er wel behoefte aan om er met iemand over van gedachten te wisselen. Het was een vreemde ervaring, dat gesprek; ik had het gevoel tegenover een tegenstander te zitten die precies even sterk was als ik. Of misschien nog net iets sterker. Verpakt in een kleine, mollige vrouw met een grote voorgevel, een verrassend smal middel eronder, en een dikke kont.

Dat ik dat erachteraan denk laat me vanbinnen een beetje schrikken, net als toen ze binnenkwam bij de borrel en wij allemaal dachten dat ze een man zou zijn. Ben ik zo'n seksist? Denk ik dat vrouwen van haar postuur – wat ik wel een lekker postuur vind, laat ik eerlijk wezen – gezellig en knuffelbaar zijn, en daarmee ongevaarlijk? Probeer ik haar in mijn gedachten nu af te serveren? Ik schud mijn hoofd.

'Was het niet leuk?' zegt Vin, zijn interesse blijkbaar toch gewekt. 'Ik heb haar dus nog helemaal niet live gezien.'

'Ik weet niet of leuk nou het goeie woord is. Het was in ieder geval wel interessant. Waarom was je trouwens niet op de raadsborrel? Ik stond daar met Menno en Siets, ik dacht: jij komt ook nog wel binnen.'

Vin zegt een tijdje niks, terwijl hij driftig glazen poetst, maar dan mompelt hij toch, een beetje bokkig: '... kon het niet opbrengen.'

Ik zwijg ook en pak het volgende glas. Die jongen zat waarschijnlijk thuis te piekeren; ik had ook gewoon even langs moeten lopen om hem uit zijn huis te trekken.

'Ben je die cougar nog kwijtgeraakt?' vraagt hij dan, met gelukkig toch weer een vlegelachtige blik in zijn ogen.

'Met moeite,' geef ik toe, 'ze was als een schorpioen. Het venijn zat in de staart. Ik verwacht niet dat ze nog terugkomt, maar ik heb wel even gecheckt bij Siets of hij haar ook daadwerkelijk aan boord heeft zien gaan. Het was iets te druk om het met zekerheid te kunnen zeggen, maar hij dacht van wel. In Westerveld is ze in ieder geval niet meer.'

'Je kan toch ook aan Ria vragen of ze ergens anders zit?'

'Ja, dank je de koekoek,' zeg ik smalend. 'Het hele eiland heeft zijn portie lachen om Tjerk al gehad; als ik nou ook nog bij Rietje ga vragen hoe of wat, denkt straks iedereen dat ik meer wil!'

'*True*,' zegt Vincent, en ik zie een grijns. Mooi. 'Vertel dan verder over Alex Groenendijk? Denk je dat ze het kan? Het zal wel even schrikken zijn voor iedereen, een vrouw in die functie. Denk je dat we er een betere aan hebben dan aan De Lange?'

'Dat weten we natuurlijk pas over een tijdje. En De Lange was in eerste instantie ook niet verkeerd, pas het laatste jaar zo'n beetje, schat ik, heeft hij het er wel erg bij laten hangen. Maar, om je vraag te beantwoorden: zo op het eerste gevoel denk ik wel dat ze het kan, ja. Ze lijkt me een stevige. Sociaal gezien niet bang, en in het gesprek dat ik met haar had... Ik geloof niet dat ze snel onder de indruk is van iets.'

Vincent schiet in de lach.

'Wat sta je nou te lachen, jong,' zeg ik, nep-korzelig. Ik ben allang blij dat hij weer eens een keertje lacht.

'Jij hebt zeker een beetje breed tegen haar gedaan, en zo gekeken, weet je wel, waar iedereen de zenuwen van krijgt omdat ze denken dat ze bij je op de zwarte lijst staan? En toen was ze niet onder de indruk. Ha ha, punt voor haar! Ik vind haar nu al cool, volgens mij.'

Of ik wil of niet, ik moet meelachen. Hij heeft natuurlijk volkomen gelijk.

'Ging het ook nog echt ergens over, tussen jullie, of hebben jullie elkaar gewoon een uurtje streng aan zitten kijken?' vraagt Vin, en dan moet hij nog een keer lachen.

'Het ging wel degelijk ergens over,' zeg ik, grijnzend. 'Ze wilde weten hoe ik de zaak zag waarover De Lange is gestruikeld, en hoe het volgens mij opgelost had moeten worden. Dus ik zei dat ik een plan van aanpak had uitgewerkt, en zij zei dat ze erin geïnteresseerd was. Als straks om half vier de bieb opengaat ga ik even een printje maken, ruggetje erdoor jassen, en dan breng ik het bij haar langs.'

'Nou,' zegt Vincent, met de sporen van zijn lach nog op zijn gezicht, 'volgens mij klinkt dat als een eerste succesje. Pas maar op, ouwe stomp, straks gaat ze je nog leuk vinden.'

'God verhoede.'

Intermezzo 9: Menno en Vincent

'Vertel jij het maar aan hem, jij ziet hem elke dag in de Vis.'

'Ja, de groeten, hij trekt mijn kop eraf!'

'Nou ja, hij is toch wel verstandiger dan dat hij de boodschapper aanpakt?'

'Vertel jij het hem dan; jij moest toch zo nodig partijvoorzitter zijn?'

'Ik kijk wel uit!'

'Sta daar nou niet zo te lachen, vriend, anders krijg jij geen bier meer bij de eerstvolgende partijvergadering in de Vis!'

'Ho ho, zo makkelijk kom je niet van me af, ik haal wel een sixpack bij Henk Ferwerda, als het zo moet.'

'Nee, geen BYO in de Vis. Niks ervan.'

'Hoe gaat het trouwens met je famke? Heb je nog wat gehoord?'

'Zit in Thailand. Ze heeft een baantje bij een of ander luxe resort, met twee vriendinnen. Moeten ze het entertainment voor de kinderen organiseren. Gisteren appte ze me nog dat ze het leuk vindt – het was een idee van een van die vriendinnen van haar, en ze zijn zo op stel en sprong gegaan – maar ik heb toch het idee... het zit me toch niet helemaal lekker dat ze... nou ja. Laat ook eigenlijk maar.'

'Ik snap wel dat je je zorgen maakt. Kan je haar niet gaan halen?'

'Heb ik ook al aan zitten denken, maar het is al zo krap bij de Vis, met Ax en Wen uit de running. Tjerk werkt wel bijna iedere dag mee, en Martin en Mandy hebben ook meer tijd nu de surfkeet is gesloten, maar Martin is ook de hele tijd bezig voor jouw huisjes, Menno, en Mandy is voor de tweede keer zwanger. Het is nog heel pril, maar ze zijn er gewoon open over, dus ik kan het vast wel tegen je zeggen. Komt erop neer dat we eigenlijk nog steeds net één paar handen tekortkomen. Cam kan natuurlijk ook niet fulltime meedraaien; die doet ook de administratie en het bestellen en zo, wat Wen altijd deed. Als het niet te druk is gaat het wel, maar als het een beetje volloopt, en in het weekend als er toch nog wat huisjes verhuurd zijn, met dat lekkere weer, dan is het echt aanpoten. Plus, als er iets technisch aan de hand is, dan missen we Ax echt enorm. Die gast is zo handig.'

'Tjerk is toch ook handig? Als hij had gewild had hij zo bij mij in de garage kunnen werken; hij sleutelt volgens mij in no time een auto in elkaar. Heeft hij blijkbaar op die missies van hem geleerd. Die man is van alle markten thuis, hoor.'

'Ja, dat is ook wel zo, en hij heeft ook wel meegeholpen met dingen, met Cam zijn spacebatterij en zo, maar goed, weet je wel, het is gewoon krap, nu. Mi weg, Ax weg, Wen weg, Mandy zwanger – die ligt op het moment 's morgens de hele tijd met haar kop in de wasbak, dus dat is ook niet ideaal. Ik moet er niet aan denken dat dit was gebeurd tijdens de topdrukte rond het opruimen, weet je wel? En ik sta nou ook hier, in plaats van dat ik daar in de bediening loop.'

'Nou, jongen, niet doemdenken, het gebeurt nu, niet van de zomer, en volgens mij is er hulp onderweg.'

'O? Wat dan?'

'Nou, ik was bij Thé, om wat spul te bestellen voor de renovatie van mijn huisjes, en toen zei hij dat Tjerk bij ze langs is geweest om te vragen naar Greetje. Je weet wel, hun kleindochter?'

'Dat is toch die meid waar je zoon een oogje op had? We hadden het laatst nog over haar.'

'Precies. Nou, Tjerk heeft voorgesteld dat ze terugkomt naar het eiland van waar ze dan ook zit –'

'Schotland, schijnt het.'

'Schotland, ja, dat was het. En dat ze dan bij de Vis gaat werken.'

'Heeft hij tegen ons niks over gezegd. Ook wat, zit hij dat te regelen, zegt hij niks!'

'Misschien wilde hij niks zeggen totdat hij zeker wist dat het zou lukken. Nou ja, hoe dan ook, Thé zei gisteren dat ze net had gebeld en dat ze terugkomt. Dus volgens mij gaat het door.'

'Dus... ik weet dit eerder dan dat Tjerk het weet?'

'Waarschijnlijk wel.'

'Hmm... Kan ik hem ermee om de oren slaan. Als ik hem dan vertel van de vergadering van daarnet, heb ik een beetje een bliksemafleider.'

'Slimme jongen. Jij haalt de Tweede Kamer nog wel.'

'Situatie Busquet, functie elders? Lijkt me niet, ik blijf liever hier.'

'Ik geef je geen ongelijk, jongen. Laat me weten hoe het afloopt.'

'Doe ik. En volgende keer geen bier voor jou.'

10

'Wát!' zeg ik, en ik spring nog net niet uit mijn stoel. 'Had je me niet meteen even kunnen bellen?'

'Wat, gistermiddag nog?' Vincent kijkt me onschuldig aan.

'Ja, natuurlijk gistermiddag, pannenkoek!' zeg ik, stomend.

'Wat had je er dan nog aan kunnen doen?'

Vin heeft helemaal gelijk: ik had niks kunnen doen. Net zoals ik nu niks kan doen, behalve stomen en mijn iets te hete koffie met een paar boosaardige slokken naar binnen gooien. Ik haal mijn schouders op.

'En het is nog niet rond, hè, ze wil eerst onderzoek doen.'

'Ja, maar je ziet al waar dat naartoe gaat natuurlijk, dat onderzoek: de conclusies liggen voor het oprapen. Over drie maanden mogen we de toren niet meer op, let maar op mijn woorden.'

'Heb je je plan voor de opruiming van die containers en zo al aan haar gegeven?'

'Ja, natuurlijk heb ik dat gedaan,' zeg ik op de mopperstand. 'Tien dagen geleden al. Ze pakte het aan, trok haar wenkbrauwen op – volgens mij dacht ze eigenlijk van me dat ik geen twee woorden recht achter elkaar zou kunnen schrijven, ze zal me wel zo'n beetje op dezelfde manier inschalen als die

Leonetta deed: als een dommekracht – en zei dankjewel.'

'Nog niks op terug gehoord? En die Leonetta, dat was toch je scharrel van de vaste wal? Die cougar?'

'Ex-scharrel, Vincent. Meer *one night stand*, of *half night stand*, als ik nou toch even heel precies mag zijn.'

Cam komt bij ons zitten met twee koppen koffie, en niet heel veel later sluit Mayke ook aan, met een zucht en de opmerking: 'Zo, de keuken staat weer klaar voor een dagje stevig tekeergaan. Ik moet wel een beetje doorwerken om het ontbijt van Mandy over te nemen, maar gelukkig hebben we maar twee huurders. En als ze zo misselijk is 's morgens, dan is dat ook niks voor haar, hè?'

'Je bent een reddende engel,' zegt Cam liefdevol, en als dank daarvoor krijgt hij een duw tegen zijn schouder.

'Met een b ervoor, zeker,' zegt Mayke schamper.

'Wanneer jij steeds zo vroeg hier bent, is het vervelende voor mij dan wel dat ik mijn ochtendseks moet missen,' geeft Cam terug.

'Iets te veel info!' roept Vincent olijk, maar ik zie dat dat alleen maar aan de oppervlakte is. Direct daaronder raakt het hem – hij denkt natuurlijk aan zijn meisje – en ik zie ook dat Cam dat ziet, want hij trekt een schuldbewust gezicht en mompelt: 'Stom...' Maar daarna vermant hij zich en gaat hij, een tikje geforceerd, verder tegen mij: 'Er is iets aan de hand met onze Tjerk, want hoewel hij 's morgens normaal gesproken al niet de vrolijkste gelaatsuitdrukking heeft van het westelijk halfrond, kijkt hij nu wel heel, eh, *thunderous*.'

'Ik heb hem net verteld dat burgemeester Alexandra gisteren in de raadsvergadering als agendapunt opvoerde dat er moet worden gekeken naar de bemanning van de vuurtoren,' zegt Vin. 'Eerst een onderzoek, dus we zijn nog niet te laat, maar Tjerk werd bij voorbaat al witheet. Plus: hij denkt dat

Alexandra hem niet helemaal serieus neemt.'

Cam kijkt me aan met die rare lichte ogen van hem. 'Hoezo denk je dat? Ze heeft jou als een van de eersten gesproken, en ze hechtte toch veel waarde aan je input? Ik dacht dat ze een vervolggesprek wilde.'

'Dat is ook alweer ruim twee weken geleden,' mopper ik. 'Ik heb verder nog niks gehoord. Niet over een vervolgafspraak, en ook niet over mijn rapport. Ik ben niks officieels hier op het eiland, dus ze zal het wel alweer vergeten zijn; dat rapport zit waarschijnlijk in een laatje. Of in het ronde archief. Ik...' Mijn boosheid vlamt weer een beetje op, maar ik druk die met kracht de kop in. Discipline; het heeft geen zin als ik met een kwaaie kop de strijd aanga. 'Ik moet zo maar eens even langsgaan. Kan ik om een uur of elf beginnen, in plaats van nu meteen, of wordt het te druk?'

Ik kijk heen en weer van Vincent naar Cam.

'Dat kan volgens mij probleemloos,' zegt Cam. 'Wanneer speelt trouwens dat hele stromanverhaal ook weer? Is onze burgermoeder daar nog niet over begonnen?'

'Hé, hé, niet zo neerbuigend over de mooie tradities van mijn eiland!' Mayke geeft Cam een niet zo heel goed gelukte strenge blik. Ten antwoord krijgt ze een grijns, gecombineerd met een gemompeld 'O, pardon' van hem terug. Ik vind dat stel altijd vermakelijk om naar te kijken: zo verschillend en toch zo goed bij elkaar passend.

'Eind van de week wordt hij neergezet,' zeg ik. 'En ik mag toch hopen dat ze dáár niet ook iets tegen gaat ondernemen!'

'Dan loopt het hele eiland te hoop,' zegt Mayke meteen strijdbaar, 'van de strieman moet ze afblijven, hoor! En waar moeten we dan heen met onze winskertjes?'

'Jullie wat?' Cam grijnst vrolijk door. 'Ik lig er altijd meteen af als jij eilands spreekt.'

'Onze wensbriefjes!'

'Is er ooit iets uitgekomen van wat je hebt gewenst?'

'Nou, ik zit ertegenaan te kijken,' zegt Mayke, 'hoewel ik me soms wel eens afvraag of ik niet voorzichtiger had moeten zijn met wat ik wenste.'

'Auw!' roept Vincent, 'dat doet zeer. Nou, Tjerkemans, drink je koffie op en ga gewoon even naar het gemeentehuis; als je op je breedst gaat staan raakt ze misschien wel zo geïntimideerd dat ze het niet meer aandurft om over de toren te beginnen.'

Ik was zoiets eigenlijk wel van plan, maar nu het uit Vincents mond komt zie ik direct de bijna stripfiguurachtige idiotie van dat plan in. Nee, ik moet strategischer te werk gaan met een vrouw als Alexandra-zeg-maar-Alex. Als ik niet wil dat ze me wegzet als een ruwe bonk met meer schouderpartij dan herseninhoud, dan zal ik daar ook naar moeten handelen.

Twintig minuten later – ik voel intussen niets meer van de wandeling door de duinen; een beetje doorzetten doet wonderen – sta ik voor het raadhuis. De deur is open, dus ik ga maar gewoon naar binnen. Als ik even later om de hoek kijk van de openstaande deur van een klein kantoortje met een raam op de achtertuin, zie ik daar Alex zitten, achter een bureau hoog opgetast met papieren en dossiers, geconcentreerd typend op een laptop.

Ik klop op de deurstijl en weerhoud mezelf ervan om breeduit in de deuropening te gaan staan.

Ze kijkt op, met iets betrapts op haar gezicht. 'O! Hé, Tjerk, kom binnen!' Ze klinkt verrast en hartelijk en honderd procent echt. Geen acteerwerk, geen dubbele agenda's; ik zie helemaal niks waarvan ik op mijn hoede raak.

'Ik loop vreselijk achter,' zegt ze schuldbewust, 'de eerste honderd dagen op een nieuwe post zijn altijd het ergst. En nu al helemaal; ik moet zo'n berg dossiers doorwerken, vooral ook omdat mijn voorganger nogal wat heeft laten liggen voor wie er dan ook maar na hem zou komen... Ik ben nog niet op de helft van waar ik zou willen zijn.' Ze wuift een beetje naar de papierstapel op haar bureau.

Ik zet twee stappen over de drempel en voel aan mijn lichaam dat ik, of ik nu wil of niet, in de militaire vorm schiet. Ik ga niet welbewust breed staan, maar wel kaarsrecht; klaar voor discipline. Het gaat helemaal vanzelf, het zal wel iets te maken hebben met een geïnternaliseerde reactie op een *chain-of-command*, al doet Alex nog zo vriendelijk en benaderbaar. Ik schraap mijn keel en zeg: 'Ik ga ervan uit dat je mijn stuk nog niet hebt kunnen doornemen.'

Ze glimlacht naar me, wat – ik kan niet anders dan dat waarnemen – iets leuks doet met haar gezicht. 'O, jawel, ik heb het meteen gelezen, en ik vond het erg goed. Ontzettend fijn dat je zo veel voorwerk hebt kunnen doen, en dat je zo veel expertise aan boord hebt; dat is in mijn ogen bijzonder waardevol in zo'n kleine gemeenschap. Tot en met offertes van bergingsmaatschappijen aan toe; je bent echt heel grondig te werk gegaan. Het enige wat ik nog moet doen is kijken hoeveel geld er in de kas zit, en dus hoe mijn subsidieaanvraag eruit moet zien. Ik heb daar wel wat ervaring mee, met van die internationale aanbestedingen, en dergelijke – wil je trouwens niet even komen zitten? Zal ik koffie halen?'

'Ik heb al een kop koffie gehad vanochtend, maar ik lust er nog wel een,' zeg ik, en ze springt bijna uit haar stoel. Hoewel ze niet heel slank gebouwd is, heeft ze iets heel levendigs, ook in al haar bewegingen, en ze is al bij de deur als ze over haar schouder vraagt: 'Wat heb je erin?'

'Cafeïne,' is mijn gortdroge antwoord.

Ze grinnikt sappig. 'Zwart. Net als ik. Mooi, dat kan ik onthouden.'

Ik laat me voorzichtig zakken in de stoel die aan de ontvangstzijde van haar bureau staat, en denk dat Alexandra Groenendijk waarschijnlijk heel veel zal kunnen onthouden. Ik heb heus wel gemerkt dat ze zonder ook maar een seconde aarzeling overschakelde van wat ze aan het doen was naar de inhoud van mijn document, en dat ze blijkbaar de feiten allemaal netjes geordend voor in haar hoofd had zitten.

Die gedachte geeft me toch een beetje vertrouwen, ondanks het doel van mijn missie. Ik zou dat bijna uit het oog verliezen, zo onverwachts is haar ontvangst. Ik kom hier om verhaal te halen over de toren, niet om gezellig koffie te drinken. Ik heb Pier om aan te denken, en de waarde die we hier op het eiland hechten aan het feit dat er iemand op de toren zit als we het water op gaan.

Sneller dan ik had verwacht komt ze terug met twee koppen koffie op een klein blaadje. Echte koppen, met schoteltjes; lepeltje en koekje op het schoteltje. Vanuit mijn zittende perspectief valt me ineens op dat ze op sportschoenen loopt, hoewel ze een nette broek en blouse en een net jasje draagt. Donkerblauw pak, lichtblauwe blouse. Geen nadrukkelijke oorbellen of zoiets dergelijks, geen verdere accenten. Ze lijkt ook nauwelijks opgemaakt, en er zit een bril in haar haar geschoven. Blijkbaar is dit haar tenue voor stevig aanpakken; ik kan het wel waarderen. Keurig netjes, maar precies genoeg voor de gelegenheid. Geen toeters en bellen.

Ze ziet me kijken naar haar schoeisel, want als ze me een kop koffie aanreikt zegt ze: 'Vandaag geen hakken, hoor. Ik probeer iedere dag een of twee keer achter dit bureau vandaan te komen om een wandeling te maken. Het weer is nog heerlijk en ik wil zo snel mogelijk vertrouwd raken met het eiland. Als ik mezelf daar niet toe dwing zit ik van zeven uur 's morgens tot acht uur 's avonds met mijn neus in de papieren of in mijn laptop, en kijk ik niet op of om. Dan word ik nog dikker dan ik al ben!'

Ik bijt op mijn lip om een opmerking binnen te houden. 'Je bent helemaal niet dik,' had ik willen zeggen, en dat vind ik ook echt. Ze is natuurlijk niet mager, maar ze is precies goed zoals ze is. Het lijkt me dat een beetje man twee armen vol van zo'n vrouw echt niet zal kunnen weerstaan. Meteen schrik ik zo van waar mijn eigen gedachten naartoe gaan, dat ik militair-kaarsrecht in mijn stoel schiet en met afgepaste, bijna hoekige bewegingen in mijn koffie roer om maar iets te doen te hebben. Er zit niks in mijn koffie behalve koffie, dus zodra ik me het belachelijke van de situatie realiseer trek ik het lepeltje er weer uit, leg het netjes op het schoteltje, grijp het kopje bij het oor en gooi de inhoud in drie slokken naar binnen.

Als ik het kopje op het schoteltje zet en voorover reik om het op een klein leeg hoekje van haar volle bureau te parkeren, zie ik dat ze me vrolijk aankijkt.

'Ik heb begrepen van de mannen van Ons Sociaal Belang dat je een nogal stevige achtergrond bij defensie hebt,' zegt ze. 'En ik zie het ook wel aan je. Je hebt een echte, eh, *military bearing*. Ik zou bijna tegen je willen zeggen, zoals in zo'n Amerikaanse film: *at ease, soldier*, maar dat zou natuurlijk wel een beetje raar zijn.'

Ik grijns en voel dat mijn schouders zich toch een beetje ontspannen. 'Een beetje maar. Je hebt wel gelijk; ik val terug op oude, bekende patronen op momenten dat ik nog niet weet welke koers ik moet varen. Ik ben blij dat je naar mijn stuk hebt kunnen kijken, en dat je van plan bent om de zaak op te pakken, maar dat is niet waarom ik hier ben. Ik begrijp van Vincent dat je van plan bent de bemanning uit de toren te halen.'

Even kijkt ze me aan en ik zie de radertjes in haar hoofd draaien. 'O, de vuurtoren,' zegt ze dan. 'Excuus, ik moest even schakelen. Menno had me al gewaarschuwd dat je je er wel hard voor zou maken om te zorgen dat de bestaande situatie gehandhaafd blijft.'

We kijken naar elkaar, en even lijkt het weer zo'n krachtmeting te worden als toen we tegenover elkaar zaten aan dat tafeltje in 's Graven. Maar dan komt er een aanval uit onverwachte hoek.

'Wil je met me wandelen?' vraagt ze. 'Dan kunnen we het er even over hebben.'

Intermezzo 10: Vincent en Axel aan de telefoon

'Ax, man, hoe gaat het nou?'

'Ja, het gaat wel. Het gaat op zich redelijk goed met Wende, maar de dokter komt wel iedere week even bij haar kijken. Ze kan bijna niet meer lopen, zo dik is haar buik ondertussen, en ze moet nog bijna drie maanden, maar ze is zelf wel weer wat aangekomen; mijn schoonmoeder stopt haar helemaal vol.'

'O, gelukkig, ik ben blij om te horen dat het goed met haar gaat. En jij?'

'Hm.'

'Ja, wat dan?'

'Ik werk een beetje mee op de boerderij. Vind ik wel leuk, weer eens wat anders. Er is een hoop te sleutelen, ook: trekker was kaduuk, heb ik gefikst, dat soort dingen. Hoe is het daar?'

'Tjerk werkt nog steeds elke dag mee.'

'Hm, heb ik van Cammie begrepen.'

'Ze hebben Cammies batterij aan de praat gekregen; dat werkt volgens mij allemaal wel goed. Tjerk is ook handig. Niet zo handig als jij, natuurlijk.'

'Hm. Ik bedoelde eigenlijk meer: hoe gaat het met jou?'

'Klote, dus.'

'Praat door. Ik ben hier degene die weinig zegt, en jij bent degene die iedereen de oren van de kop lult, weet je nog?'

'Ja, nou ja, ik weet gewoon niet wat ik erover moet zeggen. Ik mis haar verschrikkelijk. Ik werk hard in de Vis om daar niet zo veel last van te hebben. Ik ga op zaterdag met de reddingsploeg mee trainen, met Cam, om maar iets te doen te hebben, en af en toe neem ik een late wacht op de toren, want dat is altijd nog beter dan in mijn dooie eentje thuis zitten in een huis dat nog vol sporen van háár zit. Af en toe krijg ik een appje, maar ze is daar heel spaarzaam mee. Ze zit in Thailand, met een paar vriendinnen, ze werken in zo'n groot resort om kinderen te vermaken.'

'Djiezes. Wat een verhaal.'

'Kan je wel stellen. Ik vond het al erg toen ze gewoon in Nederland was, maar niet bij mij, maar nou heb ik helemaal het gevoel dat de halve wereld ertussen zit. Wat ook zo is.'

'Ga haar halen, dan.'

'Zei Cam ook al. Maar dat zou toch niks oplossen? Als ze juist van me los wil komen?'

'Hm. Heb jij een punt te pakken.'

'Het heeft geen zin om er nog langer over heen en weer te praten, ik moet gewoon geduld hebben. Ik heb nog geprobeerd of ik niet net als vroeger even tussendoor met een andere vrouw... weet je wel? Maar man, ik kan dat gewoon niet opbrengen. Tjerk had een scharrel van de wal, echt zo'n zakencougar, en na één nacht wilde hij er weer vanaf, maar dat mens bleef hem appen. Dus ik heb nog even gedacht: zal ik inspringen? Maar vergeet het maar, ik denk niet eens dat ik hem omhoog zou krijgen.'

'Hm.'

'Je lacht me uit, hè?'

'Ik zou niet durven. Ik ben bezorgd om je.'

'Wees jij nou maar bezorgd om Wende, en je nageslacht; met mij komt het allemaal wel goed. Uiteindelijk.'

'Hm.'

'Ik heb ook nog wat anders te vertellen: Tjerk heeft dus zitten regelen dat die kleindochter van Boersma, die Greetje, weet je wel, terugkomt naar het eiland om bij te springen in de Vis. Ik denk dat hij het te druk begint te krijgen om hier de hele tijd mee te werken, maar dat wil hij natuurlijk niet zeggen. Hij runt intussen ook zo'n beetje de toren, samen met Cam en mij, plus, nu we die nieuwe burgemeester hebben – meer een burgemeesteres, als je het mij vraagt, een strenge burgemeesteres, al kan ik me even niet voorstellen wat er zou gebeuren als je haar in een zwart glanzend latex pak zou hijsen – anyway –'

'Jezus, Vinnie, wat probeer je me nou te vertellen? Hoe ziet die vrouw er dan uit?'

'Ik app je straks wel even een foto. Je kent me toch? Ik lul maar raak. Anyway, dus, Tjerk heeft zijn schoonmaakplan aan haar gegeven en ze schijnt er nogal van onder de indruk te zijn. Ze is druk bezig met de boekhouding om te kijken waar ze geld kan besparen zodat de gemeentekas dat plan, of delen ervan, zo goed mogelijk kan opbrengen. Volgens haar duurt zo'n subsidieaanvraag in Brussel ontzettend lang en ze wil gewoon zo snel mogelijk actie. Op zich allemaal goed, beter dan die De Lange, die niks deed, maar ze zal nog wel op ramkoers komen te liggen met Tjerk als ze te veel aan dingen gaat knabbelen. Dus ik denk: hij heeft meer armslag nodig om ruzie met haar te maken, weet je wel? Dan komt het mooi van pas als Greetje hier kan werken. Of vind jij het een slecht idee?'

'Hm, moet ik nog even over nadenken. Heb je het er al met Cammie over gehad?'

'Nog niet. Ik dacht, ik doe jou eerst.'

'Ik ga het wel eerst even met Wende bespreken. Zij moet ook meebeslissen.'

'Tuurlijk, tuurlijk. De grap is ook: ik heb het van Menno Olivier, en die heeft het weer van Thé Boersma. Die vertelde hem, helemaal blij, dat zijn kleindochter terugkomt omdat Tjerk haar een baan heeft aangeboden, maar ik wist dus van niks. Cam weet ook nog van niks, iedereen weet hier van niks. Tjerk heeft gewoon tegen niemand iets gezegd.'

'Ha, de dorpstamtam; hoe hard je ook je best doet, uiteindelijk kan je niks geheimhouden. Hou ik van. Tjerk zal het wel goed bedoelen, dat hij geen verwachtingen wilde wekken voor als het niet doorging. Denk ik zo, hem een beetje inschattende. Maar die man moet wel beter leren samenwerken.'

'Nou, ik wilde hem er dus mee om zijn oren slaan, maar in het heetst van de strijd ben ik dat vergeten. En, weet je, Mandy is hartstikke beroerd van haar zwangerschap. Ze hebben het maar gewoon verteld, want ze moet er enorm van spugen iedere ochtend, dus dan kan ze het ontbijt niet doen voor de huisjes, en overdag is ze ook niet helemaal topfit. Het ontbijt doet Mayke er nu bij, maar we kunnen het bijna niet aan, man, zelfs met Tjerk. Milena weg, jullie weg, Mandy op halve kracht...'

'Nou snap ik ook beter waarom Cam nog tot zo laat bezig is. Ik kreeg gisteren om half één nog een appje van hem, hij wilde iets weten over het bestelschema. Hij loopt zeker ook de hele dag mee?'

'Yep. Heeft een Duracell-batterij in zijn kont, dat klapkonijn; onvermoeibaar.'

'Ha! Ik zie het meteen voor me.'

'Dus jij zou er niet mee zitten als Greetje erbij komt?'

'Op zich niet, als we het kunnen betalen. Maar ik ga het dus nog wel even met Wende bespreken.'

'Volgens mij moeten we een conferencecall doen. Jij, Wende, Cam, Mayke, en Mart en Mandy ook, als ze willen, en als het lukt met Lieuwe.'

'Wen belt vaak met haar broer, hoor, bijna iedere dag; ik kan me ook voorstellen dat zij lekker in hun huisje blijven zitten.'

'Kan ook, kan ook; ik ga het wel even met Cam bekokstoven. En dan app ik je.'

'Hm, goed, man. Pas op jezelf, hè?'

11

Ik word die avond nogal dwingend door Cam ontboden bij hem thuis, omdat er een *videocall* met Axel en Wende op het menu staat. Hij heeft het slim gepland: precies nádat ik even snel een hap heb kunnen eten na mijn dienst bij de Vis, en vóór mijn dienst op de toren. Hij kent het rooster natuurlijk ook.

Het klinkt alsof er iets ernstigs te bespreken is, al kan ik me niet zo goed voorstellen wat voor ramp er te gebeuren zou staan – voor zover ik kan zien loopt alles op het moment op rolletjes bij de Vis; het is druk, en hard werken, maar daar heeft nog nooit iemand iets aan overgehouden, en de inkomsten lijken me ook prima, voor het naseizoen. Ik zou wel willen dat ik wat meer armslag had; ik moet eigenlijk echt even de reddingsboot controleren. Ik doe dat één keer in de week, misschien een beetje vaak voor het feit dat hij deze zomer maar twee keer is uitgerukt, maar zo zit ik nou eenmaal in elkaar. Je doet het goed of je doet het niet. Ik heb vorige week moeten overslaan omdat het te druk was, en dat blijft me dan in mijn keel steken; ik slaap pas weer rustig als ik het ding van boeg tot spiegel heb nagelopen.

Wat me nog meer in mijn keel blijft steken was het wandelingetje. Met Alexandra-zeg-maar-Alex. Het is al twee dagen geleden, maar ik blijf erover piekeren, het om en om gooien in mijn hoofd. Ik kan er niet de vinger op leggen wat het nou is waardoor het maar door mijn hoofd blijft spelen. De hele dag bij de Vis was het er, en terwijl ik al lopend een zak friet van Tjeerd naar binnen schoof op weg naar Cam en Maykes huis. En nu is het er nog steeds, nu ik in hun woonkamertje op een oeroude stoel zit, die zo te zien nog van Wiepje is geweest, en een kop koffie in mijn handen krijg van Mayke. Zodra het even stil is gaan mijn gedachten aan de wandel en loop ik het gesprek met Alex nog een keer door in mijn hoofd. Ik heb waarschijnlijk veel te veel gezegd, en ik voel hoe ik een beetje mijn hoofd schud; ik voel me ongemakkelijk bij de herinnering, maar ik kan die film in mijn hoofd bijna niet stoppen.

'Patatje van Tjeerd zeker weer, hè?' zegt Mayke, alwetend. Gelukkig interpreteert ze mijn hoofdschudden als iets volkomen onschuldigs.

'Voor meer heb ik echt geen tijd,' zeg ik, toch wel een beetje schuldbewust, terwijl ik me losruk uit mijn gedachten. 'Als jij me niet iedere dag een bord konijnenvoer onder mijn neus zou schuiven zou ik een hartvervetting oplopen.'

Cam is intussen aan het rommelen met een laptop op de salontafel, en ineens verschijnen Axel en Wende in beeld. Wende ziet er minder slecht uit dan eerst, ze heeft niet meer zo'n heel mager koppie, maar ze heeft wel donkere kringen onder haar ogen. Zal wel geen oog dichtdoen met zo'n buik vol leven. Axel ziet er beter uit, maar goed, dat jong ziet er altijd goed uit.

We groeten elkaar allemaal, er wordt een beetje over en weer gebabbeld, we proberen dicht genoeg bij elkaar te zitten zodat we met z'n allen tegelijk zichtbaar zijn voor Axel en

Wende, maar dat is allemaal inleiding. Ik voel het aan mijn water. Ik weet nog steeds niet waar we het nou echt over gaan hebben, maar het kwartje valt op het moment dat Cam zegt: '... en Tjerk heeft geheel zelfstandig nieuwe troepen geronseld voor de Vis, in de vorm van Greetje Boersma, die naar ik begrijp volgend weekend aankomt op het eiland en blijkbaar verwacht de maandag daarop bij ons aan de slag te kunnen.'

Het gepraat en gelach verstomt.

'Alleen is hij even vergeten dat aan de rest van de man- en vrouwschappen te vertellen,' gaat Cam verder, licht sarcastisch.

Ik grijp naar mijn voorhoofd en kreun. 'Ik wíst dat ik iets aan het vergeten was! Ik had de hele tijd zo'n alarmbel in mijn hoofd; ik dacht dat het kwam doordat ik vorige week geen tijd heb gehad om de reddingsboot na te kijken. Hoe hebben jullie het gehoord?' Hoofdschuddend, mijn handen in mijn haar, mijn ellebogen op mijn knieën, zit ik daar, en ik voel me een sukkel.

'Ik vind het een enorm goed idee,' zegt Wende vanaf het computerscherm. 'Greetje is een schat van een meid en volgens mij kan ze keihard werken.'

'Ze heeft een rottijd gehad op het eiland,' doet Vincent een duit in het zakje, 'dat weet ik van Tjeerd. Hij is volgens mij nog steeds een beetje gek op haar.'

'O, was hij verliefd op haar?' zegt Mandy met zo'n heel zachtmoedig lachje. 'Ach, wat naar voor hem dat ze dan niet meer op het eiland is geweest de afgelopen maanden!'

Ik kijk omhoog vanuit mijn vingers en zie twee paar ogen vanaf het beeldscherm en vier paar ogen in de kamer me aankijken, welwillender dan ik had gedacht.

'Waar is mijn broer eigenlijk?' vraagt Wende.

'Bij Lieuwe,' zegt Mandy, 'hij was aan de beurt om voor te

lezen, dus ben ik maar gekomen voor ons allebei.'

'Voel je je wel goed?' Wende geeft haar een bezorgde blik.

'Flink misselijk in de ochtend,' zegt Mandy met een vertrokken gezicht, 'maar om een uur of tien, half elf is dat wel gezakt en dan heb ik eigenlijk nergens meer last van. Ik voel me verder prima, en volgens doc Ellen ziet alles er goed uit, en zo.'

'Als je eenmaal voorbij de eerste drie maanden bent, dan zakt het wel,' zegt Wende. 'Ik had mazzel, ik had het maar een week of zes. Of nou ja, mazzel, binnen zes maanden bijna niet meer op je benen kunnen staan en dan nog drie maanden moeten wachten is nou ook weer niet, eh...'

'Voor de goeie zaak, lieverd,' bromt Axel, die haar snel een kus geeft.

We lachen allemaal.

'Jongens, het spijt me dat ik niks heb gezegd,' zeg ik dan, diep verscholen onder het boetekleed. 'Ik heb een beetje veel op mijn bordje. Ik zie ook wel dat er op dit moment meer nodig is bij de Vis dan dat ik drie, vier keer in de week een paar uurtjes meewerk, en ik moet Pier ook nog een beetje in de gaten houden, de roosters maken voor de vuurtoren, een paar avonden of nachten een wacht draaien, de reddingsboot, de training, de Haerfeste-commissie... Nou ja, dat laatste is eindig, binnenkort zetten we dat ding neer en dan is het een kwestie van de hens erin en de boel opruimen achteraf, maar ik ben intussen met onze nieuwe burgemeester in gesprek over mijn bergingsplan voor het containerschip, en ik moet natuurlijk zorgen dat ze niet het halve dorp wegbezuinigt in haar enthousiasme om daarmee te kunnen beginnen...'

'Ho, Tjerk, rustig aan,' zegt Cam, ineens niet meer op die sarcastische graptoon van hem. 'Ik had me even niet gerealiseerd hoeveel hooi je op je vork hebt genomen de afgelopen weken. Met je Atlascomplex.'

Toch nog een beetje steken, die gast. Wacht maar, zaterdag pak ik hem op de training.

'Tjerk,' zegt Axel, met die lage stem van hem. We vallen allemaal stil. 'Wende en ik vinden het prima om Greetje in dienst te nemen, goed idee. Ook een goed idee om haar terug te krijgen naar het eiland en misschien die nare bijsmaak van vorige zomer voor haar een beetje weg te werken, want ze kwam hier altijd zo graag bij haar grootouders. Ook goed voor Thé en ma Boersma, die kunnen denk ik wel een jonge meid over de vloer gebruiken, op hun leeftijd, hoewel ze nog goed gezond zijn.'

'Maar dat kan zomaar veranderen,' zegt Mayke dan ineens. 'Weten jullie nog hoe het met Wiepje ging? Ik voel het nog vanbinnen, hier, als ik eraan denk hoe ze midden in het dorp een paar dagen hier dood in huis heeft gelegen zonder dat iemand het in de gaten heeft gehad.'

We knikken allemaal. Dat was een dag met een zwart randje; ik denk dat het hele dorp dat wel heeft gevoeld.

'Ook goed voor Tjeerd,' zegt Vincent dan, zijn stem zacht. 'Als zijn meisje weer terug is op het eiland.'

'Ik dacht niet dat het ook echt iets was, tussen die twee, of misschien iets heel vluchtigs?' Cam geeft Vin een vorsende blik. De hartenpijn druipt nog net niet van het gezicht van het jong, en ik kan niet anders dan verschrikkelijk met hem te doen hebben.

'Ja, maar als ze er nou eerst maar weer is,' zegt Vin met een diepe zucht, 'hier, op het eiland, dan komt de rest waarschijnlijk wel goed.'

We knikken allemaal, en weten dat hij het waarschijnlijk evenzeer over zijn eigen situatie heeft als over die van Tjeerd.

'Kortom en samenvattend,' zegt Cam dan, na een korte stilte, 'het was om verschillende redenen een uitstekend idee, heer Tjerk, alleen doe je er goed aan om je uitstekende ideeën de volgende keer eerst wat breder te delen, voordat je ze in gang zet.'

'*Duly noted*,' brom ik deemoedig. 'Ik ben denk ik te lang aan het soleren geweest.'

'Plus, je hebt te veel hooi op je vork, zoals Cam zei,' zegt Mayke.

'Luister, Tjerk,' zegt Axel vanaf het scherm, 'het laatste wat we nu moeten hebben is dat jij door je hoeven gaat omdat je het te druk krijgt. Dus doe me een plezier en pas goed op jezelf. We hebben je allemaal nodig; je bent zo'n beetje het geweten van het eiland.'

'*Roger*,' mompel ik, 'niet door mijn hoeven gaan. *Sir, yes sir*.' Ik salueer met een slap handje.

Ze lachen allemaal.

Op de weg naar de toren vanaf Cam en Maykes huisje – ex-Wiepjes huisje; zo vergankelijk is het leven nou – besluit ik door de duinen te gaan. Het begint al te schemeren, al is het nog niet laat. Gelukkig heb ik altijd zo'n gemeen fel ledlampje in mijn zak zitten, en ik kan het hier dromen, dus ik klim zonder vrees en zonder haast tegen het eerste met gras begroeide duintje buiten het dorp op.

Ik heb nog een dik kwartier de tijd, en ik moet nog even nadenken. Over alles wat er vandaag gezegd is; ben ik daadwerkelijk het geweten van het eiland? Zien mensen me zo? Ik voel me wel al snel verantwoordelijk voor zaken, en ik hou ervan dat de boel netjes is geregeld, op een manier waar liefst niemand ongelukkig van wordt, maar... het geweten van het eiland? Ik ril ervan. Wat een verantwoordelijkheid. Het is maar goed dat ik niet ben ingegaan op dat geduw en getrek om te solliciteren op de post van burgemeester, want ik had natuurlijk de goegemeente alleen maar teleur kunnen stellen. Ik weet wel veel van het eiland, maar ik weet niks van politiek, ik weet niks van besturen, en wat ik altijd al heb geroepen: ik wil dingen doen, niet erover moeten ouwehoeren.

Het is dus maar goed dat Alexandra-zeg-maar-Alex er nu is. Ik realiseer me ineens dat ik, door dat hele gedoe met dat beeldbelletje bij Cam en Mayke, zeker twee uur niet meer heb gedacht aan haar en aan het gesprek dat we al wandelend voerden, maar ik bedenk me ook direct dat ik nog lang niet klaar ben met piekeren over dat vreemde halve uurtje.

Het was dus maar een half uurtje, toen moest ze alweer terug naar haar hoog opgetaste, bescheiden bureautje; het voelde als veel langer. Ze zette er stevig de pas in. Ik verbaas me iedere keer weer als ik haar ronde, zachte vormen zie – ze heeft wel iets van een knuffelbeertje – en die vergelijk met hoe pittig ze zich beweegt. Je zou een slanke, sportieve vrouw verwachten bij zo'n stijl van bewegen. Ze heeft volgens mij ook een prima conditie; ze liep als een kievit en praatte als een stuk automatisch boordgeschut. In ieder geval in het begin, toen ze over zichzelf vertelde: over hoe het voor haar was om hier te beginnen, als de eerste vrouwelijke burgemeester in zo'n kleine, gesloten gemeenschap, met z'n eigen regels en gewoonten, met zo veel dossiers die haar voorganger had laten slabakken – haar woorden, niet de mijne – en met de boekhouding van de gemeentekas die blijkbaar niet echt op orde was.

Ze was, en dat viel me direct op als een heel charmante karaktereigenschap, niet te beroerd om zich bloot te geven. In figuurlijke zin dan, hoewel ik mezelf even ernstig moet toespreken om die uitdrukking niet stiekem, heel even maar, letterlijk te nemen. Mannen zijn visuele beesten, en ik denk dat ik aan mezelf zal moeten toegeven dat ik haar niet onaantrekkelijk vind. In ieder geval kijk ik liever naar Alex dan naar Leonetta van Roezeveer, hoewel hun lichaamsbouw en stijl niet verder uiteen hadden kunnen liggen.

Ze maakt zich blijkbaar toch best druk over hoe de eilanders haar zien en of ze wel bereid zullen zijn dingen van haar aan te nemen – ik kon haar op dat punt denk ik wel geruststellen: ik kan meteen aan iemand zien of die persoon iets van natuurlijk overwicht heeft, en zij heeft het in overvloed – en of ze de zaken die De Lange heeft laten liggen tot een goed einde kan brengen.

'De uitgaven voor huishoudelijke zaken alleen al! Daar kan een gezin met vier kinderen met gemak van leven. Ik bedoel, hoeveel mensen werken er nou op dagelijkse basis in het gemeentehuis? Ik, in ieder geval. De meeste raadsleden doen het erbij, dus die zijn er ook niet iedere dag; we hebben dan wel een secretaris, maar hij is ook een manusje-van-alles...'

'Dat is toch Menno Oliviers neef?' vroeg ik. 'Ik ken hem niet zo goed; ik heb hem wel eens gezien op een verjaardagsfeestje of zo, bij de Oliviers thuis, maar ik heb geloof ik nog nooit een woord met hem gewisseld.'

'Hij is ook een hele stille,' zei Alex met een glimlach, 'dus dat verbaast me niks. Hij is wel ontzettend handig, hij staat altijd wel iets te schilderen of iets te schroeven. Op het moment doet hij eigenhandig de halve verbouwing van de ambtswoning en tegelijkertijd heeft hij, voor zover ik kan zien in ieder geval, altijd alles keurig voorbereid voor vergaderingen en dergelijke. Gouden vent. Ik denk dat hij vreselijk ondergewaardeerd is door mijn voorganger, want iedere keer als ik hem een compliment geef weet hij zo'n beetje niet waar hij het zoeken moet.' Ze lachte vrolijk en ging verder: 'Maar goed, voor zo'n personeelsbestand hoef je toch echt niet vierduizend euro in de maand aan algemene zaken uit te trekken? Waar ging dat dan naartoe? Wc-papier? Koffie? Ik zou bijna denken dat De Lange zijn boodschappen ervan deed. Er ligt trouwens wel een indrukwekkende verzameling wijn in de kelder van de ambtswoning; misschien heeft hij het daarin gestoken?'

'Kan je er trouwens al een beetje in wonen?' vroeg ik, tot mijn verrassing daadwerkelijk geïnteresseerd. Ik vond het op een bepaalde manier een treurige gedachte, zo'n vrouw alleen in een hotelkamer bij Burema, iedere dag hard aan het werk, terwijl haar ambtswoning nog helemaal niet bewoonbaar voor haar is.

'O, ja hoor,' zei ze blijmoedig. 'Ik heb niet zo veel nodig; dat huis is eigenlijk veel te groot voor mij alleen. Mijn slaapkamer is geschilderd, mijn bed is verscheept, ik heb een kledingkast en een klein bureautje in mijn slaapkamer, mijn badkamer is operationeel, ik red het wel.' Ze gaf me weer zo'n vrolijke grijns. 'Maar Tjerk,' ging ze toen verder, en nou komt het: het moment waarop ze zo langs mijn verdedigingslinie glipte. Ik heb nog steeds niet helder hoe ze dat deed, wát ze precies deed; het enige wat ze zei was: 'Vertel jij nou eens iets over jezelf. Ik begrijp van iedereen dat je in het leger hebt gezeten, bij de commando's, en dat je daar een beetje een, eh... nou ja, laat ik zeggen, een bonk van bent geworden. Het militaire equivalent van een zeebonk, bedoel ik dan. Iedereen heeft je hoog zitten, je weet bijna overal wel iets van, je bent handig, je bent dapper, je bent sterk – dat is wat mensen over je zeggen, hè? Maar niemand weet precies wat je allemaal hebt meegemaakt. Vertel eens?'

En zo, zonder enige moeite, misschien was het die glimlach van haar die het hem deed, ging er bij mij een deur open. Ik vertelde haar van mijn training, van hoe ik vroeger dacht: hoe harder hoe beter, van mijn uitzendingen, mijn missies in Oekraïne en Afghanistan, de samengestelde troepen, het gevaarlijke en specialistische werk.

Ze luisterde heel aandachtig. Onderbrak me niet, maar gaf me al lopend af en toe zo'n blik die ik ervoer als aanmoedigend, dus ik praatte verder. Over hoe ik vijf jaar geleden voor de zoveelste keer een rondje kon zandhappen in Afghanistan, op een samengestelde missie met jongens uit andere NAVO-landen, en hoe ik in mijn eentje ver in vijandelijk gebied was, om een inschatting te kunnen maken van de Taliban. Bemanning, bewapening, paraatheid, intentie, dat soort dingen. Het was eigenlijk mosterd na de maaltijd, dat wisten we allemaal, want de aanwezige internationale troepenmacht werd al flink uitgedund. Het zou nog wel even duren voordat de laatste troepen werden teruggetrokken, maar in feite waren we volledig op onszelf aangewezen.

Ze legde tijdens het lopen een warme hand op mijn arm. 'Was je niet bang, Tjerk? In je eentje, in een vreemd land, een vijandelijke omgeving?'

'Je went eraan,' zei ik simpelweg. 'Ik vertrouwde op mijn lichaam en mijn brein, ik was denk ik ook wel overmoedig. Dat heb ik op die missie wel afgeleerd, trouwens; de *reality check* kwam op dat moment.' Ik haalde diep adem en vertelde haar hoe ik in mijn been werd geschoten door een scherpschutter in de heuvels, te ver weg om me direct te kunnen opjagen en afmaken. Ik dook achter een rotsblok en wist me te verbergen totdat ik met redelijke zekerheid wist dat hij het had opgegeven. Ik bloedde als een rund, maar het was alleen een vleeswond; de kogel was er dwars doorheen gegaan. Toen ik eenmaal zeker wist dat er geen stuk stof van mijn BDU in de wond zat heb ik de boel dichtgeschroeid – ik heb gebruld als een beest – en toen kon ik, half hinkend, kruipend, soms op mijn buik, maken dat ik wegkwam. Gelukkig was het terrein meer heuvelachtig dan bergachtig, dus ik hoefde niet echt te klimmen, maar er zijn daar wolven en hyena's, dus al te lang ronddartelen terwijl je naar vers bloed ruikt is niet aan te raden. Plus, je moet natuurlijk ook nog een oogje openhouden voor de vijand.

Nou ja, ik vertelde haar het hele verhaal, hoe ik, uitgedroogd en koortsig, uiteindelijk een NAVO-post bereikte, en meteen door kon met een MEDEVAC. Dat daarna de lol voor mij eraf was, dat ik defensie heb aangeklaagd, en de hele vernederende schadeprocedure die daarop volgde. Ze hadden me daar natuurlijk nooit op die manier moeten droppen, zonder enige back-up, maar dat is een van de gevaren van zo'n samengestelde missie: zodra er stront aan de knikker is schuift iedereen de verantwoordelijkheid lekker door naar een ander. En als eind van het liedje: mijn eervol ontslag, met eretekenen en al.

Ik vertelde haar zelfs het bedrag waarmee ik naar huis kwam, dat nog vrijwel onaangeroerd op mijn bankrekening staat: een half miljoen euro. Op zich een teken dat defensie erkent dat ze tegelijk verantwoordelijk én onverantwoordelijk zijn geweest; het bedrag is uitzonderlijk hoog. Maar toch...

'Het kan natuurlijk nooit goedmaken wat je hebt moeten doorstaan,' zei Alex, toen ik eenmaal was uitverteld. Haar stem klonk nadenkend. Teruggetrokken, bijna. Ik was nog even bang dat ik haar had afgeschrikt met te veel details, maar toen ik tersluiks naar haar gezicht keek, verdween die angst: ik wist meteen honderd procent zeker dat ze er haar mond over zou houden, en tegelijk dat ze de kennis over mijn verleden wel aankon. Hoe ik dat wist? Geen idee, maar ze heeft het goed gezien. Niks kan goedmaken wat er is gebeurd.

Eigenlijk, als ik er goed over nadenk, en het is heel raar om het aan mezelf te moeten toegeven, heb ik meer gehad aan een half uur wandelen met een kleine, mollige vrouw die me zover heeft gekregen om het hele verhaal aan haar te vertellen, en die zonder waardeoordeel heeft geluisterd en mij haar onverdeelde aandacht heeft gegeven, dan aan die bom duiten op mijn rekening.

Hoe zit dat?

Ik weet het niet.

Ik weet het gewoon niet.

Maar ik heb een groot deel van de nacht de tijd om er verder over na te denken als ik zo meteen boven in de toren zit.

12

De duisternis is al ingetreden. Ik heb koffie gezet met het kleine apparaatje; de toren is goed geoutilleerd: er is stromend water, er zit zelfs een piepklein, maar prima functionerend keukentje en wc'tje in, een verdieping lager dan de werkvloer. Dat heeft Pier er nog met zijn vader in gebouwd; vroeger moesten ze voor iedere boodschap naar de poepdoos beneden, hoewel Pier me wel eens heeft verteld dat zijn vader er niet te beroerd voor was om van het omloopje af te wateren als hij geen zin had om die trappen af te lopen. Dat zou nu ondenkbaar zijn, maar toen had nog niemand stromend water en riolering; het waren andere tijden. Het sanitair is ouderwets, maar dat hindert niet; ik heb veel erger meegemaakt.

Wonderlijk, hoe leeg ik me voel, en blijf voelen sinds dat gesprek met Alex. Lichthartig, opgelucht voel ik me. Ik had gewoon geen idee dat het bijna als het fysiek neerleggen van een last zou kunnen aanvoelen om dat hele verhaal zomaar eens aan een wildvreemde te vertellen. Ik heb natuurlijk nog heel veel details weggelaten, en ik heb ook nog wel meer meegemaakt op missies; sommige zaken mág ik niet eens vertellen. Hoe ik als scherpschutter op een dakrand heb gelegen en vrijwel eigenhandig een nest vol Talibanstrijders heb uitgeroeid, nadat we erachter waren gekomen wie er verantwoordelijk was voor die IED waar die maat van mij... nou ja. Dat verhaal waarbij hij zijn dienstmakker van zijn butsmuts moest schrapen heb ik aan Vincent verteld, maar hoe we daar toen op hebben gereageerd, en wat mijn rol daarin is geweest, heb ik nog nooit met iemand gedeeld. Op het moment zelf zat ik vol ijskoude wraakzucht en was ik vrijgepleit door een glasheldere bevel van hogerhand, en ik kan nou eenmaal goed schieten. Niet meer zo goed als toen ik jonger was; die wond in mijn been en de bijbehorende terugtocht heeft iets gedaan met die balans, die innerlijke verstilling die je nodig hebt om een doel van grote afstand te kunnen raken. En daarnaast, wat ik toen niet deed, doe ik nu wel. Denken aan die vijf jonge kerels die ik keurig achter elkaar heb omgelegd. Ze hadden ook een moeder. Ze waren misschien misleid door overspannen waandenkbeelden, of meegesleept in een wilde droom van broederschap en religie. Misschien waren ze niet zo heel hoog opgeleid en makkelijk beïnvloedbaar. Ik zal het nooit weten, maar nu, jaren en jaren later, zijn het mensen voor me geworden en weet ik dat ik nooit meer zo koelbloedig zal kunnen beslissen over leven en dood. Zelfs niet als iemand me er het bevel toe geeft. Ik ben precies op tijd uitgetreden, net toen mijn jeugdige overmoed en neiging tot stommiteiten een beetje op begonnen te raken.

Met een kop gloeiend hete zwarte koffie staar ik uit over de donkere Waddenzee. De nacht wordt af en toe even verjaagd door een zwiep licht van boven mijn hoofd. Het is rustig op het water; het weer is goed, het is een heldere nacht. Sterren twinkelen, er is wat maanlicht. Ik verwacht geen problemen.

Mijn mobiel gaat.

Ik weet meteen wie het is, want ik heb er een speciale beltoon op gezet; ik weet eigenlijk niet eens echt waarom ik dat heb gedaan.

'Alex?' brom ik, als ik opneem. 'Wat kan ik voor je doen?'

'Ha, eh, Tjerk. Ik... nou ja, ik merkte dat ik nog nadacht over ons wandelingetje van eergisteren, over wat je me allemaal hebt verteld. Het was nogal een heftig verhaal. Ik geloof niet dat ik iemand ken die zoiets heeft meegemaakt als jij, en het nog kan navertellen ook.'

'Hm,' zeg ik, en even schiet me het beeld van Axel voor ogen. Ik heb plotseling meer begrip voor zijn zwijgzaamheid af en toe, en voor hoe hij in staat is werelden van inhoud te communiceren met dat ene geluid. Ik weet niet wat ik moet zeggen. Ik zou wel van alles willen zeggen: ik vond het ook een heftig verhaal om te moeten vertellen, ik heb het nog nooit zomaar aan iemand verteld, ik weet niet waarom aan jou nu wel, er is nog veel meer gebeurd wat ik je niet eens mág vertellen, hoewel ik het misschien best graag zou willen nu ik voel hoezeer het oplucht. En, misschien nog wel het allerbelangrijkste: ik blijf er ook steeds aan terugdenken.

Dat flitst er allemaal door mijn hoofd terwijl ik die 'Hm' uitbreng.

Alex blijft stil, aan de andere kant.

'Was er nog iets...?' kraak ik na een tijdje.

'Nou, eh...' zegt ze, en ze klinkt ineens een beetje beschaamd. 'Ik weet het niet precies. Ik geloof dat ik ineens dacht dat ik nog even met je verder wilde praten, en voordat ik er goed over had nagedacht had ik mijn mobiel gepakt en je nummer gekozen. Soms ben ik een beetje impulsief, dan wil ik de zaken meteen regelen. Maar misschien was het een slecht idee; ik wil je verder niet storen bij je bezigheden in je vrije tijd, en dergelijke...' Haar stem sterft weg.

'Doorpakken is een goede eigenschap,' zeg ik, een beetje stijfjes. 'Daar heeft het eiland op dit moment volgens mij veel behoefte aan, aan een doorpakker.'

Het is weer even stil tussen ons; stroef, veel stroever dan toen we liepen te wandelen, maar blijkbaar hebben we toch allebei niet direct zin om op te hangen.

Plotseling valt me iets in. 'Waar ik dus nog over liep na te denken...' zeg ik.

Nu zegt zij 'Hm?' en ik denk aan haar stem te kunnen horen dat ze blij is dat ik met een onderwerp ben gekomen.

'Ik kwam eigenlijk langs in het gemeentehuis om het ergens met je over te hebben, maar dat is er helemaal niet meer van gekomen.'

'Vertel,' zegt ze, meteen op een soort zakelijkere toon. Ik vind die andere toon van haar veel prettiger.

'De bemanning van de vuurtoren,' zeg ik botweg. 'Ik begreep van Vincent dat je dat ter discussie hebt gesteld in de raad.'

'Ja, dat klopt,' zegt ze, onbevreesd. 'Ik heb je toch iets verteld over de abominabele staat van De Langes, nou, ja, huishoudboekje? Ik ben door het hele kosten- en batenplaatje heen aan het werken, en ik zie overal overhead die volgens mij flink naar beneden kan. Projecten waarbij het nut voor de samenleving me nog niet in één keer duidelijk is wil ik eerst bespreken in de raad; ik ga niet zonder voldoende achtergrondkennis een afweging maken.'

'En de bemanning van de vuurtoren zit op de schopstoel?' Mijn toon is ineens ook niet meer zo vriendelijk.

'Zo zwart-wit is het niet, Tjerk. Het is een spel van meerdere belangen, en De Lange is niet alleen maar laks geweest toen dat schip zonk; hij heeft op veel meer punten dingen laten liggen. Ik heb fysieke infrastructuur, digitale infrastructuur, onderhoud van de haven, de busgarage waar het nodige aan moet gebeuren, en dan hebben we daarbovenop ook nog dat containerschip. Ik heb je plan gelezen voor de berging van het gezonken schip, alsmede de verspreid geraakte ladingcontainers. Dat heb ik je verteld. Het is me nogal een project, en ik weet wel dat je alles hebt geprobeerd, maar ik ga ook nog een keer met de rederij bellen. In principe zijn ze verzekerd voor schade en berging, dus ik wil weten waarom ze geen actie ondernemen: het lijkt me zo klaar als een klontje dat het schip daar niet kan blijven liggen. Er is ook nog een windmolenpark in de buurt, niet zo'n grote, maar toch: als de boel gaat schuiven en botsen, dan is de schade niet te overzien. Mocht dat contact spaak lopen, dan volg ik jouw plan. Hoe dan ook; er ligt zo veel dat opgepakt moet worden dat we ieder eurocentje drie keer zullen moeten omdraaien, de komende tijd.'

'Nou, veel succes met die rederij,' brom ik zurig. Ik weet wel dat ze gelijk heeft, dat er nog veel meer zaken liggen waar De Lange geen actie op heeft ondernomen, maar ik blijf strak op mijn koers. Ik ken die tactiek wel van toen ik nog diende: als je van onderaf iets gedaan wilde krijgen, dan kon zo'n streep proberen zich eronderuit te werken door op te noemen wat er allemaal nog meer speelde. Als jong Tjerkje, met mijn verdraaide verantwoordelijkheidsgevoel, liet ik me dan wel eens uit positie praten. Nu niet meer. 'Ik heb het nummer wel voor je,' zeg ik dus. 'Moest ik nog flink moeite voor doen, om dat te pakken te krijgen. Ik heb ze platgebeld, kort nadat het gebeurd was, maar zonder succes. Het was ook een hele zoektocht voordat ik het eindverantwoordelijke bedrijf had gevonden; ze charteren allemaal bij elkaar. Het bedrijf zit in Kameroen, vaart met kleine schepen, verouderd materieel, slecht onderhouden. Alleen bemanning die niet makkelijk ergens anders aan de slag kan gaat op van die tobbes zitten, geloof me. De rederij claimt dat de kapitein daar helemaal niet had mogen zijn toen het schip verging, dat hij onder invloed was... Ik heb daar niks van gemerkt toen de bemanning van boord was gehaald; ze hebben nog heel even in de Vis gelegen voordat die kustwachtheli weer bijgetankt was. Onze lokale arts heeft naar ze gekeken en gedaan wat ze kon. Allemaal jongens uit Europa, niet uit Afrika. Kapitein was flink gemangeld; heeft zijn best gedaan, maar hij had slecht weer en slecht materieel. Kortom, de rederij trekt zijn handen ervan af, dus dan ook geen verzekering; ze zullen wel onderverzekerd zijn voor zo'n bergingsklus. Het is een wonder dat ze er nog een haven mee in mochten, met dat schip. Maar goed, daarom heb ik zo'n enorm plan opgetuigd. Alternatieve route, zelfde eindresultaat. Dat was het idee.' Ik wrijf in mijn ogen met de duim en wijsvinger van mijn vrije hand en knijp even in mijn neusbrug.

Alex laat dit even op zich inwerken. 'Je was er echt heel dicht bij betrokken, hè?' zegt ze dan. 'Als je hebt geholpen met de slachtoffers en dergelijke.'

'Dat klopt,' zeg ik, strak formeel. Om de een of andere reden kan ik mezelf wel voor mijn kop slaan; waar is dat ene gebleven dat er was toen we dat stomme klotewandelingetje maakten?

'Ik begrijp nu wel beter hoe het komt dat je er zo bovenop zit.'

'Ik woon hier. Ik ben hier vandaan. Ik wil niet dat het hier een ecologisch rampgebied wordt. Dat schip is een dreiging. Feit.'

Het blijft weer even stil; ik ben veel te bars uit de hoek gekomen. Maar dan hoor ik een scherpe inademing en weet ik dat ze zich herpakt.

'Zoals ik al zei,' zegt ze, rustig maar onversaagd, 'heb ik duidelijk zicht nodig op de bijdrage die het eiland aan zo'n operatie kan leveren voordat ik aan iets als een subsidieaanvraag kan gaan beginnen, want dat op zich is al een enorm traject.

Als ik wil zorgen dat de aanvraag niet maandenlang blijft hangen op een of ander technisch detail waar niet voor de volle honderd procent aan is voldaan, met alle gevaren voor natuur en milieu van dien, dan moet ik uiterst grondig te werk gaan. En ik weet ook dat als ik een begroting voorleg, zo'n commissie altijd zal proberen te beknibbelen. Ik heb dus wisselgeld nodig, want we krijgen nooit het hele bedrag dat we aanvragen, zo veel ervaring heb ik er intussen wel mee.'

'En de bemanning van de toren is het wisselgeld? Vertel je me nou dat ik moet kiezen tussen twee kwaden?' Mijn stem wordt van staal, ik voel mijn frons zo'n beetje met een klap terug op mijn neusbrug landen.

'Ho, ho, rustig aan, ik ben nog lang niet zover, en het is een veel complexere afweging dan dat, dat zei ik toch al? Ik begrijp dat het voor jou zwaarwegend is dat de toren bemand blijft, ondanks de volledige dekkingsgraad van de VTS. Ik moet heel goed in kaart krijgen wat de meerwaarde is van een vierentwintig uur per dag bemande toren voor dit eiland, en ik begrijp dat jij me daarbij kunt helpen.'

'Kom maar kijken,' grom ik dan, bijna ondanks mezelf.

'Hoe bedoel je, in de vuurtoren zelf?'

'Hm!' zeg ik.

'Nu meteen?'

Ik haal een keer diep adem en doe mijn uiterste best iets vriendelijker te klinken. 'Ik ben hier nu, ik heb wacht tot twee uur vannacht. Ik doe samen met nog een paar jongens dit werk op vrijwillige basis om Pier, onze enige betaalde kracht op de toren, een beetje te ontlasten. Die man is al ver voorbij zijn houdbaarheidsdatum, maar hij kan niet zonder zijn werk. Kom maar langs. Ik laat het je zien, en ik kan je er wat over vertellen.'

'Ben je... nu nog aan het werk?'

'Dat zei ik net, ja.'

'Ik ben, eh, wel in een joggingpak.' Ze klinkt ineens een beetje verlegen. 'Ik had mijn nette kleren al uitgetrokken en ik zat dossiers te lezen op de bank, maar...' Ze zucht. 'Ik spring wel even op de fiets. Hoe... hoe weet je dat ik bij de deur sta? Is er een bel, of zoiets?'

'App me maar,' zeg ik, ineens leeggelopen; ik voel me beschaamd om mijn bavianengedrag, en om het feit dat ik er voetstoots van uitging dat ze niet bereid zou zijn te komen. Het is tenslotte al over elven.

Nog geen kwartier later krijg ik een appje.

Ik loop de trappen af – nee, dat klopt niet, ik ga *on the double*, misschien wel *on the triple*, als zoiets zou bestaan; twee treden tegelijk, en de laatste vijf treden spring ik over de leuning. Ik heb het gevoel dat ik iets goed te maken heb, wat idioot is, want er is niks misgegaan. Ik heb geprobeerd mijn punt te maken met betrekking tot de bemanning van de toren, ik heb geprobeerd het onderwerp containerschip op de agenda te houden, dat is alles. Dat het gesprek minder vlotjes verliep dan toen we dat half uurtje wandelden is totaal ondergeschikt aan-

Ik trek al broedend de deur open, en daar staat ze.

In een zachtroze velours joggingpak. Op een paar linnen gympies.

Ze ziet er klein en rond en zacht uit, knuffelbaar en ongevaarlijk, vriendelijk en, en, en... Ik sta als een idioot naar haar te staren, de deurkruk nog in mijn hand.

Ze glimlacht voorzichtig naar me.

Ik herinner me waar ik ben en wat ik sta te doen; ik schud me los uit die rare trance, maak ruimte voor haar en gebaar dat ze binnen moet komen.

Ze stapt over de drempel en kijkt om zich heen, en dan omhoog. 'Ik ben nog nooit in een vuurtoren geweest,' zegt ze, en ik hoor dat ze een beetje onder de indruk is. 'Deze is best oud, hè?'

Nu ik tijd heb gehad om mezelf weer een beetje netjes in stelling te brengen, ratel ik als een toeristengids de feiten van de toren op: bouwjaar, brand, bijnaam Vlamkop, het werk dat Piers ouweheer, en Pier zelf, aan de toren hebben gedaan, het feit dat we bezig zijn met de VTS om de modernste camera's geïnstalleerd te krijgen...

'Ik heb de aanvraag voorbij zien komen,' zegt ze droog. 'Dat was ook de reden dat ik me afvroeg waarom we nog een vuurtorenwachter betalen.'

'Pier wil niet met pensioen,' zeg ik, en ik begin voor haar uit de trap op te klimmen. Ik weet heus wel hoe het hoort: vrouwen laat je overal voorgaan, behalve op de trap.

'Hij heeft er wel recht op,' zegt ze achter me, en ik hoor dat de flinke klim haar toch niet helemaal in de kouwe kleren gaat zitten. 'Gaat die man hier nog iedere dag naar boven? Petje af!'

We bereiken het keukentje. 'Wil je koffie? Ik heb het net gezet,' zeg ik. Ze is een beetje rood aangelopen en knikt. Ik schenk zonder vragen een mok vol – zwart en heet; we drinken het tenslotte hetzelfde – en dan draag ik die voor haar de laatste trap op.

Boven zet ik haar koffie op een van de bureaus. Ze kijkt om zich heen, draait een rondje, loopt naar een raam, en loopt dan langzaam de hele cirkel rond. Het uitzicht is niet misselijk, dat weet ik best, al ben ik er intussen wel aan gewend. Ik observeer haar scherp en zie hoe ze ervan onder de indruk is.

'Ik kan begrijpen dat je dit werk je hele leven wilt doen, als je ermee bent opgegroeid,' zegt ze als ze haar ronde heeft afgemaakt en haar koffie van het bureau heeft gepakt. Ze neemt een slok. 'Er is iets eervols aan, om zo hoog op je post te zitten en de wacht te houden.'

Ik kan mijn grijns niet binnenhouden; ik had even gedacht dat ze over het uitzicht zou beginnen, maar zo oppervlakkig is ze niet.

'Wat ik niet zo goed begrijp,' gaat ze verder, 'is hoe dit jou zo trekt. Het is ook heel verstild. Je lijkt me een man van actie, van *boots-on-the-ground*, niet *eyes-in-the-sky*.'

'Ik ben hier voor Pier. Ik wil niet dat het allemaal in elkaar dondert, alleen omdat hij ouder wordt. Ik ben hier denk ik ook voor de traditie, omdat ik in stand wil houden wat we hebben en waarderen. Als je de toren belt, dan neemt er iemand op. Dat heeft waarde. Pier heeft in zijn leven meer geslaagde reddingsoperaties op zijn conto staan dan de VTS. Die is daar ook niet voor. Ze zullen het wel melden als er wat aan de hand is, maar Pier ziet alles. Met zijn eigen ogen. Hij ruikt bijna of een surfer in de problemen kan komen of niet. Hij belt me als het te druk wordt op het water; ik heb vaak genoeg met de reddingsboot op stand-by gestaan, een hele middag, omdat er aflandige wind was en er een hele kluit onervaren kiters het water op was gegaan. Daarom gaan onze jongens ook 's morgens vroeg; dan liggen al die badgasten hun roes van een nacht feesten in de Boei nog uit te slapen. Die gaan pas tegen de middag het water op; dure spullen maar geen ervaring, en als het dan druk wordt, belt Pier even. Hij kent ons stukje Waddenzee als zijn broekzak.'

Ze knikt; ik zie aan haar gezicht dat ze zich er een voorstelling van maakt. Al pratend ben ik naar het raam gelopen en kijk ik uit over de zee. Nog steeds rustig.

'Hoe kan jij de boot onder je beheer hebben en tegelijk hier staan?' Ze komt naast me staan. Vlak naast me. Ze raakt me niet aan, maar op de een of andere manier voel ik haar lichaamswarmte prikkelen tegen mijn arm, dwars door de stof van haar joggingpak en mijn shirt met lange mouwen heen. Ik kijk even opzij, naar haar profiel: ze staart geconcentreerd uit over zee en ik zie de radertjes bijna draaien in haar hoofd. Het is een vreemde gewaarwording, maar ik zou het heel natuurlijk vinden om nu een arm om haar heen te leggen. Dat is natuurlijk helemaal niet natuurlijk, maar het voelt wel zo. Alsof ik daar het volste recht toe zou hebben. Idioot; ik schraap mijn keel en duik in mijn koffiekop.

Nu voel ik haar blik op mijn gezicht. Ik moet haar nog antwoorden.

'Ik, eh,' begin ik, een beetje overvallen, 'ik heb hier meestal avonddienst, of vanaf een uur of twee tot in de morgen. Dan is er ook een stuk minder emplooi voor de reddingsboot. Kan ook niet anders; overdag steek ik een pootje bij in de Vis, omdat Axel en Wende, de eigenaars, aan de wal zijn. Zij is zwanger van een tweeling en ze moet rust houden, maar dat kan ze niet zo goed als ze hier blijft. Enorme aanpakker, die meid. Axel blijft bij haar tot na de bevalling; dat zal wel ergens vlak voor de feestdagen worden. En er is daar nog een teamlid weg; die is zichzelf aan het herontdekken op het moment, heeft een moeilijk verleden waar ze mee in het reine moet komen. Ik heb geregeld dat er nog iemand bij komt, die zal ik na het weekend wel moeten inwerken, gok ik. Twee jongens van de strandtent draaien hier ook mee in het rooster. En ik heb ze erbij in de reddingsploeg; ze komen trouw op de training, dus daar ben ik niet ontevreden over.' Ik haal diep adem. 'Nou nog die strieman, dan kan ik die hele Haerfeste-toestand ook van mijn lijstje strepen. Heb ik ook even overgepakt van Axel, maar eigenlijk is dat verenigingsgedoe niks voor mij. Ik vind het alleen belangrijk dat onze tradities in stand worden gehouden.'

Ze knikt. 'Ik merk het.'

Ze drinkt haar koffie met haar ogen dicht. Genietend, met haar volle aandacht. Mooi vind ik dat; geen half werk. Zelfs niet bij het koffiedrinken.

'Lekker,' zegt ze, terwijl ze haar mond bijna jongensachtig met de rug van haar hand afveegt, en ze geeft me een glimlach die een beetje ondeugend is.

Ik waai zowat uit mijn sokken.

Ik weet niet wat er gebeurt, maar ik voel een soort energiestoot door mijn lijf schieten; het lijkt een beetje op adrenaline – dat ken ik van op missie zijn, als het ineens van het ene op het andere moment spannend wordt – maar dat is het niet. Het is iets anders, iets beters. Iets waardoor mijn hart sneller klopt en ik me ineens van zo'n beetje alles bewust ben. De glans in haar ogen. Dat er één opstandig haartje in haar linkerwenkbrauw de verkeerde kant op staat, alsof ze over haar wenkbrauwen heeft gewreven.

Ze legt een hand op mijn bovenarm; haar warmte prikkelt nu niet meer maar geeft een gloed die door mijn hele arm trekt. 'Gaat het, Tjerk?' zegt ze, haar stem bezorgd. 'Je kijkt ineens zo raar. Alsof je schrok.'

'Nee, nee,' mompel ik, en mijn hand omvat helemaal uit zichzelf haar elleboog. Ik wil niet dat ze me loslaat.

En daar staan we dan, een beetje raar naar elkaar te kijken, met ieder een koffiekop in onze vrije hand. Ik wil dit eigenlijk niet, want ik weet niet precies wat het is, en onbekende factoren kunnen nou eenmaal leiden tot gevaarlijke situaties, maar ik wil het dus ook niet níét; een patstelling waar ik niet direct uit kom.

Alex verbreekt uiteindelijk het moment. 'Dat is onverwachts,' zegt ze zacht en verbaasd.

Ik laat haar elleboog los, met enige tegenzin, en zij laat haar hand over mijn arm naar beneden glijden. Onderaan zit mijn hand, en even grijpen we elkaars vingers voor een kort kneepje. 'Ja,' zeg ik, zo laag dat het bijna gefluisterd is.

Intermezzo II: Tjeerd en Vincent na de training

'Zo, Vinnie, ben je uitgevloerd? Kijk hem nou zitten, voor dweil, in het zand.'

'Man, ik kan niet meer. Jij ziet er trouwens ook lekker uitgewrongen uit, vriend.'

'Oooh... Tjerk is een killer. Ik kom even bij je zitten.'

'...'

'...'

'Ja, zeg het maar, Tjeerdmans. We kunnen wel samen gaan zitten zwijgen, maar ik zie de vraag zowat op je tong branden, dus stel hem nou maar gewoon.'

'Nou... Greetje, dus... Gaat het een beetje, met haar, in de Vis?'

'Vandaag is haar eerste jubileum, hè? Een week in dienst. Maar goed, dat hoef ik jou niet te vertellen, want volgens mij tel je de dagen. Heb je nou al met haar gepraat?'

'Wuh.'

'Ja, zo wordt het niks, natuurlijk, als je een beetje je schouders gaat zitten ophalen. Je hebt toch een ding voor haar? Je moet gewoon even binnenstappen bij ons, man, als je tijd hebt. Kop koffie pakken, krijg je van mij, ik draai er wel een punt aan. Ik snap ook niet dat je haar nog niet op straat bent tegengekomen.'

'Ik... weet denk ik niet zo goed wat ik tegen haar moet zeggen. Ik heb wel een beetje mijn best gedaan om juist te... nou ja, te voorkómen dat ik haar op straat zou tegenkomen.'

'Man! Je bent niet goed wijs! Greetje is een leuke meid, ze kan hard werken, ze kan met iedereen opschieten; ze is nou een week in dienst en het is alsof ze er al jaren werkt, we zijn allemaal hartstikke blij met haar...'

'Ja, ja, ja, ja...'

'Nee, niet ja ja. Of... is het over, voor jou? Heb je haar wel alweer gezien, op z'n minst?'

'Ja, nou ja... vanuit de verte, een of twee keer. Ze zag er goed uit, vond ik, wel anders dan voordat ze naar Schotland ging. Ik weet niet... grootstedelijker, of zo. Kan me niet voorstellen dat ze zit te wachten op zo'n boerenheikneuter als ik, met mijn friettent.'

'Wat nou friettent, jij hebt een frietrestauránt, man. Maak jezelf toch niet de hele tijd zo klein. Je bent gewoon een jonge ondernemer op het eiland, en dat is echt niks om je voor te schamen, hoor. Ik weet nog wel toen ik net uit mijn flierefluiterfase kwam, en de Vis werd groter, toen zeiden mensen ook ineens van mij dat ik een jonge ondernemer was. Ik schrok me kapot, ik dacht: wat een verantwoordelijkheid. Maar jij bent gewoon echt zo'n verantwoordelijke, stabiele gast. Dus lul jezelf nou niet bij voorbaat de goot in.'

'Ja nou ja...'

'Nee, niet ja nou ja, ik heb toch gelijk?'

'Op zich wel, ja. Maar dan nog, denk jij nou dat zo'n meid als Greetje nog iets voor een vent als ik zou kunnen voelen? Ik voel me echt idioot dat ik dit met jou zit te bespreken, weet je dat?'

'Nou, ik heb op dit moment niks beters te doen dan naar de liefdesperikelen van een ander luisteren. Dus kom maar door met je shit.'

'Hoe... hoe is het bij jou thuis?'

'Eenzaam.'

'Heb je nog wel contact met je vriendin?'

'Heel af en toe stuurt ze me wel eens een appje, meestal net op de momenten dat ik gek begin te worden. Ze zal het wel aanvoelen, of zo.'

'Heeft ze het goed naar haar zin? Tjerk zei laatst dat ze in Thailand zat met vriendinnen, of zo?'

'Komt die ouwe bonk nog elke dag bij je eten?'

'Bijna elke dag. Maar vertel nou.'

'Ja, nou ja... wat kan ik zeggen... Zij zit daar, ik zit hier; ze zegt wel dat het goed met haar gaat, maar... ik weet niet, ik heb zo'n gevoel...'

'Wat voor gevoel? Dat het eigenlijk niet goed gaat?'

'Ik kan de vinger er niet op leggen. Ax zegt dat ik haar de ruimte moet geven, Cam zegt dat hij zijn vader kan inschakelen om uit te zoeken of ze daar veilig zit, Tjerk zegt dat ik haar moet gaan halen – maar ja, ik kan niet zomaar weg bij de Vis op dit moment. Het is wel fijn dat Greet er nou bij is, maar Tjerk komt meteen twee dagen minder, omdat hij achterstallig onderhoud aan de reddingsboot heeft. Daar kwam hij dus gewoon niet aan toe omdat hij de hele tijd bij ons in de bediening stond. Nou ja, ik heb het verder ook druk zat, hoor, met een paar keer per week een paar uur op de toren erbij, en dit rondje raggen iedere zaterdagochtend... Nou ja.'

'Wat wil jij zelf, Vin?'

'Nou ja, ik wil natuurlijk gewoon dat ze terugkomt, en dat het weer wordt zoals het was. Maar tegelijk wil ik haar ook de ruimte gunnen als ze die nodig heeft, weet je wel? Ik kan dus eigenlijk gewoon geen kant op.'

'Ik heb precies hetzelfde gevoel met Greetje. Wat moet ik dan, gewoon op straat op haar afstappen en zeggen: hoi, weet je nog dat we gezoend hebben op het strand, vlak voordat je naar Schotland ging? Ik was die jongen met die snackbar waar twee van die vervelende meiden werkten die jou bijna van het eiland af getreiterd hebben. Nee, dat is een aanbeveling.'

'We zijn een stel sneue rukkers, man.'

'Zeg dat.'

'We kunnen wel een club beginnen.'

'De sneue rukkersclub. Ik denk niet dat we veel leden krijgen.'

'Denk het ook niet; het is een club waar iedereen zo snel mogelijk uit weg wil. Maar kom jij nou maar gewoon even een bak koffie halen voordat je gaat werken – moet je wel even een schoon shirt aantrekken, niet zo'n zweterige lap als dit – en dan ga ik met je praten alsof we iets belangrijks te bespreken hebben. Doen we net alsof we van niks weten, maar dan wel voor Greetjes neus. Zal me verbazen als ze je nu ineens niet meer ziet staan, je bent toch lekker breed en alles? Kijk, ik word niet breder dan dit, ik blijf zo'n pezig figuur, maar jij hebt tenminste een paar schouders. Daar houden de meiden meestal wel van. Moet je een beetje zo, kijk, zo: breed gaan zitten, weet je wel?'

'Pff. Hou op, man.'

'Kom nou maar gewoon langs, straks.'

13

Het is nog een heel gedoe om de strieman neer te zetten zonder dat hij uit elkaar valt; het is een nogal wiebelige constructie van hout, touw en stro, maar het is de bedoeling dat hij helemaal op kan branden, dus we kunnen geen spijkers en schroeven gebruiken, geen tape of tiewraps. Nou ja, het is niet anders, maar als dit ding er nog een week moet staan en het gaat een keer hard waaien, dan ligt al ons harde werk over het kerkplein verspreid en moeten de mensen hun winskers op een kaal skelet prikken.

Maar nu gaat het goed. Na een half uurtje rommelen en doen staat de strieman in het gat waar hij altijd in staat – er ligt normaal gesproken een deksteen overheen zodat er geen badgast in stapt en een doodsmak maakt; loodzwaar dat ding, moesten we met drie man opzijschuiven – en meteen komt er een klasje van de basisschool langs met allemaal tekeningen die erop geprikt moeten worden. Ik help een beetje mee om de allerkleinsten op te tillen, zodat hun kunstwerken een mooi plekje krijgen, en krijg een dankbare grijns van de vriendin van doc Ellen, die blijkbaar de juf van dit klasje eilandkinderen is.

Mooie traditie. Ik ben blij dat ik eraan heb bijgedragen,

hoewel ik ook blij zal zijn als het weer achter de rug is. Om nou elke week dat gezwam van die kerels aan te moeten horen zou me te veel van het goede zijn, en ze blijven maar proberen me de raad in te krijgen. Desnoods als onafhankelijk politicus, opperde Siets nog. Ik moet er niet aan denken. Ik probeer al ruim een week vooral niet aan de eilandraad te denken, en ook niet aan het raadhuis, en al helemaal niet aan wie er in dat raadhuis zit te werken. Ik heb ook mijn uiterste best gedaan om te voorkomen dat ik haar per ongeluk tegen het lijf loop; ik haal mijn boodschappen bij Ferwerda ofwel als hij net open is, ofwel als hij bijna gaat sluiten, ik ben de afgelopen tijd vaker in en uit mijn slaapkamerraam geklommen dan me lief is en ik heb veel meer door de duinen gelopen dan strikt noodzakelijk, alleen maar om de dorpsstraten een beetje te vermijden. Omtrekkende bewegingen. Ik weet niet eens echt waarom; misschien omdat ik er niet helemaal uit kom.

Lulkoek, Tjerk; je weet precies waarom.

Omdat je je kapot schrok toen ze naast je stond in de toren, in de verstilling van de nacht, en ze zo naar je lachte. Omdat je haar elleboog in je hand had, maar eigenlijk niets liever wilde dan haar helemaal in je armen nemen, haar zachte warme lichaam tegen je aan trekken, en... en...

Hng!

Ik zal mijn gezicht wel vertrekken in een rare grimas, want een van die kleintjes, een jongetje, trekt aan mijn broekspijp en vraagt bezorgd of ik me heb bezeerd.

'Nee, jong,' zeg ik maar snel tegen hem, 'ik dacht alleen maar aan iets moeilijks.'

Hij geeft me een grijns waar een paar tanden uit ontbreken en rent dan weg om met zijn vriendjes te gaan spelen. Ik blijf achter met die herinnering waar ik niet aan wil terugdenken, wat natuurlijk toch de hele tijd gebeurt.

Als ik op dat moment had gedaan wat mijn hart me had ingegeven, dan had ik haar dichterbij getrokken en gezoend. En ik kom er maar niet uit of ik nou spijt heb dat ik dat niet heb gedaan, of dat ik er maar blij om ben.

Niet lang na dat rare moment tussen haar en mij vertrok ze weer. Ik liet haar nog zien waar alle apparatuur voor was, maar dat was een enorm verkrampte toestand; we deden vriendelijk en beleefd tegen elkaar, maar we wisten allebei dat er iets was voorgevallen. Iets woordeloos en ongrijpbaars, en volkomen onverwachts.

Hoewel, ik had natuurlijk allang gemerkt dat ik haar aantrekkelijk vond, al deed ik mijn best om het niet aan mezelf toe te geven. Ik ging er voetstoots vanuit dat het niet wederzijds zou zijn, en het was dus nogal een verrassing om te merken dat...

Nou ja. Dat dus.

We namen beleefd en strak in de houding afscheid. Ik begeleidde haar naar de deur, hoewel ze zei dat dat niet hoefde, dat ze het vervelend vond dat ik voor haar die trappen af en weer op moest, maar ik deed het natuurlijk toch. En ik keek haar na terwijl ze wegfietste. Vlak voordat ze de hoek om ging – ik kon haar nog net zien in het licht van de straatlantaarn – keek ze om, en ik weet zeker dat ze heeft gezien dat ik daar nog stond. Als een idioot in de deuropening van de toren. Sindsdien hebben we elkaar niet meer gezien of gesproken.

Met mijn handen in mijn zij kijk ik naar de lucht, alsof ik het weer kan bedwingen; het opdracht kan geven niet te hard te waaien en even te wachten met regenen, zodat de tekeningen van de kinderen nog een beetje aardig blijven.

'Tjerk?' hoor ik ineens achter me. Het zal toch niet waar zijn.

Alex is uit haar kantoortje gekomen en staat nu ons noeste

handwerk te bewonderen: een strooien man van zeker twee-enhalve meter hoog, met een grote hoed van vilt, die gemaakt is door Rietje van de vvv. Die maakt altijd wel iets voor de strieman; vorig jaar had ze een das gebreid.

'Wat denk je ervan, burgemeester?' vraagt Menno met een grijns.

'Indrukwekkend,' zegt ze bloedserieus. 'Het zal ook wel een heel spektakel zijn als hij wordt aangestoken. Ik heb al de nodige petities en memo's en dergelijke binnen van allerlei organisaties aan de wal, die allemaal vinden dat het niet kan; ik begrijp dat er vorig jaar ook problemen zijn geweest met protesten?'

Ik zeg niks, en dat hoeft ook niet, want Menno zit op zijn praatstoel en begint een uitgebreid verslag van de protestgangers die hierheen waren gekomen, met hun spandoek, en hoe het dorp de vijandelijke invasie dapper heeft afgeslagen. Asterix en Obelix is er niks bij.

Alex grijnst; blijkbaar ziet ze de humor van de situatie ook wel in, maar dan wordt ze ineens weer ernstig. 'Luister eens, mannen,' zegt ze, 'gezien wat er allemaal speelt op het eiland, en zeker in het licht van dat plan van jou, Tjerk, is het laatste waar ik op dit moment op zit te wachten het soort berichtgevingen in de media die zo'n actiegroep zou kunnen losmaken. Er hoeft er maar één bij te zitten die het hele verhaal uit proporties trekt en je hebt de poppen aan het dansen: we komen op het achtuurjournaal, het eiland wordt afgeschilderd op een manier die we niet willen, en als het eenmaal online terug te vinden is, krijg je het bijna niet meer weg.'

'Het kan best,' brom ik, een tikje weerspannig, 'iets online wegpoetsen; vraag maar aan defensie. Maar wat wil je nou helemaal zeggen, Alex: dat we de strieman niet moeten laten branden?'

Ze geeft me een blik van het model 'doordringend'. Zo eentje die ik door mijn hele lichaam voel schieten, van mijn haarwortels tot mijn tenen. Ik kijk terug, zo strak als ik kan, en ik zie dat ze even met haar ogen knippert. Dat stemt me dan toch een klein beetje tevreden. Dat zij in ieder geval ook niet onaangedaan blijft.

Ik zie hoe ze, een beetje verstolen, diep ademhaalt. Tot mijn verrassing zegt ze dan: 'Tjerk, nu ik je toch tref: ik sta op het punt om even een van mijn wandelingetjes te maken. Heb je tijd om met me mee te lopen, zodat we de voortgang van je plan kunnen bespreken?'

Mijn ogen flitsen naar Menno's gezicht. Hij geeft me een grijns waar iets uit spreekt als: nou zijn de rapen gaar, veel succes, jongen, en ik maak daaruit op dat hij niets, maar dan ook helemaal niets heeft meegekregen van de onderstroom tussen Alex en mij.

Goddank.

Ik knik en loop maar gewoon achter haar aan als ze, met dat pittige loopje van haar, het plein oversteekt, in de richting van de strandweg naar de Vis.

We zeggen niets, we lopen gewoon. Ik kan haar makkelijk bijhouden met mijn lange benen, maar ze stapt toch kittig voort, alsof ze me eigenlijk het liefst voor zou blijven. Pas als we het laatste huis van het dorp achter ons hebben gelaten, begint ze te praten.

'Tjerk, ik heb sterk het gevoel dat ik iets verkeerd heb gedaan, toen ik die avond langskwam in de vuurtoren,' begint ze.

Ze overvalt me volkomen. Ik verwachtte echt dat we het over de berging van het containerschip zouden gaan hebben. Als ik even naar haar kijk, zie ik dat het haar moeite kostte om te zeggen wat ze heeft gezegd; misschien heeft ze wel helemaal tot hier moed lopen verzamelen.

'Je hebt niks verkeerd gedaan,' verzeker ik haar, en ik kijk nog even opzij, precies op het moment dat zij dat ook doet. 'Ik loop altijd dwars door de duinen als ik naar de Vis ga,' zeg ik dan. Een volkomen overbodige opmerking. Geen idee waarom ik dat zeg.

'In een rechte lijn eropaf, zeker?' Nu hoor ik iets licht plagerigs in haar toon.

Ik grijns. Ze heeft me waarschijnlijk beter door dan ik zou willen. 'Niet altijd; ik doe het ook als training. Soms pak ik even een extra steil duintje mee, gewoon om mijn bovenbenen te voelen branden. Ik kan natuurlijk niet al te ver inzakken als ik die jongens van het reddingsteam een beetje fit moet houden.'

'Natuurlijk niet,' zegt ze, en dan is het weer een tijdje stil.

'Waarom dacht je dat je iets fout had gedaan?' vraag ik dan maar, als de stilte bijna pijnlijk begint te worden. Ik kijk weer even opzij, zie hoe ze diep ademhaalt, slikt, zich vermant.

'Omdat ik je de afgelopen week, of wat is het, tien dagen, helemaal niet meer heb gezien of gesproken. We zijn elkaar nog niet eens toevallig tegengekomen bij de supermarkt. En zo groot is het hier niet. Ik kan niet anders dan denken dat dat geen toeval is; dat je expres probeert te voorkomen dat jij en ik elkaar tegen het lijf lopen. En dat komt dan, zo vermoed ik, doordat ik iets heb gedaan wat je niet is bevallen.'

Ik schud mijn hoofd, maar zeg niets.

'Kijk, Tjerk,' gaat ze verder, haar stem iets hoger, iets nerveuzer. 'Ik denk dat ik je hier hard nodig ga hebben; jij weet veel van het eiland, je kent iedereen en, nou ja, dat hebben we allemaal al gehad toen we samen een kop koffie dronken in het hotel. Als ik iets heb gedaan om je voor het hoofd te stoten, dan wil ik dat graag uit de weg ruimen, want ik wil niet dat er iets tussen ons in staat. En al helemaal niet iets wat ik niet als zodanig bedoelde.'

'Luister, Alexandra,' zeg ik, barser dan ik zou willen. 'Ik heb inderdaad gezorgd dat we elkaar niet tegen het lijf liepen, maar dat was niet omdat je iets verkeerd hebt gedaan.'

Ik voel een lelijke vloek omhoog borrelen, maar ik slik hem in: ik wil het niet, maar ik zal toch echt iets moeten zeggen over dat vreemde moment tussen haar en mij in de toren. Wat er bij mij vanbinnen gebeurde. 'Hier, kijk, hierin,' commandeer ik, met een knik naar een olifantenpaadje dat zo onopvallend is dat je het echt moet weten. Het is geen officieel wandelpad, maar de wat ondeugender aangelegde eilanders gebruiken het regelmatig, vooral 's avonds, omdat het langs een paar mooie duintjes met een zachte, zanderige top leidt, buiten het zicht van de toren, waar je je uitstekend met elkaar kunt vermaken. Wel eerst stevig tekeergaan met de muggenspray, anders heb je de volgende dag een maanlandschap op je kont staan.

Ik klim tegen een van die duintjes op. Het heeft de vorm van een klein vulkaantje, met een opstaande rand, begroeid met gras. Ik heb daar wel vaker even gezeten als ik wilde nadenken, en nu trek ik mijn windjack uit en laat ik me voorzichtig op die rand zakken. Mijn jas leg ik naast me over het helmgras en ik klop erop met een blik naar Alex. 'Dit is een van mijn favoriete nadenkplekken,' zeg ik tegen haar. 'Ik weet niet of die nette broek van jou net zo goed bestand is tegen teken als dit outdoorgebeuren,' ik maak een gebaar naar mijn broek, zo'n onverslijtbaar ding dat nauwelijks vuil wordt, 'dus ik neem het zekere voor het onzekere.'

Ze ploegt naar me toe door het mulle zand en laat zich dan voorzichtig zakken op mijn jas. 'Heb je het niet koud?' vraagt ze zachtjes.

Ik schud mijn hoofd; ik had het al niet erg koud, maar meteen heb ik het een stuk warmer. Het is denk ik de toon waarop ze het zegt: met een soort ondoordachte bezorgdheid. Alsof het vanzelfsprekend voor haar is om zich bezig te houden met hoe ik me voel. Ik zet mijn handen in het gras – mijn arm is nu zo'n beetje achter haar rug, waar ik me vreemd bewust van ben – en leun ietsjes naar achteren om naar de hemel te kijken. De lucht is mooi blauw, het is een prachtige herfstdag. De koelte zit al in de lucht, maar de zon doet nog goed mee.

'Wat is het dan?' vraagt ze, na een minuut of twee. 'Als ik niets verkeerd heb gedaan.'

Ik maak mijn blik los van de lucht en kijk naar haar gezicht, dichterbij dan ik had gedacht, een beetje naar me opgeheven. Ze zit bijna in het holletje van mijn arm en ik vind dat prettig. Heel prettig. Ik zal iets moeten zeggen, maar er is ineens weer zo'n bizarre spanning dat ik niet zeker weet of mijn stembanden gaan functioneren. 'Het was juist iets goeds,' kraak ik, 'dat, eh, dat ene moment.'

Ze knikt. Ze weet exact waar ik op doel. 'Het overviel me wel een beetje,' mompelt ze dan, haar blik in de mijne gehaakt.

'Mij ook,' geef ik toe, terwijl ik een fractie meer naar haar toe leun. 'Ik moest erover nadenken.' Ik voel hoe haar schouder mijn arm raakt terwijl ze ook iets dichterbij leunt. Het gaat bijna vanzelf, alsof ik er helemaal niets over te vertellen heb. Nog een stukje dichterbij. Ik zit bijna met mijn neus tegen de hare ondertussen, en ik zie hoe mooi haar ogen zijn. Donkerbruin, met een lichtere rand om de pupil. Ik heb het gevoel dat ik er uren naar zou kunnen kijken.

'Ik dacht dat je grijze ogen had,' fluistert ze bijna, 'maar ze zijn meer een soort zeegroen.'

En dan, plotseling, voel ik haar lippen tegen de mijne. Heb

ik dat gedaan? Deed zij het? Maakt het uit? Ik kus haar, en zij kust mij, eerst een beetje voorzichtig, een beetje zacht, een klein beetje plakkerig, maar dan gebruik ik mijn arm die achter haar staat en trek ik haar steviger tegen me aan om haar echt te kussen. Open, gretig, nieuwsgierig. Ik krijg terug wat ik geef; ze legt een hand tegen mijn wang en maakt een geluidje terwijl onze lippen en tongen een enthousiaste, uitgebreide verkenning uitvoeren.

Ik heb geen idee hoelang we zo zitten, maar het is geen drie minuten. Van mij had het nog wel langer mogen duren, maar op een goed moment laten we elkaar voorzichtig gaan, om elkaar daarna verbaasd en wellicht een beetje verschrikt in de ogen te staren. Ik weet niet wat ik moet zeggen, en daarom zeg ik dat ook maar gewoon. 'Ik weet niet wat ik nou moet zeggen.'

'Ik ook niet,' zegt ze, op een soort zucht. 'Het was wel heel fijn.'

'Dat wel.'

'Ga je me nu weer een week ontlopen?' Ze geeft me een voorzichtig grijnsje.

Ik knijp even mijn ogen dicht en schud kort mijn hoofd. 'Ik... denk het niet. Het spijt me, ik ben niet zo handig met dit soort dingen.'

'O, maar ik had begrepen van Menno dat je nog niet zo lang geleden een dame aan de haak had geslagen die bij je in het pension logeerde...?' Ze zegt het op een onschuldige toon, maar ik voel dat de vraag die eronder zit groter is dan die toon doet vermoeden.

Ze wil weten of ik gebonden ben of niet.

Ik ga iets meer rechtop zitten, maar hou mijn arm om haar heen, en nu is het mijn beurt om te zuchten. 'Dat was van heel korte duur, en ik denk dat het een vergissing was. Voor mij, in ieder geval. Voor haar waarschijnlijk ook; ze dacht in eerste instantie dat ik iemand anders was. Hoe dan ook, ze is allang weer naar huis en ik heb geen contact meer met haar.' Ik veeg het zand van mijn vrije hand langs mijn broekspijp, en woel dan even met mijn vingers in mijn haar. 'Dat was ook niet wat ik bedoelde toen ik zei dat ik hier niet zo handig in ben.'

'O,' zegt ze. Ik hoop dat ze begrijpt dat dit voor mij van een nogal andere orde is dan die episode met Leonetta.

'Ik heb nooit zo veel geluk gehad met, eh, relaties,' zegt ze dan zachtjes. 'Ik denk dat ik het een beetje had opgegeven.'

Had. Verleden tijd. Ik grijns. Mijn hand streelt heel even, zachtjes, haar rug. 'Alex, ik...' begin ik, maar ze onderbreekt me.

'Alexandra en Alex zijn voor het werk,' zegt ze. 'Vrienden, en daar heb ik er niet zo veel van, noemen me Lexie.'

'Lexie,' herhaal ik. Het ligt lekker op mijn tong.

Even zitten we zo, verstild, maar dan opeens schrikt Alex op – Lexie, bedoel ik; het voelt als een voorrecht dat ze wil dat ik haar zo noem – en ze springt meteen recht overeind. 'Ik moet terug, volgens mij zijn we al veel te lang weg. Ik wandel altijd maar een half uurtje, dus als ik veel langer wegblijf gaan mensen daar vast allemaal conclusies aan verbinden.'

Ik werp een snelle blik op mijn horloge-dat-alles-kan. Het vertelt me de exacte lengte- en breedtegraad, waar het noorden zich bevindt, dat ik vandaag ruim 15000 stappen heb gezet en dat we drie kwartier geleden zijn vertrokken vanaf de strieman. Het is een gewoonte die ik aan mijn missies heb overgehouden: altijd checken hoe laat iets begint. Van een loopje naar de supermarkt tot een rondje ramen lappen thuis. Je leven kan afhangen van timing en plaatsing, dus ik weet altijd vrij precies waar ik hoe laat ben. Als ik nu iemand om een extractie zou moeten vragen, kan ik tot op vier cijfers nauwkeurig mijn coördinaten doorgeven of zorgen dat ik exact op tijd op een rendez-vous ben. Mijn mobiel kan ook alles wat mijn horloge kan, maar die is back-up.

'Drie kwartier,' zeg ik tegen Lexie, terwijl ik, nog zittend, naar haar opkijk. In het licht van het herfstzonnetje zie ik ineens dat ze toch echt een heel mooie vrouw is, hoewel ze op geen enkele manier voldoet aan de standaarden die de media ons voorhouden.

'Shit, shit,' mompelt ze, een beetje zoekend om zich heen kijkend. 'Je moet me even de goede kant uit wijzen, Tjerk, ik ben helemaal gedesoriënteerd van, eh...' Ze bloost licht, en bijt op haar lip. Uit haar hele houding spreekt ineens een ongelooflijke kwetsbaarheid.

'Ik loop met je mee tot aan de weg,' zeg ik, met twee stappen weer zo dicht bij haar dat ik het bijna in haar oor kan fluisteren. 'En dan blijf ik uit het zicht als je gaat. Ik zal je nog vertellen hoe je een stukje kan afsteken, en dan zeg je gewoon dat je ongemerkt verder was gelopen dan je dacht. Ik ga door de duinen naar de Vis, want ik zou vanmiddag na het zetten van de strieman even helpen, zodat die jongens iets kunnen sleutelen aan hun windmolen.'

'We hebben helemaal niet meer over het schip gesproken,' zegt ze haastig, 'maar even in het kort: ik heb de verzekeringsmaatschappij opgespoord en aan de lijn gehad. De rederij is inderdaad onderverzekerd, maar dat wil niet zeggen dat er helemaal niks in de pot zit. De verzekeraar stuurt binnenkort een adviseur naar het eiland om te bespreken wat er mogelijk is.'

'Goed werk,' brom ik, terwijl ik van het steile duintje af daal en tegelijk een hand naar haar uitstrek om haar te helpen naar beneden te komen. Dat heeft ze helemaal niet nodig, maar ze grijpt hem toch, en even later lopen we achter elkaar aan over het smalle paadje, onze handen stevig in elkaar. Ik heb bewondering voor haar vasthoudendheid, voor het feit dat ze bereid is de zaak van alle kanten te bekijken, voor haar pogingen om het benodigde geld bij elkaar te krijgen. Voor... alles aan haar, eigenlijk, op dit vreemde moment.

Achter een struik houd ik halt. 'Hierachter ligt de asfaltweg. Linksaf terug naar het dorp, en als je dan bij het huis van Onno Wiegersma komt, je weet wel, dat huis met zo'n handkar met bloemen in de tuin, dan zie je daar een smal klinkerpaadje. Dat neem je. Het lijkt alsof het naar zijn tuin gaat, maar dat is niet zo: het is een wandelpad dat helemaal achter de huizen langs loopt. Het eindigt in het Achterpad, en dat eindigt weer zo'n beetje in de achtertuin van het gemeentehuis. Snelste route, feit.'

Ze knikt.

'Dus als je nou geld loskrijgt van die verzekeraar, betekent dat dan dat Pier veilig zit?' vraag ik toch nog maar even snel.

Ze grijnst. 'Altijd on topic, hè?' Volgens mij hoor ik wel iets van waardering in haar stem. 'Ik doe wat ik kan, Tjerk, en ik neem je opinie zo goed mogelijk mee. Dat is geen garantie voor succes, maar weet dat ik wel mijn best doe.'

'Daar heeft Pier niks aan als hij de toren uit moet,' mompel ik nog, maar ze is de weg al op gestapt.

Even kijk ik haar na door het gebladerte, onzichtbaar vanaf de weg, genietend van haar kittige stap en haar niet te versmaden achterkant, en dan keer ik me om, om mijn route door de duinen te bepalen.

14

Ik ben vroeger in de Vis dan ik had pland, maar dat vindt niemand erg. Greetje rent in de rondte met een blad vol consumpties en een bestelcomputer aan haar riem; ze doet dat met een natuurlijke vanzelfsprekendheid, alsof ze hier al jaren werkt. Cam staat achter de bar met een laptop open op de oeroude vaatwasser.

'Ha, heer Tjerk,' zegt hij blijmoedig als ik me bij hem meld. 'Wat zie je er verwilderd uit.'

'Hoezo?' Ik haal een hand door mijn haar, maar zo te voelen staat het niet alle kanten uit of zoiets, ook al is het al lang niet meer coupe millimeter.

'Niet je haar, daar is niets mis mee. Het is de blik in je ogen. Wat is er gebeurd?'

'Jij bent oplettend, jong. Ik zou zo een Special Forces-man van je kunnen maken, als je nog een beetje doortraint op zaterdag.'

'En ik zou dat misschien nog wel aardig vinden ook,' zegt Cam onverstoorbaar, 'hoewel ik niet graag uitgezonden zou worden naar een of ander onguur oord waar mensen elkaar op dagelijkse basis naar het leven staan. Plus, ik vermoed dat Mayke er ook niet zo blij mee zou zijn.'

'Daar heb je gelijk in. Kan ik misschien eerst een kop koffie krijgen voordat ik het van je overneem? Je hebt het wel goed gezien; ik moet even landen.'

'Als jij nou Mart zo dadelijk gaat helpen bij de molen?' zegt Cam over zijn schouder terwijl hij de strijd aangaat met die oeroude, grote koffiemachine achter de bar. Ik moet altijd flink moeite doen om het ding zover te krijgen dat er iets drinkbaars uit komt, maar Cam lijkt het zonder enig probleem voor elkaar te boksen. Twee keer met mijn ogen knipperen en er staat een grote, dampende bak sterke, zwarte koffie onder mijn neus, die heerlijk geurt.

'Jij bent waarschijnlijk handiger dan ik,' zegt hij, 'en ik moet de bestellingen en nog een stuk van de administratie zien te doen, anders zit ik vanavond weer tot na middernacht door te werken.'

'Prima,' zeg ik. Die jongen beult volgens mij harder dan wie dan ook om de boel hier aan de gang te houden, nu Axel en Wende weg zijn. 'Trek jij het wel een beetje?' vraag ik dus.

'Jawel.' Hij grijnst. 'Ik word er nog dagelijks aan herinnerd dat ik tegen mijn geliefde zei dat ik me een beetje begon te vervelen. En nu moet ik zo hard werken dat ik mijn bed alleen nog gebruik om dood in neer te vallen, heb ik iedere zondag en maandag spierpijn en zit ik een paar keer per week een aantal uren in het kraaiennest op de toren. Op zich komt dat me wel goed uit; meestal kan ik dan net mooi die vermaledijde administratie en de bestellingen bijwerken, maar, eh...' Hij geeft me een blik. 'Mijn seksleven moest recent wel even wat schade inhalen.'

'Gelijk heb je, geniet er maar van,' zeg ik grinnikend. 'En geen probleem; als ik dit op heb ga ik wel even kijken wat ik buiten kan betekenen.'

'Niet voordat je me hebt verteld wat de oorzaak is van die verwilderde blik van je.'

Ik haal maar eens diep adem. Ik zal het aan iemand moeten vertellen, anders klap ik waarschijnlijk uit elkaar, en Cam is een veilige keuze. Hij zit niet in de raad, hij is volkomen autonoom en hij is te vertrouwen. 'Ik heb de burgemeester gezoend. In een duinpannetje. Ze wil dat ik haar Lexie noem.' Zo, in één keer alles op tafel.

Cam stopt even met wat hij aan het doen is, kijkt me verbaasd aan en er verschijnt een lachje op zijn gezicht. 'Respect, heer Tjerk! Wat een vangst. Eerst die cougar in je pension, en nu dit!' Hij bestudeert mijn gezicht met die bleke, doordringende ogen van hem. 'Maar zo te zien heeft dit je niet onberoerd gelaten. Dat was bij de cougar wel andere koek.'

'Het heeft me niet onberoerd gelaten,' zeg ik, laag en een beetje dreigend. 'Dat is het understatement van het jaar, Cam. Ik weet verdorie nauwelijks wat me overkomt bij die vrouw.'

Cam knikt. 'Ik heb wel een tip voor je. Bewaar die bijnaam van haar voor privémomenten. *Not in public*. Je weet hoe men hier altijd alles weet en overal over praat. Als het daadwerkelijk betekenis voor je heeft, dan heeft het waarschijnlijk even de tijd nodig om te groeien, zijn plaats te vinden et cetera. Een beetje privacy is dan wel wenselijk.'

'Ik begrijp dat jij je mond erover houdt?'

'Uiteraard,' zegt Cam met nog zo'n grijns. 'Maar laat me je wel vast veel geluk wensen.'

Ik grom nog net niet naar hem.

Als ik een uurtje later samen met Martin en Vincent weer binnenkom met een paar zwarte handen – ik heb nog nooit aan het binnenwerk van een windmolen gezeten, maar ik bleek degene met de sterkste grip, dus ik moest dat dunne laddertje op – is het verrassend rustig in de Vis. Ik duik eerst de toiletten in om mijn handen weer een beetje schoon te krijgen, en als ik daarna weer binnenloop staat er een vaas bier op me te wachten.

'Eentje,' zeg ik, na twee dankbare slokken, 'niet meer, want ik moet nog van alles doen vandaag.'

'*Famous last words*,' zegt Vin met een half lachje.

'Bij Tjerk geloof ik direct dat hij doet wat hij zegt,' brengt Martin in, 'hij heeft altijd zo'n houding van: ik ben niet van mijn stuk te krijgen, weet je wel?'

'Zeg, ik sta gewoon hier, hoor,' brom ik met een grijns. Eigenlijk vind ik het wel leuk om te horen dat ik blijkbaar zo overkom.

'Ik ga denk ik nog even kijken hoe het bij Mandy en Lieuwe is,' zegt Martin dan, 'nu het toch rustig is.'

'Gaat alles goed, verder?' Ik kijk hem even ernstig aan.

'Alles gaat prima, behalve dat we straks niet meer in ons huisje passen, maar dat weet je. Ik ben toch maar aan het tekenen, kijken of ik er niet nog een kamertje aan kan bouwen of zoiets, maar eigenlijk is dat niet wat ik wil. Ik wil gewoon in een normaal huis kunnen wonen met mijn gezin... Nou ja, dat weet je, we hebben het erover gehad; we kunnen het niet betalen om iets te kopen hier, maar we kunnen natuurlijk ook niet voor eeuwig zo blijven zitten.'

'Ik weet het, jong. Ik denk met je mee. Ik zit erover te denken om mijn pension op te doeken, als ik de inkomsten kan missen. Misschien kunnen jullie er wel iets mee. Ik weet het nog niet precies, we moeten er maar een keer over praten.'

'Wat wil je dan dat we doen, het van je huren? Maar het is zo'n mooie plek om te logeren! Volgens mij zat het altijd vol.'

'Het is een armoedige zooi, binnen, en ik heb geen tijd om het behoorlijk op te knappen. Ik heb er waarschijnlijk ook niet genoeg zin in, anders had ik het allang gedaan. Maar zoals het er nu voor staat kan het nauwelijks meer de verhuur in, en zeker nadat dat cohort wapenbroeders erdoorheen is gefietst, afgelopen zomer; het was al een beetje uitgewoond, maar nu is het helemaal een trieste bedoening.'

'Tja... het is een idee,' zegt Martin.

'Maar niet wat je voor ogen staat,' zeg ik.

'Nou, nee, ik wil natuurlijk gewoon met mijn gezin in een eengezinswoning. Een huis voor onszelf. Ik...' Martin zucht. 'Misschien is het ook gewoon te veel gevraagd.' Hij haalt zijn schouders op, kijkt even van mij naar Cam en Vincent, grijnst dan toch weer en struint naar het terras.

'Als hij het me zou vragen zou ik hem het geld direct lenen,' zegt Cam, 'maar hij moet het wel eerst vragen.'

'Durft hij misschien niet?' zegt Vin.

'Of hij is er te trots voor,' zeg ik. 'Daar kan ik me bij hem ook wel iets bij voorstellen. Hij heeft iets van stille wateren; ik denk niet dat hij zijn diepste beweegredenen zo op tafel zou gooien.'

'Volgens mij kent hij zijn diepste beweegredenen niet eens,' zegt Cam een beetje plagerig. 'Weet je nog, heer Busquet, hoe ongenadig ik hem heb dwarsgezeten met zijn fascinatie voor Mandy's derrière? Hij dacht op dat moment zelf nog dat hij iets met de gruwelijke Gwen moest zien aan te vangen, terwijl zijn diepste beweegredenen allang een andere keuze hadden gemaakt, alleen wist hij het nog niet met de voorkant van zijn hoofd.'

'De gruwelijke Gwen! Je bent een stinkerd, Cam,' zegt Vin met een korte grijns, en dan schiet hij in actie als hij een gast ziet wenken aan een van de tafeltjes.

Ik kijk Vincent even na. Hij stort zich zichtbaar in het werk en rent meteen heen en weer als een druk baasje. 'Jij bent op dit moment zo'n beetje de onbezoldigde aanvoerder van dit zooitje ongeregeld, hè?' zeg ik tegen Cam, die mijn lege bierglas van de bar haalt om het om te spoelen. 'Is het nodig dat ik hier blijf om mee te draaien, vanmiddag?'

'Ik vermoed van niet,' zegt Cam. 'Mayke heeft de keuken onder controle, ik moet nog iets met de bestellijst, Vin loopt zo hard mogelijk te werken om niet na te hoeven denken, Greetje is goed ingewerkt. We redden het prima vanmiddag. Greetje is trouwens ook niet al te onhandig in de keuken; nu ze weet waar alles staat heeft zij hedenmorgen het ontbijt overgenomen van mijn vrouw. Toen hoefde ze eens niet om half zes 's morgens de echtelijke sponde te verlaten.' Cam grijnst ondeugend.

'Je bent niet eens getrouwd, jij. Moet je daar niet eens een keer iets aan doen, met je fijne manieren?'

'Ik ben me aan het beraden,' zegt Cam waardig. 'Ik heb niet het beste voorbeeld gehad op het gebied van huwelijken, als ik naar mijn ouders kijk, hoewel ze nu op hun oude dag verrassend goed met elkaar blijken te kunnen opschieten. Mayke en ik hebben het er eerder over gehad. Er was zelfs iets van een aanzoek, heel privaat, maar het plan is een beetje in de ijskast geraakt; we hebben hard gewerkt, er was steeds weer iets anders, et cetera. Geen opzet, het liep gewoon zo. Maar als ik er opnieuw over begin, wil ik het wel op de juiste manier doen, en dan moet het niet nog eens op de plank komen te liggen.'

'Verstandig.'

'En jij, met onze burgermoeder?' Weer zo'n grijns.

'Het was één kus! Ga je mij er nu ook mee dwarszitten dat ik naar haar derrière kijk?'

'Is het een aangenaam uitzicht?' Cam houdt mijn intussen schoongespoelde bierglas omhoog, maar ik schud mijn hoofd. 'Doe maar een colaatje. Het uitzicht is denk ik een *acquired taste*.'

'Een *taste* die jij dus recentelijk geacquireerd hebt, zo te zien,' zegt Cam, terwijl hij mijn glas vult.

'Ja, nou moet je ophouden,' grom ik.

'Ik ben nog niet eens begonnen! Het lijkt me een fantastische zet als jij de burgemeester verleidt; stel je eens voor hoeveel macht je dan over het eiland krijgt, zonder dat je de verantwoordelijkheid hoeft te dragen!'

Ik sla een hand voor mijn gezicht. 'Die zin zit zo vol met dingen die niet aan de hand zijn dat ik er niet eens op in kán gaan, al zou ik het willen,' zeg ik, een tikje wanhopig. 'Daarbij: het was één kus, het is net gebeurd en ik wil dat je je klep erover houdt.'

'Doe ik ook, doe ik ook. De verleiding is wel groot, ik zal me moeten beheersen. Ho, ik weet al wat je gaat zeggen: als ik me niet beheers ga ik het voelen op de training.'

'Precies.'

Het blijft even stil aan de andere kant van de bar, maar dan komt er ineens: 'Nu we elkaar toch spreken...'

Cam klinkt plotseling bloedserieus, dus ik keer me naar hem toe en geef hem mijn volledige aandacht. Hij steekt me het intussen met cola gevulde glas toe en kijkt even om zich heen. Blijkbaar zoekt hij Vincent met zijn ogen, want als hij ziet dat die buiten rondloopt buigt hij zich een beetje naar voren en zegt samenzweerderig: 'Ik heb met mijn ouweheer gesproken over dat resort in Thailand waar Milena op dit moment aan het werk is, met haar vriendinnen.'

'Die vader van jou is nogal invloedrijk?' Ik heb wel wat verhalen gehoord, in de tussentijd.

'Als hij wil, zeker,' zegt Cam. Zijn toon is zo rustig en ter zake doend dat ik niet anders kan dan hem op zijn woord geloven.

'Weet Vin hiervan?'

Cam schudt zijn hoofd. 'Ik heb niets gezegd. Vin heeft het idee dat Milena het er niet meer zo naar haar zin heeft, hoewel ze maar zeer spaarzaam contact hebben. Ik wil gewoon weten hoe het zit met die locatie. Op zich staat Thailand te boek als een veilig reisland, ook voor vrouwen, maar toch. Het is nogal een luxe tent, aldaar, onderdeel van een luxe keten, dus mijn vader kent wel iemand die iemand kent, et cetera, et cetera. Het duurt misschien een paar dagen, of een week, maar dan zal ik zeker iets horen. Volgens mij heeft pater wel plezier in zo'n klusje; hij zit al aardig tegen zijn pensioenleeftijd aan, en met het nieuwgevonden geluk tussen hem en mijn moeder is hij geloof ik ook wat rustiger aan gaan doen met zijn werk; hij heeft in ieder geval een hele bundel commissariaten afgestoten en hij reist wat minder. Ze reizen wat meer samen, geloof ik.' Hij grijnst, alsof hij het bijna niet kan geloven.

Sommige mensen hebben een complexe relatie; ik weet niet alle ins en outs, maar het klinkt me niet heel overzichtelijk in de oren. Dat zou niks voor mij zijn, bedenk ik me; als ik dan eens iets met een vrouw... en het werd serieus, dan moet het ook gewoon duidelijk zijn. Ik knijp heel even mijn ogen stijf dicht om het beeld van Alex, Lexie, beschenen door het herfstzonnetje, van mijn netvlies te wissen. Verdorie, ik dacht dat het nu toch wel een beetje gezakt was!

'Hoe dan ook,' gaat Cam verder. Hij heeft ongetwijfeld gezien dat er zich iets tussen mijn oren afspeelde, maar hij kiest er voor de verandering eens voor om er niet op te reageren. 'Mijn vader gaat op onderzoek uit om te zien of er onprettige dingen gebeuren onder het personeel in dat resort. Hij rapporteert terug aan mij zodra hij iets heeft, en dan moeten we misschien eens kijken wat we kunnen doen om Milena terug op het eiland te krijgen.'

'Hoe bedoel je?' vraag ik, geamuseerd door zijn praktische toon. 'Wil je haar gaan halen?'

'Nou ja, als het een onfrisse situatie blijkt te zijn, dan is dat wel het beste. Zeker als ze zelf niet gemakkelijk weg kan komen. Ik heb er nu nog geen zicht op, maar ik begrijp van haar eerdere situatie, met die loverboys –'

'*Don't remind me*,' grom ik. Ik heb ze eigenhandig, en ook enigszins hardhandig, van het eiland af gegooid. Er stond er zelfs nog eentje met een vlindermes te zwaaien, maar daar heb ik korte metten mee gemaakt. En met zijn neusbrug ook.

'Ik bedoel maar,' zegt Cam, 'zeg dit niet tegen Vincent, maar Milena lijkt een zekere... *accident prone*-heid te hebben. Ze is denk ik iets te... te dromerig misschien, om het gevaar van situaties in te schatten? Ik weet het niet precies. Hoe dan ook: ze is de grote liefde van mijn vriend, en mijn vriend heeft mij eens uit een onmogelijke situatie gered, dus ik sta nog bij hem in het krijt.'

'Een extractie, dus,' zeg ik, een tikje duister. 'Dat is wat jij je erbij voorstelt.'

'Dat klinkt meteen wel weer heel militair. Ik verwacht niet dat we met een helikopter aan moeten komen vliegen om Milena uit dat resort te airliften – hoewel mijn vader dat vast ook reuzespannend zou vinden, vermoed ik. Ik heb eigenlijk geen idee of hij nog voldoende vlieguren maakt op dat koffiemolentje van hem.'

'Dat is waar ook, jouw pa heeft een helikopterbrevet,' zeg ik. 'Hij had toch een keer zijn kist op de helipad gezet, hier?'

'Ach ja,' zegt Cam achteloos. 'Als het drie meter in het vierkant is en betrekkelijk vlak, dan kan hij er meestal wel op landen.'

'Hoe... zie je het dan voor je?' vraag ik, toch wel geïntrigeerd. 'Dat het halve eiland naar Thailand vertrekt, zo'n beetje als toen die loverboys hiernaartoe kwamen? Toen liep ook iedereen te hoop. Zelfs De Lange was erbij. Toen deed hij in ieder geval nog wat er van hem verwacht werd, als burgemeester.'

'Ik vermoed dat het meer een klus wordt voor een klein, toegewijd team. Een of twee man,' zegt Cam, met een nadrukkelijke blik naar mij.

'En jij denkt dat ik genoeg geld op de plank heb liggen voor een pretreisje naar Thailand?' mompel ik in mijn glas cola. Ik drink de laatste paar slokken op en bedenk me dat het misschien niet eens zo'n heel gek idee zou zijn om even van het eiland af te gaan, alleen al om even te stoppen met denken aan...

November, Echo, Echo, ik wil niet hebben dat mijn gedachten daarnaartoe gaan. Ik dwing de grijze massa om on topic te blijven en geef Cam een vorsende blik.

'Jij hoeft daar geen geld voor te hebben liggen,' zegt Cam, 'dat heb ik wel. En als de situatie hier het toelaat, gaan we samen.'

'Hm,' zeg ik. 'Doe mij nog maar een cola voordat ik er weer vandoor ga; ik moet nog even bij Pier langs voor de nieuwe roosters. En wacht nou maar eerst even af wat voor *intel* jouw vader boven tafel krijgt; vooruitplannen heeft geen zin als je geen overzicht hebt.'

'Roger,' zegt Cam, in een verrassend goeie imitatie van mijn stem. 'En doe me een lol: rooster me niet in op maandagnacht. Tegen die tijd loop ik krom van de spierpijn van jouw training; dan kom ik die trap bijna niet meer op of af.'

Ik grijns en pak een vers colaatje aan. 'Ik zal kijken wat ik voor je kan doen.'

Intermezzo 12: Cam en Tjeerd, in de snackbar

'Ha, Cam, wat kom jij hier doen? Jij hebt een vrouw die lekker kan koken; mag je wel zomaar vreemdgaan bij mij?'

'Ha ha, grappenmaker. Ik kom hier niet om je voedsel aan te schaffen, hoewel het hier wel lekker ruikt: naar hartvervetting en nodeloze calorieën.'

'Ja, ho eens even, vriend. Als je lelijke dingen gaat zeggen dan is dáár het gat van de deur. Ik kom zo bij je, hoor, ik help even mijn klanten.'

'Doe je ding, ik ga nergens heen.'

'...'

'...'

'Zo, klaar. Nu zal het wel even rustig blijven. Wat is er aan de hand?'

'O, toe maar, je komt helemaal achter je toonbank vandaan. Vind je het niet zwaar dat je hier helemaal alleen staat?'

'Het gaat nu wel. In augustus was het flink aanpoten, en toen had ik ook heel af en toe wel wat hulp, maar die bleven nooit lang. Ik heb trek in een beetje softijs. Jij ook?'

'Welja, maak me gek. Je hebt toch zo'n machine staan, dus waarom niet.'

'De meeste mensen willen tegenwoordig schepijs, ik zit erover te denken om dat ding weg te doen. Scheelt ook ruimte.'

'Dat is allemaal waar. Ha, dankjewel. Hoe eet ik dit?'

'Met je mond, man. Of heb jij zulke fijne manieren dat je er per se een lepeltje bij moet? Hier.'

'Mijn dank. Dit dingetje kun je toch nauwelijks een lepeltje noemen? Het is meer een plat stokje. Maar wel goed van je dat je niet van die plastic bende op je toonbank hebt staan. Je kijkt me aan alsof je wilt zeggen: wat staat die vent nou toch te leuteren, en je hebt helemaal gelijk. Ter zake! Aanstaande zaterdag hebben we bij de Vis voor het eerst sinds we met de huisjesverhuur van start gingen een weekend zonder ook maar één verhuurd huisje. Het is een samenloop van omstandigheden: er waren er twee besproken, maar de ene huurder heeft afgezegd omdat er acuut iemand naar het ziekenhuis moest en de andere heeft een sterfgeval in de familie. Kunnen die badgasten ook allemaal niets aan doen, maar het gevolg is: geen ontbijt op zondag. Mijn vrouw heeft het niet altijd ten volle gewaardeerde, enigszins verborgen talent om een slechte situatie direct ten goede te keren: zij opperde het idee om weer eens een feestje te geven. Voor onszelf. Gewoon, lekker eten en een glas drinken met een gezellige groep. Het zal vreemd zijn dat Axel en Wende er niet bij zijn, maar we hebben bedacht dat ze tijdens het eten kunnen beeldbellen, dan hebben we in ieder geval nog contact met elkaar. Dus. Ben je van de partij?'

'Eh...'

'Je hoeft niets te doen, niets mee te brengen en geen rokkostuum aan te trekken. Hoewel schone kleren misschien geen overbodige luxe zouden zijn; anders ruik je naar die nutteloze calorieën die je hier verkoopt, en dat sluit natuurlijk niet aan bij het oogmerk van deze uitnodiging.'

'Want...? Eh, ik bedoel, is, eh, Greetje er dan ook?'

'Ja, natuurlijk is Greetje er dan ook! Wat dacht jij dan. Kijk, mijn eenvoudige opinie komt dicht in de buurt bij die uitdrukking over Mohammed en de berg. Greetje speelt hier – het is een weinig charmante vergelijking, vergeef me – de rol van Mohammed, en jij bent de berg. Ik sta erom bekend dat ik, onder de juiste omstandigheden, bergen kan verplaatsen, dus vooruit, zeg toe en kom eens in de benen, *amice*. Je hebt wel lang genoeg van een afstandje zitten smachten.'

'Ik, ik... doe dat helemaal niet, van een afstandje smachten, en ik moet werken!'

'Ja, mijn neus. Gooi de tent maar eens een keertje dicht, wegens omstandigheden. Het is voor de goede zaak, dat weet je best.'

'Zaterdag is mijn beste dag.'

'Hoeveel mensen komen in oktober op een zaterdag na achten nog grote bestellingen bij je doen?'

'Nou... meestal komen er nog wel wat mensen langs voor een ijsje of zo...'

'Tjeerd! Grijp jezelf bij je nekvel voordat ik het doe. Kom naar het feestje. Ga naast die vrouw zitten, spreek met haar, maak een wandelingetje over het strand in het donker, dan krijgt zij het koud, je slaat een arm om haar heen en voor je het weet zitten jullie samen wel weer op het juiste spoor. Berg, Mohammed, en dergelijke.'

'Was het maar zo makkelijk.'

'Ik zal het je nog sterker vertellen: het ís zo makkelijk. Toen ik doorkreeg dat Mayke de vrouw voor mij was, toen ben ik haar gewoon iedere ochtend gaan ophalen met mijn Biró. Zonder dat ze me daarom had gevraagd. Ik deed het gewoon. Ik wist wel dat het allemaal wat tijd zou gaan kosten, want ze had een nogal verwrongen idee over mij in haar hoofd, en je weet: wat er in haar hoofd zit, zit niet ergens anders.'

'En zo is het aangegaan, tussen jullie? Doordat je haar steeds kwam ophalen in dat plastic karretje van je?'

'En thuisbrengen. Het heeft de zaak in ieder geval niet nadelig beïnvloed, zal ik maar zeggen. Ik bedoel dus: initiatief nemen! Vrouwen houden daarvan. Je moet ze niet meteen in de nek springen met een gestameld huwelijksaanzoek, maar als je de vrouw van je keuze kunt laten voelen dat ze belangrijk voor je is, dat je moeite voor haar wilt doen, dan heb je het halve pleit al gewonnen.'

'Nou, eh, nou...'

'Ja? Ja?'

'Nou, oké dan. Maar gaan jullie me dan niet allemaal uitlachen? En ga me er in godsnaam niet eerst bij de training mee zitten pesten, want dan kom ik niet.'

'Ik zwijg als het graf. En geloof me, je komst is gewenst, want toen Mayke aan Greet vroeg wie zij zou willen uitnodigen, toen zei ze, volgens Mayke zo heel aarzelend: nou, Tjeerd misschien, maar hij zal wel niet willen.'

'Als jij probeert een vrouwenstem na te doen klink je alsof je iets heel ernstigs aan je ballen hebt.'

'Grapjas. Kom nou maar gewoon; iedereen weet dat je nog een ding voor haar hebt, en iedereen gunt het je van harte dat het goedkomt. Waarom denk je dat Tjerk zoveel moeite heeft gedaan om Greetje terug op het eiland te krijgen? Het kwam natuurlijk ook echt goed uit, want we hebben haar op het moment hard nodig en ze past perfect in het team, maar er zaten meerdere gedachten achter zijn plan: het is goed voor de Boersma's om hun kleindochter in huis te hebben, en het is goed voor Tjeerd Olivier om het meisje waar hij zijn zinnen op heeft gezet terug in de buurt te hebben. En nu is ze er, en dan doe je niks.'

'Als jij niet zo veel zou praten, dan zou je ijs niet zo smelten. Nou heb je een bakje melk met suiker.'

'Als jij je niet zo achter je toonbank zou verstoppen, dan had je allang een keer met Greet in de duinen gelegen, vriend, dus kom jij nou maar gewoon naar dat feestje. Ik wil er niets meer over horen.'

15

Ik loop al twee dagen rond met een uitnodiging die brandt op mijn tong. Lexie, heb je zin om zaterdag, morgen al, verdorie, naar een partijtje te komen bij de Vis? Ik heb zo lang gewacht dat ze nu waarschijnlijk geen tijd meer heeft.

En het is niet zo dat ik haar niet meer heb gezien of gesproken; we zijn elkaar drie keer tegengekomen in het dorp. Die drie keer hebben we elkaar vriendelijk gegroet; één keer hebben we zelfs nog een klein praatje gemaakt, over het weer, over de enorme hoeveelheid briefjes die al op de strieman zit – blijkbaar hebben veel eilanders iets te wensen dit jaar. Op geen enkel moment was zichtbaar, noch bij haar, noch bij mij, dat weet ik zeker, dat er zich iets heeft afgespeeld tussen ons. Iets wat van korte duur was, maar de impact had van een middelgrote waterstofbom. Bij mij, tenminste. Ik heb, als ik terugkijk op de afgelopen dagen, maar op heel weinig momenten niet aan haar gedacht. Het is simpel: ik wil nog een keer met haar zoenen. Ik was nog lang niet klaar met mijn verkenning; er was nog veel meer dat ik wilde weten, voelen, onderzoeken. Waar ik me aan wilde overgeven. Een vreemde gewaarwording, want ik ben een man die graag de touwtjes in handen houdt. Dames met wie ik het bed deel geven zich over aan mij.

Nou is het niet zo dat ik sta te trappelen om Lexie mijn bed in te krijgen; zo erg is het nou ook weer niet met me gesteld. En ik ben ontzettend goed in beheersing: *command and control*, staat er op de ingang van de bunker waar mijn brein in zit. Je zult mij niet als een enthousiaste labrador, tong flapperend uit zijn mondhoek, achter een vrouw aan zien rennen. Maar ondanks al die controle is het me mooi niet gelukt om die ene gestolen kus te verbannen naar de archieven met prettige ervaringen: hij staat nog voor in mijn hoofd te branden als een film die steeds opnieuw afgespeeld moet worden.

Van de weeromstuit ben ik zo verstrooid dat ik links en rechts dingen vergeet. Ik kom thuis met de helft van mijn beoogde boodschappen omdat ineens, midden in de supermarkt, die film opnieuw begon te spelen en ik half verdwaasd en met ternauwernood een groet voor Henk Ferwerda en zijn personeel de winkel weer uit struin, om pas thuis weer een beetje bij mijn positieven te komen. En meer van dat soort kunststukjes. Ondertussen kan ik nog maar van één ding zeker zijn: je ziet het niet aan me af. Als er iets is wat ik heb geleerd bij de vrienden van defensie dan is het wel een strakke bakkes trekken: al krijg je de grootste rotklus, je salueert en gaat aan de slag. Dekken, dienen, hulzen rapen. Niet zeuren, latrine uitscheppen. Niet zeuren, wachtlopen. Niet zeuren, je in je eentje in de woestijn laten droppen op een halve zelfmoordmissie, en met een stuk vijandelijke munitie in je donder maar zien hoe je weer terugkomt.

Niet zeuren, vooral niet laten merken dat er iets is gebeurd dat me meer dan oppervlakkig heeft geraakt. Het zit verdorie dieper dan dat stuk lood en het is harder aangekomen.

Al piekerend loop ik terug vanaf de loods waar ik bezig ben geweest; de reddingsboot is weer in tiptop conditie en de loods, die gaandeweg de zomer steeds rommeliger was geworden totdat het een wanorde was waar je geen mens meer mee kon redden en waar iedere militair zich diep voor zou schamen, is alweer voor de helft opgeruimd. Ik heb een aantal landvasten en stootwillen vervangen; ik moet nog reddingsvesten en drijfmaterieel nalopen. Al het gereedschap dient grijpklaar aan een bord te hangen maar ligt nu door elkaar in een grote bak...

Ik gooi het werk om en om in mijn hoofd, vooral om ervoor te zorgen dat de film niet start, en benader mijn huis aan de achterkant. Kortste weg; ik ga door het slaapkamerraam naar binnen. Douchen, fris tenue, boodschappen, eten bij Tjeerd is de planning.

Net als ik met de sleutel in het slot van mijn raam zit, hoor ik een warme, licht plagerige, vrolijke alt achter me.

'Tjerk, ben je bij jezelf aan het inbreken?'

Ik strek me uit, duw mijn raam open en keer me naar haar toe. Ze staat pontificaal op het schelpenpaadje.

'Burgemeester. Ben je aan het wandelen?'

'Jazeker,' zegt ze, met een warme glimlach. Die bereikt niet alleen haar ogen, maar ook mijn hartstreek, waar hij een gevoelige klop teweegbrengt.

Ze komt dichterbij. Ik kijk om me heen: niemand. Geen badgasten, maar vooral ook geen eilanders. Nu of nooit; een betere kans krijg ik niet.

'Wat doe je morgenavond?' flap ik er plompverloren uit.

Ze kijkt me verbaasd aan en komt nog iets dichterbij.

'Wil je... naar binnen?' vraag ik dan, onhandig, met een gebaar naar mijn raam. 'Dit is mijn achterdeur. Het huis zit half in het duin, dus, eh...'

Dat mijn huis half in het duin zit is zo nadrukkelijk zichtbaar dat ik direct voel dat ik een oerstomme opmerking heb gemaakt.

'Ik was op weg terug naar het raadhuis,' zegt ze zachtjes. 'Ik ben de afgelopen dagen steeds expres achter je huis langs gelopen in de hoop je nog even tegen te komen op een wat rustiger locatie dan midden in het dorp; ik heb opgezocht waar je woont. Ik... het is helemaal ongemakkelijk tussen ons, dat spijt me; ik had het niet moeten laten gebeuren.'

'Heb je er spijt van?' vraag ik, in stilte verbijsterd.

Gelukkig schudt ze haar hoofd.

Ik open mijn slaapkamerraam, stap naar binnen, reik haar een hand. Ze grijpt hem en stapt dan soepeltjes achter me aan over de vensterbank, op de dekenkist die ik onder mijn raam heb staan als opstapje. Ze is veel kleiner dan ik, en waar de afstap voor mij net meer is dan een grote traptrede, moet zij een sprongetje maken. Ze landt een beetje onhandig, geeft een gilletje, ik strek zonder na te denken mijn armen uit en plotseling heb ik dan, in mijn slaapkamer, die twee armen vol warme, ronde vrouw.

'Sorry,' mompelt ze tegen mijn schouder.

'Hindert niet,' brom ik, mijn neus in haar haar. Ze ruikt lekker, fris en warm tegelijk. Ik zal wel zweterig ruiken, na een paar uur tekeergaan in de loods, maar voordat ik me daar ongemakkelijk over kan gaan voelen merk ik dat ze net zo hard aan mij snuffelt als ik aan haar. En ze zit nota bene bijna met haar neus onder mijn oksel. Ze kruipt een fractie dichter tegen me aan, dus zo erg zal ze het wel niet vinden. Ik grijns tegen haar hoofdhuid.

'Tjerk...' komt het zachtjes vanaf mijn schouder.

'Zeg het maar,' mompel ik, lichtelijk verdwaasd door de wending die de dag ineens heeft genomen.

'Ik vind het heel lekker om met je te knuffelen, en ik vond het ook heel lekker om met je te zoenen, maar ik wil niet dat je nou het verkeerde idee krijgt. Ik bedoel...'

Ze kijkt op, ik kijk op haar neer. Haar ogen staan bezorgd.

'Wat voor verkeerd idee zou ik moeten krijgen?'

'Nou ja, eh, we staan hier zo, en het is wel je, eh, slaapkamer...'

Ik was me maar al te zeer bewust van het bed in mijn slaapkamer, en de mogelijkheden die dat biedt, maar ik zie iets in haar ogen waardoor die gedachte zichzelf direct vernietigt. Binnen minder dan vijf seconden. *Mission Impossible* is er niks bij.

'Ik probeer het krijgen van verkeerde ideeën al mijn hele leven tot een absoluut minimum te beperken, Lexie,' brom ik zachtjes en, naar ik hoop, geruststellend. 'Ik heb heus geen onrealistische verwachtingen, alleen omdat we hier naast een bed staan. Ik kom dan wel eens ongenuanceerd uit de hoek, en bij voorbaat mijn excuses daarvoor, maar dat strekt zich niet uit tot, eh... nou ja. De slaapkamer? Je bent veilig bij me.' Ik streel zachtjes haar rug, omdat ik ineens merk dat ze licht trilt. Dat had ik niet zien aankomen.

'Dat, eh, dat wist ik denk ik ook wel,' zegt ze, en nu hoor ik dat haar stem ook een beetje bibberig is, 'en ik vind het ook wel echt, nou, eh, fijn om bij je in de buurt te zijn, en toen we elkaar kusten was dat ook heel fijn, maar...'

'Wat is er gebeurd, Lex?'

Ik heb tijdens missies wel vrouwen gezien die waren mishandeld, verkracht, misbruikt als seksslaaf; zodra ze een man in het oog kregen waren ze meteen niks meer waard. *Deer in the headlights*, noemden mijn Amerikaanse collega's dat; verlamd van angst. Nou heeft Lexie het niet zo erg, maar ik herken toch iets. Een bepaalde *vibe*, die er niet was toen we in de duinen zaten.

'Het komt denk ik door, eh, doordat we in de slaapkamer zijn,' mompelt ze, een beetje beschaamd, een beetje weifelend, maar tegelijk stapt ze nog steeds niet bij me vandaan. Het is eerder alsof ze nog iets dieper in mijn armen wegschuilt.

'We kunnen ook gewoon naar beneden gaan? Ik kan even een kop koffie voor je zetten,' stel ik voor. 'Of wil je er weer uit zoals je erin bent gekomen?'

Ze schudt haar hoofd en zucht tegen mijn borstkas. 'Koffie klinkt heerlijk. Ik stel me waarschijnlijk verschrikkelijk aan.'

'Natuurlijk niet,' zeg ik. 'Je praat hier tegen een behoorlijke ervaringsdeskundige op het gebied van PTSS: ik weet dat dat nogal een kloof tussen je hoofd en je hart kan opleveren.' Ik laat mijn armen voorzichtig en met de nodige spijt van haar af glijden, maar als ze dan nog een keer zucht, pak ik haar hand. 'Vertel me maar een keer wat het is, als je zover bent,' zeg ik zachtjes. 'Ik kan het wel hebben.'

In stilte gaan we de trap af, de gang door en de woonkamer in, en die stilte duurt voort totdat ik vanuit mijn open keuken de woonkamer weer in loop met twee koppen zwarte koffie. 'Het is wel Senseo,' zeg ik verontschuldigend. 'Ik heb ook wel een cafetière, maar ik dacht dat snelheid de betere optie zou zijn.'

'Nog altijd lekkerder dan de machinekoffie in het raadhuis,' zegt ze, met een dankbare glimlach. 'Het spijt me, Tjerk, ik, eh, dat was daarnet waarschijnlijk de *moodkiller* van de eeuw.'

Ik schud mijn hoofd. 'We zijn geen achttien meer, Lexie. We hebben dingen meegemaakt. Feit.'

Ze knijpt even haar lippen op elkaar, knikt en drinkt dan fronsend van haar koffie. 'Mensen die me niet zo goed kennen denken vaak van me dat ik een enorme bikkel ben,' zegt ze dan. Ze maakt de gedachte niet verder af, maar dat hoeft ook niet; ik had al vrij snel gezien dat ze dan wel een harde werker is, en een doorpakker, niet bevreesd de leiding te nemen of een onaangenaam onderwerp bij de kop te pakken, maar die zachtheid die daar direct onder zit was me heus niet ontgaan.

'Ik wil je graag beter leren kennen dan die mensen,' zeg ik, na een korte stilte. 'Daarom vroeg ik ook of je morgenavond iets te doen hebt: er is een klein feestje bij de Vis. Iedereen die er werkt, met nog wat vrienden. Vincent en Cam stelden voor dat ik je moest uitnodigen. Als je tijd hebt, tenminste.'

Dat was niet de meest elegante poging om een dame op een date te vragen; ik krimp nog net niet in elkaar van ellende.

Lexie grijnst voorzichtig. 'En, eh, jij? Wil jij ook dat ik kom? Of ben je alleen *postillon d'amour* voor Vincent en, eh, Cam, zei je? Ik ken hem nog niet.'

'Camerlingh Henriques, mede-eigenaar van de Vis, of van de huisjes, ik weet niet precies hoe die constructie zit, zakelijk gezien. Hij is het financiële brein van de club.'

'O ja,' zegt Lexie, 'ik ben zijn naam wel tegengekomen in de stukken. Hij is ook druk met groene energie.'

'Precies, hij. Hij komt misschien wat vreemd over, in het begin, maar hij is geweldig intelligent en oplettend. Ik mag hem wel.' Ik pauzeer even om van mijn koffie te drinken en besluit dan te proberen te redden wat er te redden valt. 'Ik vraag het niet als postillon d'amour. Ik vraag het voor mezelf. Ik zei in de duinen al: ik ben niet zo handig met dit soort dingen, maar Lexie, ik zou het fijn vinden als je ook kwam.' Nog een slok koffie, en dan een gedachte: 'Tenzij, eh, tenzij het iets is waar je je ongemakkelijk bij voelt. Dan moet je het eerlijk zeggen.'

Ze grijnst naar me, alweer dapper en vrolijk. 'Nee, nee, zo erg is het niet met me gesteld. Toen jij tegen me zei dat je niet zo handig was, et cetera, toen zei ik toch dat ik niet zo veel geluk heb gehad met relaties? Ik... heb wat onaangename ervaringen gehad. Met een ex. In een slaapkamer. Soms overvalt die herinnering me nogal, hoewel jij wel een volkomen ander persoon bent dan hij. Gelukkig, mag ik wel zeggen.'

'Ik ben blij dat te horen,' zeg ik, zacht en laag. 'Maar, eh, kom je nou? Morgen? Je hoeft niet netjes; dat roze joggingpak van je is prima.'

'Graag,' zegt ze, 'hoewel ik niet zeker weet of dat joggingpak nou geschikt is voor een groter publiek, hoor. Het is wel heel onflatteus. En... misschien vind je het raar dat ik het zeg, maar ik zou het niet zo erg vinden als we nog eens een keer... zoals in de duinen?'

'Zou ik ook niet erg vinden,' zeg ik met een brede grijns. 'Helemaal niet erg. Ik vind het niet raar dat je dat zegt, ik vind het juist fijn dat je dat zegt. En ik vind je roze joggingpak ook niet onflatteus.'

We zeggen niet zo veel meer; onze koffie is op. Ze staat na een blik op haar horloge op, mompelt verontschuldigend: 'Iedere keer als ik in jouw gezelschap ben blijf ik te lang weg,' en loopt naar de deur.

Ik spring uit mijn stoel en loop mee. 'Wacht even,' zeg ik, terwijl ik de deur open en snel de straat op en neer kijk. 'Je kan,' mompel ik dan tegen haar, want ineens is ze weer zo dichtbij dat mijn hart ervan uit de pas gaat lopen.

'Is het het verstandigst om nu stiekem je huis uit te glippen, of doe je dat standaard zo als je naar buiten gaat?' vraagt ze, haar blik in de mijne vastgehaakt. Plotseling is de sfeer weer zo warm, intiem, onontkoombaar. Dat trillerige van haar is in geen velden of wegen meer te bekennen. Ik duw de deur weer even dicht, over haar schouder, en ze stapt zo in mijn omhelzing. Haar armen glijden om mijn hals, de mijne om haar middel; ik voel haar warmte en haar rondingen overal en druk verzaligd mijn lippen op de hare.

Het is een trage zoen. We willen denk ik allebei niet graag uit elkaar, we willen in elkaars gezelschap blijven. Ik wil dat in ieder geval; ik wil dat zo graag dat ik een geluid maak, een soort grom, en haar zachtjes tegen de deur duw, zodat ik tegen haar aan kan leunen.

Ze is gewoon sexy als de hel. Ik heb er geen andere woorden voor; sexy Lexie, dat is wat ze is.

Niet dat ik van plan ben om haar de kleren van het lijf te trekken, en al helemaal niet dat ik van plan ben om ineens het roer helemaal om te gooien in mijn leven en aan een vaste relatie te beginnen, maar...

Maar.

Ik heb dat nog niet vaak gedacht. En al helemaal niet midden in een zoen die zo lekker en zo, nou ja, noodzakelijk is dat ik mezelf bijna helemaal vergeet.

'Tjerk,' hijgt ze in mijn oor als onze lippen elkaar loslaten, 'ik heb slappe knieën.'

Ik grinnik tevreden. Ik heb ook slappe knieën, en ook iets dat verre van slap is. Dat kan ze denk ik wel voelen, zo dicht als we tegen elkaar aan staan. 'Beter, nu we niet in een slaapkamer zijn?' vraag ik toch maar.

'O, ja,' zegt ze, met een klein lachje, 'heel veel beter. Maar hoe ik zo dadelijk nog een beetje geconcentreerd aan mijn werk moet weet ik ook niet; je bent nog erger dan wijn bij de lunch.'

Nu grijns ik breeduit. 'Compliment,' zeg ik tevreden. 'Dank. Jij bent ook niet best voor mijn gemoedsrust.'

'Ondanks mijn dikke kont?' vraagt ze, met een miniem snufje onzekerheid.

'Mede dankzij je dikke kont,' geef ik terug, en dan staan we elkaar nog even lachend aan te kijken. Alsof we het allebei nauwelijks kunnen geloven.

'Poging twee,' mompel ik dan, en ik stap voorzichtig om haar heen terwijl zij ruimte maakt, zodat ik de deur opnieuw open kan doen voor een verkennende blik. De straat is nog steeds leeg, of misschien wel opnieuw – ik denk dat ik de bus voorbij hoorde komen toen we midden in die zoen zaten.

'Je kan,' zeg ik weer, en dan gaat ze ook, met een blik over haar schouder die, als Ria toevallig net aan de overkant van de straat had gestaan en die blik had gezien, ervoor zou zorgen dat morgen het hele eiland vermoedt dat Tjerk Boomsma en Alexandra Groenendijk het met elkaar doen.

Op zich zou ik dat niet eens zo erg vinden, maar wel alleen als het ook echt zo is: als ik dan van die alwetende blikken moet verdragen, wil ik ook wel het plezier dat erbij hoort.

Dat het op enig moment staat te gebeuren, tussen Lexie en mij, lijkt me ineens een soort onvermijdelijkheid. Van een veel prettiger aard dan die onvermijdelijkheid met Leonetta, dat moge duidelijk zijn. Een onvermijdelijkheid waar ik het liefst langzaam en genietend naartoe wil werken, maar die ook zeker een randje gevaar in zich verbergt. Want wat dan daarna? Het is niet niks, dit.

Die gedachte ontnuchtert me een beetje en ik doe de deur dicht. Het wordt tijd dat ik ga douchen.

Ik heb dus drie keer een ander T-shirt aangetrokken. En nog ben ik niet helemaal tevreden, maar ik wist dat het niet beter dan dit kon worden. Hier moet ik het mee doen. Zwart, lange mouwen, net strak genoeg – zodat je mijn spieren een beetje kunt zien, maar niet zo erg dat ik ermee loop te paraderen – en een schone, in de plooi gestreken zwarte BDU-broek met veel handige zakken. Dit gaat voor mij door voor medium-gekleed tenue; niet zo netjes als mijn pak, maar ook weer niet zo dagelijks als de outdoorbroeken waar ik normaal in rondstruin.

Ik geef mezelf een pets tegen mijn hoofd voordat ik mijn

slaapkamerraam uit klauter: nog even en ik sta als een tienermeisje voor de spiegel in een haarborstel te zingen, zo ben ik met mijn uiterlijk bezig.

De wandeling door de duinen helpt uitstekend om te ontnuchteren, maar als de Vis in zicht komt begint het weer. Volgens mij heb ik de zenuwen. Zou ze er al zijn? Ze wilde niet opgehaald worden; toen ik haar vanochtend tot mijn lichte schrik bij de bakker tegenkwam en ik haar vroeg of ze behoefte had aan een escorte, lachte ze vriendelijk en zei ze dat ze wist waar het was. Ze kwam zelf, met de fiets, want ze had nog het nodige te doen en ze wist niet precies hoe laat ze klaar zou zijn. Helemaal prima, natuurlijk, maar ineens landt bij mij het besef dat ik haar niet terug zal kunnen brengen na afloop, als ik te voet ben en zij op de fiets.

Niet goed over nagedacht, Atze Tarquinius Boomsma. Ik kan mezelf wel nóg een keer voor de kop slaan. Niet dat een escorte hier een noodzaak is; ik denk dat het eiland een van de veiligste plekken op aarde moet zijn, want je hoeft je fiets niet eens op slot te zetten, en je huis hoeft eigenlijk ook niet echt op slot, zeker niet in het naseizoen. Maar daar gaat het natuurlijk niet om.

Ik haal maar eens een keer diep adem voordat ik de deur opendoe, en stap dan, met een zo goed mogelijk strakgetrokken gezicht, over de drempel.

'Ha,' roept Cam opgeruimd, 'heer Tjerk, punctueel als altijd.'

De begroetingen zijn vrolijk en hartelijk en ze is er nog niet. Ik haal nog een keer diep adem: voor de helft een zucht van verlichting en voor de andere helft een zucht van... tja. Teleurstelling? Verlangen? In ieder geval iets dat wenst dat ze er wel al was geweest. Ik kan tegenwoordig geen chocola meer maken van mezelf, maar ik krijg een koel glas bier in de hand gedrukt door Vincent en ik besluit de hele toestand zo goed en zo kwaad als het gaat maar even te parkeren.

Op de ronde tafel staat een opengeklapte laptop, en in beeld zijn Axel en Wende. Ze heeft een pafferig gezicht; haar vochthuishouding zal wel in de war zijn. Ze moet volgens mij zeker nog zes weken, maar het is de vraag of het nog zo lang gaat duren. Ze oogt vermoeid. Axel ziet er zoals altijd goed uit, hoewel hij volgens mij wel erg bezorgd is om zijn vrouw. Hij houdt haar in ieder geval heel goed in de gaten; om de twee woorden kijkt hij naar haar. Het is me ook nogal wat, natuurlijk.

Ik maak even een praatje met ze, over niks in het bijzonder, en dan zegt Axel ineens tegen me: 'Ik begrijp dat je... op vrijersvoeten bent, Tjerk?'

'Cam!' zeg ik. 'We hadden een afspraak!'

'Het spijt me,' zegt Cam deemoedig, 'ik heb het eergisteravond per ongeluk aan Ax verteld toen we ons dagelijkse belletje hielden, en toen vond ik dat ik het ook maar aan de rest moest vertellen. Ik heb je tenslotte opgestookt om haar uit te nodigen, en anders is haar verschijnen ook weer zo onverwacht, hè?'

Cam heeft natuurlijk gelijk. Ik kan ook eigenlijk niet echt boos op hem zijn, hoewel iedereen om de tafel nu wel zit te lachen. Ik glij langzaam van mijn stoel, met als oogmerk onder de tafel te verdwijnen. Daar wordt alleen maar harder om gelachen, en Vincent roept door de ruimte: 'Ze is er nog niet, Ax, we zitten allemaal in spanning of ze nog gaat komen.'

'Tjeerd is er ook nog niet,' zeg ik, om me heen kijkend, als ik weer normaal op mijn stoel zit. Ik heb natuurlijk wel meegekregen hoe Vincent hem een paar keer heeft meegetroond naar de Vis, zogenaamd om koffie of een biertje te drinken, en dan zaten ze heel nadrukkelijk over niks te kletsen en heel hard te lachen samen. Allemaal bedoeld om hem in de kijkerd te spelen bij Greetje, die het volgens mij haarscherp volgt, maar die meteen verandert in een angstig vogeltje als die jongen in de buurt is. Zo te zien heeft ze wel degelijk nog gevoelens voor hem, maar hoe krijgen we die twee verlegeriken bij elkaar als ze zelf niet meewerken?

Het gaat me beter af om me het hoofd te breken over andermans situatie dan met een rustige hartslag aan de mijne te denken. Hoewel ik het geplaag goedmoedig verdraag. 'Ja, ja, ja, nou is het wel goed,' zeg ik tegen Vin, als hij voor Axel en Wende een hele verhandeling over mijn in zijn ogen roestige verleidingskunsten begint af te steken. 'Maken jullie je nou maar niet zo druk, ik kan mijn eigen zaakjes wel regelen.'

Er klinkt een soort wolvengehuil en gelach op uit al die kelen; zelfs de kleine Lieuwe, die nog op is en op zijn vaders schoot zit omdat er bij zijn moeder al beduidend minder plek is, gooit zijn blonde krullenbolletje in zijn nekje en doet 'Woeoeoeoe!' Precies op het moment dat net weer iedereen een beetje stil was geworden. We krijgen meteen opnieuw de slappe lach.

'Zijn intenties zijn goed,' zegt Martin grinnikend, met een kus op de kruin van zijn zoon, 'maar hij moet nog wel een beetje aan zijn timing werken.'

En dan gaat de deur open en komt Tjeerd binnen, met Lexie in zijn kielzog. In haar roze joggingpak. Ik krijg meteen een droge mond en vind het fantastisch dat ze het ding heeft aangetrokken; ze heeft nog meer lak aan conventies dan ik al dacht. Of hoopte.

'Ik kwam de burgemeester onderweg tegen,' zegt Tjeerd.

'Hallo allemaal,' zegt Lexie, met dat makkelijke, open en sociale dat ze zo kan hebben in gezelschap, 'ik heb de opdracht gekregen in mijn joggingpak te komen, zo casual mogelijk; als jullie klachten hebben over het gebrek aan ceremonieel, dan verwijs ik je bij voorbaat vast door naar loket Tjerk.'

Iedereen lacht, ze grijnst ondeugend en kijkt het gezelschap rond – iedereen krijgt een blik van haar – en ineens zie ik hoezeer het een houding van haar is om zo te doen. Een kunstje. Ze is er verschrikkelijk goed in getraind, zo goed dat je in eerste instantie zou denken dat ze echt zo is. Zelfs ik, toch niet de allerslechtste observator ter wereld, ben er in eerste instantie met open ogen ingetuind. Maar nu zie ik haar onzekerheid; ze heeft waarschijnlijk tot op het laatste moment getwijfeld of ze niet toch iets anders aan zou moeten.

Je kunt er natuurlijk vergif op innemen dat Vin met de situatie aan de haal gaat. 'Wel jammer dat je je ambtsketen niet omhebt,' zegt hij, nog net niet gnuivend, 'zou vast mooi staan op dat roze fluweel. Koffie, thee, bier, wijn, limonade?'

'O, een groot glas koude witte wijn lijkt me heerlijk,' zegt ze, en ze plukt aan haar trui. 'Velours, hè, trouwens, Vincent, geen fluweel.'

Meer gelach, en ik hou me op de achtergrond als Lexie wordt voorgesteld aan Axel en Wende op het beeldscherm en zich een vrolijk, gezellig gesprek ontspint.

Ik kijk onopvallend naar Tjeerd, die stilletjes met een vaas bier in zijn hand naast Greetje is gaan zitten. Ze kijkt recht voor zich uit en weet zich geen houding te geven; hij begint geen gesprek, zit daar maar, neemt af en toe een slok bier. Ik zou hem wel door elkaar willen rammelen, maar ik krijg een beter idee: als het me lukt om ze in beweging te krijgen, dan komt hun gesprek misschien ook wat makkelijker in beweging.

Mayke loopt heen en weer te draven met borrelhapjes en Vincent is aan het inschenken, dus ik sta op, wenk Greetje en Tjeerd en stel ze te werk. 'Als jullie nou even van Mayke overnemen wat ze allemaal naar binnen moet brengen, dan ga ik Vincent aflossen en kan de hele originele Visploeg even rustig een paar minuten bijpraten. Kom op, jongelui, in de benen.'

Ze springen meteen uit hun stoel en verdwijnen achter elkaar aan de keuken in. Misschien zaten ze zelf ook wel heel erg te wachten op iets dat het moment zou kunnen doorbreken.

Intermezzo 13: Tjeerd en Greetje in de keuken van de Vis

‘Volgens mij is dit de laatste schotel.’

‘Nee, Mayke wilde ook nog olijven neerzetten; ik pak even een bakje.’

‘Je weet wel goed waar alles staat.’

‘Dat is toch niet zo gek? Ik werk hier nu.’

‘Dat weet ik.’

‘…’

‘…’

‘Greetje, ik –’

‘Weet je, Tjeerd –’

‘Jij eerst.’

‘Nee, ga jij maar eerst, ik weet eigenlijk niet wat ik wilde zeggen, maar ik vond de stilte zo ongemakkelijk.’

‘Ja. Vond ik ook. Ik wilde zeggen dat ik blij ben dat je weer op het eiland bent. Ik… vond het niet leuk toen je wegging. Weet je nog, toen?’

‘Ja. Ik vond het zelf ook niet zo leuk, als ik eerlijk ben, maar ik wist eigenlijk ook niet wat ik anders moest. Ik voelde me doodongemakkelijk hier.’

‘Snap ik.’

‘…’

‘Hoe was het, in Schotland? Ik, eh, ik heb nog wel veel aan je gedacht.’

‘Raar, was het. Het heeft even geduurd voordat ik doorhad hoe het daar werkte. Dan denk je dat je behoorlijk Engels kan, nou, ik kwam daar en ik verstond de helft niet. Dat werd na een paar weken wel wat beter, maar de mensen daar zijn toch ook echt heel anders dan hier.’

'Hoe dan, anders?'

'Nou ja, minder... open, denk ik? En ook ouderwetser. Minder, eh, nou ja, vrouwvriendelijk, zal ik maar zeggen.'

'Echt waar?'

'Vond ik wel, ja. Ik voelde me echt af en toe niet serieus genomen, omdat ik een vrouw was. Misschien nog des te meer omdat ik in de bediening werkte. De mensen zijn daar veel meer dan wij van de, nou ja, rangen en standen, zeg maar.'

'Klinkt als een ideaal land voor Tjerk.'

'Ha, ha, volgens mij niet, hoor! Volgens mij is Tjerk vanbinnen helemaal niet zo. Iedereen vindt hem altijd een beetje intens, en zo, maar volgens mijn opoe heeft hij een klein hartje.'

'Nou, ik kan je vertellen: niet op zaterdagochtend vroeg. Ik loop alweer half kreupel van de training van vanochtend.'

'Je... wordt er volgens mij wel sterk van, van die training van hem.'

'Ehm, nou ja, het gaat wel...'

'Van frietjes bakken krijg je vast niet zulke dikke armen, Tjeerd.'

'Zit je me nou te plagen?'

'Een beetje maar. Ik vind het eigenlijk heel leuk om even met je te praten. Ik vond het al leuk toen ik je van een afstandje zag in het dorp, en zo, maar ik wist eigenlijk niet zo goed wat ik moest zeggen.'

'Ik wist ook niet – eh...'

'Ik dacht dat je je voor me aan het verstoppen was, maar toen kwam je steeds hier om met Vincent...'

'Dat moest van hem!'

'Wilde je niet, dan?'

'Nou, ja en nee, denk ik: ik wilde je wel graag even zien, alleen al om te weten dat alles goed met je ging, en zo, maar tegelijk vond ik het ook nogal, eh, *awkward*.'

'Ja, vond ik ook. Maar toch ook leuk om je te zien.'

'Ja. Greet?'

'Ja?'

'Kom eens?'

'Ik ben er toch al?'

'Nee, ik bedoel, hier. Bij mij.'

'O. Zo?'

'Nee, zo. En dan...'

'...'

'...'

'O, Tjeerd... ik was het helemaal vergeten...'

'Wuh- wat was je vergeten?'

'Dat je zo lekker kan zoenen! Ik bedoel, ik wist het nog wel, maar ik kon me het precieze gevoel niet meer herinneren...'

'O, kom hier dan, jij!'

'...'

16

Het is een gezellige bijeenkomst, in de Vis. Er staat een niet al te opdringerig muziekje op, Mayke heeft, met veel hulp van Greetje en een beetje hulp van Mandy, een heerlijke maaltijd op tafel gezet en er zijn intussen nog wat eilanders binnengekomen; voornamelijk jongelui, een paar gasten die ik op de training heb, en bijna de gehele politieke partij Ons Sociaal Belang, waar mogelijk met aanhang.

Er wordt gepraat en gelachen, en ik kan mijn ogen niet van Lexie afhouden. Ze praat met iedereen, luchtig, vrolijk, en ik zie dat iedereen haar sympathiek vindt. Hoewel het soms wat stroef op gang komt, krijgt ze iedere keer weer de bal aan het rollen, hoeveel noordelijke stugheid ze ook tegenkomt; ik kan toch niet anders dan daar bewondering voor hebben.

Ik moet op een gegeven moment even een luchtje scheppen. Ik heb dat altijd al gehad: op feestjes krijg ik al vrij snel de behoefte om mezelf buiten de kring te plaatsen. Om het even van een afstandje te bezien. Op feestjes in iemands huis heb je altijd veel meer kans om me in de keuken of op het plaatsje achter te vinden dan in de woonkamer.

Ik struin het terras op en kijk omhoog: het is een heldere nacht, hoewel het nog helemaal niet koud is. De toren flitst zijn geruststellende lichtvegen over het land en het water; ik weet dat een van Piers stagiairs de wacht heeft, en daarna komt de ander. Dan kan Pier de dagwacht nemen, en morgen neem ik het weer van hem over.

Ik luister even naar de geluiden van het eiland. Het geruis van de zee in de verte, en dichterbij de wind door het duingras. Een meeuw, verderop.

'Krijg jij ook altijd de neiging om er even uit te stappen?'

Ik keer me om en kijk recht in het grijnzende gezicht van Cam. 'Jij ook?'

'Zeker. Ik hou altijd graag zicht op zowel de binnen- als de buitenkant van de situatie.'

'Ik heb het al eens eerder gezegd, maar je zou geen rot figuur slaan in de Special Forces, jij. Als tacticus, gok ik zo; misschien wat minder in het veld.'

'Je bedoelt dat ik niet gespierd genoeg ben?'

'Ik bedoel dat je zo intelligent bent dat je als tacticus waarschijnlijk effectiever bent.'

Cam grinnikt. 'Ik denk nog steeds niet dat Mayke het een goed idee zou vinden. Vertel eens even, hoe gaan de vorderingen met onze burgermoeder? Ik zie haar vooral met andere mensen praten, niet met jou. En ik zie jou al die gesprekken met argusogen volgen.'

'Nou ja, argusogen...'

'Tjerk. Voor de oplettende kijkertjes is het glashelder.'

'Ja, ja, ja,' brom ik, betrapt.

'Ze lijkt me een leuke vrouw. Warm, sympathiek, sociaal. Goede omgangsvormen, maar geen *stickler for rules*, zogezegd. Quod erat demonstrandum: het joggingpak.'

'Ik had niet gedacht dat ze het zou doen. Ze heeft meer lak aan conventies dan ik had verwacht.'

'En zo te horen vind jij dat een positieve eigenschap,' zegt

Cam met een brede grijns, terwijl achter hem de terrasdeur opengaat en de dame in kwestie, in joggingpak, naar buiten stapt.

'Wat is een positieve eigenschap?' vraagt Lexie lachend.

'Dat je in die velours campingsmoking bent verschenen op dit partijtje,' zegt Cam met een stralende glimlach. 'Ik laat jullie even alleen, jongelui; doe geen gekke dingen.'

'Jongelui,' echo ik, en Lexie schaterlacht.

'Wat een gezellige groep mensen is dit,' zegt ze, 'ik ben echt blij dat je me hebt uitgenodigd, al krijg ik nauwelijks de kans een woord met je te wisselen. Ik maak meteen ook maar van de gelegenheid gebruik, hoor, om een paar eilanders wat beter te leren kennen. Zo aan het begin van een ambtsperiode kan ik ieder onsje goodwill goed gebruiken. Hopelijk kan ik me een beetje bewijzen in positieve zin voordat de eerste impopulaire beslissing zich aandient.' Ze haalt diep adem, strijkt haar haar achter haar oren en kijkt, net als ik deed, even naar de hemel. 'Mooi, die sterren, zonder al die lichtvervuiling,' zegt ze. 'Ik heb eigenlijk alleen maar in grote steden gewoond, Amsterdam, Den Haag, Utrecht, en daar zie je de sterren nooit zo mooi als hier.'

'Zit er een impopulaire maatregel aan te komen, dan?' vraag ik toch maar.

'Jij doelt op de bemanning van de toren,' zegt ze meteen. 'Ik ben daar nog niet uit, Tjerk, ik zal het maar eerlijk zeggen. De gemeente kan het geld goed gebruiken voor andere dingen, maar ik heb op zich ook wel oog voor het sociale aspect van de situatie. Ik heb afgelopen week kort gesproken met Pier. Hij zag me denk ik een beetje als de vijand.'

'Ik heb het gehoord.' Pier zag haar aanvankelijk nog net niet als de antichrist, maar na het gesprekje was hij tot zijn eigen verrassing milder over haar dan ervoor. Niet veel milder, laat ik eerlijk wezen, maar toch wel iets milder. 'Voordat jij de aanstelling kreeg, hebben verschillende eilanders geprobeerd me over te halen om me kandidaat te stellen,' zeg ik dan.

'Ha, dat verbaast me niks.' Ze grijnst naar me, wat ik meteen weer voel trekken vanbinnen.

Ik neem een milliseconde om mijn gezicht weer in de plooi te krijgen. 'Ik wilde dat niet, en nog steeds niet, om verschillende redenen: ik ben er niet geschikt voor, maar toch ook wel, onder andere, vanwege die onvermijdelijke impopulaire beslissingen.'

Ze kijkt me even aan en knikt dan. 'Jij bent meer van het oppositie voeren, niet van het regeren. Dat is ook heel waardevol in het proces.'

'Ik ben geen proces,' brom ik, 'en ik wil ook geen onderdeel zijn van een proces.'

'We zijn allemaal onderdeel van een proces, Tjerk, of we dat nou leuk vinden of niet. Als we onderkennen wat onze ideale rol is in het proces, en we proberen daarop te focussen, dan zijn we meteen een stuk effectiever.'

'Uit welk managementboekje heb je die wijsheid opgediept?' vraag ik. Ondertussen loop ik naar de buitenrand van het terras, naar het hekje dat naar de huisjes leidt. Alles is keurig onderhouden; de huisjes liggen er charmant bij, ieder aan een eigen schelpenpaadje. Laat dat maar aan die jongelui van de Vis over. Een iets breder wandelpad loopt langs de rand van de duinen; ik weet dat dat nog een heel stuk verder voert. Helemaal naar de toren, hoewel het niet overal heel makkelijk begaanbaar is, zeker niet in het donker.

Ik ga het hekje door en loop met stevige pas het pad af, totdat de schelpjes ophouden en ik op het zachte zand sta. Lexie loopt achter me aan; ik hoor haar voetstappen knerpen maar ik kijk niet om. De huisjes liggen intussen zeker vijftig meter achter ons.

‘Ga je er ineens vandoor, Tjerk?’ vraagt Lexie, een glimlach in haar stem. ‘Ik weet niet meer waar ik mijn wijsheden vandaan heb; ik heb wel wat van die cursussen gevolgd in het begin van mijn werkzame leven, maar geloof me, lang genoeg om de tafel zitten en vergaderen met al die commissariaatstijgers doet ook wonderen voor je vocabulaire op dat gebied.’

Ik keer me naar haar toe. Ze staat me glimlachend te bekijken.

‘Commissariaatstijgers,’ herhaal ik proevend. ‘Je klinkt alsof je het allemaal niet zo heel serieus neemt.’

‘O, jawel hoor. Maar als je niet ook af en toe een beetje afstand kunt nemen, dan word je er uiteindelijk helemaal kierewiet van. Er zijn al genoeg mensen die zichzelf veel te serieus nemen. Dat is denk ik ook de reden dat ik zo graag deze post wilde toen ik de kans kreeg: minder gepraat en geneuzel, maar echt iets doen. Iets dat meetbaar is, en vrijwel direct zichtbaar binnen de gemeenschap. Ik... had denk ik veel behoefte aan een ander soort mensen om me heen.’ Ze stopt even met praten en geeft me een nogal intense blik, van mijn hoofd via mijn schouders mijn hele lichaam langs. ‘Ik kan me er toch iedere keer weer over verwonderen wat voor een bonk van een kerel jij eigenlijk bent,’ zegt ze dan, op een toon alsof bonken van kerels helemaal niet verkeerd zijn in haar boekje.

Ik grijns met één mondhoek en kijk terug. We zeggen niks en ik weet niet precies hoelang we daar zo staan te staan, gewoon, een beetje naar elkaar te kijken in het driekwartduister; tijd is ineens een rekbaar begrip. Er is wat licht van een wassende maan en de sterren; er is af en toe iets meer licht van de toren. Meer is er niet, maar het is onmiskenbaar: we zien elkaar. We kijken naar elkaar en we zien elkaar ook echt. En we komen steeds dichterbij.

‘Ik... heb... nou ja, toch het gevoel dat ik nog iets moet

zeggen,' begint Lexie dan, aarzelend, 'over dat met die, eh, slaapkamer, weet je wel?'

'Alleen als je er zelf behoefte aan hebt,' zeg ik zachtjes, 'niet om het aan me uit te leggen, of zoiets. Ik kan er zo ook mee leven.'

'Ik heb er behoefte aan,' zegt ze. Ze knijpt even haar ogen stijf dicht. 'Het komt de laatste tijd af en toe ineens heel dichtbij, ook als ik niet onverwachts in de slaapkamer van een wildvreemde, aantrekkelijke bonk sta.'

'Nou ja, zo heel wildvreemd ben ik toch niet meer, intussen?' verdedig ik me, 'en met die bonk en zo zal het allemaal ook wel loslopen.'

'Nee, Tjerk, dat loopt helemaal niet los,' zegt ze ernstig. 'Ik vind je een aantrekkelijke man. Ik ben geen jonge meid meer, dus ik denk dat het maar beter is om het gewoon te benoemen dan dat we om de hete brij heen blijven draaien.'

'Je hebt gelijk. Ik hou daar ook wel van, recht eropaf, et cetera.' Ik geef haar mijn flitsgrijns en zie aan haar gezicht dat die haar niet onberoerd laat. Dat stemt me zo tevreden dat ik zeg: 'En ik vind jou ook een aantrekkelijke vrouw, maar dat had je vast wel al in de gaten.'

'Ik had goeie hoop,' zegt ze zachtjes, 'en daarom wil ik ook open kaart spelen. Jij hebt mij iets verteld over jouw achtergrond; ik denk dat ik nu wel aan de beurt ben. De reden dat, eh, het af en toe zo dichtbij komt, heeft te maken met al die *MeToo*-misbruikverhalen die steeds vaker in de media komen. Op zich ontzettend goed dat er tegenwoordig zo veel aandacht voor is; het is natuurlijk bizar dat foute mannen zo lang ongestoord hun gang hebben kunnen gaan, met stilzwijgende bescherming van de maatschappij. Maar voor mij...' Ze haalt diep adem. 'Het stelt mijn eigen situatie in het verleden in een nog verwerpelijker daglicht dan hoe ik het zelf al zag.

Ik was natuurlijk al ongelukkig genoeg in de hele situatie, maar nu moet ik ook nog onderkennen dat ik jarenlang heb geprobeerd een relatie te onderhouden met zo'n foute man.'

Ik kijk haar aan met een blik die zegt: vertel verder.

'Ik wou dat we even ergens op konden gaan zitten,' zegt ze, met een diepe zucht.

Ik strek een hand naar haar uit, grabbel met mijn andere hand in een van mijn BDU-broekzakken en haal mijn ledlampje tevoorschijn. Terwijl ze haar hand in de mijne legt knip ik het lampje aan en schijn op het duin dat vlak voor ons behoorlijk steil omhooggaat; het zandpaadje is nog maar net te onderscheiden. 'Kom je hier op, in het donker?' vraag ik haar. 'Op de top ligt een boomstam, die is aangespoeld met dezelfde storm als waarin dat containerschip ten onder ging. Axel heeft hem met die LaRo van hem naar boven gesleept, en met de reddingsploeg hebben we het ding op zijn plaats gelegd: was een mooie krachtoefening. Je kunt erop zitten en dan heb je een aardig uitzicht.'

Ze knikt, dus ik begin aan de klim en help haar omhoog in het donker. Ze heeft minder hulp nodig dan ik verwachtte, en even later zitten we naast elkaar op de boomstam, met ons gezicht naar de ruisende zee in de verte.

'De waterlijn is echt zó ver weg als het eb is,' zegt ze zachtjes, 'daar kan ik me iedere keer weer over verbazen.'

'Je went er wel aan,' mompel ik. Blijkbaar heeft ze wat smalltalk nodig om op gang te komen.

'Nou, eh, nou...' begint ze dan. 'Ik heb bijna tien jaar een relatie, of nou ja, een soort van relatie, gehad met een man die ik tegenkwam aan tafel van het eerste commissariaat waar ik in zat. Hij zou me wel wegwijs maken. Hij zag er goed uit, was charmant, attent, niet onbemiddeld, wist hoe hij zich moest gedragen; hij pakte me in met boter en suiker. Ik dacht dat ik, niet lachen als ik het zeg, mijn soulmate had gevonden. Ik wist toen nog niet dat hij ontzettend goed was in spiegelen: hij kon zich zo goed aanpassen aan mensen dat ze binnen vijf minuten het gevoel kregen dat ze hem hun hele leven al kenden.' Ze zwijgt, slikt en haalt een keer diep adem.

Ik wacht rustig af; ik heb alle tijd.

'Toen ik bij hem was ingetrokken begon de ellende. Van het ene op het andere moment, het zal wel een maand later zijn geweest of zoiets. Een maand waarin ik echt dolgelukkig was; ik dacht dat ik tot mijn dood bij die man zou blijven. Plotseling sloeg hij om. Totale persoonsverandering; ik wist niet wat me overkwam. Hij werd gemeen, jaloers, niets wat ik deed was goed, hij was constant bezig me naar beneden te praten, te bekritiseren. In bed werd hij belachelijk veeleisend; in het begin was hij een liefdevolle, tedere minnaar geweest, maar nu moest ik van alles voor hem doen, ook allerlei dingen waar ik me helemaal niet goed bij voelde, en dan nog zat hij vol kritiek. Pas veel later kon ik de link leggen: ik had een andere baan aangeboden gekregen, een hogere positie dan eerst. Hij vond dat blijkbaar bedreigend. Hij was directeur van een familiebedrijf in de machinebouw, heel gespecialiseerd, met veel internationale afnemers, maar wel met een beperkt groeipotentieel. Met mij ging het heel goed, ik werd bestuurder van de Nederlandse tak van de Wyndham Group.'

Ik kijk haar vragend aan.

'Internationale hotelketens,' zegt ze, 'verhoudingsgewijs niet zo heel groot in Nederland, maar enorm in bijvoorbeeld de VS. Maar goed, ik denk dat Henri ook wel inzag dat het voor mij alleen een eerste stap was, want ik ben goed in besturen. Ik kan snel cijfers inzichtelijk krijgen en ik doorzie over het algemeen ook aardig snel hoe ik mensen zo goed mogelijk in hun kracht moet zetten – sorry voor de management-*speak*, maar ik neem aan dat je begrijpt wat ik bedoel.'

'Jazeker,' zeg ik zachtjes, 'en het is je vergeven. Ik schijn nog steeds te praten als een militair, als ik niet oppas, dus wie ben ik om er iets van te vinden? Hoewel ik je er misschien wel mee zal plagen, maar dat verwacht ik dan van jou ook bij mij.'

'Deal,' zegt ze, toch wel grinnikend, maar ze wordt meteen weer ernstig. 'Nou ja, en zo ging het dan verder: soms was Henri een tijdje weer zoals hij was toen we elkaar net kenden. Dan probeerde ik van alles om te achterhalen hoe ik kon zorgen dat hij zo bleef, wat ik kon doen om zijn frustraties, zijn nare jeugd, zijn problemen te verhelpen – idioot eigenlijk, alsof het allemaal aan mij lag. Maar altijd kwam er weer zo'n omslagpunt. Ik denk dat hij niet geholpen wílde worden, hij wílde helemaal niet veranderen. Ik was naïef, daarin: ik dacht heel lang dat het op te lossen was als ik maar lief en zorgzaam genoeg was, maar iedere keer als er bij mij iets positiefs gebeurde, als ik een of andere groei doormaakte, kwam kort daarna bij hem de omslag. Het werd steeds erger; aan het eind schold hij op me, vernederde hij me... hij heeft me...' Ze haalt diep adem, slikt, nog een keer een diepe ademteug.

Ik kijk even naar haar gezicht; ik zie dat ze worstelt met wat ze wil zeggen, maar ik kan ook precies het moment aanwijzen waarop ze zich staalt en de worsteling achter zich laat.

'Hij heeft me twee keer verkracht. Gewoon, in bed. Ik wilde echt niet, maar ik kon er niet onderuit, en het had volgens mij meer met onderwerping, met vernedering te maken dan met seks. Het was verschrikkelijk naar.'

Haar handen liggen strak om haar knieën en ze zit dicht genoeg bij me om te kunnen waarnemen dat ze trilt over haar hele lichaam. En niet van de kou. Ik sla voorzichtig een arm om haar schouders en trek haar een beetje tegen me aan, en dan voel ik hoe ze heel langzaam ontspant.

'Het zal me niet verbazen als jij en ik ook een keer in een bed terechtkomen, Lexie,' zeg ik zachtjes, 'maar we hebben geen haast.'

Ze legt haar hoofd tegen mijn schouder en zucht zo diep dat ik denk dat er minstens een even grote last van haar schouders is gevallen, nu ze dit heeft verteld, als de last die ik kwijtraakte toen ik haar iets van mijn verleden vertelde. En ik zie het ineens glashelder: zelfs al zal er verder nooit iets van komen tussen haar en mij, we zullen waarschijnlijk altijd wel vrienden zijn. We hebben elkaar nu al meer goed gedaan dan we ooit hadden kunnen denken.

In de week die volgt op het feestje in de Vis ga ik rustig mijn gang.

Het feestje heeft allerlei kansen opgeleverd. Een kans op een heleboel gezelligheid voor de hardwerkende groep, nu het even rustig is bij de huisjesverhuur, een kans voor onze nieuwe burgemeester om op een ontspannen manier nader met wat eilanders kennis te maken, en een nieuwe kans voor Tjeerd en Greetje – ze zijn de afgelopen dagen meteen zowat onafscheidelijk geworden, het is bijna aandoenlijk om te zien.

Lexie en ik hebben geen concrete afspraken gemaakt om elkaar weer te zien, maar dat vinden we allebei waarschijnlijk wel zo prettig; ik vermoed dat we wat tijd nodig hebben om alles te overdenken en, nou ja, te laten landen? Niet dat er iets wereldschokkends is gebeurd tussen haar en mij, althans niet fysiek, maar aan de andere kant... Ik ben zelf in ieder geval nog niet helemaal uitgedacht. Wel heeft ze me het nummer van haar privémobiel gegeven. Ik kon haar natuurlijk al op diverse manieren bereiken, maar dit is andere koek. Serieuze koek. Ze heeft natuurlijk ook mijn nummer, en af en toe sturen we elkaar een appje. Dat doen we nu al de hele week. Het voelt goed om een dun draadje contact met haar te kunnen onderhouden, en om te weten dat zij dat net zo belangrijk vindt als ik.

We hebben dan wel geen date gehad, maar we zijn wel degelijk een stapje verder gekomen met elkaar. Op die boomstam, in het donker, hebben we zonder er al te veel woorden aan vuil te maken nog nét niet tegen elkaar gezegd dat...

Nou ja.

Dat er wel eens meer zou kunnen zijn tussen ons dan alleen maar aantrekkingskracht. En de logische gevolgtrekking van zo'n uitspraak is natuurlijk dat áls je dan iets met elkaar zou beginnen, dat dan serieus is. Die logische gevolgtrekking ligt zo ver af van hoe ik mezelf en mijn leven zie, dat het eigenlijk helemaal niet zo logisch voor me aanvoelt.

Ik heb altijd gewerkt en geleefd als een einzelgänger. Ik heb altijd geopereerd vanuit de verwachting dat ik tot mijn dood een einzelgänger zou blijven. Nu moet ik schakelen, nu moet ik rekening houden met de optie dat ik misschien toch nog eens een zweizelgänger zal worden. Of hoe je dat ook moet noemen. De helft van een stel. Dat idee kan ik nog niet met mezelf verenigen, maar tegelijkertijd is het eerste wat ik doe als ik mijn ogen opendoe, mijn mobiel grijpen en Lexie een appje sturen.

Môge, stuur ik dan, met een smiley.

Meestal krijg ik binnen tien minuten een Môge terug, ook met een smiley, want Lexie is ook van het vroege opstaan.

En zo gaat het dan de hele dag door: het is alsof we, in ultrakorte berichten, elkaar de hele tijd briefen waar we mee bezig zijn.

raadsvergadering voorbereiden, stuurt ze me dan, om half tien.

drie zwemvesten weg moeten gooien, stuur ik haar als ik

klaar ben met een materieelinspectie in de loods.

werklunch met boer Brokstra, stuurt ze me, met een smiley die zijn gezicht vertrekt tot een grimas. Het zal niet meevallen om het gesprek met Jelle Brokstra gaande te houden; die man is zo flexibel als gewapend beton.

dekken, dienen, hulzen rapen, stuur ik haar ten antwoord; vervelende klusjes verdragen hoort er ook bij. Dan krijg ik weer een grinnikende smiley van haar.

Om twee uur, als ik een rondje bardienst oppak bij de Vis, stuur ik haar een emoji van een glas bier, dan weet ze genoeg, en als zij aan haar avondeten gaat beginnen stuurt ze een sushi. Ferwerda heeft sinds de zomer een nieuwigheidje in de winkel: sushiboxen. Elke dag vers van de wal. Eilanders zijn niet zo makkelijk enthousiast te krijgen voor dat soort exotische dingen en het wordt dus vooral gekocht door badgasten. Henk was van plan er weer mee te stoppen als het seizoen ten einde liep, maar Lexie blijkt zo'n gretige afnemer dat hij de boxen speciaal voor haar blijft inkopen.

Dan stuur ik weer een foto van mijn zak friet, aangeschaft bij Tjeerd. Als Greetje klaar is bij de Vis gaat ze regelmatig voor de gezelligheid bij Tjeerd achter de balie staan om hem nog even te helpen tot hij klaar is, en als ik dat zo zie kan ik me zomaar voorstellen dat ze al een nieuwe baan heeft, mocht het werk bij de Vis op enig moment voor haar ophouden. Het doet me echt goed om die jongelui zo gelukkig te zien. Ze hadden eigenlijk maar een klein zetje nodig, en dat geeft de burger moed: misschien heb ik ook maar een klein zetje nodig, hoewel het op dit moment als een soort ondoenlijke opgave voelt om Tjerk-de-einzelgänger om te katten naar Tjerk-de-helft-van-een-stel.

Ik ben ook nog lang niet uitgedacht over dat gesprek op die boomstam. Het verhaal dat ze me vertelde over die ex van haar, die Henri. Als ik die man ooit ontmoet, trek ik hem over de tafel; wat een narcistisch, min mannetje. Ik zei dat ook tegen haar. Even dacht ik nog dat ik te agressief uit de hoek kwam, maar ze schoof alleen maar nog iets dichter naar me toe.

'Ja, dat is hij ook,' zei ze, met een onpeilbare treurigheid, kleintjes van onder mijn arm toen we daar zo zaten. 'Precies dat: een narcist. Maar tegelijk is hij tien jaar lang mijn *kryptonite* geweest. Het is ook een aantal keer uit geweest; hij is een paar keer vreemdgegaan, toen was het makkelijk, maar ik heb ook twee keer zelf de moed bij elkaar geraapt om er een punt achter te zetten. Maar ja, dan kwam hij zes weken later weer aanzetten met een bos rozen en een mooi verhaal, en voordat ik het wist was ik er dan weer ingetuind. Dan begon het hele spel weer van voren af aan.'

Ik hoop maar dat ze voorgoed van die man af is; dat ze genoeg ruimte in haar hart heeft om de zaak tussen haar en mij helder te kunnen zien, en overzien. Ze gaf nog net niet ruiterlijk toe dat weg zijn uit die kring waarin ze verkeerde, en waar ze hem steeds opnieuw tegen het lijf kon lopen, een belangrijke reden voor haar was om deze post op het eiland te accepteren. En ook al is er in feite nog niks gebeurd tussen ons, behalve dat we wat dingen tegen elkaar hebben gezegd en twee keer onverwachts, en onverwachts goed, hebben gezoend: ze staat onder mijn bescherming. Volledig.

Intermezzo 14: telefoongesprek tussen Cam en zijn vader

'Pater?'

'Nageslacht?'

'Alles wel?'

'Goed genoeg. Je moeder zendt haar groeten; ze is naar een of andere commissie over tuinen, de mooiste tuin van het land of zoiets dergelijks; ik weet niet wat het toch is met Engelsen, maar ze zijn altijd maar bezig over hun tuinen.'

'Gaat het nog wel goed tussen jullie?'

'Camerlingh, je hoeft niet zo'n bezorgde stem op te zetten. Je moeder en ik zijn niet van plan los te laten wat we bij elkaar hebben gevonden, maar dat betekent nog niet dat we alles samen hoeven te doen. God verhoede dat ik mee zou moeten naar zo'n tuinentoestand.'

'Ik zie het voor me, papa. Dan word je natuurlijk strontvervelend.'

'Je taalgebruik verruwt wel nogal, jongen, daar op dat eiland.'

'Je bedoelt dat ik niet meer klink als een doorgefokte paradijsvogel, maar als een betrekkelijk normaal mens? Het zij zo; ik voel me er zelf wel goed bij. En dan nog word ik op dagelijkse basis in het ootje genomen door mijn collega's en vrienden hier. Ik leg het er af en toe maar flink dik bovenop voor het komische aspect, dan heb ik er nog iets aan.'

'Ha! Een doorgefokte paradijsvogel! En dat is nu mijn dank voor het feit dat ik je een behoorlijke opleiding heb gegeven? Mayke rekent het je niet aan, meen ik?'

'Ik hoor heus wel dat je eigenlijk moet lachen, hoor. Om die paradijsvogel. En nee, Mayke neemt me niet in ootjes. Die plaagt me er af en toe mee dat ik te veel woorden met meer dan drie lettergrepen gebruik, maar eigenlijk vindt ze mijn taalgebruik wel leuk, volgens mij. Net als ik het hare. Nee, alles gaat goed hier. Ik moet wel een beetje doorwerken, met zo veel van de vaste ploeg aan de wal, maar we hebben een nieuwe collega in dienst genomen en dat brengt de nodige verlichting. Ze past zeer goed in het team.'

'Daar bel ik je dus over, jongen. Dat meisje Milena. Ik ben erachter gekomen dat er in het verleden, ook nog het betrekkelijk recente verleden, klachten zijn ingediend tegen de manager van dat bewuste resort waar ze nu zit. Seksueel grensoverschrijdend gedrag, noemen ze dat tegenwoordig, nietwaar?'

'O? *Pray, tell*, pater! Dat klinkt niet goed. Milena heeft er talent voor om in onveilige situaties verzeild te raken, zo lijkt het. Zit ze in de problemen?'

'Dat weet ik nog niet. Ik weet alleen dat de hotelketen heeft overwogen de man te ontslaan; hij kon blijkbaar zijn handen niet thuishouden en is door een vrouwelijke medewerker die was ingevlogen uit een ander land beticht van gijzeling, omdat hij haar paspoort had ingenomen en dat niet wilde teruggeven toen ze weg wilde. Wat hij dan daadwerkelijk heeft gedaan is niet duidelijk; hij is Amerikaan en schijnt drie maanden uit beeld te zijn geweest om in de VS een of ander therapieprogramma te volgen, maar daarna kon hij zijn functie gewoon weer oppakken.'

'Ha, lekker cynisch, pa. Je zegt ook zo "hij is Amerikaan", alsof dat alles verklaart.'

'Wat mij betreft is dat ook zo. Ik ben geen fan van het soort, en zal dat ook wel nooit worden.'

'Nee, dat weet ik. Maar goed, denk jij dat Milena in de klauwen van zo'n griezel terecht is gekomen?'

'Ik weet dat niet precies. Op dit moment weet ik alleen dat het daar potentieel geen veilige werkomgeving is voor jonge vrouwen zonder bescherming. Ik overweeg nog om er samen met je moeder een weekend door te brengen, hoewel we ons daar wel toe zouden moeten zetten; het is ietwat onder onze... reguliere standaard.'

'Ik dacht dat het een vijfsterrenaangelegenheid was.'

'Dat is het ook, maar de ene vijfsterrenaangelegenheid is de andere nog niet. Ik heb wat foto's bekeken en ik kan niet anders zeggen: het ziet er bijzonder bourgeois uit. Niets voor ons.'

'Dus wat nu?'

'Dat is ook aan jou, Cam. Ik zou denken dat dat meisje daar weg moet, maar aan de andere kant, misschien heeft ze nergens last van. Kan haar vriend –'

'Vincent, papa, die jongen heeft gewoon een naam, en ik weet dat je die heus wel hebt onthouden, dus doe nu maar niet alsof je er te ver boven staat om de details te kunnen benoemen.'

'Vincent. Natuurlijk. Ik was het daadwerkelijk even vergeten, Cam; ik ben ook niet meer de jongste. Nu ja. Als Vincent niet het idee heeft dat er iets daadwerkelijk gevaarlijks aan de hand is, dan zou je het op zijn beloop kunnen laten; er zijn geen meldingen geweest over de man sinds hij dat therapieprogramma heeft doorlopen. Je weet hoe dat gaat in de VS: peperdure privékliniek, programma van twaalf stappen, drie maanden intern en je bent genezen van zo'n beetje alles, van moordlust tot een minder gemiddelde seksuele geaardheid. Ik geloof daar niet in; de wereld is in mijn ervaring niet zo maakbaar als die Amerikanen je willen doen geloven. Kijk nou naar het land zelf: ze zijn ervan overtuigd dat ze nog steeds in die glorieuze droom van hun gouden tijd zitten, alsof de kinderen ook nu nog op jukeboxen naar rock-'n-roll luisteren, in glanzende diners waar ze milkshakes drinken totdat ze met elkaar gaan trouwen en in een huis met een wit hekje in de suburbs gaan wonen. In de realiteit is het land nagenoeg failliet en zijn hele steden zo'n beetje verslaafd aan de pijnstillers. Stelletje dromers, allemaal.'

'Zo, je steekt je mening weer eens niet onder stoelen of banken, maar ik begrijp wel wat je wilt zeggen. Ik ga het er nog even met Vincent over hebben. Of misschien moet ik het eerst met Tjerk bespreken, dat is waarschijnlijk een betere optie; Vin is al zo bezorgd dat hij nauwelijks weet hoe hij zich moet houden gedurende de dag. Als hij niet werkt als een waanzinnige, zie je de zorgelijkheid meteen zo'n beetje van zijn gezicht af druipen.'

'Doe jij dat maar. Ik houd in de tussentijd mijn oren open en bel nog wat rond; ik heb vermoedelijk nog wel een ingang die iets op zou kunnen leveren. Ik laat snel nog iets van me horen. En mocht het nodig zijn, dan kan ik altijd nog een onderzoeksbureau...'

'Nee, doe dat nou maar niet. Geen privédetectives in de bosjes leggen, pap. Dat gaat denk ik wel een beetje te ver.'

'Wat jij wilt, zoon. Pas je wel op, als je zelf besluit erheen te gaan?'

'Uiteraard. Liefs aan mama?'

'Ik breng het over.'

17

Ik sta in de loods, klaar om aan een klusje te beginnen waar ik nooit naar uitzie, namelijk de motor van de reddingsboot reviseren. Het moet toch echt minstens één keer per jaar gebeuren, want hij moet wel starten op het moment dat je hem nodig hebt, maar als ik de boel eraf heb is de boot een paar dagen onbruikbaar, en dat zit me nooit lekker. Plus, ik krijg er enorm smerige poten van. Dat mijn mobiel gaat is dus wat mij betreft een reden om het klusje nog even voor me uit te schuiven. Het is Menno.

Ik neem op: 'Tjerk.'

Menno weet dat natuurlijk ook wel, maar aan die Engelse manier van opnemen waarbij je alleen 'Hallo?' zegt, zal ik wel nooit wennen.

'Ze heeft besloten dat de strieman weg moet!' briest hij. Ik heb hem nog nooit zo boos gehoord. Hij neemt niet eens de moeite om ook netjes zijn naam te zeggen. Wie 'ze' is behoeft kennelijk al helemaal geen tekst en uitleg.

'Wat is er precies aan de hand?' vraag ik.

'Het is nu koffiepauze, er is raadsvergadering; het schijnt dat er gisteren een of ander verhaal live is gezet op een YouTube-kanaal dat gevolgd wordt door van die beroepsactivisten, en nu denkt ze dat er een hele menigte op af komt die problemen gaat veroorzaken op het eiland. Blijkbaar was er zo'n figuur met een batikblouse en op jezusslippers die met zijn mobiel de strieman heeft gefilmd, en die zogenaamd allemaal mensen heeft geïnterviewd, en daar hebben ze een filmpje van in elkaar gemonteerd waardoor we hier op het eiland overkomen als een stel prehistorische heidenen!'

Menno is zo te horen ernstig oververhit; de stoom komt nog net niet door mijn mobiel.

'Rustig, rustig,' sus ik.

'Maar we gaan ons toch niet laten regeren door een stel van die doorgedraaide idioten van de wal?'

'Nee, natuurlijk niet. Zal ik haar even bellen, en vragen hoe de vork nu echt in de steel zit?'

'Je komt er niet doorheen,' zegt Menno, 'ze wordt platgebeld door allerlei journalisten, van kranten en zo, en televisieprogramma's, die natuurlijk dat onzinverhaal ook hebben gezien. Iedereen houdt die YouTube-figuren in de gaten sinds er een paar grote onthullingen uit zijn gekomen, en ze springen er allemaal op als ze denken dat er iets te halen valt. Maar goed, vorig jaar hebben we ze ook van het eiland af gekregen voordat er stront aan de knikker kwam, dus dat lukt dit jaar ook wel weer. Heb ik ook tegen haar gezegd, maar ze wilde het niet horen. Stijfkoppig mens!'

Ik moet lachen, of ik wil of niet. 'Nee, jij bent een lekker flexibel model, Menno Olivier,' zeg ik schamper, maar ondertussen maak ik een razendsnelle analyse van de situatie.

Journalisten, niet van het YouTube-model maar van mainstream media, kunnen als ze willen zo'n onschuldig lokaal gebruik helemaal uit zijn context trekken. Dat is dan wel andere koek dan dat er tien figuren met onnatuurlijk gekleurd en ongekamd haar komen protesteren tegen een niet-bestaand onrecht. Ik heb in zekere zin begrip voor Lexies reactie, hoewel ik het er natuurlijk niet mee eens ben.

'Wanneer moet hij weg?' vraag ik.

'Zo snel mogelijk,' zegt Menno. 'Siets is op de boot, Hayte is aan de wal, naar zijn werk; van de hele Haerfeste-commissie zijn alleen Bob en jij op het eiland. O, verdorie, we gaan weer beginnen!'

'En Bob is een aardige vent, maar geen al te groot licht,' mompel ik zachtjes. 'Menno, doe net of je neus bloedt, ik ga proberen iets te regelen. Hoelang zijn jullie nog bezig?'

'Tot de lunch.'

Ik druk hem weg zonder nog iets te zeggen. Wat een hondenbaan, die eilandraad. De hele ochtend leuteren, afgewisseld met lauwe, slappe machinekoffie. Hoe Lexie dat volhoudt, en het zelfs nog leuk vindt ook, is me een raadsel.

Heel even denk ik na, en dan bel ik Cams mobiel.

'Heer Boomsma,' zegt hij, op die olijke toon van hem.

'Waar ben jij?' vraag ik bars.

'Thuis, ik hang nog boven de grootboeken. Ik ga over een uurtje naar boven, gok ik.'

'Heb je zo'n plastic karretje bij je?'

'Jazeker, hoezo?'

'Kan het dak daarvan open?'

'Het hele dak kan eruit. Dan kun je erin staan, als een soort pausmobiel,' zegt Cam, zijn stem een beetje verbaasd. 'Waar gaat dit heen, Tjerk?'

Ik leg hem ultrabeknopt uit wat er aan de hand is en wat ik van plan ben, en gelukkig onderbreekt hij me niet. Als ik klaar ben zegt hij alleen: 'Goed, ik ben over drie minuten bij de loods.' En weg is hij; geen overbodige communicatie. Daar hou ik van.

Ik schuif wat dingen aan de kant om ruimte te maken en

rol de loodsdeur helemaal open. Ik onderhoud dat deurmechanisme goed; je moet niet hebben dat het vastloopt als je eens een keer haast hebt, dus de boel glijdt moeiteloos en vrijwel geluidloos open. Precies op het moment dat dat voor elkaar is komt Cam aanscheuren in zijn plastic karretje; elektrisch en al even geluidloos. Het dak is er al af, dat heeft die handigerd gewoon thuis gelaten.

'We moeten snel zijn,' zeg ik, terwijl ik naast hem instap. 'Het is nu rustig in het dorp; de partijleden zitten met hun snufferd in die vergadering, de meeste mensen zijn aan het werk, kinderen zijn naar school, er zijn nauwelijks badgasten meer. Rij dat ding er gewoon naartoe, midden op het plein; we tillen de strieman er samen uit, steken hem voorzichtig in je kar, jij rijdt terug naar de loods en zo, hop, helemaal naar binnen. Achterin ben je vrijwel onzichtbaar, zelfs als de deur nog open staat. Jij blijft in je karretje zitten; ik wandel weer terug alsof er niks aan de hand is en dan doe ik doodgemoedereerd de loods weer dicht. We moeten alleen wel die deksteen op het plein terugleggen, anders zal je zien dat er een badgast in dat gat stapt en zijn enkel breekt. Hebben we dat weer. Dat ding is loodzwaar; ik ben benieuwd of jij en ik het voor elkaar krijgen.' Ik geef Cams tanige armen een dubieuze blik. Hij is niet bepaald breed uitgevallen, dat jong, maar aan de andere kant weert hij zich altijd kranig op de training, dus misschien vergis ik me toch in zijn kracht.

Hij doorstaat mijn blik met een ijzerenheinig gezicht, geeft me een blik terug die overduidelijk zegt: had je nog wat? en rijdt dan zonder verdere omwegen zijn brikje tot precies naast de strieman.

Ik spring eruit, hij doet hetzelfde, en voordat je tot drie hebt kunnen tellen hebben we het hele ding uit het gat getild en met zijn kop, hoed van Rietje en al, door het open dak van het karretje gestoken. Hij weegt niet niks; ik zie een paar zweetdruppels op Cams neus, maar hij geeft geen krimp. Ook niet als we die loeizware steen op z'n plek duwen. Dan wurmt hij zich naast het gevaarte – gelukkig zit het vol met winskertjes en touwtjes en tekeningen en andere meuk, waardoor het al met al nog nét wat steviger in elkaar zit dan toen we hem pas hadden neergezet – en rijdt hij stilletjes, maar met een behoorlijk tempo, het plein af, richting de loods. Ik raap met een stalen gezicht nog wat afgevallen takken van de grond en overzie het plein: het is alsof er niets gebeurd is.

Verdorie: overmorgen is de dag dat de strieman branden moet. Ik neurie het eilanderliedje, dat de kinderen zingen op de dag dat de strieman in de hens gaat, zachtjes voor me uit en kuier van het plein af. Operatie geslaagd. Ik wil Lexies gezicht wel eens zien als ze tegen lunchtijd een wandelingetje gaat maken en het hele ding is als bij toverslag verdwenen.

Zodra ik uit het centrum weg ben gooi ik mijn geveinsde nonchalance aan de kant en ga ik in looppas richting de loods: Cam is dan wel binnen, maar totdat die deur weer dichtzit ben ik er niet helemaal gerust op. Als ik aankom zie ik dat hij keurig heeft gedaan wat ik heb gezegd: hij is zo ver mogelijk naar achteren doorgereden. Het karretje past er natuurlijk makkelijk in; de reddingsboot op de trailer is bijna twee keer zo hoog.

Ik leg mijn handjevol losse takken binnen op mijn werkbank en rol de deur weer op zijn plek, en dan knip ik het licht aan. Cam klimt uit zijn karretje met een grijns op zijn gezicht.

'Misschien begin ik toch interesse te krijgen in zo'n Special Forces-opleiding, Tjerk,' zegt hij, 'ik vind al die geheimzinnigdoenerij wel aardig.'

Ik kijk hem even aan en schud dan meewarig mijn hoofd; het heeft geen zin hier antwoord op te geven. De werkelijkheid ligt zo ver vandaan bij wat we zojuist hebben ondernomen dat ik niet eens weet hoe ik eraan moet beginnen om het uit te leggen. 'We hebben wel een probleem,' zeg ik dan, ernstig. 'Waar moet de strieman naartoe? Overmorgen moet hij branden, en we gaan het hoe dan ook door laten gaan. Dat is geen discussiepunt. De vraag is alleen: waar zetten we hem neer?'

'Bij ons?' stelt Cam meteen voor. 'Achter de laatste huisjes is nog een strookje land dat van Axel is, tot waar het schelpenpaadje doorloopt.'

Ik schud mijn hoofd. 'Vuur in de duinen. Lijkt me niet, jong.'

'Natuurlijk,' zegt Cam, 'ik dacht niet na.' Hij blijft even stil, ik hoor hem bijna piekeren, maar hij weet de oplossing ook niet.

'Hoe dan ook: je zult je karretje hier moeten laten staan, met de strieman erin; ik ga op zoek naar een andere locatie, en ik moet contact opnemen met de rest van de Haerfestecommissie. Ik denk zo dat we dan vannacht, als we een andere plek hebben gevonden, de strieman opnieuw kunnen neerzetten, en dan moeten we vervolgens de hele gemeenschap zien in te lichten zonder dat dat gaat lekken. Dat is wel even een kunststukje; ik weet niet zeker of dat zal gaan lukken, maar stel dat het allemaal voor elkaar komt, dan kunnen we dit jaar toch nog een behoorlijke Haerfeste hebben. Dan is het branden wel niet op de traditionele plek, maar daarna gaan we wel gewoon met z'n allen naar Burema voor de drankjes. Zo stel ik het me voor.'

'Dat lijkt me uiterst realistisch, die voorstelling,' zegt Cam droog. 'Eén vraagje echter: hoe ga ik naar mijn werk? Want ik begrijp dat ik mijn vervoermiddel voor de rest van de dag kwijt ben.'

'Met de benenwagen, doe ik ook. Is goed voor je. En je hebt

toch nog meer van die karretjes bij de Vis staan?'

'Ik ben emotioneel gehecht aan deze,' zegt hij onbewogen, 'ik heb er mijn vrouw mee veroverd.'

'Dat meen je niet. De meeste meiden vallen over het algemeen toch voor jongens met dikke auto's,' counter ik, grijnzend.

'Mijn vrouw heeft meer onderscheidend vermogen dan dat,' zegt Cam waardig. 'En het ging er ook niet om of ik wel of niet in een proletenbak voor haar deur verscheen, het ging erom dát ik voor haar deur verscheen, in een vervoermiddel waarin ze midden in een koude winter snel, efficiënt en warm naar haar werk kon worden vervoerd. En aan het eind van de dag weer naar huis. Het ging om de zorgzaamheid, heer Tjerk, niet om de protserigheid van het vervoermiddel.'

Ik sta intussen te schudden van het lachen, en kan niet anders dan bakzeil halen. 'Je hebt helemaal gelijk, jong, en als je er echt heel erg mee zit mag je mijn auto wel lenen; ik gebruik hem toch bijna nooit. Ik weet niet eens zeker of hij nog start.'

'Heb jij een auto dan?'

'Jazeker,' zeg ik, met een nog iets bredere grijns, 'hij staat op de werknemersparkeerplaats bij het havengebouw. Onder een zeil.'

'En... hoe kom ik daar dan? Hoe kom jij daar zelf?'

'Lopend. Of met de fiets.'

'Volgens mij is het verder lopen van ons huis naar het havengebouw dan naar de Vis,' mompelt Cam, half in gedachten, 'dus daar schiet ik ook niets mee op.' Hij kijkt me aan, ineens weer indringend, met die bleke ogen van hem. 'Jij doet volgens mij erg veel met de benenwagen, heer Tjerk.'

'Ach ja,' brom ik, 'nadat ik een keertje zo'n veertig kilometer door vijandelijk gebied heb moeten trekken met een gat in mijn bovenbeen ter grootte van een .338 kaliber stuk munitie is alles hier op het eiland een kort loopje.'

Cam kijkt me even verbijsterd aan, en ik bedenk me dat ik hier vroeger, voordat ik het er met Lexie over had gehad, niet zo achteloos over zou hebben gesproken met derden.

'Hoe... groot is zo'n gat?' vraagt hij, toch wel gefascineerd.

Ik hou mijn vingers zo'n twee centimeter uit elkaar, waarbij ik waarschijnlijk een beetje overdrijf. 'Ik had geluk; het was een langeafstandsschot en de vaart was er wel een beetje uit, anders was er wel meer schade geweest. Ik had nog meer geluk dat het alleen een vleeswond was: de kogel ging erin en er weer uit en het bot werd niet geraakt. Het was geen fijn gevoel, kan ik je vertellen, maar dat was nog niks vergeleken bij hoe het voelde toen ik de gaten dicht moest branden.'

Cams ogen worden groter en groter. 'Dat heb je zelf gedaan?'

'Ja, je dacht toch niet dat ik van plan was om onder een struik te blijven liggen en langzaam leeg te lopen totdat een of andere troep hyena's me had geroken en had bedacht dat ik wel een lekker zaterdagavondsnackje zou opleveren voor de familie? De hartelijke groeten, dacht ik toen, ik moet hier weg. Nou, en toen duurde het nog even voordat ik ergens was van waaruit ik geëvacueerd kon worden naar een behoorlijk hospitaal, en dat was dan dat.'

Gek genoeg is het wel lekker om er zo over te praten. Alsof het allemaal niet zo veel om het lijf had. Ik heb er lang genoeg over gezwegen. Cam kan het wel aan, zie ik aan zijn gezicht. Hij knikt langzaam.

'Ik voel me nogal een onbeschofterik, dat ik die grap daarnet maakte,' zegt hij. 'Dat die Special Forces-training me toch wel wat leek, op basis van wat we net hebben uitgehaald.'

Ik haal mijn schouders op. 'Als je er niet om kunt lachen, word je er uiteindelijk gek van, is mijn theorie.' Dat die theorie van vrij recente datum is zeg ik er maar niet bij, en dan gaat mijn mobiel.

Ik weet precies wie dat is, en ik trek een gezicht naar Cam. Het zakelijke nummer van Lexie. Dat is snel!

'Alexandra. Wat kan ik voor je doen?'

'We zijn wat eerder dan gepland klaar met de raadsvergadering. Ik kom naar buiten voor een frisse neus, en het plein is leeg. De strieman is weg, Tjerk, en je gaat me niet vertellen dat jij daar niets mee te maken hebt. Ik heb Menno met een kwaaie kop zien telefoneren toen we even een kort reces hadden.' Haar toon is neutraal, maar ik voel dat ze direct daaronder waarschijnlijk behoorlijk boos is. Nou, dat geeft niks, ik voel me ook niet erg genoegzaam op het moment.

Ik zal haar moeten antwoorden, dus ik onderdruk mijn eigen gevoelens tot op het punt dat ik in mijn hoofd altijd 'military grade' noem: ik weet zeker dat niemand, maar dan ook niemand, in die toestand aan mijn gezicht of mijn stem kan aflezen hoe ik me daadwerkelijk voel. Ik wil er niet om liegen en ik kan haar niet in het complot betrekken, hoezeer ik er – laat ik eerlijk zijn – van baal dat we tegenover elkaar staan. '*I plead the fifth*,' zeg ik dus, en ik zie dat Cam zijn handen opheft, me een grijns geeft en zich schielijk uit de voeten maakt door de kleine werkdeur in de grote toegangsdeur van de loods.

'Ja, dat is allemaal leuk en wel, Tjerk, maar je zet me voor schut voor de gemeente met dit soort ondermijnende acties. Ik dacht dat ik op je steun kon rekenen.'

'Dat kun je ook,' zeg ik rustig. 'Als mens. Als vrouw. Maar dat betekent nog niet dat ik je als burgemeester overal gelijk in ga geven.'

'Je geeft zo'n beetje toe dat jij erbij betrokken bent,' zegt ze nijdig, en ik hoor aan de gejaagdheid in haar stem dat ze intussen aan de wandel is. 'Ik ben op weg naar je huis. Ik ga ervan uit dat je daar bent? Dat verklaart ook meteen waarom ik de hele ochtend geen appjes meer van je heb gekregen op mijn andere toestel.'

Intussen heb ik het pand ook verlaten, zo stilletjes mogelijk, om mijn locatie niet prijs te geven. 'Nee,' zeg ik, 'ik ben niet thuis. Maar ik wil er wel naartoe lopen; geef me tien minuten. En de reden dat ik je niet meer heb geappt nadat ik ben opgestaan, was alleen maar dat ik nogal vroeg meteen druk aan de slag was met van alles en nog wat. Ik denk dat ik er heel wat eerder uit was dan jij.'

'Ach, wat nou,' mompelt ze, en dan hangt ze heel abrupt op. Ik kijk al lopend nog even naar mijn toestel, alsof ik daar iets aan zou kunnen zien, maar helaas, het brengt me niet verder, dus ik stop het ding in mijn zak en concentreer me op mijn route.

Achter de loods staat nog één rijtje eilandhuisjes. Ik schiet er tussendoor via zo'n twee tegels breed paadje waarvan je moet weten dat het er zit, duik de duinen in en maak een omtrekkende beweging, zodat ik mijn eigen huis van de achterkant kan benaderen. Met een beetje geluk denkt ze, als ze bij mijn slaapkamerraam staat, dat ik vanaf de Vis aan kom lopen. Hoewel ik dan natuurlijk niet in tien minuten bij mijn huis zou kunnen zijn, maar als het moet geef ik er wel een of andere draai aan. Dat ik ook aan het wandelen was, of zoiets. Of aan het trainen. Mijn geest even leeg aan het maken.

Sneller dan ik had gedacht – de tien minuten waren aan de ruime kant – zie ik de achterkant van mijn huis opdoemen. Geen Lexie – ze staat waarschijnlijk dus bij de voordeur – en na het openen van mijn raam schiet ik mijn slaapkamer in. Onderweg stap ik even de badkamer binnen om twee natte handen door mijn haar te trekken: zo is het stof eruit en ziet het er in ieder geval uit alsof ik me flink heb ingespannen.

Als ik mijn voordeur opendoe zie ik dat Lexie er inderdaad staat, en dat ze in gesprek is geraakt met Jelle Brokstra, onze stugge importboer. Ik moet mezelf blijven vertellen dat hij geboren en getogen is op het eiland, dus hij is natuurlijk allang geen import meer, en ik hoor hem zeggen: 'Ja, burgemeester, zulke dingen gebeuren nou eenmaal op het eiland. Het lijkt soms wel toverij. De eilanders hebben een eigen wil, en tradities buig je niet zomaar om.'

'Ik wil dat ook helemaal niet,' zegt ze tegen hem, een beetje verhit, en tegen mij zegt ze, direct volkomen onderkoeld: 'Dag, Tjerk.'

Zo, dat komt wel even aan. Die toon, en die ijskoude blik die ik van haar krijg. Ik zit in haar persoonlijke Siberië en als ik niet zo'n dikke huid had gehad, zou ik me nu zorgen maken.

'Burgemeester,' zeg ik, zo neutraal als Zwitserland.

'Je bent via je slaapkamerraam binnengekomen zeker, of zat je hier toch al de hele tijd?'

Ze bekijkt me kritisch; ik weet zeker dat mijn vochtige, handgekamde haar haar niet ontgaat.

'Nee, ik was buiten,' zeg ik met een stalen gezicht. 'In de duinen, niet al te ver hiervandaan.' Ik maak een vagelijk handgebaar naar achteren, nadrukkelijk niet in de richting van de loods.

Jelles ogen twinkelen, ik zie dat natuurlijk heus wel. Net als die onderdrukte grijns op zijn gezicht. Volgens mij geniet hij met volle teugen van deze hele toestand. 'Nou, ik ga weer eens op huis aan,' zegt hij, 'de beesten wachten niet. Tjerk, ik bel je vanmiddag, over dat, eh... dat ene ding.'

'Doe jij dat maar,' zeg ik tegen hem, en ik denk bij mezelf: zo veel talent als Cam zou hebben voor mijn vroegere werk, zo weinig heeft Jelle ervan. Maar volgens mij heeft hij wél een stukje grond in de aanbieding waar we de strieman op kwijt kunnen, en ik denk ook dat ik wel al weet waar ongeveer.

'Dag, Jelle,' zegt Lexie, met meer warmte in haar stem dan waarmee ze daarna 'Dus!' tegen me zegt. 'Ik probeerde nou net aan Jelle uit te leggen dat mijn oogmerk níét is om te zorgen dat de tradities van hier in de kiem gesmoord worden, maar om ervoor te zorgen dat dit eiland geen last krijgt van negatieve pers. Kijk nou bijvoorbeeld naar hoe dat is gegaan met Zwarte Piet. Niet dat ik vind dat die traditie per se in stand moet worden gehouden, en zeker niet als er grote bevolkingsgroepen zijn die zich er niet goed bij voelen, maar voor je het weet haalt zoiets de pers, en daarna de internationale pers, en dan gaan sociale media meedoen en is Nederland ineens dat achterlijke landje met dat koloniale verleden en die geïnstitutionaliseerde discriminatie. Het probleem wordt twee keer zo groot als de benodigde oplossing, namelijk: de traditie een beetje ombuigen zodat iedereéén zich er comfortabel bij voelt.'

'Niemand voelt zich oncomfortabel bij de strieman,' werp ik tegen, terwijl ik natuurlijk heus wel weet hoe ze het bedoelt. 'Alleen een stelletje van die ecowortels, van die veganistische boomstronken die beweren dat we een of ander heidens mensverbrandingsritueel in stand houden, terwijl dat natuurlijk helemaal niet aan de hand is. Het is een oogstfeest: een vreugdevuur, geen offerande.'

'Ja, dat weet jij, en dat weet ik dus ook ondertussen, maar als je die wortels en die boomstronken de kans geeft om op een zeepkist te klimmen en er een zaak van te maken, en die zaak bereikt de reguliere media, dan wordt hier het probleem ook groter dan de oplossing. Uiteindelijk is dan niemand gelukkig, en lijdt het eiland reputatieschade. Dat wil ik niet; niet voor de toeristenindustrie, waar een groot deel van de bevolking van eet, en ook niet voor die subsidieaanvraag voor de berging van het schip en de containers, die op mijn bureau naar me ligt te lonken.' Ze zet haar handen in haar zij en kijkt me strijdbaar aan. En tja. Ik kan er niks aan doen. Of ik wil of niet, ik begin te grijnzen. Kijk haar nou staan. Tot de tanden bewapend. Ze is een nucleair handwapen.

'Wat sta je nou te lachen,' moppert ze, 'je neemt me doodleuk niet serieus, hè? Welsnotver–' Ze draait zich al half om, de stoom komt nog net niet uit haar oren, maar dan pak ik snel haar hand en trek ik haar mijn halletje in. Over haar schouder duw ik de deur dicht en terwijl ze nog niet helemaal bekomen is van haar verbazing over mijn onverwachte actie, druk ik haar voor de tweede keer in mijn leven tegen die dichte deur en zoen ik haar met alles wat ik in me heb.

Ik voel hoe ze ontspant, en vervolgens in mijn armen smelt. Ik voel me ook een beetje wiebelig, zo'n intense zoen is het, en als hij afgelopen is en ik neus aan neus met haar sta, merk ik dat mijn adem in de war is. Zij hijgt ook nog net niet, maar ze legt een hand tegen mijn wang en geeft me een blik die ineens zo kwetsbaar is dat ik ervan moet slikken.

'Dát is wat ik van je denk, Lexie,' zeg ik zachtjes tegen haar vochtige lippen. 'Of ik je nou app of niet; ik neem je volkomen serieus, en ik kan dus bijna niet van je afblijven als je boos wordt.'

Ze doet haar mooie warme ogen dicht en zucht heel diep. 'Tjerk...' mompelt ze dan, 'ik geloof dat ik gek van je word.'

Intermezzo 15: Cam en Axel aan de telefoon

'Nou, en toen hebben we het ding in mijn Birò geladen en zo in de loods van de reddingsboot gezet, en afgelopen nacht moest ik mijn bed uit, want Tjerk had iets geregeld met boer Brokstra, weet je wel?'

'Hm.'

'Dat we het ding daar dus weer konden neerzetten. Beetje onceremonieel, wel; gewoon in een gat in de grond. Maar het staat daar goed, het veldje ligt beschut achter de boerderij, met zo'n heg eromheen. Vanaf de weg kan je het gevaarte niet zien staan, en het is Brokstra's grond, dus hij mag zelf weten wat hij erop zet, nietwaar?'

'Ik hoop dat hij een vergunning heeft voor wanneer het ding in brand gaat, anders krijgt hij daar nog last mee.'

'Ik heb zo het idee dat dat wel goed gaat komen; Vinnie heeft gezegd dat hij erop let.'

'Dus nu weet het hele eiland het, behalve de nieuwe burgemeester?'

'Zo'n beetje, ja. Zal ze niet leuk vinden. Ik heb gehoord dat ze ruzie heeft staan maken met Tjerk, direct nadat we onze stunt hadden uitgehaald. Ik maakte dat ik wegkwam, en daarbij: ik moest naar de Vis, zónder Birò – het is een behoorlijk eind lopen –'

'Watje.'

'Ahem. Heer Bergen Henegouwen, ik train nu al weken mee met die vermaledijde reddingsploeg, en ik merk dat mijn conditie flink is verbeterd. Ik verwacht dat jij straks als een watje terugkomt, van diezelfde weken bij je schoonouders zitten en gevoederd worden terwijl je wacht op de geboorte van je nageslacht.'

'Dacht je dat ik al die tijd op mijn kont had gezeten? Man, ze hebben een grote boerderij, hoor, er is altijd wel wat te doen, en Wendes vader is maar wat blij dat ik erbij ben op het moment. Wat hem betreft blijven we hier wonen, hij begon gisteren bij het avondeten over nog een huis op het land zetten, want er is ruimte genoeg, et cetera et cetera. Wende kan intussen bijna niet meer lopen, maar ze trok meteen van leer, dat snap je zeker wel. Ze mist het eiland enorm, maar ik vertel haar alleen de leuke dingen. Dit verhaal zal ze wel kunnen waarderen; ik had het gezicht van de nieuwe burgemeester wel willen zien!'

'Ze is een heel aardige vrouw, sympathiek in de omgang, en nogal aanpakkerig: alles wat De Lange heeft laten liggen is zij nu aan het regelen. Ik had goede hoop dat Tjerk haar zou kunnen verleiden – hij heeft haar in de duinen in een onbewaakt moment gezoend, volgens zijn eigen zeggen – nou ja, dat heb ik je natuurlijk al verteld – en toen we ons feestje hadden is hij met haar aan de wandel gegaan en hebben ze een hele tijd buiten op de boomstam gezeten. Ik weet niet of er toen nog iets is gebeurd; ik zat me vooral te verheugen over het feit dat Tjeerd en Greetje elkaar hadden hervonden in onze keuken. Zijn nog steeds onafscheidelijk; Tjeerd is er zo te zien helemaal van opgeknapt.'

'Nou Vinnie nog.'

'Inderdaad. Ik wacht nog op mijn ouweheer; hij zou proberen nog iets meer informatie boven tafel te krijgen, maar het gaat er steeds meer op lijken dat niet alleen die manager, maar het hele resort waar ze verblijft in bepaalde kringen nogal een reputatie heeft. Niet zozeer bij de reguliere bezoekers, hoor – allemaal in het hogere segment – maar bij een bepaald soort elite zijn de dubieuze feesten die er in het verleden onder auspiciën van die manager zijn georganiseerd nogal roemrucht. Ze zijn ook zeer exclusief; iedereen houdt er natuurlijk zijn mond over, maar naar het schijnt moeten we denken in de richting van Jeffrey Epstein en consorten. Niet echt een frisse bedoening, dus.'

'En Milena zit daartussen? Weet Vin dit?'

'Ik heb nog geen zekerheid en ik wil hem niet nodeloos ongerust maken. Hij heeft het al zo zwaar. Maar mijn vader is op dit moment aan het triple checken – zulke beschuldigingen kun je tenslotte niet ongefundeerd uiten. Als ik bevestiging krijg van wat mijn vader nu vermoedt, dan moeten we haar daar natuurlijk direct weghalen. Ik heb Tjerk al gepolst of hij bereid is te gaan. Hij was niet direct enthousiast, maar ik vermoed dat hij toch geen nee zal zeggen als de nood echt aan de man is. Ik zou het liefst met hem mee gaan, maar ik zie het niet zo zitten om de Vis zo achter te laten; Vinnie is er met zijn hoofd maar half bij, Mandy is nog niet over haar ochtendmisselijkheid heen, Martin maakt zich vooral ontzettend veel zorgen over hoe ze verder moeten met hun woonsituatie – als die sukkel nou gewoon bij me aan zou kloppen, dan leen ik hem het geld wel om iets behoorlijks te kopen, maar daar is hij te trots voor. Hoe dan ook: dan komt het dus neer op Mayke, met Greetje, en die werkt wel heel goed mee, en ze is al aardig ingewerkt, maar ik vind dat toch een te wankele basis.

'Hm.'

Mayke zegt natuurlijk dat ze het allemaal wel redt, maar ik wil haar niet zo achterlaten, terwijl ik niet weet in wat voor wespennest ik me steek. Misschien vliegen we erheen, marcheren we naar binnen, zeggen we tegen Milena: "Pak je koffer", en dat is dan dat, maar misschien is het ook ingewikkelder. Ik weet het niet. Tjerk kan zichzelf natuurlijk redden onder iedere omstandigheid; ik zou me geen zorgen maken als hij het alleen moest opknappen. Het is alleen de vraag of hij het wil. Hij heeft ook nog de zorg voor de vuurtoren en Pier er zo'n beetje bij genomen; ik begrijp dat hij intussen de boodschappen haalt voor de oude baas.'

'...'

'Je blijft lang stil, Axel. Wat gebeurt er in dat hoofd van jou?'

'Voornamelijk dat ik zou wensen dat ik daar was. Het is het

beste dat ik hier ben, en ik wil natuurlijk ook bij Wende zijn, maar als ik je zo hoor... Hoe gaat het met Pier?'

'Oud. Koppig. Wil nog steeds naar boven, maar hij komt intussen niet meer zonder hulp die trap op en af. Ik heb hem voorgesteld om een stoeltjeslift te laten monteren, ik heb zelfs aangeboden om dat voor hem te betalen, maar daar wil hij niets van weten. Tjerk doet zijn best om te zorgen dat hij gewoon zijn salaris van de gemeente blijft ontvangen, want ik denk dat hij van ellende direct dood neervalt als dat omgezet wordt naar een pensioen.'

'Hm.'

'En bij jullie? Hoe gaat het met Wende?'

'Dik. Onhandig. Ongelukkig. Ze kan niet meer goed slapen. Of liggen, of zitten. Lopen is ook een uitdaging. Ze wil ervanaf, ze wil dat het klaar is, maar ze moet nog minimaal vier weken volhouden, anders is de kans op complicaties veel te groot. De longetjes zijn dan nog niet uitgerijpt, ze kunnen nog niet drinken... Ik kan het tegen jou wel zeggen, Cam, maar ik hou mijn hart vast. Ik heb al allemaal van die visioenen van couveuses en slangetjes.'

'Begrijpelijk. Maar los van het gevoel; is Wende gezond?'

'Dat wel. Het gaat op zich prima, ook met de kleintjes, ze groeien goed. Té goed, zou ik bijna willen zeggen; het is niet te geloven dat het nog past, als je haar nu ziet. Ze maakt zich er ook zorgen over of het allemaal ooit weer een beetje normaal wordt. Die buik. Ik denk dat ze bang is dat ik haar dan niet meer aantrekkelijk vind, of zoiets.'

'Ik durf het bijna niet te vragen, maar... en?'

'Nou ja, wat nou en? Ze is de moeder van mijn kinderen! Mijn vrouw! Wat kan het mij schelen hoe haar buik eruitziet! Als ik straks vijfenveertig ben heb ik vast ook een bierbuik en een kale plek op mijn schedel.'

'Ha! Niet als het aan Tjerk ligt; als wij braaf blijven trainen bij hem, dan zien we er over dik vijftien jaar nog net zo uit als nu.

Misschien met wat meer vouwen in ons gezicht, maar dat is het dan ook.'

'Hm. Dat is dan ook weer waar.'

'Nu krijg ik het beeld van jou met een bierbuik niet meer van mijn netvlies.'

'Sorry, man.'

'Hou op, het spijt je helemaal niet, en ik hoor heus wel dat je eigenlijk moet lachen.'

18

Normaal gesproken brandt de strieman om twaalf uur 's middags precies, maar aangezien het ding toch al niet op zijn normale plek staat, leek het Jelle en mij wel zo verstandig om het moment van aansteken uit te stellen tot nadat de laatste boot het eiland had verlaten en we honderd procent zeker wisten dat er geen actievoerders op het eiland waren, en ook geen verdwaalde journalisten. Er waren wel wat nieuwsgierigerds komen kijken, maar iedereen op straat vertelde netjes het officiële verhaal: hoe op last van de burgemeester het hele festijn was afgelast, en er dus niks te kijken zou zijn. Zal je zien, staat er morgen met chocoladeletters in de lokale krant dat het eiland zonder slag of stoot afstand doet van zijn eeuwenoude tradities; je kunt het natuurlijk nooit goed doen.

Jelle kreeg de eer om er een lucifer bij te houden, omdat hij zijn landje beschikbaar had gesteld, en terwijl de eerste vlammen aan de takken likten en bijna het hele eiland zich op Jelles landje had verzameld, besloot ik om, eindelijk – ik had me sinds de ontvreemding van de strieman stil gehouden – Lexie een berichtje te sturen.

We zitten allemaal bij Jelle Brokstra achter.

Ik vond het al zo leeg op straat, kreeg ik direct terug.

Als je opschiet kun je nog iets meekrijgen van de strieman.

Ik weer.

Ben ik wel welkom dan?

Ik drukte op het telefoontje.

Ze nam direct op.

'Wat denk je zelf?' zei ik, een beetje ongenuanceerd.

'Nou, om je de waarheid te zeggen weet ik niet zo goed wat ik moet denken. Na dat, eh, momentje tegen jouw deur twee dagen geleden, en die kop koffie daarna bij jou in de woonkamer om weer een beetje tot onszelf te komen, heb ik je niet meer gezien of gehoord.'

'Ik heb me bewust stil gehouden,' zei ik, terwijl ik de neiging onderdrukte om Lexie tegen haar te zeggen. Ik stond midden tussen de mensen. '*Plausible deniability*, snap je? Heb ik van mijn Amerikaanse collega's in de Forces geleerd. Altijd erg handig.'

'Dus... het is niet zo dat ik de festiviteiten verstoor als ik ineens aan kom zetten?'

'Natuurlijk niet. Ik denk dat iedereen het wel zal kunnen waarderen als je de grap ervan inziet.'

'En... jij?'

'Ik zou het fijn vinden als je komt,' zei ik onomwonden, en dat was geen leugen; het was me helemaal niet meegevallen om twee dagen uit haar buurt te blijven en niks van me te laten horen.

Een kwartiertje later kwam ze aan. Even viel er een stilte toen ze het landje op stapte, maar ze glimlachte breed en klapte daarna in haar handen als om te zeggen: 'Goed gedaan, jongens'. En toen klapte ineens iedereen in zijn handen en was meteen de spanning uit de lucht.

Die spanning is niet meer teruggekomen; we staan intussen opeengepakt in wat normaal gesproken de ontbijtzaal van

Hotel Burema is en Lexie lacht en praat met iedereen. Ze kloppen haar op de schouder en geven haar vazen bier; ik denk dat zo'n beetje het hele eiland opgelucht ademhaalt na haar sportieve reactie. Zijzelf haalt ook opgelucht adem; zo'n beetje iedere ademteug die ze neemt straalt iets van opluchting uit. Ik denk dat ze banger was dan ze ooit zal toegeven dat zoiets relatief kleins als de strieman haar problemen zou bezorgen zo vroeg in haar ambtsperiode, en dat het haar nog lang zou worden nagedragen op het eiland.

Ze kijkt zoekend om zich heen, een vaas bier in iedere hand, en grijnst vrolijk als ze mij ontdekt.

Ik kijk niet weg, hoewel ik haar nogal schaamteloos sta te observeren.

Ze begint langzaam door de menigte te bewegen, bier hoog in de lucht, totdat ze me heeft bereikt en me een glas kan aanreiken. 'Help me even dit op te drinken, Tjerk,' zegt ze, 'ik weet niet waarom, maar iedereen wil me bier geven vanavond. Ik krijg dat allemaal niet eens aangepakt, laat staan opgedronken.'

'Geen probleem,' zeg ik, en ik open mijn keelgat en giet de inhoud van de vaas naar binnen zonder te slikken.

Ze kijkt me aan met lichte verbijstering en neemt dan zelf twee damesslokken. 'In het leger geleerd, zeker?'

Ik knik, tevreden dat ik er blijkbaar toch min of meer indruk mee heb gemaakt bij haar. 'Een van mijn nuttelozere skills.'

'Nou ja, het gaat wel in een lekker tempo naar binnen,' zegt ze dan, en na me een blik te hebben gegeven waar ik – mijn brein is al een klein beetje beneveld – het woord 'schalks' aan zou willen hangen, drinkt ze met haar damesslokjes haar glas ook achter elkaar door leeg. Vervolgens trekt ze een gezicht omdat het koolzuur in haar neus prikt.

'Nog een?' zeg ik.

Ze knikt; haar ogen stralen me tegemoet.

Een dik uur later is het alcoholische niveau van het hele gezelschap aardig opgeklommen. Alleen de diehards zijn nog over; de gezelligheidsdrinkers zijn zo'n beetje een kwartier geleden begonnen met naar huis gaan. Lexie weert zich nog steeds kranig, maar ze leunt steeds schaamtelozer tegen me aan en protesteert niet als ik een lodderige arm om haar heen leg en haar nog iets steviger tegen me aan trek. Bob is achter de piano gaan zitten en rammelt er nu een hele rij shanties uit, die vooral door de fanatiekere leden van het shantikoor hard en vals worden meegebruld. Ik ken alle nummers, hoewel ze me gelukkig nooit onder druk durven te zetten om mee te doen in het hoogseizoen. Ze zullen Axel wel missen.

Lexie slaat ook een arm om mij heen en zingt het refrein van de 'Drunken Sailor' mee. Af en toe kijken we naar elkaar. Dat voel ik dan, hoewel ik intussen aardig in de olie ben, tot in mijn tenen. Ik wil eigenlijk met haar naar bed, als ik heel eerlijk ben. Ik heb al die tijd gedacht dat het er op een goed moment waarschijnlijk wel van zou komen, maar ik wil gewoon nu, vanavond nog. Normaal gesproken zou ik mezelf ervan weerhouden om zo'n gedachte naar de oppervlakte te laten borrelen, maar nu zijn de remmingen er een beetje af en kan ik er weinig tegen doen. Ik wil met haar, punt. Liever eerder dan later; als ik te lang wacht val ik waarschijnlijk in slaap van al dat bier.

'Ga mee, Lexie,' zeg ik in haar oor. Ik hoop dat ze het hoort in al dat lawaai.

Ze geeft me een blik, en knikt dan. Ik weet wel dat het van de drank komt, maar het lijkt alsof we van het ene op het andere moment ineens buiten staan en met onze armen om elkaar heen richting mijn huis zwalken. Het kan heel goed zijn dat allerlei mensen ons zien, maar dat interesseert me op dit moment geen zier, en haar zo te merken ook niet. Het kan net zo goed zijn dat iedereen te dronken is om überhaupt te merken dat we weg zijn.

Met hetzelfde vreemde, dromerige en schokkerige tijdsverloop zijn we ineens bij mijn voordeur. Ik sta een beetje te schutteren met mijn sleutel, maar uiteindelijk lukt het me om hem erin te krijgen – die gedachte maakt me onverwachts warm vanbinnen – en stappen we haastig de drempel over, mijn donkere huis binnen. Ik stoom meteen door naar binnen en doe de gordijnen van de woonkamer dicht, en daarna knip ik mijn ene schemerlamp aan. Niet te veel licht; zowel de sfeer als mijn ogen kunnen dat op dit moment niet aan.

'En... nu?' vraagt Lexie, ineens wiebelig en zenuwachtig. Ze staat midden in mijn woonkamer naar me te kijken. 'Ik ben geloof ik nogal dronken.'

'Ik ook,' mompel ik, terwijl ik snel op haar af loop. 'Anders had ik dit ook niet zomaar gedurfd.' Dat laatste woord zeg ik zo'n beetje in haar haar, terwijl ik mijn armen weer om haar heen sla.

Ze doet meteen mee en zucht daar heel lief bij, bijna alsof ze in een heel lekker zacht bed gaat liggen. 'Jij durft volgens mij juist alles; je zoent me gewoon zomaar en dan kan ik meteen niet meer logisch nadenken, en je doet maar...' mompelt ze tegen mijn borstkas.

'Daar kon ik niks tegen doen,' zeg ik, terwijl ik iets wijder ga staan, omdat ik anders waarschijnlijk omlazer. 'Dan had je maar niet zo lekker moeten zijn. Maar dat ik je mee vroeg, zeg maar, dat had ik denk ik niet zo snel gedaan als, eh...'

'Dan had ik ook niet zo snel ja gezegd, denk ik?'

'Zijn we nou iets heel doms aan het doen?' vraag ik aan haar kruin.

‘Misschien.’ Ze kijkt op; ik zie alleen haar mooie ogen. ‘Of misschien juist iets heel slims; het is moeilijk te zeggen.’

‘Wil je... wel in mijn slaapkamer, of zullen we hier, op de bank...?’ Ik kijk haar aan met mijn wenkbrauwen geheven, voor zover ik dat nog voor elkaar krijg, en vanbinnen denk ik iets als: maar we moeten wel een beetje opschieten, anders overkomt mij nog hetzelfde als dat heroïsche verhaal van Axel, toen hij met zijn zatte kop voor het eerst Wende te pakken had. En dan word ik er jaren later ook nog mee gepest.

‘Doe maar... slaapkamer,’ mompelt ze, ‘ik moet er toch een keer overheen komen, en nu lijkt me een perfect moment.’

‘Roger,’ mompel ik lodderig, en ik laat haar los om haar bij de hand te nemen en de trap op te leiden.

In mijn slaapkamer moet ik haar hand loslaten om even het gordijn dicht te schuiven en het lampje naast mijn hoofdkussen aan te knippen, en als ik me dan omdraai zie ik dat ze haar schoenen heeft uitgetrokken, haar jasje over mijn stoel heeft gehangen, en bezig is de knoopjes van haar blouse open te maken. Ze ziet er ineens ontzettend kwetsbaar uit, dus ik ruk mijn shirt over mijn hoofd, gooi het in de hoek, stap op haar af en neem het van haar over. ‘Wil je soms eerst douchen?’ vraag ik zachtjes, ‘hoewel de kans bestaat dat ik in slaap ben gevallen tegen de tijd dat je daarmee klaar bent.’

Ze schudt haar hoofd.

Ik trek haar blouse uit. Ze heeft een mooie kanten bh aan, die ik met één hand openmaak.

Ze grijnst een beetje. ‘Je bent wel ervaren.’

‘Dat valt mee,’ mompel ik, terwijl haar grote, zachte borsten mijn handen vullen. Wat een weelderigheid, ik krijg er een droge mond van. Toch lukt het me nog om te zeggen: ‘Ik ben gewoon redelijk handig met mijn handen, in het algemeen, bedoel ik, niet per se op het gebied van bh-haakjes, want zoveel dames heb ik nou ook weer niet –'

'Ik ben na Henri met niemand meer geweest,' fluistert ze ineens, terwijl ze een hand op mijn borstkas legt. 'Ik weet niet of ik het nog kan, of dat ik nou voor eeuwig verpest ben door die man.'

Die hand van haar voelt heerlijk: warm, zacht, prikkelig; ik wil meer van haar voelen.

'Trek je tenue uit, Lexie,' mompel ik, 'ik wil je blote lijf voelen.'

Ze knikt en geeft me een blik die lief is, en nogal broos, en dan maakt ze haar broek open.

Ik doe hetzelfde; ik stap uit mijn werkbroek van de dag, gooi hem grofweg in dezelfde hoek als waar mijn shirt is geland en trek met twee snelle bewegingen mijn sokken uit.

Zij is bijna net zo snel klaar als ik, en dan staan we daar, alleen nog in onze onderbroeken, een beetje naar elkaar te kijken.

'Ik snap niet dat je me niet veel te dik vindt,' zegt ze zacht, 'jij bent volgens mij in topconditie.'

'Ik heb geen wasbord,' zeg ik, met een blik op mijn buik, waarop toch een klein randje vet is gaan zitten, zodat je de definitie van mijn buikspieren niet meer kan zien. 'Vroeger had ik dat wel.'

'Ik hou daar niet zo van,' zegt ze, met een zachte, heerlijk kriebelige streling over mijn voorkant naar beneden. 'Ik vind dit veel mooier.'

'Dat heb ik nou ook met jou,' mompel ik verzaligd, 'ik vind jouw lijf ook veel mooier dan dat van zo'n afgetraind model. Ik hou van vrouwen met knuffelvlees.'

'Ik heb meer knuffelrollen,' mompelt ze, terwijl ze in mijn armen stapt.

Even zeggen we niks, omdat we bezig zijn met genieten van het gevoel van huid op huid, maar dan mompel ik in haar oor: 'Ik vind je knuffelrollen ook lekker. Lekker zacht. Kom, dan gaan we erbij liggen.'

Ik hou het dekbed voor haar omhoog en, een beetje onhandig, schuift ze in mijn bed. Ik kruip ernaast.

'Mag het licht uit?' fluistert ze.

Ik reik naar het lampje, mijn slaapkamer hult zich in bijnaduisternis en daarna strek ik mijn armen uit naar die heerlijke warme vrouw aan wie ik nu al weken zo'n beetje dagelijks, en waarschijnlijk ook de hele dag door, denk.

De volgende dag word ik langzaam wakker.

Er ligt nog een mens in mijn bed.

Mijn ogen schieten open, maar tegelijkertijd begint mijn harde schijf te draaien en herinner ik me wat er een paar uur geleden is gebeurd.

Lexie.

Lexie ligt naast me te slapen en we hebben seks gehad. Een beetje dronken, trage seks hebben we gehad, die heel lekker was en die op de een of andere manier zowel nieuw en opwindend aanvoelde als heerlijk vertrouwd en veilig. Lexie is heel hard klaargekomen, ze riep mijn naam en ze bibberde er helemaal van, en daar was ik immens tevreden over. En toen we allebei leeggevreeën waren, toen zijn we in elkaars armen in slaap gevallen.

Ze ligt nog steeds met haar hoofd op mijn schouder en snurkt heel zachtjes. Ik vind dat tot mijn verrassing een ontzettend vertederend geluid, ik denk omdat ze zo vol overgave slaapt. Als ik slaap, dan is dat nog net niet met één oog open; ik kan vrijwel direct volledig alert zijn als de situatie dat vereist. Dat is een van de handigere kunstjes die ik aan mijn militaire loopbaan heb overgehouden; het is in ieder geval doelmatiger dan je keelgat open kunnen zetten. Lexie slaapt met twee ogen dicht en alles wat ze ook maar aan andere omgevingssensoren zou kunnen hebben volledig uitgeschakeld. Ik voel, en ik kan niet zeggen hoe dat werkt, want ik snap het zelf ook niet, dat ze op me vertrouwt. En ik vind dat volgens mij nog veel lekkerder dan toen ik, diep in haar, klaarkwam als een raketwerper.

Het ontbijt daarentegen is een beetje verkrampt; het lijkt wel alsof de afstand tussen ons met een paar clicks is toegenomen op het moment dat we elkaar loslieten en onze kleren weer aantrokken. Nu heeft ze wel gedoucht en zit ze met nat, achterovergekamd haar boven een broodje jam en een kop van mijn onvolprezen zwarte Senseokoffie. We zeggen weinig tot niets. Dat vind ik niet echt prettig, maar ik weet niet hoe ik het gesprek op gang kan brengen, of hoe ik die plotselinge afstand weer kan overbruggen.

'Kan ik eruit via je slaapkamerraam, als dit op is?' vraagt ze.

Ik knik met mijn mond vol en zeg, als ik mijn hap brood heb doorgeslikt: 'Beter als je niet gezien wordt?'

Ze knikt en geeft me een licht beschaamde blik.

'Ik snap het wel, hoor,' zeg ik snel, 'je zal wel aan je reputatie moeten denken.'

'Ik ben als de dood dat ik iets verkeerd doe,' zegt ze dan, kleintjes. 'Soms vraag ik me af of ik me er niet op heb verkeken. Het is ontzettend moeilijk om in zo'n gesloten groep te komen, waar iedereen elkaar al generaties lang kent, en dan al die onderstromen aan te voelen... Ik zie heus wel het gevaar: als ik ook maar één stap verkeerd zet, krijg ik daarna niks meer gedaan.'

Ik zie haar rillen. Een heel klein beetje maar. 'Ben je bang dat je dan weer terug moet?'

Ze duikt schielijk in haar koffie. Als ze weer bovenkomt zegt ze, fronsend: 'Ik zal het wel overleven, ik ben nou ook weer niet hulpeloos. Maar ik kan niet ontkennen dat ik heel blij was om hier aan de slag te kunnen. Misschien toch weer iets te impulsief gereageerd; ik had er natuurlijk beter over na moeten denken.'

'En jij denkt nu dat een nacht in mijn bed je reputatie zo zal beschadigen dat je positie op het eiland meteen onhoudbaar is?' Ik kan mijn grijns niet onderdrukken. 'Volgens mij dicht je me veel te veel invloed toe.'

Gelukkig glimlacht ze nu ook. 'Misschien, Tjerk. Misschien heb je gelijk en zie ik het te somber in. Ik weet het gewoon niet precies, snap je, en dat maakt me onzeker.'

'Je lijkt gelukkig niet al te veel last te hebben gehad van, eh, mijn slaapkamer,' zeg ik, met een knipoogje.

Ze grinnikt. 'Ik ben er volgens mij echt in één keer overheen. Ik had geen idee dat je zo veel therapeutische kwaliteiten had.'

'Is ook nieuw voor mij,' mompel ik grijnzend, 'maar ik ben blij om het te ontdekken. En maak je nou maar niet zo veel zorgen; het komt allemaal wel goed. Met jou, en met jou hier op het eiland. We komen misschien in eerste instantie een beetje stug over, maar als je ons beter leert ken–' Ik stop abrupt met praten omdat mijn mobiel gaat, en ik hoor aan het belletje dat het het vaste toestel van Pier is. 'Sorry, ik moet dit even nemen,' zeg ik snel tegen haar, en ik trek het toestel uit mijn zak.

'Tjerk,' brom ik, nadat ik heb opgenomen.

'Ja, hallo, met Godwin,' klinkt het nerveus aan de andere kant.

Ik moet even in mijn nog een beetje nevelige brein graven; een heleboel bier en een rondje van de beste seks ter wereld doen dat met je hersenen. Ik voel me nog net niet stoned. Uitzweven is wat ik nodig heb, maar als ik eenmaal heb geïdentificeerd wie Godwin ook alweer is – stagiair bij Pier – en ik de toon van zijn stem juist interpreteer, begrijp ik dat er van dat uitzweven niet zo veel terecht gaat komen.

'Wat is er, jong?'

Godwin ademt scherp uit en weer in, en zegt dan, bijna allemaal aan elkaar vast: 'Ik kwam vanochtend binnen en toen was Pier nog niet op, dus ik ging aan het ontbijt beginnen, ik dacht, hij komt wel naar beneden als hij de koffie ruikt, maar niks, en toen stond alles klaar en toen ben ik naar boven gelopen en toen lag hij nog in bed en toen ging ik zijn kamer in maar ik krijg hem niet wakker.'

Ik sta meteen rechtop. 'Ademt hij nog?' vraag ik scherp.

'Weet ik niet!' roept Godwin smartelijk uit. 'Hij ziet er niet dood uit, hij ziet er gewoon uit alsof hij ligt te slapen, maar hoe hard ik ook riep, hij kwam niet in beweging. Ik durfde hem niet aan te raken.'

'Was hij bleek? Stijf?' vraag ik, maar dan onderbreek ik mezelf. 'Laat maar, jongen, ik ga de dokter waarschuwen en dan kom ik zo snel mogelijk naar je toe. Blijf waar je bent.'

'Maar straks komt Peter naar beneden en dan moet ik naar boven!' Godwin klinkt alsof hij heel dicht bij een paniekaanval zit.

'Blijven ademen, jong,' zeg ik streng, 'blijf maar beneden; er is verder niet zo veel aan de hand vandaag, het is te koud om te kitesurfen en er zijn maar weinig badgasten op het eiland. Ik ben er zo snel als ik kan. Geen paniek.'

Ik hang op en geef Lexie een blik. 'Ik wil je niet haasten, liefde, maar er is iets aan de hand met Pier. Ik moet er maar meteen even naartoe, en ik ga doc Ellen ook bellen. Misschien heeft die ouwe baas het loodje gelegd; dat was een van zijn stagiairs.'

Lexie drinkt haar koffie op, zet haar kopje neer en schuift haar half opgegeten boterham van zich af. 'Ik ben klaar om te gaan,' zegt ze; meteen bereid tot actie. Ik hou daarvan. Ik heb nauwelijks (maar toch ook weer niet helemaal niet) gemerkt hoe dat ene kooswoordje over mijn lippen is geglipt, maar om de een of andere reden blijft het nu in mijn hoofd galmen, terwijl ik haar uit mijn slaapkamerraam laat, haar nog even nakijk, dan achter haar aan klim en de kortste route door de duinen kies. Al lopend bel ik met doc Ellen en leg ik de situatie in drie zinnen uit, en zodra ik heb opgehangen begint het gegalm opnieuw.

Liefde, liefde.

Liefde.

Ik geloof dat ik dat nog nooit tegen een vrouw heb gezegd. In ieder geval niet op de manier zoals ik het bij Lexie bedoel.

19

Ik denk dat ik doc Ellen uit bed heb gebeld, want ik ben met de benenwagen nog eerder bij de toren dan zij, en zij is een van de weinigen op het eiland met een dienstauto. Ik maak er niet te veel woorden aan vuil en stap zo Piers huisje binnen – ik zie al van een afstand dat de achterdeur op een kier staat. Die man leeft vanuit zijn achterdeur; ik geloof niet dat hij ooit zijn voordeur heeft gebruikt.

In de keuken zitten zijn twee stagiairs, Godwin en Peter, als bibberende sprinkhanen ieder op een harde houten stoel. Die jongens zijn net in de leeftijd dat hun ledematen al flink zijn uitgegroeid, maar ze er zelf nog niet zo veel raad mee weten, en ze zullen ook wel altijd honger hebben. Vanbinnen zijn het in feite nog kinderen; Godwin ziet eruit alsof hij het liefst een potje zou huilen.

'Hij is dood, hè?' vraagt hij, angstig maar toch ook met een draadje morbide fascinatie.

'Ik ga kijken,' zeg ik, 'en de dokter komt er ook aan; zij is degene die iemand dan officieel dood moet verklaren als dat zo te pas komt.'

Ze knikken allebei ernstig.

'Als jullie jezelf nou eens nuttig maken en een grote pot

koffie zetten,' zeg ik, naar ik hoop met net voldoende strengheid om ze uit hun shocktoestand te trekken.

Peter springt meteen uit zijn stoel, blij met een klusje, en Godwin komt er, wat slomer, achteraan. Ik keer me om, loop de keuken uit en neem Piers trap met twee treden tegelijk. Zijn slaapkamer – ik ben daar nog nooit geweest – is ruimer dan ik had gedacht, onder de hanenbalken. Als ik de oeroude gordijnen openschuif, zie ik wat wel het mooiste uitzicht van de wereld moet zijn. Recht op zee, en over de duinen heen.

'Zo, Pier, ouwe stinkerd, ben je ertussenuit geknepen in je slaap?' brom ik tegen de bewegingloze vorm in het bed. Het is maar een klein, mager hoopje mens, zo onder de deken, en ik hoef in het bleke, herfstige ochtendlicht van deze bewolkte dag maar één blik op het gezicht van Pier te werpen en ik weet het al. Die wasachtige geligheid verraadt het. Hij is het hoekje om gegaan, in zijn slaap, in zijn eigen bed. Een dood waar ik ook voor zou tekenen; dat heeft die ouwe baas mooi gedaan.

Snel zet ik zijn slaapkamerraam op een kier. Dan kan in ieder geval zijn ziel lekker naar buiten.

Beneden hoor ik een auto aankomen – daar zal je doc Ellen hebben. Ik hoor ook gepraat van meerdere stemmen, en ik maak dat ik snel de trap af kom: daar staat de dokter, in de keuken, met een kop koffie in de hand. Nu herken ik ook een andere stem: Idzerd Brandsma, de voorzitter van de uitvaartvereniging – een hele stille, die zijn huis liefst niet uit komt tenzij er gevoetbald wordt of er iets te vieren is, en die verder heel zuinigjes de centen van de verkoop van de boerderij van zijn familie opmaakt. De derde stem hoef ik niet te herkennen, die zit sinds vannacht in mijn oor gebakken. Vooral toen ze mijn naam riep, op een bepaald, nogal wereldschokkend moment. Ik moet daar nu maar even niet te veel aan denken;

ik ben nog steeds een beetje groggy, van de drank, en die nacht, en ik zal mijn hersens erbij moeten houden. Het is me wel duidelijk dat zij er nog lang niet aan toe is om wereldkundig te maken wat er tussen ons gebeurt.

Doc Ellen kijkt me aan als ze me van de trap ziet komen.

'Ertussenuit gepiept,' zeg ik zachtjes, 'in zijn slaap, die ouwe mazzelaar.' Ik knik naar Idzerd en Lexie, en mompel: 'Idzerd, burgemeester.'

'Ik ben meteen ook maar even gekomen, toen ik het berichtje kreeg; ik was nog thuis,' zegt ze, haar stem nét iets te hoog om helemaal natuurlijk te klinken.

'O jee, ben je uit je bed gebeld, burgemeester? Dat is waarschijnlijk mijn schuld,' zegt doc Ellen. 'Ik kwam Idzerd toevallig tegen toen ik naar buiten ging en heb hem meteen gewaarschuwd dat het om Pier ging, en toen we even op straat stonden te praten kwam Ria voorbij.'

Ik grijns kort; meer hoeft ze niet te zeggen. De eilandcommunicatie in optima forma; ik wil niet eens weten langs hoeveel stations het bericht nog is gegaan voordat het Lexie heeft bereikt. Efficiënter dan defensie, dat kan ik met zekerheid zeggen: het hele eiland zal intussen wel met ingehouden adem zitten te wachten op de officiële doodverklaring.

Lexie glimlacht; ik registreer nu pas dat ze andere kleding aanheeft dan waarmee ze mijn huis heeft verlaten. 'Ik was al op, hoor,' zegt ze tegen doc Ellen, zonder een spier te vertrekken, 'en het is niet erg. Het gaat hier toch om een belangrijke eilander, nietwaar?'

Ik knik. 'Een instituut,' zeg ik ernstig, mijn stalen gezicht op vol vermogen. Ze was al op, ja ja.

Achter mij klimt doc Ellen de trap op, haar dokterstas in de hand. Peter heeft de rol van ceremoniemeester op zich genomen; hij heeft alle koffiekoppen uit de kast gehaald en op het aanrecht gezet, en staat nu druk in te schenken. Ellen heeft haar koffie zo te zien zo'n beetje op weg naar Piers slaapkamer naar binnen gegoten, Lexie krijgt een kop van hem, en nu ben ik aan de beurt. Ik kan er ook wel een gebruiken; ineens moet ik moeite doen om me het eiland voor te stellen zonder Pier. Hij was er gewoon altijd. Het zal nog een groot gat slaan in de gemeenschap dat we hem moeten missen. Onze ouwetjes vormen op een bepaalde manier een soort bindmiddel; dunne draden die de generaties bijeenhouden. Alleen al omdat ze zo veel kennis hebben, zo veel herinneringen over hoe het was, en hoe het zo is gekomen.

Ik zucht, en knijp mijn ogen even dicht.

'Hij was al lid sinds zijn geboorte,' zegt Idzerd somber, 'zijn vader heeft hem lid gemaakt. Zijn vader was medeoprichter van de vereniging.'

'Bij zijn geboorte al lid van de uitvaartvereniging?' vraagt Lexie. 'Dat is ook wat. Nu ja, je kunt zeggen: regeren is vooruitzien.'

'Wij nemen dat allemaal heel serieus, burgemeester,' zegt Idzerd misprijzend.

'Ik neem het ook heel serieus,' zegt Lexie snel en sussend, 'ik moet alleen even wennen aan het idee dat je je bij een pasgeborene, bij het jonge leven, meteen bezig zou houden met diens overlijden.'

'Vroeger stierven er veel kinderen jong,' zegt hij, met die grafstem van hem, 'dat was heel normaal. We hebben hier geen ziekenhuis; we mogen onze handen dichtknijpen met doc Ellen. Toen er nog geen traumahelikopter was, kon iets kleins meteen het einde betekenen.'

Lexie knikt en trekt een begrijpend gezicht, en ik probeer haar onopvallend maar scherp te observeren. Nu ze iets heeft gezegd over die onzekerheid van haar, die angst om een misstap te maken in onze kleine gemeenschap, nu zie ik die angst ook wel zitten. Ze maskeert hem kunstig, ik kan niet anders zeggen, maar ik zie het toch.

'Tjerk, kunnen wij heel even praten?' vraagt ze, met een blik naar de achterdeur.

'Uiteraard,' zeg ik, en ik stap achter haar aan naar buiten. Ik heb geen idee waarover ze het nu, hier, met mij wil hebben. Dan staan we ineens samen in Piers achtertuin, geen andere mensen om ons heen, en Lexie staart naar de bewolkte lucht. Het voelt vreemd onwennig; ik weet niet zo goed positie te kiezen. Ik zou haar hand willen pakken, maar de kans dat er iemand naar buiten stapt is te groot, en er is ook iets aan haar waardoor...

'Ik vind het natuurlijk ontzettend naar dat de oude baas is overleden; gecondoleerd met het verlies, ook,' zegt ze dan abrupt, 'maar Tjerk, je ziet toch wel in dat dit het ideale moment is om het hoofdstuk bemande toren af te sluiten?'

Even sta ik doodstil, te verbijsterd voor woorden. '... En dat, dat... zeg je zo, nu,' weet ik er dan uit te werken, 'hij is nog niet eens koud en jij komt hiermee?'

'Nou ja, ik moet er gewoon een beslissing over nemen, ik probeer de verstandigste keuze te maken voor de gemeenschap. We zitten nou ook weer niet zo ruim bij kas dat we voor de gezelligheid een vierentwintig uur per dag bemande vuurtoren kunnen betalen... Nou ja, dat weet je, want dat heb ik je allemaal uitgelegd...'

'Voor de gezelligheid?' bries ik.

Ze zucht diep. 'Tjerk, ik probeer je tijdig te waarschuwen, zodat het je niet al te rauw op je dak valt als het straks vanuit de eilandraad komt. Ik weet ook wel dat het misschien ongevoelig overkomt, en alsof dit niet het juiste moment is en dergelijke, maar geloof me, voor impopulaire beslissingen zijn er geen juiste momenten.'

'Je was dit al die tijd al van plan,' zeg ik, zo laag dat het bijna toonloos is. Ik voel me zo raar dat ik er bijna geen chocola van kan maken. Nog licht katerig van het bier van gisteren, een beetje zweverig van de goeie seks, verlangend naar het lichaam van de vrouw met wie ik sta te praten, want van die goeie seks zou ik wel meer willen, maar tegelijk zo ontdaan over haar gevoelloosheid, haar hardheid, het feit dat ze geen enkel oog heeft voor wat belangrijk is voor de eilanders, en – ja, geef het nou maar toe – mij. Het interesseert haar niet dat dit belangrijk voor me is; of, nou ja, misschien interesseert het haar wel, maar ze stapt er zo overheen. Het werk gaat voor.

'Dat is niet waar, Tjerk,' zegt ze zachtjes, 'ik was het niet al die tijd al van plan. Ik was ermee aan het worstelen, ik had de ideale oplossing nog niet gevonden, en nadat ik Pier had gesproken begreep ik heel goed dat ik het hem echt niet kon aandoen om hem met pensioen te sturen. Maar nu hij is overleden is die belemmering er niet meer; nu kan ik het geld dat de gemeente kwijt is aan het salaris van een vuurtorenwachter goed gebruiken om de busremise op te knappen. Het klinkt koud, dat weet ik wel, maar de cijfers –'

'Naar de hel met de cijfers!' schreeuw ik haar plots in het gezicht. 'Ik weet niet wat jij er voor een bent, Alexandra Groenendijk, maar ik weet één ding wel: waar normale mensen hun hart hebben zitten, heb jij een rekenmachine.' Ik keer haar de rug toe omdat ik het ineens niet meer verdraag om naar haar te kijken.

'Tjerk...' hoor ik haar stem achter me, zacht en overredend. 'Je bent onredelijk. Ik snap dat het een schok is dat Pier is overleden, maar...'

Ik keer me om naar haar, ik voel dat mijn ogen vlammen. 'Dat waar jij zo bang voor was, dat je de verkeerde keuze zou maken, dat je de steun van de eilanders kwijt zou raken?' Ik steek een vinger naar haar uit en priem ermee door de lucht. 'Daar ben jij nu mee bezig. Dit is precies dat. En dat zeg ik niet omdat ik op dit moment "emotioneel in de war ben" of zoiets,' mijn handen maken aanhalingstekens naast mijn oren, 'en ik zeg het ook niet omdat ik zo nodig mijn zin moet hebben, maar omdat ik dit eiland, en iedereen die erop woont, door en door ken. De bemanning van de toren heeft hier een functie. Het gaat niet alleen om de VTS, het gaat om ogen op het water: het is een recreatiegebied. Hoe kan ik mijn werk goed doen met de reddingsboot op een drukke zomerse dag als ik geen heads-up krijg van de toren? Moet ik je nog een keer voorrekenen hoeveel levens er dankzij Pier zijn gered in de afgelopen, zeg, vijftig jaar?'

Ze geeft me een blik die ik niet kan duiden en bijt even op haar onderlip. Dan sluit ze haar ogen, ik zie haar zichzelf herpakken, en dan kijkt ze me opnieuw aan. Met die onversaagdheid van haar. 'Daar zullen we dan een andere oplossing voor moeten vinden, Tjerk,' zegt ze zakelijk. 'En ik heb er het volste vertrouwen in dat dat gaat lukken, zolang iedereen redelijk blijft en we goed met elkaar samenwerken.'

Ik frons woest, wil mijn mond openen om iets te zeggen, maar op dat moment komt doc Ellen naar buiten, met in haar ene hand een briefje en een doosje en in haar andere hand haar mobiel. Ze brengt het toestel naar haar oor en zegt: 'Robbie? Ja, heb je al gehoord dat Pier is overleden? Ik ben er nu, voor de overlijdensverklaring, maar ik heb iets gevonden in zijn bed waardoor ik vermoed dat het hier niet om een natuurlijke dood gaat. Ik denk dat het wel zo handig is als je ook even komt.'

Wát?

Ik sta stokstijf stil terwijl doc Ellen het gesprekje met onze lokale politieagent afrondt.

Ze stopt haar mobiel in haar zak en komt naar mij toe. 'Had je dit niet gezien, Tjerk?' vraagt ze, terwijl ze de brief en het doosje omhooghoudt.

'Nee, waar lag dat dan, op zijn nachtkastje?'

'Onder het dekbed. Ik denk dat hij het in zijn hand hield toen hij in slaap viel, en toen is het eruit gegleden.'

'Ik heb hem niet aangeraakt of omgerold of zoiets, ik zag meteen hoe laat het was aan zijn kleur, en toen ben ik weer naar beneden gegaan.'

Ik negeer Lexie zo hard ik kan. Als ik in staat was geweest om iets van magie te doen, dan stond er nu een ijswal van drie meter hoog tussen haar en mij in. Het is gemakkelijk om vriendelijk te zijn tegen doc Ellen terwijl ik vanbinnen kook van woede; de gedachte dat mijn kilte dan des te harder aankomt voor Lexie is heel motiverend.

Ik voel me verraden door haar; ik voel me verdomme gewoon verraden. Ik heb wel ergens het idee dat ik misschien niet helemaal redelijk ben, dat ik ook zou moeten proberen het van haar kant te bekijken, maar ik kan dat op dit moment echt even niet opbrengen. Heb ik me zo vergist in die vrouw? Was ik, tegen wil en dank, bezig me open te stellen, zelfs serieus te overwegen mijn hele leven om te gooien, voor iemand die zo koud en berekenend is? Ik haal diep adem en laat die adem heel langzaam weer ontsnappen.

'Wat is er volgens jou precies gebeurd, als je denkt dat het geen natuurlijke dood is?' vraag ik aan doc Ellen. De ijswal achter me staat nog steeds stevig overeind, en toch ben ik me maar al te zeer bewust van Lexie, die zich nauwelijks heeft bewogen.

Doc Ellen steekt de brief en het doosje naar me uit. 'Zelfmoord,' zegt ze zachtjes, 'met de paar slaappillen die ik hem vorige week heb voorgeschreven. Ik kan mezelf wel voor de kop slaan. Het waren er helemaal niet zo veel; hij zei dat hij zo onrustig was, dat hij bang was dat hij de toren niet meer op kwam. Daardoor sliep hij slecht, en dan kwam hij helemaal niet meer goed naar boven. Ik heb hem écht niet zo veel gegeven; een volwassen man kan zichzelf hier niet mee ombrengen.'

'Maar hij is oud – hij wás oud,' corrigeer ik mezelf, 'en hij was behoorlijk mager geworden de afgelopen tijd.'

Ze knikt. 'Ik denk dat hij een paar dagen weinig heeft gegeten, heeft gewacht tot hij er klaar voor was, en toen alles in een keer heeft ingenomen. De doordrukstrip zit weer keurig in het doosje. Als hij tien jaar jonger was geweest, was hij de volgende dag gewoon weer wakker geworden; met een zere kop weliswaar, maar toch. Ik denk dat nu, op zijn leeftijd, zijn hart gewoon het bijltje erbij neer heeft gegooid. Shit, Tjerk, ik heb echt helemaal niet gezien dat hij zo in geestelijke nood zat. Dat hij zoiets überhaupt overwoog.' Ze wrijft even over haar voorhoofd.

'Ik ook niet,' zeg ik zachtjes, ineens onmetelijk droevig. Ik wil de brief en het doosje teruggeven aan doc Ellen, maar ze pakt alleen het doosje aan en knikt naar me. 'Die brief is aan jou gericht.'

Mijn hart stopt er bijna mee, en met ingehouden adem vouw ik het papiertje open.

Tjerk,
Ik ben een man van weinig woorden. Maar ik wil, voordat ik ga, toch nog even sizze dat de afgelopen weken goed zijn geweest. Ik ben blij dat je vecht voor de minske op de toren. Ik heb sels geen bern aan wie ik het kan overlaten, maar ik denk dat ik de toren met een gerust hert aan jou kan geven. Ik wit wel dat dat ding niet echt van mij is, maar zo voelt het

na al die jaren fansels wel. Je had het goed gezien, ik kin het eigenlijk niet meer. Al best een tiid niet meer. Nou heb ik dan in ieder geval het gevoel dat ik waardig afscheid neem; beter dan als een stuk griente tusken de alde minske moeten gaan zitten aan de wal.

Het ga je goed, jong, mijn hus is ook voor jou.

Pier

Ik lees het bibberige oudemannenhandschrift.

Ik lees het nog een keer, en nog een keer. Een afscheidsbrief, en ik kan zien dat Pier echt zijn best heeft gedaan om in zo goed mogelijk ABN op te schrijven wat hij nog kwijt wilde, hoewel hij, hoe ouder hij werd, steeds volhardender eilander ging spreken.

Het is een testament. Misschien niet rechtsgeldig, ik weet daar niet zo veel van, maar aan de andere kant: Pier heeft geen familie meer. Dus wie zou het er niet mee eens kunnen zijn?

Hij heeft me zijn huis nagelaten, en me de wacht toevertrouwd.

Ik slik moeizaam en sta daar maar, doodstil, met die brief in mijn hand, gewoon omdat ik niet weet welke kant ik op moet. Er gebeurt zo veel tegelijk bij mij vanbinnen dat ik niet goed kan uitmaken wat ik nu eigenlijk voel. Nooit verhit de strijd aangaan, heb ik geleerd; onderkoeld ben je veel effectiever. Weet wat je voelt en laat je niet overspoelen door emoties: als je maat naast je neergaat, begin dan niet als een wilde om je heen te schieten, want dan ben jij de volgende.

Nou weet ik natuurlijk wel dat ik niet in een oorlogssituatie zit op dit moment, maar er is zo veel aan de hand dat al mijn oude gewoontes in de houding springen, en ik razendsnel analyseer wat er allemaal door me heen spoelt. Analyseren en parkeren, is het devies.

Ik voel spijt, spijt dat ik niet heel veel beter heb opgelet: ik had, net als doc Ellen, geen idee dat Pier zich zo voelde. Ik voel ook verbazing en een soort schoorvoetende bewondering voor die ouwe: hij heeft de regie tot het eind in eigen hand gehouden. Er zit ook verdriet in me omdat ik hem, en het instituut dat hij voor de eilanders is, zal missen. En ik voel een trots, een verplichting, om de fakkel over te nemen. Hij rekent daarop. Ik staal mezelf: wat er ook gebeurt, ik zal hem niet teleurstellen.

Ik haal diep adem en knijp mijn ogen even dicht; het hele gedachteproces heeft misschien een halve seconde in beslag genomen.

'Tjerk... gaat het wel?' hoor ik naast me. Een warme alt; een vrouw die ik moeilijk uit mijn hoofd zal kunnen zetten, maar ook daarin staal ik mezelf. Ik keer me naar haar toe en geef haar mijn koudste blik. 'Jij maakt hier geen deel van uit,' zeg ik zacht en laag, 'jij bent geen eilander.'

Ze was van plan een hand op mijn arm te leggen, maar die blijft in de lucht hangen. Ik stap achteruit, omdat ik weet hoe haar aanraking voelt, wat die met me doet, en omdat ik er ondanks alles een enorme behoefte aan heb.

November, Echo, Echo: ik ga er niet nog een keer intuinen met haar. Ik knijp mijn lippen op elkaar en keer me naar doc Ellen, die het tafereel verbaasd opneemt. Ze heeft waarschijnlijk meer gezien aan die kleine uitwisseling tussen Lexie en mij dan me lief is, maar dat is dan maar zo.

'Ik ga even lopen,' zeg ik tegen de doc, 'tenzij je me hier nu nodig hebt?'

Ze schudt haar hoofd. 'Ga maar, ik snap dat het je rauw op je dak valt. Maar er moet wel iets gebeuren met die twee opgeschoten jongens daarbinnen; iemand moet ze even onder de arm nemen, want als Pier hier straks weg is denk ik niet dat ze weten hoe ze verder moeten.'

'Check,' brom ik, en dan keer ik me om en loop, zonder nog een blik voor Lexie – nee: Alexandra! – het schelpenpad naar het strand af.

Ik kan goed doorlopen. Toen ik was neergeschoten liep ik niet zo goed, en dat heeft ook nog wel even een tijdje geduurd nadat ik uit het hospitaal was ontslagen, maar ik heb getraind en gewerkt omdat ik het verdomde om mank te lopen, en nu zie je niks meer aan me. Toch trekt het af en toe nog lelijk, vooral wanneer ik zo strak sta vanbinnen als nu.

Pier is dood. Zelfmoord. Afscheidsbrief. Nalatenschap. Het zinkt langzaam in bij mij, terwijl ik langs de waterlijn banjer: ik ben dus eigenlijk de nieuwe vuurtorenwachter. Onbezoldigd, weliswaar, maar dat was Pier ook: hij heeft de rol van zijn vader geërfd, en niemand die daar iets van te vinden had.

Hoe ik het moet verenigen met de reddingsboot weet ik nog niet, maar daar kom ik wel uit. Ik zal met de hele ploeg moeten overleggen; misschien kan ik het wachten draaien op de toren integreren in het programma. Dan is iedereen een keer in de week aan de beurt voor het een en ander. Ik denk dat dat wel kan; de meeste jongens in de groep zijn nou net op een punt in hun leven dat ze die ruimte wel hebben. Ik peins nog even over Tjeerd, maar die gaat volgens mij hartstikke goed met dat meissie van hem, dus dan kan hij ook wel eens een paar uur niet in die snackbar staan, en een rondje in de toren zitten of een middag op stand-by staan met de boot. Grote incidenten waarbij de hele ploeg moet uitrukken zijn zeldzaam; dat zal niet veranderen, maar ik zal wel even moeten wennen aan een andere organisatie dan die ik tot nu toe heb gehanteerd.

Het lucht op om over praktische zaken na te denken: oplossingen, geen problemen. Ik kan de zaak niet terugdraaien, ik kan alleen vooruit, dus daar moet ik me op focussen, en als ik nou maar goed genoeg gefocust blijf op die praktische zaken, dan hoef ik ook niet te denken aan-

November. Echo. Echo.

Aan haar wil ik niet meer denken.

20

De Vis komt in zicht. Het is nog vroeg, maar het zal me niet verbazen als Cam daar al staat – ik heb ineens behoefte aan iemand om even mee van gedachten te wisselen. Ik had niet in de gaten dat ik zo op die jongen gesteld was geraakt; hij leek me altijd een beetje een rare, maar nu weet ik dat hij vanbinnen *rock solid* is, zoals mijn Amerikaanse vrienden in de Special Forces zouden zeggen.

Ik stamp het duin op en duw de deur open, en ja hoor, hij staat achter de bar met een kop koffie en zijn laptop open, en hij heeft een frons op zijn voorhoofd die denk ik qua intensiteit de mijne niet ver zal ontlopen. Misschien heeft hij ook wel behoefte aan een luisterend oor; het idee van een zekere wederkerigheid maakt meteen dat ik me minder sukkelig voel.

'Ha, heer Tjerk,' zegt Cam, zijn stem vrolijk, maar ook een beetje mat. 'Hola, wat is er aan de hand?' Het komt er direct achteraan, en meteen keert hij zich naar het koffieapparaat om daar een bak zwart goud aan te ontworstelen.

Tegen de tijd dat ik de bar heb bereikt is de koffie zo goed als gereed; ik laat me op een kruk zakken en krijg de mok onder mijn neus geschoven.

'Jij eerst,' zeg ik tegen hem.

'Zeker weten?'

Ik gooi een gloeiend hete slok naar binnen – mijn luchtpijp schroeit nog net niet dicht, maar ergens is die pijn lekker, op dit moment – en knik.

Cam haalt een keer diep adem en zegt dan: 'Weet je nog dat ik zei dat we in de richting van Epstein moesten denken, bij die manager van dat resort in Thailand waar Milena nu zit?'

Ik knik.

'Blijkt dus dat we niet alleen die richting op moeten denken, maar dat die *crowd* er ook daadwerkelijk een paar keer is geweest. Om zo'n feest te geven. Het is niet helemaal duidelijk of alle andere, al dan niet koninklijke, *usual suspects* daar dan ook bij waren, maar er schijnt heel wat gebeurd te zijn. En dat allemaal onder het toeziend oog van diezelfde manager die er nu nog steeds zit. De man is volledig buiten schot gebleven in alle onderzoeken, maar mijn vader heeft zo zijn manieren om zaken boven tafel te krijgen. Kort en goed: Milena moet daar weg. Zo snel mogelijk. Ik ben aan het kijken naar vluchten naar Thailand, en de verdere verbinding naar dat eiland waar dat resort staat. Hoe snel kan jij weg?'

Ik zit nog zo vol met mijn eigen dingen dat ik hem een blanco blik geef.

'Hallo?' zegt Cam, en dan vertel ik hem maar even, in een paar van emotie ontdane zinnen, wat er is gebeurd met Pier. Van het moment dat ik aankwam tot en met het briefje.

Cam blijft een tijdje stil, geeft me een lange, peilende blik, trekt dan een wenkbrauw op en zegt, niet helemaal serieus: 'Dus jij lag lekker met onze burgermoeder in bed vanochtend en toen kreeg je dit op je dak?' Hij kijkt me onbevreesd aan. 'Ja, je hoeft natuurlijk niet te denken dat iedereen nog van niets weet; het hele eiland heeft gezien hoe jullie samen weggingen vanuit Burema. Maar ik denk ook dat het hele eiland het een prima idee vindt, dus maak je er vooral geen zorgen over.'

Ik zucht en haal een hand over mijn gezicht; ik begrijp meteen de blik in de ogen van doc Ellen beter. 'Blijkt dus dat dat helemaal niet zo'n goed idee is geweest,' mompel ik, en ik voel me ineens zo wankel vanbinnen dat ik het liefst zou willen janken. Dat ken ik niet, dat gevoel. Ik kan er niet eens een woord voor vinden, hoewel na even zoeken er toch iets opborrelt: ontredderd. Ik voel me ontredderd, vanwege Lexie, nee, Alexandra, omdat het me allemaal zo heeft geraakt. Veel te diep. Ik denk dat ik wel even bezig zal zijn om bij mezelf terug te komen.

'Want?' vraagt Cam praktisch. 'Waarom is het geen goed idee geweest? Je ziet eruit alsof iemand je laatste kitten heeft verdronken, maar ik kan me niet voorstellen dat het niet prettig is geweest.'

'Het was prettig,' zeg ik met een grafstem. 'Veel te prettig. En toen werd ik gebeld door die twee opgeschoten sprieten in de toren dat ze Pier niet wakker kregen, dus ging ik erheen, en ik belde doc Ellen. Toen ik beneden kwam stond ze daar, Lexie bedoel ik, Alexandra, en het eerste wat ze zei was dat dit meteen betekende dat de bemanning van de toren af gaat. Koud, zakelijk. Het was een klap in mijn gezicht. Ik werd woest.'

'Kan ik me voorstellen,' zegt Cam, volkomen neutraal.

'En als klap op de vuurpijl komt doc Ellen even later met dat afscheidsbriefje naar buiten waar min of meer in staat dat Pier erop rekent dat ik zijn taak van hem overneem.'

'Ja, dan zou ik ook kijken alsof mijn laatste kitten was verdronken,' zegt die pretletter droog.

'Maak er maar weer een grap van,' brom ik chagrijnig.

'Ik ben uiterst serieus,' zegt Cam, met zo'n bleke blik uit die rare ogen van hem.

Vanbinnen verschuift er iets bij mij, en ineens weet ik wat ik wil. Ik wil weg hier, even weg van het eiland, van deze plek waar iedereen altijd alles weet en er meteen ook een mening over heeft, en waar zij rondloopt, als een invasie in mijn veilige thuishaven. Ik moet even loskomen van dat dubbele gevoel waarbij ik haar tegelijk door elkaar wil rammelen en nog zo'n gepassioneerde nacht met haar wil beleven. Allebei zijn geen optie, en ik denk dat ik gek word als ik niet even afstand kan nemen. 'Ik kan bij wijze van spreken over een half uur weg,' zeg ik dus tegen Cam. 'Ik moet even een schoon tenue en een tandenborstel in mijn ruza gooien en klaar ben ik.'

Cam grijnst. 'Ruza, is dat zo'n militaire afkorting?'

Ik spoel intern even terug wat ik heb gezegd en knik dan, met een korte grijns. 'Rugzak, maar dat had je vast al geraden. Ik had niet eens door dat ik dat zei; ik denk dat ik in mijn reflexen schiet.'

'Ik boek een ticket zodat je om, even kijken... vier uur vanmiddag weg kunt vanaf Schiphol. Is dat haalbaar?'

'Als mijn auto nog wil starten, ik de boot van twaalf uur neem en ik hem flink op zijn staart trap, dan kan ik een uur van tevoren bij de incheckbalie zijn,' grom ik, vol daadkracht. Daadkracht helpt bijna altijd, is mijn ervaring, en het helpt al helemaal ontzettend goed tegen die verdomde ontreddering. Ik sta meteen weer steviger in mijn schoenen nu ik een plan heb.

'Mooi,' zegt Cam, met een alwetende grijns. Volgens mij ziet dat jong precies wat er bij mij vanbinnen allemaal gebeurt. 'Ik rond deze boeking even af, en dan stuur ik je het e-ticket. Je kunt online inchecken of op de luchthaven.'

Ik hou mijn mobiel even in de lucht. 'Het is niet de eerste keer dat ik reis,' zeg ik nog maar even, al waren de meeste trips dan wel georganiseerd door reisbureau defensie.

'De rest van je reisschema komt erachteraan. Zorg dat je goed internet hebt als je geland bent; dan vind je alle benodigde reserveringen ook in de mail. Je bent de hele nacht onderweg, dus neem melatonine mee of zoiets; ik heb een pesthekel aan nachtvluchten.'

'Ik kan overal slapen,' zeg ik, 'beroepsdeformatie.'

'Ik geloof het direct,' zegt Cam. 'Nou, Tjerk, gaan met die banaan, en geen woord tegen Vincent.'

'*Roger*,' zeg ik, 'waar is hij eigenlijk?'

'Ik heb hem de ochtend vrijgegeven, zodat ik dit hier op mijn gemak kon uitzoeken zonder dat hij over mijn schouder mee kon kijken.'

Mayke komt de keuken uit gelopen met een pot koffie, die ze aflevert bij een van de weinige bezette tafels. Nu ik iets kalmer ben en om me heen kijk, zie ik pas dat het verrassend rustig is met ontbijters in de Vis; er zijn blijkbaar weinig huisjes verhuurd.

'Zon schijnt niet,' zegt Cam, als hij me zo inschattend rond ziet kijken. Alsof dat alles verklaart.

Even verlies ik mezelf in de gedachte dat de zon zich heeft verscholen op een dag als deze, maar dat is magisch denken en daar heb ik helemaal geen tijd voor.

'Gaat hij?' vraagt Mayke aan Cam. Ze is naast me aan de bar verschenen.

'Hij gaat,' zeg ik ernstig.

'O, gelukkig,' verzucht ze, 'dan komt alles wel goed. Ik ben zo bezorgd om Milena!'

'Tjerk heeft het ook wel even nodig,' zegt Cam, 'het gaat niet helemaal naar wens met zijn verleiding van onze burgermoeder – of althans, de verleiding is meen ik wel succesvol afgerond, maar de nasleep verloopt niet helemaal naar believen, eh...' Cam geeft zijn vriendin een wat verwilderde blik.

'Hou maar op, Cam,' brom ik, 'je hebt je vastgepraat en je komt er niet meer uit. Mayke, ik heb hem het hele verhaal min of meer verteld, je zult het wel van hem horen, maar ik zou het waarderen als niet het hele dorp te weten komt waar ik naartoe ben. Dat ik van het eiland af ga zal iedereen binnen het uur wel weten, met dank aan Siets als hij dienst heeft op de boot van twaalf uur, maar dat risico neem ik dan maar.'

'Ga nou maar gewoon,' zegt Cam, 'het komt allemaal wel goed.' Hij grabbelt in zijn zak en schuift me dan een creditcard toe.

Ik stap op van mijn kruk en wil weglopen, maar bedenk me dan nog één ding. 'Cam, ik weet dat je het al druk genoeg hebt, maar iemand moet even iets met die twee jonge gastjes die nog in Piers huis zitten.'

'O, haal die maar hiernaartoe, lieverd,' zegt Mayke meteen moederlijk tegen hem, 'ik maak wel even wat te eten voor ze. Die zijn zich natuurlijk het rambam geschrokken!'

'Dat komt ook wel goed,' zegt Cam. 'Ga nou maar; het komt goed. En ik denk dat het met Alexandra ook wel goedkomt.'

Dat denk ik zelf niet, maar ik zeg niks, hef mijn hand op ten groet en marcheer naar buiten.

Drie uur later marcheer ik nog steeds: zo de vertrekhal op Schiphol binnen. Het is er druk, maar goed bewegwijzerd; voor ik het weet sta ik bij mijn gate, met mijn handbagage op mijn rug, en ben ik eigenlijk nog aan de vroege kant.

Ik voel me ineens een beetje als Jack Reacher. Ik lees die boeken graag; hij is ook ex-militair en ik herken wel het nodige. Hij doet wat ik niet een keer, maar meermaals in mijn leven heb overwogen. Gewoon gaan. Vertrouwen op je kracht, je intelligentie; zonder banden, zonder wortels de wereld door reizen. Soms even ergens blijven hangen, als er iets te doen is, of iets op te lossen, en daarna gewoon weer verder trekken. Ik weet niet of ik zo'n verwoede onrechtbestrijder als hij zou zijn geworden als ik voor zo'n leven zou hebben gekozen, en ik weet ook niet of ik echt met alleen een tandenborstel en wat cash op zak de wereld rond zou willen, maar de gedachte heeft, zeker nu mijn thuisfront voelt als een verwarrende, pijnlijke knoop, iets heel aantrekkelijks en rustgevends.

Meteen daarna weet ik dat ik het eiland zou gaan missen. Alle mensen die ik al zo lang ken, of in het geval van die jongelui in de Vis misschien wat korter, maar die ik er niet minder om waardeer. Ik had Axel altijd al hoog zitten, maar in de afgelopen weken dat ik Cam wat beter heb leren kennen, is die jongen ook flink in mijn achting gestegen. Dat heeft Mayke goed gedaan; als ik Henk Ferwerda binnenkort weer eens spreek moet ik niet vergeten dat tegen hem te zeggen.

Ik grijns verstolen, terwijl ik door de grote ramen neerkijk op de activiteiten beneden op het beton van de luchthaven. Ik ben helemaal niet geschikt voor een leven als Jack Reacher. Ik ben prima geschikt om op een missie te gaan, maar ik ben een man die het nodig heeft om ergens thuis te kunnen komen. Het heeft geen zin mezelf voor de gek te houden, hoe ingewikkeld mijn thuisfront me op dit moment ook toeschijnt.

Ik hou niet van ingewikkeld, maar ik denk dat ik me wel redelijk schuil zal kunnen houden als ik eenmaal weer terug ben met Milena. Ik zal in ieder geval genoeg te doen hebben als ik de nieuwe, onverwachte eigenaar ben van Piers huisje. Dat moet dan natuurlijk opgeruimd worden, en er moet denk ik ook wel even een kwast verf doorheen, en dan moet ik nog verzinnen wat ik ermee zal gaan doen. Misschien is het verstandig om het om te bouwen tot een pensionnetje voor de stagiairs op de to- O, wacht. Streep door de rekening. Ik herbeleef meteen die ruzie met Lexie, nee, met Alexandra, in Piers achtertuintje, en hoewel er een bloedmooie stewardess langsloopt die me een verblindende glimlach schenkt, voel ik dat mijn gezicht één grote frons is, en dat er geen beweging in te krijgen valt.

Mijn mobiel maakt geluid.

Ik laat het gaan; ik heb geen zin om te kijken.. Ik heb al eerder een paar appjes binnen horen komen, vast van Lexie, nee, A-lex-an-dra (brein, onthou dat nou), en ik heb geen zin om ernaar te kijken.

Ongetwijfeld weet dankzij Siets' oplettendheid het hele eiland nu dat ik er niet ben; Siets stond op de brug toen ik de boot pakte en hij heeft me natuurlijk wel gezien, met mijn stoffige, met Waddenzeezout uitgeslagen auto. Ik heb een halve fles ruitensproeier op moeten maken voordat ik een beetje door de voorruit kon kijken, maar hij startte meteen en draaide soepeltjes, en hij heeft me zonder enige aarzeling met gemiddeld honderddertig per uur naar Schiphol vervoerd. Als mijn auto oren had gehad, dan was de stoom eruit gekomen; ik heb flink gescheurd.

Mijn mobiel maakt opnieuw geluid en ik haal toch het toestel maar even uit de zak van mijn BDU. Woodland, deze keer; dat ziet er eerlijk gezegd een beetje uit alsof ik zo'n *doomsday prepper* uit de VS ben, die in zijn schuilkelder woont en leeft van pindakaas en bonen uit blik. Ik wil niet weten hoe de atmosfeer in zo'n schuilkelder is, na het zoveelste blik bonen, maar goed. Ik moet altijd een beetje lachen om die jongens: de meeste zitten vol goeie bedoelingen. BDU, groot kartelmes aan hun riem, blikvoer in hun schuilkelder, maar ze zijn dan bijvoorbeeld vergeten om voor water te zorgen, of om te bedenken dat je vooral je hersens nodig hebt om te overleven, niet zozeer een pot pindakaas. Nou ja, wat er niet in zit kun je ook niet gebruiken, natuurlijk.

Er staat een hele rij appjes van Lexie – hè, verdomme, wanneer hou ik nou op met haar zo te noemen? En ik zie toch in de gauwigheid, of ik wil of niet, dat ze vraagt waarom ik van het eiland af ben, en of dat iets met ons gesprek van vanochtend te maken heeft.

Voordat ik het weet heb ik WhatsApp opengeklikt om de rest te lezen.

Tjerk?

Tjerk, we moeten nog even praten, volgens mij ging het daarnet helemaal mis.

Tjerk, het spijt me als ik verkeerd uit de hoek kwam, ik wilde je niet kwetsen. Dat is echt het laatste wat ik wilde, maar ik wil wel eerlijk tegen je kunnen zijn.

Ik ben nog helemaal in de war van afgelopen nacht.

Ik trek een gezicht. Ik ben ook nog in de war van afgelopen nacht, maar dat is wat mij betreft dus meteen in de knop gebroken.

Het laatste appje is van nog maar tien minuten geleden.

Ik wou dat je iets van je liet horen; ik ben zo bezorgd dat ik me helemaal niet op mijn werk kan concentreren.

Ik voel toch iets trekken vanbinnen en even zweeft mijn vinger boven de belknop, maar ik slik en knipper twee keer met mijn ogen en de urgentie zakt weer. Mijn vlucht wordt omgeroepen: *now boarding*. Gelukkig, er gebeurt iets; dat houdt mijn hersenen tenminste even bezig.

Bijna de hele vlucht lang blijf ik piekeren. Over Piers dood, over wat dat betekent, voor het eiland, voor de toren, voor mij. Over het feit dat ik nu de facto de nieuwe Pier ben, en wat ik daarmee ga doen. Over wat Lexie heeft gezegd, en hoe ik daarop heb gereageerd; over de nacht die Lexie en ik hebben beleefd. Ik probeer in slaap te vallen maar doe geen oog dicht, en het lijkt wel alsof, hoe verder ik verwijderd raak van het eiland, in kilometers, hoe meer ik alles wat er is gebeurd in een ander licht ga zien.

Ik mis haar.

Ik kan het niet ontkennen: haar geur, haar warme aanwezigheid dicht bij me, ik mis dat na één nacht alsof ik al twintig jaar met haar heb samengeleefd. Het was heerlijk, spannend, nieuw en vertrouwd tegelijk, en wonderbaarlijk om zomaar, op mijn geboortegrond nota bene, een vrouw te treffen die me het gevoel geeft dat we precies bij elkaar passen.

Ik vind het niet vreemd dat ik zo heftig reageerde op Piers dood, en Lexies woorden. Ik stond helemaal open, ik was nog rauw en verwonderd, en toen gebeurde er zoiets, en zei ze dat.

Ik heb heftig gereageerd, ja, en waarschijnlijk té heftig. Ik heb... tja. Meestal als ik moet dealen met emoties die me niet aanstaan heb ik de neiging om ze maar gewoon te onderdrukken. Maar als ik mezelf eens goed in de ziel kijk, weet ik heus wel dat ik vaker zo heb gereageerd: dat ik vaker verdriet en schrik heb omgezet in woede, alleen maar om de daadkracht die dat oplevert te kunnen gebruiken. Om niet hulpeloos en overspoeld te zijn, inert en handelingsonbekwaam. Dat heb ik in dit geval ook gedaan. Lexie heeft alles over zich heen gekregen. Ze deed het niet op haar allerhandigst, dat kan niemand ontkennen, en misschien is dat ook logisch, want wie weet voelde zij zich net zo broos over de voorafgaande nacht als ik, maar dat wil dan nog niet zeggen dat ik als een stoomwals over haar heen moest rollen met mijn bavianengedrag!

O, ik kan me wel voor mijn kop slaan dat ik zo heb gereageerd, nu ik wat meer afstand heb, zowel geestelijk als fysiek. Ik zou het liefste de cockpit binnen stormen en tegen de piloot zeggen: keer om die kist, ik moet terug naar het eiland, maar dat kan niet, want ik ben op missie.

Milena halen. Check. Focus, Tjerk. Zodra ik weer op de grond sta laat ik iets van me horen en als ik met Vinnies meisje onder mijn arm weer veilig op Nederlandse bodem sta, heb ik tijd genoeg om de boel te repareren met Lexie. En met de toren kom ik er ook wel uit, voor mijn part ga ik er zo zitten, met niks; ik heb voorlopig toch geld zat. Het is nog ingewikkelder om de taken rondom de reddingsboot en het rooster op de toren goed te herverdelen. Ik kan me ook gewoon niet voorstellen dat Lexie me hoogstpersoonlijk uit de toren komt slepen als ik de boel goed organiseer; ik bedoel, wie gaat ze daarvoor meebrengen? Robbie? Laat me niet lachen.

En met die gedachte, en een voorzichtige glimlach op mijn lippen, val ik uiteindelijk toch nog in slaap in mijn stoel, om verbaasd wakker te schieten als de purser aankondigt dat de landing wordt ingezet. En ik ben nog betrekkelijk uitgerust ook.

Dat is mooi, want ik zal mijn hersens hard nodig hebben, de komende achtenveertig uur. Ik hoop dat ik tegen die tijd alweer hoog en breed op een vlucht terug zit, mét Milena, en dat ik dan deze hele episode zo snel mogelijk achter me kan laten.

Ik klik mijn stoelriem open op het moment dat het bordje aangeeft dat dat mag, en maak me klaar om op te staan, de tropische hitte tegemoet.

Intermezzo 16: Axel en Vincent, in een Zoommeeting

'Hoe gaat het daar? Wen vraagt bijna iedere dag hoe het is, en ik heb dan wel dagelijks even een belletje met Cam, maar dat gaat natuurlijk vooral over praktische dingen. Of de molen nog draait, en die opslagbatterij die hij zo nodig in het aggregaathok moest zetten, en de huisjesverhuur en zo. Maar hoe gaat het nou echt?'

'Gewoon. Goed. Ik loop te rennen, elke dag, want dan hoef ik niet na te denken.'

'Ja, dat zegt Cam ook steeds. Ik... ben bezorgd om je, man.'

'Gast. Doe normaal. Ik ben het: Vinnie de waai, ik surf overal wel doorheen. Je kent me toch?'

'Hm, rot op nou, ik pieker erover omdat ik je ken, juist. Je bent helemaal niet zo.'

'Vertel me nou eerst maar eens hoe het met Wen gaat.'

'Hm.'

'Ja, nee, kom op, ik wil weten hoe het ervoor staat bij jullie. Zij moet al het zware werk doen.'

'*Tell me about it*. Ze kan nu echt bijna niet meer lopen, ze wil zo graag dat de bevalling begint, maar ze is er ook zenuwachtig voor. Ik ook, hoor. Het is met één baby al niet niks, maar dit... Vanochtend zei ze dat ze iets voelde. Het is nog nét te vroeg, we hebben overmorgen een afspraak staan in het ziekenhuis om te kijken of ze al kan worden ingeleid, maar ze zei: je zal zien dat Fedde en Hessel alvast zelf komen, vlak voordat het ziekenhuis eraan gaat beginnen.'

'Heten ze zo? En het zijn dus jongetjes?'

'Hm, shit, dat had ik natuurlijk niet moeten zeggen, maar wij praten er samen over alsof ze er al zijn, weet je wel. Ik heb het tot nu toe binnen kunnen houden, maar... niet tegen haar zeggen dat je dit weet, hoor!'

'*Silent as the grave*. Ik hoop dat het goed gaat, man, ik leef echt met jullie mee. En ik weet wel dat het niet, eh, stoer is om te zeggen, maar ik mis je als de hel. Ik denk nog vaak terug aan die tijd dat ik bij jullie op de bank sliep.'

'Toen je net terug was uit San Diego?'

'Ja, precies. Toen ik net Mi leerde kennen. Als ik daar nu op terugkijk was dat zo'n zorgeloze tijd, eigenlijk, hoewel we natuurlijk ook wel een toestand hebben gehad met dat huisje bouwen, en die gasten die Mi wel even dachten te kunnen ophalen, die toen op het eiland kwamen, weet je nog?'

'Ik weet het nog.'

'Ik herinner me die tijd als... jezus, hoe zeg ik dat, alsof hij vol belofte zat, zeg maar. Gouden randje.'

'Ik moet je wat zeggen.'

'O? Heb je nog niet genoeg gezegd, met die per ongelukke namenreveal van je zoons?'

'Nee, geen geintje. Ik zit de hele tijd op de wip of ik het nou wel of niet ga zeggen, maar ik wil het gewoon niet voor me houden. Je bent mijn oudste maat. Ik weet hoe ongelukkig je bent.'

'Nou begin ik me zorgen te maken. Zeg op.'

'Tjerk is gisteren vertrokken.'

'Wát? Hoezo?'

'Nou, hij heeft blijkbaar ruzie met de nieuwe burgemeester.'

'Ik dacht dat ze juist bij elkaar in bed waren beland, eergisteren, na de strieman. Iedereen had het erover, ze vonden het allemaal een goeie. Hij zal haar wel temmen, dachten ze nog, en zo. Ik vind het ook wel grappig, maar ik vind het ook echt leuk voor hem; ik dacht ook eigenlijk niet dat hij het in zich had, die ouwe brombeer.'

'Blijkbaar is het dus niet leuk, want hij heeft ruzie met haar gekregen. Over Pier, en Vlamkop, en dat Pier Tjerk zo'n beetje als opvolger heeft aangewezen.'

'O. Dat wist ik nog niet. Wel dat die ouwe dood was, maar dat Tjerk, en die ruzie... dat dus niet. Maar wat heeft dat dan met mij te maken? Trouwens, lekker dan: jij zit daar in Doornsteek, *miles away*, en je zit mij bij te praten over de roddels van het eiland.'

'Hm.'

'Ja, je moet wel lachen, ouwe grapjas.'

'Ik moet helemaal niet lachen, het is serieuze shit. Jij bent hier de grappenmaker, niet ik. Luister nou even, Vin, het is belangrijk, en ik weet niet zo goed hoe ik het je moet vertellen; volgens mij maak ik er een zooitje van.'

'Oké, oké, ik luister, het klinkt inderdaad wel echt als serieuze shit. Daar ga ik juist altijd flauwe grappen van maken; je kent me toch?'

'Ja, dat is het hem nou juist: ik ken je. Nou. Moet je horen. Tjerk is dus met zijn kwaaie kop van het eiland af gegaan, gisteren met de middagboot, en zo bam door naar Schiphol. Cam heeft een ticket voor hem gekocht. Naar Thailand.'

'Naar Thailand?! Naar Mi? Wat... ik bedoel, hoezo dan?'

'Nou, Cam heeft zijn vader ingeschakeld om te kijken of ze daar in dat resort wel een beetje goed zat, en dat blijkt dus maar helemaal de vraag; hij heeft me niet alle details verteld gisteren, maar in ieder geval wel dat hij de situatie inschatte als niet zo veilig voor jonge vrouwen op zichzelf.'

'Shit, godver, ik wíst het! Ik vond al dat die paar appjes die ik van haar kreeg zo... nou ja, ik weet niet, zo triest overkwamen, maar ik dacht dat dat kwam omdat ik me zelf zo klote voelde. En nou is Tjerk daar in z'n eentje naartoe om wat te doen, haar daar weg te halen?'

'Zoiets ja. Cam noemt het een gelukkige samenloop van omstandigheden: Tjerk heeft even wat afstand nodig en Milena moet daar gewoon weg.'

'Noem dat maar gelukkig! Ik sliep toch al niet zo best, maar nu doe ik zeker geen oog meer dicht.'

'Rustig, man. Tjerk heeft genoeg heftige dingen meegemaakt, die kan dat wel. Zal je zien, morgen of overmorgen komt hij gewoon weer terug, met Milena, en dan kunnen jullie ook weer verder.'

'Ja, dat zeg jij. Wat als ze me nou niet meer terug wil? Wat als ze heeft bedacht dat ze beter af is zonder zo'n sneue rukker als ik?'

'Rustig nou. Je bent geen sneue rukker, Vin, hou nou toch op. En natuurlijk wil ze je terug; ik denk dat ze daar misschien wel al langer weg wilde, maar dat ze dat niet tegen je durfde te zeggen omdat ze wist dat je dan meteen zou komen. Ze wilde toch loskomen van het verleden?'

'Ja, en nou wordt ze nóg een keer gered. Ik zal blij zijn als ik haar weer zie en als ze veilig terug op het eiland is, maar... wat nou als het dan helemaal niet heeft geholpen, dat ze weg is gegaan? Wat als ze dan weer weg wil omdat ze nog steeds voor zichzelf niet heeft bewezen dat ze het zelf kan, of wat het dan ook is wat ze wilde bewijzen? Ik heb het nooit helemaal begrepen, volgens mij.'

'Ik denk dat je het precies begrijpt, Vin. En ik denk dat het wel goed gaat komen.'

'Hoe weet jij dat nou.'

'Hm. Gut *feeling*.'

'Ik wist niet eens dat jij een gut had, achter dat wasbord van je.'

'Ik heb geen wasbord meer; ik heb veel te veel Hollandse kost gegeten. Dagje werken op de boerderij, bord aardappelen, vlees en groente voor mijn neus, halve liter jus eroverheen, nou, dat gaat er wel in. Wat Wendes moeder maakt is niet culinair maar wel lekker, en ze stopt me helemaal vol. Als we terugkomen is Wende weer dun, maar ik niet!'

'Vraag dan maar aan Mayke of ze salades voor je maakt. Als Tjerk hier is geeft ze hem ook vaak een bord groenvoer, want die man werkt steeds zo hard aan van alles en nog wat dat hij geen tijd neemt om behoorlijk te eten. Vaste klant bij Tjeerd; iedere avond een vette bek.'

‘Hm, het komt wel goed met hem. En mij. Net zoals het wel goedkomt met jou, Vin.’

‘Laten we het hopen.’

‘Wacht, ik hoor Wen roepen, ik moet even gaan kijken. Klinkt niet goed.’

‘Hou je taai, man, en stuur me een appje.’

‘Hm!’

21

Het eerste wat ik voel als ik uitstap is die tropische benauwdheid. Dat is altijd even schakelen, maar het is niet de eerste keer, dus na een paar keer diep in- en uitademen weet ik: rustig bewegen, anders stroomt het zweet me zo dadelijk over de rug. En dan hebben we nog het tijdsverschil. Het is hier zes uur later; voor mijn gevoel zou het nog midden in de nacht moeten zijn en ben ik wel toe aan nog een beetje meer slaap dan wat ik in die vliegtuigstoel heb kunnen pakken. Hoewel dat meer is dan ik had verwacht: even rekenen en ik moet toch zo'n zes uur hebben geslapen. Ik ben, misschien ook van alle emoties, voor mijn doen belachelijk vroeg in slaap gevallen.

Ik heb die gedachte nog niet gedacht of de betreffende emoties komen in volle vaart over me heen denderen, alleen nu in omgekeerde volgorde. Was ik op het eiland vooral van de kaart door Piers dood en schoot ik echt volledig door mijn remmen van hoe Lexie daarop reageerde, nu klopt mijn hart zo'n beetje in mijn keel bij als ik eraan denk hoe ik als een ongenuanceerde idioot heb gereageerd op haar, hoe ik alles wat ze zei in het slechtst mogelijke licht heb gezien, hoe ik nog net niet op het punt stond om haar aan te wijzen als hoofdschuldige van Piers... tja, wat was het? Wanhoopsdaad? Zelf-euthanasie? Hij was oud, hij zag zijn einde waarschijnlijk wel naderen, en hij wilde de regie in eigen hand houden. In het harnas sterven. Ik ben er diep door geraakt, en al helemaal door die brief die hij me heeft geschreven, maar – en dat kon ik wel al meteen, al doorvoel ik het nu wat beter – ik kan alleen maar respect opbrengen voor wat hij heeft gedaan. Lexie heeft er niets mee te maken. Het is niet haar schuld, het is niet door haar toedoen. Misschien had ze wel iets sensitiever uit de hoek kunnen komen, op dat specifieke moment, maar...

O god, ik heb waarschijnlijk alles kapotgemaakt, met mijn botte kop.

Ik loop door de gangen van de luchthaven, op weg naar het busstation, en grabbel naar de mobiel in mijn zak. Hij staat nog op vliegtuigstand en zodra ik hem aanzet en hij begint te roamen – de kosten zullen wel de pan uit rijzen – zie ik de appjes die ze me had gestuurd voordat ik instapte. Ze weet dat ik die heb gezien, maar ik heb nog niks teruggezegd.

Achter elkaar komen er nu nog drie nieuwe binnen:

Ik ben naar de Vis geweest; Camerlingh zegt dat je naar het buitenland bent. Ik hoop niet dat dat vanwege mij is; hij wilde er verder niets over zeggen.

Tjerk, laat nou toch iets van je horen

ik kan niet slapen

Dat laatste berichtje grijpt me bij mijn hart; ik heb zelf uiteindelijk als een baby liggen tukken in die vliegtuigstoel, alsof er niets aan de hand was, terwijl zij misschien wel urenlang lag te woelen en draaien. En hoewel ik nu toch ook wel aan mijn rug voel dat ik geen achttien meer ben, klopt het ergens niet dat ik heb geslapen en zij wakker heeft gelegen.

Ik heb het echt helemaal verkeerd aangepakt. Ik ben een idioot. Ik weet niet of het nog te repareren valt, ik weet even helemaal niks meer, maar ik kan mezelf wel schoppen. Ik kan me niet heugen dat ik zo oerstom bezig ben geweest in mijn leven, terwijl er zo veel op het spel stond. Zelfs de schok van Piers overlijden, en dat briefje – het zit nog steeds in mijn binnenzak – is geen excuus.

Lexie is misschien wel, vrijwel zeker, degene.

Ik dacht niet dat ik ooit nog een vrouw zou ontmoeten over wie ik me zo zou voelen; ik ging ervan uit dat die optie voor mij niet was weggelegd.

Even tel ik terug: het is nog midden in de nacht, of als je van het vroege opstaan bent, heel vroeg 's morgens op het eiland. Zal ik iets van me laten horen? Kan ik dat maken? Kan ik mezelf nog tegenhouden?

Ik druk op haar nummer.

'Tjerk?' Ze neemt direct op, hoewel ze verschrikkelijk slaperig klinkt.

'Lexie, ik, eh...' mompel ik onhandig, terwijl ik intussen op een van mensen krioelend busstation sta en om me heen kijk.

'Waar ben je?'

Een directe, eenvoudige vraag. Daar kan ik wat mee. 'In Thailand. Ik ga proberen Vincents vriendin terug te brengen naar het eiland, want we hebben de indruk dat ze niet veilig is waar ze nu zit.'

'In Thailand!'

'Ja.'

'Ik... dacht dat je, eh, vanwege mij...' mompelt ze.

'Ik denk wel dat ik even een beetje afstand nodig had,' zeg ik eerlijk, 'maar dat ik ook daadwerkelijk ben gegaan was vanwege iets anders.'

'Ja, oké, dat snap ik,' zegt ze. 'En sorry, Tjerk, ik besef dat ik ontzettend gevoelloos reageerde, toen ik zei wat ik zei, in de tuin bij de vuurtoren, eh...'

'Ik was ook niet het toonbeeld van, ehm, beheersing. Realisme. Ik... weet het ook niet precies, maar ik denk dat ik me waarschijnlijk op je afreageerde. Mij spijt het ook.'

'De uitvaart is over twee dagen. Haal je dat?'

'Als ik geluk heb wel. Ik wil hier natuurlijk zo snel mogelijk weer weg.' Ik val even stil, maar zeg dan toch: 'Nu ik eenmaal weg ben van het eiland wou ik dat ik niet was gegaan. Hoewel dit wel echt een noodzakelijke missie is.'

'Dat begrijp ik,' zegt ze ernstig. 'Tjerk?'

'Ja?'

'Doe voorzichtig.'

Dat geeft me onverwachts een warm gevoel in de hartstreek. 'Ik app je zodra ik weer op het vliegveld sta voor de terugreis,' beloof ik haar, en dan hangen we op. Ik weet niet of we nu weer helemaal zijn waar we wezen moeten met elkaar, maar ik voel me in ieder geval een stuk beter.

Een aantal uren en een minder feestelijke busreis later zit ik in een bootje op weg naar een eiland dat Ko Ton Mai heet, wat iets als bomeneiland moet betekenen. Ik heb niet gewacht op de veerboot, die twee keer per dag gaat; ik ben gewoon een rondje door de haven gaan lopen totdat ik een tanige, bruin doorbakken vent bij zijn boot bezig zag, en toen heb ik een praatje aangeknoopt.

Toen ik de naam van het eiland waar ik heen moet noemde, kreeg ik eerst een dubieuze maar veelbetekenende blik van hem, maar toen ik hem vertelde dat ik ook van een eiland kom en dat mijn ouders weliswaar een boerderij hadden, maar dat de zee ons zo'n beetje allemaal wel in het bloed zit, werd zijn blik wat zachter. Ik stelde me voor, hij zei dat hij Jack heette, grijnsde me tegemoet – er ontbraken wel een paar tanden – en voegde daar in zijn gebroken Engels aan toe: 'Als kapitein Jack Sparrow.'

Niet zijn echte naam, uiteraard, maar dat was verder niet van belang voor het doel van mijn reis.

Hij vroeg me of ik nu nog steeds op mijn eiland woonde. Wat ik nu voor werk deed. Hij vond dat ik er niet erg uitzag als een boer, waar ik hartelijk om moest lachen, dus ik vertelde hem dat ik soldaat ben geweest en dat ik sinds kort vuurtorenwachter ben op het eiland.

Dat verbaasde hem, maar tegelijk zag ik toch ook iets van respect in zijn blik.

'Waarom ben je dan hier?'

'Om een meisje op te halen dat op Ko Ton Mai is gaan werken. Ze hoort op mijn eiland; er is een jongen die op haar wacht.'

'Wie zit er dan op de vuurtoren?' Ik kreeg een vorsende blik. Zeelieden zijn zo.

'Mijn leerlingen,' zei ik.

Hij kauwde even op zijn lip en knikte, en rekende me vervolgens een prijs voor het huren van zijn boot die voor mij alleszins meeviel, maar die voor hem denk ik wel een week goed eten vertegenwoordigde.

Nu we een eind op zee zijn vraag ik kapitein Jack naar zijn familie. Hij heeft drie dochters, vertelt hij, en hij grijnst erbij, met die fietsenstalling van hem. Trotse vaders, ze zijn overal hetzelfde.

'Als ik met je kan afspreken dat je op Ko Ton Mai op me blijft wachten, en ik op z'n laatst morgenochtend vroeg weer met je kan terugvaren, dan betaal ik je genoeg om er een maand goed van te kunnen eten,' stel ik hem voor. Na een korte denkpauze knikt hij, en noemt zijn prijs.

Nog steeds ruimschoots binnen budget. Ik ben blij dat ik na dat gesprekje met Lexie even bij een ietwat smoezelig wisselkantoortje ben binnengestapt om wat geld van Cams budget op te nemen in baht, en hoewel die immense stapel biljetten waarmee ik naar buiten stapte nu verdeeld zit in vier oncomfortabele rollen in vier van mijn BDU-broekzakken, was het voldoende om de ogen van kapitein Jack te doen glanzen toen ik van een van die rollen genoeg biljetten afpelde om de overtocht te betalen. Hij weet dat ik nog meer heb, en hij heeft heel aardig ingeschat hoeveel er ongeveer op zo'n rol moet zitten.

'Na afloop,' zeg ik tegen hem, om te voorkomen dat hij er met de poet vandoor gaat.

Hij knikt weer, en ik leun een beetje achterover om van het weer en het tochtje te genieten, en om even mijn gedachten te verzamelen. Wie weet of het straks allemaal een heel gedoe wordt?

'Ko Ton Mai is een privé-eiland,' zegt kapitein Jack ineens. 'Ik kan daar niet in de haven blijven liggen; ze willen daar alleen maar dure jachten. Geen werkboten.'

'Ik praat wel met de havenmeester,' zeg ik tegen hem. 'Als eilanders onder elkaar.'

'We doen het samen,' zegt hij dan tot mijn verrassing. 'Als het mijn dochter was zou ik ook willen dat ze daar werd weggehaald.'

De havenmeester is een Brit. Een ex-marineman die met een Thaise getrouwd is, zo vertelt hij, zodra ik zijn voormalige beroep correct heb geraden. Het was een *educated guess*, ingegeven door de manier waarop hij staat: kaarsrecht, de benen een beetje gespreid, alert en inschattend. Ex-beroepsmilitair; geen twijfel mogelijk. Hij herkent bij mij ook iets en we hebben even een aardig gesprekje. Hij zegt er niets over, maar aan zijn gezicht te zien weet hij precies wat er hier allemaal gebeurt. Kapitein Jack krijgt in ieder geval zonder problemen een klein en onopvallend hoekje aangewezen in de haven.

'Heeft ook dochters,' zegt Thaise Jack, met een hoofdbeweging naar de havenmeester, die ons nauwlettend in de gaten houdt.

Vanaf de haven is het een korte wandeling naar de ingang van het resort. Of beter gezegd, naar de centrale hal, want ik begrijp intussen dat het hele eiland min of meer het resort is. Het ziet er paradijselijk uit: schoon, aangeharkt, luxe en doordacht. Er rijden mensen rond in duur uitziende golfkarretjes met een logo erop, er hangt een serene rust en ik kan niet anders dan denken aan Bounty-reclames.

Bij de receptie, in een heerlijk airconditioning-gekoeld gebouw, boek ik een kamer. De kleinste die ze hebben, en die toch vijfentwintighonderd euro per nacht kost. Ik leg achteloos een creditcard en mijn paspoort op de balie en de dame die me helpt vraagt verbaasd: 'Eén nacht? En heeft u geen bagage?'

'Die komt later,' zegt ik, hopelijk met een air alsof dit voor mij dagelijkse kost is. 'Ik blijf misschien langer, maar ik wil eerst een nachtje proefslapen. Ik ben incognito op expeditie.' Ik geef haar een knipoog en hoop dat ze nu denkt dat ik een steenrijke excentriekeling ben. Ik geef haar mijn flitsglimlach, zie haar ogen even reageren en ga dan op zoek naar mijn kamer.

Een half uur later heb ik mijn kamer in kaart – voor de kleinste kamer is hij behoorlijk ruim en luxe – alsmede de ligging van de verschillende gebouwen waar je kunt logeren, de losse cabins langs het strand, de zwembaden en de plek waar je als rijke stinkerd die hier verblijft je eventuele kinderen kunt brengen, zodat je overdag geen last van ze hebt. Daar zal ik wel moeten zijn om Milena te vinden, vermoed ik. Na eerst een verkennende, omtrekkende beweging, waarbij ik me zo goed mogelijk gedraag als de bewuste steenrijke excentriekeling die heel toevallig een bedaard, ontspannen wandelingetje maakt door het parkland, heb ik gezien dat het kinderparadijs zijn eigen zwembad heeft. Ik vond het al zo rustig overal. Bij het kinderparadijs hoor ik gelach en het geluid van spelende kinderen; daar zitten ze dus.

En dan zie ik ook Milena, aan de andere kant van het hek, bezig met een groepje kleuters. Ze is wat afgevallen. Ze was al niet dik, maar nu is ze weer net zo mager als toen ze net op het eiland kwam en bij Wende en Axel thuis logeerde. Ze is wel lekker bruin, zo in haar badpak, maar ze ziet er niet bijster gelukkig uit.

Er lopen nog meer jonge vrouwen rond, allemaal in dezelfde badpakken; ik tel er in de gauwigheid acht.

Ik haal een keer diep adem en loop naar de ingang. Niet om de hete brij heen draaien; ik stap naar binnen in een koele, schone ruimte. Het is duidelijk een soort voorportaal. Net als alles hier ademt het luxe, met die koele marmeren vloer en discrete verlichting.

Achter een bureau zetelt een vrouw, ouder dan ik, maar ik zie ogenblikkelijk wat voor type: een dragonder. Waarschijnlijk bedoeld om te zorgen dat er geen kindertjes ontsnappen, of misschien ook wel als beveiliging om te voorkomen dat er kindertjes worden meegenomen door lieden die daar minder frisse bedoelingen mee hebben, terwijl de ouders van de betreffende kinderen vijfhonderd meter verderop ontzorgd liggen te shinen aan de rand van het zwembad.

Ik merk dat ik er ongelooflijk cynisch van word, van deze brandschone nepwereld. Ik zou hier voor geen goud vakantie willen vieren; ik zou me doodongelukkig voelen. Geef mij mijn eigen eiland maar. Heel even sluit ik mijn ogen, terwijl er een soort verlangende schok door mijn lijf schiet. Ik wil naar huis, en ik wil naar Lexie. Ik weet dat de kans erin zit dat het goed komt tussen ons, en ik verlang daarnaar. Haar warme lichaam tegen het mijne. Mijn eigen bed, mijn eigen eiland, mijn eigen strand met duinen, niet dit bedrieglijke, opgespoten bountystrand, met die rieten parasolletjes en die berg plastic die iedere nacht aanspoelt om in de vroege ochtend door het personeel van dit resort weer te worden verwijderd. Dat heeft kapitein Jack me verteld: hoeveel last hij heeft van de plasticsoep bij het uitoefenen van zijn broodwinning. Hij vangt meer plastic dan vis, en het spoelt allemaal aan op de stranden hier.

'Ik wil graag even spreken met Milena Freriks,' zeg ik tegen de dragonder, die uit haar stoel is opgestaan toen ik binnenstapte.

'Het ochtendprogramma eindigt om half twaalf,' zegt ze op de automatische piloot, terwijl ze zich voor de binnendeur positioneert op een manier die me vertelt dat ze dit al heel veel vaker heeft gedaan. 'Kinderen kunnen niet tussentijds opgehaald worden; dan kunnen we de veiligheid niet garanderen.'

'Milena is een van de begeleiders,' zeg ik met een stalen gezicht, verbijsterd dat deze vrouw dat niet weet, 'uit Nederland.'

'De begeleiders zijn aan het werk en kunnen niet gestoord worden,' zegt ze streng.

'Er zijn er genoeg; ik moet Milena nu direct spreken,' zeg ik, op mijn strengste, militairste toon. 'Het betreft een familiezaak. Ik ben hier speciaal naartoe gereisd.'

'U had niet kunnen bellen?' vraagt de vrouw achterdochtig.

'Dat gaat u niets aan,' zeg ik afgemeten. 'Vooruit, haal haar naar buiten of laat me binnen, maar doe het snel, anders maak ik de keuze.' Ik ben intussen zo dicht genaderd dat ik op haar gezicht neerkijk: ze is van Aziatische afkomst, hoewel ik niet direct kan zien uit welk land, en ze is een stuk kleiner dan ik. Ik hou er niet van om vrouwen te intimideren, maar ik hou er nog minder van om gehinderd te worden bij het bereiken van het doel van mijn missie. Ik bestook haar dus met mijn meest doordringende blik en hou die probleemloos het vereiste aantal seconden in stand om haar te zien capituleren: ze stapt bij de deur vandaan, naar haar bureau, en gebruikt de telefoon op haar bureau om iets om te roepen: '*Dutch girl to front desk, Dutch girl to front desk.*'

'Ze heet Milena,' zeg ik fronsend.

'Ze komen en gaan zo snel, en ze komen overal vandaan. Dit is makkelijker,' zegt ze koud, terwijl ze de hoorn terugplaatst op het toestel. Ze vindt het niet leuk dat ze bakzeil heeft moeten halen, dat is wel duidelijk. Wat me nog meer duidelijk wordt, na deze korte maar veelzeggende interactie, is dat de werksfeer hier niet fijn kan zijn, nog los van die fouterik die blijkbaar leiding geeft aan dit resort. Finkmayer heet hij; Cam heeft me wat informatie gemaild.

De binnendeur gaat open en er verschijnt een blond meisje, met in haar kielzog Milena. Ze heeft haar lange bruine haar in een knotje achter op haar hoofd, waardoor haar magere gezichtje nog meer opvalt. Het andere meisje heeft ook lang haar, dat in een hoge paardenstaart bijeengebonden zit. Ze hebben allebei een zorgelijke blik in hun ogen, maar Milena's gezicht schiet van verbazing direct door in een blije glimlach als ze me in het oog krijgt.

'Tjerk! Wat doe jij nou hier?' En tegen het andere meisje zegt ze: 'Monica, dit is Tjerk, van het eiland! Wat een toeval, ben je hier met vakantie?'

'Nee,' zeg ik. 'Kunnen we even ergens praten zonder...?' Ik

maak een hoofdgebaar naar de dragonder, die het allemaal nauwlettend in de gaten houdt.

'O, ja, misschien mogen we wel even een wandelingetje maken,' zegt Milena, meteen weer een beetje schrikachtig, en ze keert zich naar de dragonder om dat te vragen.

'Vijf minuten,' is het antwoord in afgebeten Engels, en tegen Milena's blonde vriendin zeg ze: 'Jij. Weer aan het werk.'

'Ik ben zo terug,' zegt Milena meteen tegen Monica. 'Echt, maak je geen zorgen, hoor, we praten even en dan kom ik meteen weer terug.'

Monica is een knappe meid met alles erop en eraan, maar ik heb vooral oog voor het feit dat ze, onder haar lekkere bruine kleurtje, helemaal wit wegtrekt bij het idee dat Milena vijf minuten met me gaat praten. Wat is hier aan de hand? Ze kan haar tranen nog maar net binnenhouden als ze, met hangend kopje, weer door de deur gaat, terug naar het joelende kinderparadijs. Ik pak Milena licht bij de elleboog en stuur haar richting de uitgang, voordat de dragonder haar mening bijstelt en ik nog een keer de confrontatie met haar moet aangaan. Ik heb zo het idee dat ze, nu ze op me is voorbereid, een stuk meer problemen zal geven.

Even later wandelen we door de rustige, extreem goed onderhouden tuin.

'Ik kan niet geloven dat je hier bent,' zegt Milena zachtjes.

'Ik ben hier om je mee naar huis te nemen,' gooi ik er plompverloren uit. 'Cam heeft via zijn vader uitgezocht dat het hier niet zo veilig is als het lijkt.'

'Nee, dat kun je wel stellen,' zegt Milena hartgrondig, 'maar ik kán niet weg, Tjerk. Hoe graag ik het ook zou willen, want ik wil niets liever dan naar huis. Ik heb geen idee of Vinnie me nog wil hebben, want ik ben natuurlijk stom geweest dat ik dit heb gedaan. Ik was veel te impulsief, maar ik heb echt, geloof me, tijd zat gehad om erover na te denken. Ik wil ontzettend graag terug naar hem, ik mis hem vreselijk, maar ik kán gewoon niet zomaar weggaan. Ik wil hem dat niet laten weten, want ik weet niet of hij nog iets voor me voelt, maar áls dat zo is wil ik niet dat hij bezorgd om me is. Het gaat op zich wel redelijk goed met me, maar ik kan gewoon niet zomaar vertrekken, snap je?'

'Alles kan,' zeg ik rustig. 'Mijn vader zei altijd: waar een wil is, is een weg.'

Milena zucht diep en kijkt naar de grond.

Intermezzo 17: *Cam en Vincent, 's morgens vroeg in de Vis*

'Hij is er nu. Hij is bezig haar terug te halen.'

'En je hebt niks gezegd. Tegen mij. Over hoe het daar is. Ben je wel goed bij je hoofd?'

'Volgens mij ben ik enorm goed bij mijn hoofd, want als ik wel iets had gezegd, dan had je precies zo gereageerd als nu: met een kwaaie kop. En dan was je, met die kwaaie kop, het vliegtuig in gestormd om haar op te halen, en dan had je geen overzicht gehad. We weten niet hoe het daar echt is, wat voor wespennest het is. Tjerk is onderkoeld. Redelijk. Ervaren. Hij kan dit.'

'Ja, natuurlijk kan hij dit, maar ik ben toch geen incompetente idioot?'

'Nee, dat ben je zeker niet, en precies daarom heb ik je hier nodig. Ik moet vandaag de uitvaart voor Pier op poten zetten; er is niemand anders om het te regelen. Omdat ik toen Wiepjes uitvaart had geregeld gaat blijkbaar iedereen ervan uit dat ik dit ook wel op me zal nemen, als ik mijn schoonouders mag geloven, en al helemaal omdat ik ook heb meegedraaid op de toren de afgelopen weken. Ik begrijp dat er geen ontkomen aan is, en er is ook echt niemand anders die het zou kunnen doen, dus dan is mijn conclusie dat ik de handen uit de mouwen moet steken. Ik heb gistermiddag al wat belletjes gepleegd, even met Idzerd overlegd; ik ga zo dadelijk langs bij de kerk en daarna praten bij Burema over de koffie naderhand op het plein. Ik denk dat ik Ria er ook bij betrek, omdat zij zo'n goed netwerk heeft. Zij heeft binnen het uur ongeveer het hele eiland ingelicht. Ik zie even niet hoe we het met het vereiste drukwerk moeten doen; het kost nog zeker twee dagen om aan de wal rouwkaarten te laten drukken en die hiernaartoe te krijgen en die tijd hebben we niet; volgens doc Ellen kan Pier niet een week op die koelplaat blijven liggen bij haar in de praktijk. Dan bederft hij. Het is geen echt mortuarium, natuurlijk.'

'O. Arme Pier. En gatver, eigenlijk ook. Ik wist niet dat dat zo snel ging bij mensen.'

'Het schijnt van de persoon af te hangen. Hoe oud, hoe dik of dun, hoeveel medicijngebruik... Maar goed, het is wat het is. Snap je nu waarom je hier nodig bent?'

'Ja, nou ja, oké, maar ik dacht...'

'Wat dacht je?'

'Nou... ik was natuurlijk met mijn hoofd bij Milena, bij Tjerk, en ook wel een beetje bij Ax en Wen; ik had Ax gisteravond laat nog aan de lijn, nadat jij hem had gesproken. Toen vertelde hij me het hele verhaal van dat resort, en Tjerk, en volgens mij begonnen de weeën terwijl we zaten te praten. Ik heb vanmorgen nog een appje gestuurd, maar nog niks terug gehoord.'

'Shit... shit. Er gebeurt veel te veel tegelijk. Ik zei nog een paar weken geleden tegen Mayke dat ik me een beetje verveelde omdat alles maar zo zijn gangetje ging en ik het met twee vingers in mijn neus kon bijhouden, zelfs zonder Axel, maar nu...'

'Nou ja, ik ben toch hier? Ik draai de Vis wel, met Mayke en Greet en Martin.'

'Ja, dat weet ik ook wel, maar ik moet nog bestellen, en ik loop twee dagen achter met de administratie. Gisteren na mijn dagelijkse belletje met Axel ben ik op de toren gaan zitten om die twee jonge gasten af te lossen; die zitten er ook wel een beetje doorheen. Mayke heeft ze gevoederd en naar bed gestuurd; al met al hebben ze meer nachtrust gehad dan ik.'

'Bestellen kan ik ook wel, geef die hele meuk maar hier. Ik kan toch niet stilzitten, wetende dat Milena, dat Tjerk... Verdomme, waarom heb je nou niks tegen me gezegd, Cam?'

‘Ik wilde je behoeden voor je eigen roekeloze gedrag, dat zei ik toch?’

‘Ja jezus, man, ik ben toch niet gek?’

‘Zeg ik ook niet. We praten in een kringetje rond, Vin. Ik denk gewoon dat Tjerk de betere keus is om te doen wat hij aan het doen is. Ga me er nou niet te veel over aan de kop zaniken, ik moet al zo veel onthouden op het moment. Zorg jij nou maar dat je Milena met open armen ontvangt als ze hier terug is, en dan doe ik de rest.’

‘Oké. Oké. Ik... ja. Oké. En laten we hopen dat het bij Wende ook allemaal, nou ja, goed gaat, weet je wel?’

‘Zeker. Ik kan je wel vertellen dat ik blij zal zijn als iedereen weer op de plek is waar hij of zij hoort.’

‘Zeg dat wel.’

22

Ik heb exact vijf minuten met Milena gewandeld, en toen heb ik haar weer naar binnen gestuurd. Die vijf minuten waren ook genoeg; ik wilde haar noch Monica verdere problemen bezorgen.

Ik loop langs het strand, mijn schoenen in mijn hand, mijn sokken in mijn zak en mijn broekspijpen een klein stukje opgerold; het zeewater speelt over mijn tenen. Ik moet nadenken. Wat is de beste strategie? Moet ik naar binnen stormen, recht het kantoor in van Brandon Finkmayer, die fouterik die hier de boel runt? Ik gooi zijn naam om en om in mijn hoofd. Ik heb hem intussen gegoogeld op mijn mobiel, maar in alle stukken en processen rond Epstein en de zijnen komt hij niet voor. Hij is blijkbaar mooi buiten schot gebleven, maar hij is wel de linkmiegel die Monica's paspoort achterover heeft gedrukt, omdat hij zo van blonde meisjes houdt. En zo'n beetje om de dag vraagt hij haar om bij hem op kantoor te komen om over haar 'paspoortsituatie' te praten, en iedere keer gaat hij een stapje verder met haar. Die arme meid is intussen doodsbang. Hij is volgens Milena nog niet met haar naar bed geweest, maar ze moet zich door hem laten zoenen en betasten en de vorige keer dat ze bij hem was wilde hij dat ze hem afrukte, of nog liever, afzoog; hij stevent er recht op af. Dat is geen grooming meer, dat is je reinste seksslavernij.

Hij schijnt nogal een mannetjesputter te zijn, als ik Milena mag geloven, hoewel hij er op foto's aalglad uitziet, maar ik begrijp nu wel waarom ze vindt dat ze niet weg kan. Ze wil Monica hier niet in haar eentje achterlaten. Ze waren met z'n drieën gekomen, vertelde ze me, maar Angelique, de derde, is na een week weer teruggegaan toen bleek dat Monica haar paspoort niet zomaar terug kreeg.

'Ze heeft haar zo laten zitten,' zei Milena boos en verdrietig, 'dat kán toch niet? Dan ben je toch geen vrienden? Ik weet hoe erg het is, wat Monica nu doormaakt. Ik kan haar niet helpen, ik heb me suf gepiekerd wat ik zou kunnen doen, maar ik weet het gewoon niet. Maar één ding weet ik wel: ik kan haar niet alleen laten.'

Ik heb bewondering voor die meid, ik kan niet anders zeggen. Ze heeft het hart op de goede plek zitten, al vind ik het niet zo handig van haar dat ze bij Vinnie is weggelopen en hem zo ellendig heeft achtergelaten. Dat heb ik haar ook verteld, en toen barstte ze meteen in tranen uit. Ik kon me wel voor de kop slaan; wat ben ik toch een ongenuanceerd stuk geschut. Ze gaf me nog gelijk ook, hoewel ook hier haar bedoelingen eigenlijk wel goed waren. Ze wilde iets doen om, nou ja, los te komen van het verleden, misschien ook volwassener te worden? Dat snap ik ook wel. Ik moest meteen denken aan mijn Amerikaanse collega's in de Special Forces: als er eentje zei: 'Ik verveel me, ik wou dat er een beetje actie kwam,' dan zei een andere: '*Be careful what you wish for*', en voordat je het wist lagen we onder kruisvuur en mochten we blij zijn als we daar levend weer uit kwamen.

'Je hebt geluk dat hij jou er niet uit heeft gepikt,' zei ik nog tegen haar.

Ze schudde haar hoofd. 'Het is maar wat je geluk noemt. Hij houdt echt alleen van blonde meisjes, hij heeft een soort *Baywatch*-obsessie. Daarom moeten we ook allemaal de hele dag in zo'n badpak lopen. Af en toe komt hij kijken, of hij wil dat er een paar meiden "het strand gaan schoonmaken",' ze maakte aanhalingstekens in de lucht, 'maar eigenlijk wil hij ons dan over het strand zien lopen, en vooral ook bukken, terwijl hij uit het raam van zijn kantoor kijkt.'

Ze wees tersluiks naar een behoorlijk groot gebouw dat een eindje verderop pal aan het strand stond. Ik loop er nu rustig naartoe, nadrukkelijk alsof ik gedachteloos langs de waterlijn slenter, maar natuurlijk eigenlijk als eerste *recon* van Finkmayers kantoor. Er zijn meerdere kantoorruimtes in het gebouwtje van drie verdiepingen hoog; het is het backoffice van het resort en er werken volgens Milena zo'n tien à twaalf mensen. Finkmayers kantoor neemt de hele bovenste verdieping in beslag, en daar ergens ligt hoogstwaarschijnlijk dat paspoort van Monica. Dat moet wel, volgens Milena, omdat hij het haar iedere keer wanneer hij haar bij zich roept even laat zien. Meestal haalt hij het uit de la van zijn bureau, maar het is ook een keer uit een kast tevoorschijn gekomen.

Ik loop weg van de waterlijn, en rustig mijmerend ga ik met een wijde boog om het gebouw heen, om dan voorlangs langs de waterlijn weer terug te slenteren. Geen verborgen camera's tussen de bomen; geen achterdeur. Plat dak, schotel erop, airco's aan beugels aan de buitenkant. Helaas ook geen bomen dichtbij genoeg om als klimhulp te fungeren, hoewel het gebouw – een totaal on-Thais uitziende, bijna vierkante kantoordoos die rechtstreeks uit de VS lijkt te komen, ik kan de systeemplafonds en de *cubicles* al bijna ruiken – er van een afstandje redelijk goed beklimbaar uitziet. Voor mij dan; waarschijnlijk niet voor Milena.

‘Ik wilde zo graag iets doen, maar ik kon niks,’ zei ze, half betraand, voordat ze het kinderparadijs weer binnenstapte. ‘Ik ben zo blij dat jij er bent, Tjerk!’

‘Zeg maar tegen Monica dat ze haar belangrijkste spullen vast moet inpakken,’ zei ik nog snel tegen haar, mijn hand even troostend op haar arm. ‘Doe jij hetzelfde; zorg ervoor dat jullie goed hebben gegeten en een fles water in jullie bagage hebben zitten. Neem zo min mogelijk mee, laat achter wat je achter kunt laten, en ga ervan uit dat we vanavond vertrekken.’ In mijn woorden klonk een zelfverzekerdheid die ik op dit moment nog niet helemaal voel, maar aan de andere kant: ik heb wel voor hetere vuren gestaan.

Pas na het avondeten, dat ik zo vroeg mogelijk naar binnen werk in een prachtige eetzaal – het smaakt uitstekend, al baal ik ervan dat ze de Franse keuken serveren; ik had liever gewoon Thais eten gegeten – kan ik aan de slag. Het is nog licht, maar het zal over een uur wel donkerder worden, vermoed ik, dus ik slenter opnieuw blootsvoets langs de waterlijn, alleen heb ik nu mijn schoenen niet bij me. Ik heb niets bij me behalve het steakmes dat ik na de maaltijd achterover heb gedrukt, en een paar tandenstokers. En Cams creditcard; het is niet veel, maar ik hoop dat ik er iets mee zal kunnen.

Het kantoorgebouw is leeg; dat is precies wat ik hoopte. Waarschijnlijk zit iedereen aan de maaltijd; ik heb ook Finkmayer zelf zien binnenkomen in de eetzaal, met zo’n typisch soort blonde vrouw aan zijn arm: zeer slank op de ene plek, zo goed gevuld op de andere plek dat je je afvraagt of Moeder Natuur daarvoor verantwoordelijk was of dat er een chirurgische ingreep aan te pas is gekomen, en zeer luchtig gekleed. Zijn eigen Pamela Anderson, zo stel ik me voor. En dan wel zo’n jonge, frisse meid als die Monica de stuipen op het lijf jagen met zijn dwingende seksuele avances. De kick zal hem wel in het machtsspel zitten, als ik die man een beetje kan inschatten.

Finkmayer ging aan een speciale tafel zitten, op een soort verhoging; de man gedroeg zich alsof hij de lokale dictator is. De koning van het bomeneiland. Ik kan niet anders dan instant weerzin voelen, zowel voor dat aalgladde, uitgestreken smoelwerk van die kerel als voor zijn gedrag.

Ik heb zelf in ieder geval stevig doorgegeten, geen wijn gedronken (de ober, duidelijk een Fransman, was geschokt), en het dessert overgeslagen. Fink zat nog aan zijn voorgerecht toen ik de eetzaal alweer verliet, en te oordelen naar zijn zorgeloze gedrag gok ik dat hij niets vermoedt of verwacht, dus met een in ieder geval op dat gebied gerust hart loop ik een tweede rondje, nu dicht om het kantoorgebouw.

Ik heb in de gauwigheid gezien dat je de deur alleen maar open krijgt met een pas; daar gaat mijn fantasie van *lockpicking* met tandenstokers of de deur open flipperen met Cams creditcard. Toch heb ik geluk, want ik zie dat er op één hoog een raam op een kiertje staat.

Ik ben niet meer zo soepel als twintig jaar geleden, maar ik krijg het toch voor elkaar om omhoog te klauteren, het raam verder open te duwen, en zonder een al te groot flaterfiguur te slaan mezelf over de vensterbank heen naar binnen te werken. Er sneuvelt een plantje, maar al met al ben ik niet ontevreden: binnen drie minuten sta ik in een nette maar nietszeggende kantoortuin met systeemwandjes. Precies zoals ik al dacht.

Een snelle, scherpe blik om me heen vertelt me dat er binnen ook geen cameratoezicht is en ik trek een sprintje naar het trappenhuis en de derde verdieping, waar ik alsnog mijn inbrekerskunsten moet loslaten op de deur. Finkmayer heeft hem op slot gedraaid, maar daar maak ik korte metten mee: deze deur heeft niet terug van mijn flipperkunsten. De creditcard heeft geen schade, de deur ook niet, en ik sta binnen in een ruimte die bijna de gehele derde verdieping beslaat, rondom ramen heeft en een stuk luxueuzer is ingericht dan de kantoorruimtes beneden. De koning van het eiland zetelt hier, en ik duik naar beneden en kruip over de grond naar zijn bureau aan de andere kant van de kamer; als iemand van buitenaf van een beetje afstand naar de derde verdieping zou kijken, dan zou die me zo zien lopen, door de ramen rondom.

Even hou ik mijn hart vast, maar de bureaulades zijn niet afgesloten. Gelukkig maar, want die dingen zijn veel moeilijker open te krijgen dan een kantoordeur. Bij la drie heb ik succes: een heel bosje paspoorten met een elastiekje eromheen. Ik tel en kijk even snel: zeven paspoorten, zeven nationaliteiten, allemaal jonge, blonde vrouwen. Nederlands, Oekraïens, Duits, Deens, Zweeds, Estlands en Fins. Geen Amerikaanse, daar zal hij zijn vingers wel niet aan willen branden. De gluiperd.

De paspoorten verdwijnen in mijn broekzak; ik vermoed dat er morgenochtend ineens wat minder employees op hun werk zullen verschijnen.

Ik ben heel brutaal door de voordeur naar buiten gelopen – eruit kun je gewoon zonder pasje, met een klink, en ik zag nog steeds nergens een camera – en jog nu vriendelijk glimlachend langs de waterlijn met een gezicht alsof ik dit voor mijn plezier doe. Even mijn avondeten laten zakken, ja ja.

In feite is dit de kortste weg naar het gebouw waar Milena en de andere werknemers verblijven, dat een stuk minder luxe is dan de gastenverblijven. Er staat wel een vrij ongezellig uitziende Thai voor de ingang, ik denk een soort bewaker.

Dat heb ik vanmiddag al gezien; die meiden worden nog net niet gevangengehouden, al mogen ze volgens Milena in principe wel gaan en staan waar ze willen op het eiland. De man voor de deur betekent in ieder geval dat ik daar niet zomaar naar binnen kan stormen om ze mee te nemen; we moeten een truc toepassen. Ik verschuil me dan ook in een paar bosjes achter het gebouw, waarbij de scherpe takken gemeen in mijn blote voeten prikken, maar dat negeer ik maar even.

Ik app eerst naar Milena:

Kom naar de haven met Monica en één ander meisje dat je kunt vertrouwen. Doe alsof je een avondwandeling gaat maken en gooi je bagage aan de achterkant van het gebouw uit het raam. Hou je belangrijkste spullen op je lichaam.

Eerder die middag heb ik mijn rugzak – met mijn schoenen erin – verstopt in de bosjes waarin ik me nu verschuil, en als ik zie dat er een raam opengaat en er twee rolkoffers naar beneden stuiteren, grijns ik en stap snel in mijn schoenen.

Die rolkoffers heb ik zo opgepikt, en hoewel er eentje knalroze en glitterend is – ik vermoed dat die bij Monica hoort – loop ik even later met een stalen gezicht ratelend de centrale hal binnen om bij de balie mijn sleutelkaart in te leveren.

'U blijft niet nog een nacht?' vraagt de dame achter de balie. Een andere dan toen ik incheckte, maar blijkbaar zijn ze hier erg nauwkeurig met informatie over hun clientèle, want ze zegt: 'Wat vervelend, en nu is net uw bagage hiernaartoe gebracht!'

Ik haal mijn schouders op.

'U hebt een... aparte smaak,' zegt ze, met een blik op mijn woodland camo BDU en daarna op de glitterende hardshell die ik achteloos naast me heb geparkeerd.

Ik kijk opzij en acteer verbaasd. 'O... deze? Die is van mijn... vriendinnetje, als u begrijpt wat ik bedoel. Ze... wil uiteindelijk toch niet hiernaartoe komen, ze is intussen al op een ander eiland. Nou, dan ga ik daar maar naartoe, hè?'

'Maar er gaat geen boot meer,' zegt de dame fronsend, 'misschien kunt u toch beter nog een nachtje hier blijven?'

'Och, nee,' zeg ik nonchalant, met mijn beste flitsglimlach, 'ik heb vervoer geregeld. Ik zag een schip van een vriend in de jachthaven; hij geeft me wel even een slinger.' Met een lijdzaam schouderophalen en een diepe zucht neem ik afscheid en rol ik mijn twee koffers naar buiten, innig dankbaar dat Milena in ieder geval gewoon een zwarte, onopvallende rolkoffer heeft.

Een korte, naar mijn zin veel te lawaaiige wandeling later – degene die de geluidloze rolkofferwieltjes uitvindt krijgt van mij bij voorbaat de Nobelprijs – komt de jachthaven in zicht, en zie ik dat Milena, Monica en een derde meisje, de armen in elkaar gehaakt, over de aanlegsteiger flaneren. Milena hoort me aankomen, kijkt over haar schouder, en het hele groepje keert zich naar me om zonder elkaar los te laten.

Het derde meisje blijkt Nele te heten. Zij is de Duitse van wie ik het paspoort in mijn zak heb.

Ik knik naar de meiden. 'Alles voor elkaar. Luister, Nele,' zeg ik in het Engels. Ik grabbel in mijn broekzak en geef haar het stapeltje paspoorten minus die van Monica en Milena. 'Jij moet ervoor zorgen dat iedereen zijn reisdocument terugkrijgt, en maak morgenochtend dat jullie alle vijf op de veerboot komen. Wij gaan met een ander bootje, als hij er tenminste nog is, maar dat is niet groot genoeg voor nog vijf mensen.'

Nele knikt ernstig, haar gezicht wit en haar blik dankbaar, maar ze zegt niets. Ze stopt de paspoorten weg in de hals van haar jurk, knikt dan naar mij, geeft Milena en Monica een veelbetekenende blik en keert zich om.

‘Pas goed op jezelf,’ zeg ik nog, maar ze loopt haastig weg en kijkt niet om.

‘Kom mee, meiden,’ zeg ik. ‘Snel, ik wil niet dat er al te veel gedoe komt, en ik vind dat we hier veel te veel in het zicht staan.’ Ik pak de twee koffers bij hun handvatten en loop de steigers af totdat ik – goddank – het onooglijke bootje van kapitein Jack zie liggen, in het verdomhoekje van de jachthaven. Hij zit erin, kluivend op een of ander kippenbotje, en hij veert op als hij ons ziet aankomen.

Ik krijg een brede grijns en een vettige handdruk van hem, en voordat ik tot drie heb kunnen tellen zijn we allemaal aan boord, koffers en al, en verdwijnt het bomeneiland achter ons in de verte, begeleid door het gebrom van Jacks buitenboordmotor.

Ik haal opgelucht adem en kam met mijn vingers door mijn haar, terwijl de zon langzaam in de zee begint te zakken.

23

Ik neem met nog een stevige handdruk afscheid van kapitein Jack. Ik neem ook afscheid van een van mijn rollen baht, maar dat baart me geen zorgen; Jack weet niet dat ik nog drie van die jongens bij me draag.

Het is een korte wandeling naar het lokale busstationnetje en we hebben geluk: er staat een bus naar de luchthaven, een traject van dik zes uur rijden, die bijna gaat vertrekken. We kunnen nog mee, we kunnen zelfs bij elkaar zitten, en de rest van de reis verloopt, spiegelbeeldig aan mijn heenreis, hobbelend in een streekvervoerbus van onduidelijk allooi, stampvol met mensen. Er is geen airco en hoewel het intussen midden in de nacht is, is het nog flink warm. Milena en Monica zitten voor me, ik hou de wacht vanaf het bankje daar direct achter, terwijl ik de avances van de enthousiaste Thaise dame die naast me is gaan zitten zo neutraal mogelijk tegemoet treed.

De dame spreekt behoorlijk goed Engels en legt me uit dat we geluk hebben dat we een plaatsje in deze bus hebben: hij vertrekt altijd – overvol – laat in de avond zodat hij tegen vijf uur 's morgens de luchthaven bereikt. Er zijn nogal wat mensen die daar werken en daar dan in de buurt overnachten, om als ze vrij hebben deze bus weer naar huis te nemen. Dat is nog eens een potje forensen, denk ik stilletjes.

Ik ben een beetje slaperig nu de klus voor het grootste deel is geklaard; ik heb dat altijd als een missie erop zit. Als de allergrootste alertheid er een beetje af is. Mijn medepassagier vertelt druk en enthousiast dat ze op weg is naar het vliegveld om haar zoon op te halen, die in Canada studeert. Ze weet niet precies hoe laat hij aankomt, dus hoe eerder ze er is, hoe liever; ze heeft hem al een jaar niet meer gezien. Lachend en gebarend met haar kleine, elegante handen zegt ze dat hij nu wel veel beter Engels zal spreken dan zij.

Ik knik, maar als ik eerlijk ben gaat haar verhaal mijn ene oor in en mijn andere direct weer uit, zonder noemenswaardige tussenkomst van mijn hersenen. Mijn aandacht, voor zover ik die nog heb, is bij Milena en Monica op de bank voor me, maar mijn gedachten zijn bij Lexie.

Ze zeggen niet zo veel, die meiskes voor me. Ze zitten stilletjes uit het raam te kijken en ik zie dat Milena Monica's hand stevig vasthoudt. Ze zullen denk ik, net als ik, blij zijn als ze weer Nederlandse grond onder de voeten hebben.

Milena heeft meer pit dan ik had gedacht, dat ze zo bij haar vriendin is gebleven. Dat bevalt me van haar. Ik denk dat ze al veel verder over haar eigen slechte ervaringen heen is dan ze zelf dacht; en ook dat ze volwassener is dan ze vermoedde. Volwassener en sterker. Ze heeft de afgelopen weken meer dan genoeg tijd gehad om over zichzelf en haar relatie met Vincent na te denken en ik verwacht niet dat ze hierna nog twijfels zal krijgen; als die twee elkaar zien vallen ze elkaar vast in de armen en is het zo weer goed. Net als met Tjeerd en Greetje, daar was uiteindelijk ook maar een klein duwtje nodig.

Bij mij zal het wel minder makkelijk gaan, verwacht ik zo. Ik zal diep door het stof moeten; me verontschuldigen voor mijn idiote, veel te botte, primaire reactie, en maar hopen dat Lexie dat allemaal wil accepteren. Me nog een kans geven. De eerste glans is er dan misschien wel af, maar...

Ik zucht en schud mijn hoofd. Ik weet het allemaal ook niet precies. Ik heb al met al meer ervaring met missies zoals het terughalen van de dames voor me, dan dat ik weet wat ik moet doen met al die vervreemdende emoties in mijn hartstreek. Ik kan er niet veel meer mee dan analyseren en parkeren, hoewel ze zich verdomd moeilijk laten wegzetten.

Ik verlang naar Lexie. Ik verlang zelfs naar het moment dat ik haar even kan bellen, zodra we op de luchthaven staan. Zoals ik met haar heb afgesproken. Als ik eenmaal weet welke vlucht we hebben, dan is haar bellen echt het eerste wat ik ga doen. Hoewel een kop koffie er ook wel in zou gaan; een doorwaakte nacht gaat me niet meer zo gemakkelijk af als twintig jaar geleden.

De Thaise dame naast me ratelt vrolijk verder en ik zie hoe Monica's hoofd langzaam op Milena's schouder zakt, en hoe Milena op haar beurt haar hoofd tegen dat van haar vriendin laat rusten. Ik hoop dat zij in ieder geval wel alvast een beetje slaap kunnen pakken.

De bus rijdt stevig door, buiten is het donker, het is warm en mijn missie is op een haar na volbracht. Ik vecht ertegen maar voel mijn ogen dicht zakken.

'Mijn koffer is weg,' zegt Milena. 'Tjerk, wakker worden nou, we zijn er, en mijn koffer is weg.'

'Huh?' brom ik wazig, en dan kom ik aan de oppervlakte. Instinctief voel ik: mijn rugzak staat nog op de grond, ingeklemd tussen mijn benen. Mijn hand gaat langs mijn broekzakken. Ene kant: mobiel, paspoort, ledlampje, portefeuille, rol baht, nog een rol baht. Andere kant: één rol baht is weg en het klepje van mijn broekzak is los. Dat zal de charmante Thaise dame zijn geweest. Cam zal wel niet blij met me zijn, maar ik kan me er op dit moment niet al te druk over maken.

'Ik denk dat dezelfde dame die mij heeft gerold, die dus naast me zat, jouw koffer ook heeft meegenomen, Milena,' zeg ik. Ik kijk eens goed om me heen. De bus is al bijna leeg. We staan bij het busstation bij de luchthaven, het begint al licht te worden buiten. 'Heb je je paspoort en je mobiel nog?' vraag ik aan haar.

'Ja, die zitten in mijn handtasje, dat had je toch gezegd, dat dat moest? Belangrijke spullen bij je houden? Er zitten echt alleen maar zomerkleren van T-shirtstof in die koffer, maar aan het ding zelf was ik wel soort van gehecht, geloof ik.'

'Oké.' Ik hijs me uit mijn zitplaats. 'Je komt er wel weer overheen. Het is het minst belangrijke. Ik heb nog genoeg geld om iets te gaan eten en een kop koffie te halen op de luchthaven, maar eerst moeten we een paar tickets regelen,' zeg ik, nog steeds een beetje brommerig van de slaap. Ik had geen idee dat ik zo uitgevloerd was, maar nu ik in mijn hoofd even achteruit spoel, me realiseer ik me dat er sinds de strieman – gevolgd door de nacht met Lexie, gevolgd door de hele toestand met Pier – iets meer dan twee dagen en twee nachten zijn verstreken. In die achtenveertig uur heb ik nergens meer dan een uurtje hier of een uurtje daar kunnen slapen, terwijl het met al die gebeurtenissen zo'n emotionele achtbaan was dat het een wonder is dat mijn kop nog niet van mijn romp is gerold. Dan is het eigenlijk niet zo vreemd dat ik als een ouwe man in slaap ben gesukkeld tijdens deze busrit. Hoewel ik mezelf er natuurlijk intern hartgrondig om vervloek.

Tickets boeken is een werkje van niks en niet veel later zitten we in zo'n typisch vierentwintiguurs-luchthavenrestaurant

– het zou overal kunnen zijn – dat net zijn ontbijtbuffet heeft geopend. Er is niet alleen brood en beleg, maar ook rijst en noedels, en hoewel ik dat thuis nooit zou doen, begin ik de dag met een bord Thaise nasi met garnalen, met een bakje pittige saus ernaast. Ik schuif dat in drie seconden naar binnen, terwijl de dames nog bezig zijn aan hun eerste broodje, maar het helpt maar ten dele: ik heb eigenlijk een ander soort honger.

'Ik moet even een belletje plegen, dames,' zeg ik dus, en ik sta op van tafel om met mijn toestel aan mijn oor door de hal te struinen.

Hij gaat over.

En over.

Het duurt zo lang dat ik het apparaat van mijn oor haal om te kijken of ik wel het goeie nummer heb gekozen, maar het is toch echt Lexies privémobiel.

Ze neemt niet op.

Ik druk weg en probeer het nog een keer, maar met hetzelfde resultaat. Dan maar haar werkmobiel; misschien is haar privétoestel leeg. En nu heb ik direct resultaat, want na de eerste bel neemt ze op met een gehaast: 'Alexandra?'

'Lexie?' zeg ik zachtjes.

'Ja, ik... hallo. Fijn om van je te horen. Ik neem aan dat alles goed is gegaan, dat je me nu belt?'

'...Eh, ja,' zeg ik, verbaasd over haar toon, 'ik sta hier op de luchthaven, met twee jonge vrouwen in plaats van een. Ik heb een beetje moeten klauteren, maar het is geen moment echt gevaarlijk geweest. Ik had het allemaal redelijk in de hand.'

'Ja, eh, ja. Fijn. Goed om te horen,' zegt ze snel, en dan haalt ze een keer heel diep adem.

Ik heb haar nog nooit zo gehoord, zo krampachtig en opgejaagd. 'Wat is er aan de hand?' vraag ik dus plompverloren, 'ik probeerde je op je eigen mobiel te bellen, maar –'

'Ja, dat weet ik,' valt ze me haastig in de rede, 'of althans, ik heb het gemerkt, maar ik kon daar op dat moment even niets mee.'

Ik frons. 'Kan je... niet vrij praten op dit moment?'

'Inderdaad,' zegt ze, met een klein lachje dat ineens belachelijk nerveus op me overkomt. Zo ken ik haar helemaal niet, waar is die onversaagdheid van haar gebleven?

'Zal ik je later terugbellen?'

'Ja, dat is misschien beter, hoewel ik niet kan zeggen wanneer.'

'Oké, dan spreken we elkaar later.'

'Tot dan,' zegt ze, en dan hangt ze op.

Ik sta midden in de hal van de luchthaven en kijk verbaasd neer op het schermpje van mijn mobiel. Het is bijna zeven uur in de ochtend. Ik heb haar niet eens kunnen vertellen dat we een vlucht hebben om half negen lokale tijd, en dat we dus tegen een uur of negen, tien in de ochtend op Schiphol kunnen staan. Ik gok dat ik, als ik hard rij, de afvaart van één uur kan halen, dan staan we om half twee weer op het eiland. Als ik goed heb gerekend zou Piers uitvaart dan 's middags moeten zijn; dat soort dingen doen we niet in de ochtend op het eiland. Na afloop kunnen de hardliners, waar ik er deze keer waarschijnlijk een van ben, rechtdoor de bar van Burema in.

Ik ging er eigenlijk van uit dat Lexie en ik elkaar nog zouden zien voordat het zover was; we hebben tenslotte genoeg te bespreken. Misschien zouden we niet veel tijd hebben, maar aan de andere kant: vijf minuten kan genoeg zijn. Kijk maar naar Tjerk en Greetje. Maar misschien heb ik dat wel helemaal verkeerd ingeschat. Wie weet hebben we in haar ogen niks meer te bespreken. Misschien heeft zij ook nog eens goed nagedacht, en is haar conclusie op dit moment wat de mijne was toen we net zo onaangenaam tegen elkaar op waren gelopen in Piers tuin.

Mijn tuin, is dat feitelijk nu. Wat een onwerkelijk idee.

Het zou zomaar kunnen dat ik dan wel dacht dat Lexie de vrouw is die ik moet hebben, en dat het wel weer goed zou komen als ik, zoals ik van plan was, op mijn knieën door het stof zou gaan, maar dat het bij haar op precies de tegenovergestelde manier is gegaan. Nu ze even tijd heeft gehad om alles te heroverwegen. Misschien denkt ze nu: die man moet ik absoluut niet hebben. Maar het kan ook zijn dat ik op een onhandig moment belde, dat ze midden in een of andere raadsvergadering zit of zoiets, of... Geen idee eigenlijk, wat ze zou kunnen doen waardoor ze niet in staat is om vrij te praten?

Ik tel terug op mijn vingers: Nederland loopt zes uur achter op Thailand. Het is thuis dus na twaalven. 's Nachts. Ze zit niet in een raadsvergadering; ik weet wel dat ze soms doorvergaderen tot na het eten, maar dit zou belachelijk zijn. Het is Den Haag niet, op het eiland.

Wat is er dan aan de hand, als ze zo nerveus klinkt en ze zo overduidelijk niet vrij kan praten?

Ik kan dat kleine, ongemakkelijke telefoongesprekje met Lexie niet van me af zetten, ik blijf piekeren. De dames zijn alweer in slaap gevallen in hun vliegtuigstoel, en dat lijkt me prima; ik ben bijna jaloers dat ik dat op dit moment met geen mogelijkheid voor elkaar krijg.

Lexie.

Wat is er aan de hand, daar? Wat gebeurt er in haar hoofd? Ik kan verdorie ook niet bellen vanuit de lucht natuurlijk, maar ineens zie ik, voorbij de lege stoel naast me, aan de andere kant van het gangpad een man druk in de weer op zijn mobiel. Dan pas valt me het wifi-stickertje op, dat bij de ventilatoren en de stoelverlichting is geplakt.

Zou het?

Ik pak mijn mobiel, open hem, zet de vliegtuigstand uit en bekijk de wifilijst. Ja hoor: verbinding. Het is niet veel, maar genoeg om een berichtje te sturen.

Alles goed? typ ik naar Lexie, op haar privénummer. Ik verwacht geen antwoord, want intussen is het natuurlijk vier uur 's ochtends op het eiland, maar tot mijn stomme verbazing begint ze meteen te typen en staat er even later:

Nee, in mijn scherm.

Wat dan? vraag ik meteen

Ik heb iets ontzettend stoms gedaan en ik kon het niet tegenhouden. Kunnen we nu even bellen?

Wat zou er in vredesnaam zijn gebeurd?

Het is midden in de nacht bij jou, zeg ik dan maar, gevolgd door:

Ik zit in het vliegtuig, ik kan wel appen, er is wifi, maar ik kan niet bellen.

Het blijft even stil aan haar kant, hoewel ik zie dat ze af en toe begint met typen en dan weer stopt. Dan weer beginnen, dan opnieuw stoppen. Blijkbaar weet ze niet precies wat ze wil zeggen. Zou zij nu degene zijn die denkt dat we het nooit hadden moeten doen?

Ik moet een rilling onderdrukken als ik terugdenk aan die nacht met haar. Nu ik er wat meer afstand van heb kunnen nemen, weet ik pas hoe bijzonder het was, hoe verbonden ik me met haar voelde. Hoe graag ik daar meer van wil. Ik heb dan wel getwijfeld, en nijdig gedaan, en ontkend, maar ik voel ineens dat ik altijd, diep in mijn donder, heb gedacht dat het gewoon goed zou komen. Omdat het zo moest zijn. Als ik er zo veel bij voel, dan moet het toch gewoon zo zijn? En nu ineens grijpt het me bij de strot, het idee dat ik het misschien volkomen verkeerd heb ingeschat. De gedachte aan haar, op hetzelfde eiland als ik, zonder dat we bij elkaar zijn, is ineens volkomen ondraaglijk.

Wat gebeurt er met me? Ik ken mezelf bijna niet meer terug. Ik...

Volgens mij ben ik...

Ik weet het wel, het woord dat bij dit gevoel hoort, ik kén het wel, maar ik heb er altijd lacherig over gedaan, en ik heb altijd gedacht dat die vlieger voor mij niet opging.

Wel verdomme.

Volgens mij ben ik verliefd.

Mijn hart geeft een nadrukkelijke bonk terwijl het woord binnenkomt in mijn hersenen, en dat is waarschijnlijk al bevestiging genoeg.

Tjerk, ik zit op de wc met mijn mobiel, ik doe geen oog dicht, ik ben zo stom geweest, maar ik kon er gewoon niks tegen doen, ik ben altijd zo

En meer staat er niet; het lijkt ook alsof er niet meer komt.

Zo wat? vraag ik nog, maar ik zie dat ze ineens offline is gegaan.

Ik staar met volle intensiteit naar het schermpje, alsof ik er meer betekenis aan kan ontlokken als ik maar hard genoeg kijk.

'Tjerk?' hoor ik ineens naast me. Milena glijdt stilletjes in de lege stoel naast de mijne. Eén blik op Monica en ik zie dat die tegen het raampje is gezakt, diep in slaap.

'Ha, meis, gaat het een beetje,' brom ik tegen haar.

'Nou, ik ben echt zo blij dat ik daar weg ben, en ik ben nog veel blijer dat Monica daar weg is!'

Ik knik. 'Snap ik. Ik vind het sterk van je dat je bij haar bent gebleven.'

'Ik kon haar toch niet aan haar lot overlaten, helemaal alleen, in een ander land? Als iemand weet hoe afgrijselijk het is, dan ben ik het wel!'

'Daar heb je gelijk in,' zeg ik zachtjes. 'Maar ik wil je toch nog wel iets vragen. Waarom heb je niet gewoon behoorlijk contact onderhouden met Vincent? Dat arme jong was helemaal van slag, liep met zijn ziel onder zijn arm, werkte zich stuk om maar niet te veel aan je te hoeven denken... Had je geen idee van wat je aanrichtte? Als je hem wat vaker had gebeld, of het hem wat beter had uitgelegd, dan was het voor hem ook minder zwaar geweest.'

Meteen staan haar de tranen in de ogen, en als ze knikt rollen ze over haar wangen naar beneden. 'Ik weet het, ik heb me zo schuldig gevoeld, zo egocentrisch, maar ik wist vaak niet wat ik tegen hem moest zeggen, en ik wist ook dat als we eenmaal aan de praat zouden raken, ik hem zo vreselijk zou gaan missen dat ik meteen weer naar huis zou willen. Maar dat was helemaal in het begin, toen ik net weg was. Toen ik eenmaal in Thailand zat en we doorkregen wat er echt gebeurde, en dat Monica, nou ja, soort van in de val zat, toen wilde ik gewoon niet dat hij wist hoe of wat, omdat hij zou denken dat ik mezelf nog een keer in de nesten had gewerkt, en dat hij dan misschien zou komen om me te redden, of zo...' Ze snikt zachtjes.

'Je wilde hem beschermen? Net zoals je Monica probeerde te beschermen?'

Ze knikt, en snuft.

Ik denk even na, terwijl zij haar wangen droogt en zich een beetje herpakt. 'Hoe... zijn jullie eigenlijk aan het adres gekomen? Van dat eiland, dat resort.'

'Monica kwam ermee. Ze staat ingeschreven bij een of ander modellenbureau, al sinds onze schooltijd; we waren daar altijd wel een beetje jaloers op. Ze heeft ook een paar klusjes gedaan, voor van die kledingwebsites en zo, je weet wel, en dat verdiende best goed, voor iemand van zestien. Ze had er al een tijdje niks meer van gehoord, en toen ineens kwamen ze hiermee: ze zochten meisjes om daar te werken, maar die moesten wel aan bepaalde maten voldoen. Zij zouden de tickets betalen, het was voor drie maanden en het salaris was eigenlijk helemaal niet zo verkeerd. Monica heeft toen gevraagd of Angelique en ik ook mee konden; we hadden op zich het goeie figuur, al hadden ze liever gezien dat we ons haar eerst blond verfden. Ben ik even blij dat ik dat niet heb gedaan!' Ze knippert even met haar ogen.

'Dus dat modellenbureau ronselde gewoon meisjes voor dat eiland?'

'Ja, eigenlijk wel,' zegt ze zachtjes. 'Dat verwacht je ook niet, hè? Het was een tijdje geleden overgenomen door een of ander groot internationaal bedrijf, met bureaus in ik weet niet hoeveel Europese landen. Monica was nog helemaal enthousiast; ze hoopte dat dat haar modellencarrière een boost zou geven, want ze had al een hele tijd geen opdrachten meer gekregen.'

'Stelletje smeerlappen,' grom ik. 'Wil je aangifte doen als we weer thuis zijn?'

Ze schudt haar hoofd. 'Ik wil helemaal niks, alleen terug naar Vinnie. O, Tjerk, denk je dat hij me nog wil hebben?'

'Ik denk dat dat jong een gat in de lucht springt als hij je weer ziet, Milena,' zeg ik ernstig. 'Hij was helemaal zijn huis kwijt.'

Ze knikt, alweer met ogen vol tranen. 'Ik schaam me zo,' fluistert ze, haar hoofd gebogen.

'Niet doen,' zeg ik zachtjes, 'het is geweest, het ligt achter ons. Je hebt denk ik een hoop geleerd, en nu moet je vooruitkijken.'

Intermezzo 18: Mandy en Martin

'Zo, jij was lang aan de lijn, zo vroeg in de ochtend. Was het Axel?'

'Ja, volgens mij is die ouwe brombeer helemaal in de war van wat hij heeft gezien.'

'Hoe is het gegaan, vertel, vertel! Ik zou het liefst in de auto springen om naar ze toe te rijden. Heb jij dat niet? Het is wel je zus!'

'Ik zeg er dan wel niet zo veel over, maar ik vind het al weken verschrikkelijk dat zij daar zit en ik hier, en dat ik niks voor haar kan doen, lieverd. We hebben altijd op elkaar gepast. Zonder haar zou ik hier nu niet zijn, had ik jou niet ontmoet, hadden we Lieuwe niet gehad... Ik baal als een stekker.'

'Hmm... ja, ik vermoedde wel al zoiets, hoor. Martin, wat ben je toch een lieve jongen, en wat heb ik toch een geluk dat je met mij wilt, en niet met een ander.'

'Nee gek, ik ben hier degene met het geluk. Ik kan af en toe nog steeds niet geloven hoe ontzettend lief je bent; ik heb je toch wel verteld wat voor haai mijn ex was?'

'Ik snap niet dat je die rare vrouw niet veel eerder de deur uit hebt gezet – of nee, dat is niet waar: ik snap het prima. Jij bent hier de lieverd, met al je trouwhartigheid. Daar heeft ze natuurlijk vreselijk misbruik van gemaakt. Maar vertel nou hoe het ging met Wende, heeft ze het allemaal een beetje goed doorstaan?'

'O ja, volgens Ax is alles eigenlijk prima verlopen. Hij wilde niet eerder bellen omdat ze toch nog één nachtje in de couveuse hebben gelegen, maar dat was eigenlijk meer voor de zekerheid dan dat het echt nodig was. Ze zijn wel te vroeg geboren, maar ze zijn hartstikke sterk. Blijkbaar zijn ze ook al best groot, voor hoelang ze erin hebben gezeten, maar dat snap ik wel, Ax is ook een grote gast.'

'Nou, Martin! Erin hebben gezeten, dat zeg je toch niet zo; je zus is toch geen couveuse?'

'Ha, nou, volgens mij voelde ze zich op een gegeven moment wel alsof ze was overgenomen door twee parasieten, hoor; ze kon niks meer en daar baalde ze zó hard van!'

'Haha, wat ben je toch vreselijk!'

'En net was ik nog zo lief!'

'Jij bent uitstekend in staat om vreselijk en lief te zijn. Tegelijk.'

'Vreselijk lief, daar doe ik het wel voor.'

'Maar vertel nou verder, en hoe heten ze, ik moet het ook echt uit je trekken!'

'Fedde en Hessel, dat wist je toch al? Axel had zijn mond voorbijgepraat.'

'Maar ik wist toch niet zeker of ze die namen dan zouden houden? Je weet het pas zeker als ze er ook echt zijn, en ze die namen hebben gekregen! Ik vind het leuke namen hoor, vooral Hessel vind ik leuk. Hessel van De Groene Weide!'

'Haha, ja, wie is daar niet geweest, hè? Maar het is ook gewoon een mooie eilandernaam.'

'Weet ik toch? Maar het is wel zo dat namen extra leuk zijn als je er een fijne associatie bij hebt, vind je niet?'

'Ja, vind ik ook. Wat zullen wij doen qua naam, bij ons?'

'O, ik ben daar echt nog zo niet aan toe! Ik zie er wel een beetje met angst en beven naar uit, hoor, de bevalling; met Lieuwe was het ook wel heel heftig voor mij. Ik dacht, nou, dat doe ik wel even, maar toen ging het een stuk harder dan ik had verwacht; het was echt veel zwaarder dan waar ik me op had ingesteld. Daarom wil ik ook zo graag weten hoe Wende het heeft gedaan, met die twéé kleintjes van haar!'

'Maar je hebt het toch fantastisch gedaan, met Lieuwe? Hij was er in vijf uur uit! Je bent blijkbaar gemaakt om kindertjes te krijgen, lieverd.'

'Nou, ik weet niet of ik dat nou als een compliment moet opvatten of als een vrouwonvriendelijke opmerking...'

'Compliment natuurlijk, maar ik zit je ook wel een beetje te pesten, ja. Wees nou maar niet zo onzeker, het gaat vast allemaal goed. Let maar op. Bij Wende ging het ook goed, al is ze wel langer bezig geweest dan vijf uur. Volgens Ax was het vanaf de eerste wee totdat ze er allebei uit waren een uur of twaalf, dus dat is wel een heel traject voor ze geweest. Ze heeft wel pijnstilling gekregen, maar verder ging alles gewoon natuurlijk en kwamen ze er netjes *head first* uit. En omdat ze natuurlijk wat kleiner waren dan als ze helemaal tot het eind hadden gewacht, ging het ook wat makkelijker, zegt Axel. Ze hoefde niet eens ingeknipt te worden.'

'Moet je niet zo'n gezicht trekken! Wat denk je dat vrouwen liever hebben: een prikje en een knipje dat daarna netjes wordt gehecht, of een scheur van hun doos tot hun anus?'

'O mijn god, Mandy, als je het zo zegt!'

'Haha, o, dat gezicht van jou! Wij kunnen daar tegen, hoor. We vinden het misschien niet altijd leuk, maar wij vrouwen kunnen zoiets gewoon aan. Ik zou een vent wel eens een jaar lang elke maand stevig ongesteld willen zien worden, en dan tóch gewoon alles doen wat er normaal van je wordt verwacht.'

'...'

'Haha, nou plaag ik jou. Had jij maar niet moeten beginnen, liefje! Kom, laten we naar de Vis lopen en het aan iedereen vertellen, of zijn we te vroeg en is er nog niemand?'

'O, ja hoor, ik zie al beweging. Volgens mij is dat Greetje. Wát een aanwinst, die meid! Dan zal Mayke er ook wel al zijn, en dan komt de rest vast ook snel. Nemen we Lieuwe zo mee, in zijn pyjamaatje, of wil je hem eerst aankleden?'

'Ach welnee, laarsjes aan, jasje eroverheen, we gaan het gewoon even zeggen, en dan loop ik daarna wel terug met hem om hem in zijn kleertjes te hijsen.'

24

Gelukkig hadden we wind mee en zijn we bijna een uur eerder geland dan verwacht. Dat uur had ik ook wel nodig, want ik moest Monica natuurlijk ook nog ergens afleveren. Ze wilde niet helemaal naar Arnhem, waar ze vandaan komt; ze wilde naar Utrecht, naar haar oudere zus. Dat was nog wel te doen. Daarna ben ik zo'n beetje op mijn gaspedaal gaan staan en heb ik mijn tank bijna leeggereden om nog net op tijd voor de afvaart van dertienhonderd uur als laatste voertuig de boot op te rijden.

'Mag ik erin blijven zitten?' vraagt Milena kleintjes. Ze heeft, sinds we afscheid hebben genomen van Monica, nauwelijks meer iets gezegd en hoe dichter we bij het eiland komen, hoe witter ze wordt.

Ik heb daar wel begrip voor: ik voel me ook wit worden vanbinnen als ik eraan denk wat voor gesprek ik zo dadelijk met Lexie ga hebben. Als we überhaupt nog een gesprek gaan hebben, want ik begrijp echt niet meer waar we staan, met elkaar. Ze heeft iets stoms gedaan, dat snap ik, maar wat dan precies? Is er iets misgegaan in de raad? Iets met Piers uitvaart? Ik verwacht dat we zo'n beetje midden in de plechtigheid aan land zullen komen; ik zal eerst maar even naar

Vincents huis rijden om te kijken of hij daar zit, maar als hij er niet is dan gaan Milena en ik samen naar het plein, en dan is het maar zo, dan moet hun hereniging onder het oog van het hele eiland plaatsvinden. Misschien vinden ze dat eigenlijk helemaal niet zo erg; ik kan dat op dit moment niet zo goed inschatten, omdat ik zo vol zit met gedachten dat ik de boel bijna niet meer kan ordenen.

Ik blijf ook maar gewoon naast Milena in mijn auto zitten, in stilte, hoewel als we bijna zijn aangemeerd, Siets ineens op mijn raampje tikt.

Ik laat het zakken.

'Je bent nog net op tijd voor Pier,' zegt hij, 'ik ga zo meteen naar huis, omkleden en naar het plein.'

'Ik hoopte het al,' brom ik.

'Wat was je doen?' Siets is nieuwsgierig en daar schaamt hij zich niet voor.

'Milena ophalen,' zeg ik, met een knik naar mijn passagier.

'Hoi,' zegt ze verlegen.

Siets grijnst. 'Ik weet wel iemand die blij zal zijn om jou te zien,' zegt hij tegen haar.

'Ik hoop het maar,' zegt ze, en ik zie dat haar handen trillen.

Gelukkig ben ik dan aan de beurt om van de boot af te rijden, dus ik steek mijn hand op naar Siets en doe mijn raampje weer omhoog. Even later sukkelen we over de veerdam, achter de bus. Zodra ik kan sla ik een klein weggetje in, dat wel een beetje een omweg is, maar dan zit ik in ieder geval niet meer achter dat logge ding vast. 'Ik rij eerst even naar jullie huis,' zeg ik tegen Milena, maar ze schudt haar hoofd.

'Als de uitvaart van Pier zo gaat beginnen is Vinnie vast al daar. Kan ik niet gewoon met jou meelopen naar het plein?' Haar stem bibbert nu ook en ik vergeet gewoon even al mijn eigen sores, zo leef ik mee met haar.

'Maak je nou maar niet zo druk, meis, het komt allemaal wel goed met jullie. Vin is gek op je. Hij heeft je vreselijk gemist.'

Ze schudt haar hoofd en legt haar handen even op haar ogen. 'Maar ik ben zo stom geweest, dat ik mezelf heb aangepraat dat ik dit moest doen. Ik weet gewoon niet wat ik dacht; ik had meer met hem moeten praten, ik had...'

'Nou, als je dat hebt geleerd van deze hele exercitie, dan is dat alvast een heleboel winst,' zeg ik ernstig, en ik parkeer mijn auto op het piepkleine plaatsje naast mijn huis. 'Kom, we stappen even naar binnen, dan kunnen we ons een klein beetje opfrissen en snel een glas water drinken.'

Een klein kwartiertje later staan we weer buiten. Milena heeft haar gezicht gewassen in de badkamer, ik heb een schoon tenue aangetrokken – ik had het al bijna twee dagen onafgebroken aan, dus dat was wel nodig – en we wandelen in stilte naar het plein. Een loopje van niks; vijf minuten later zien we de menigte al opdoemen. Het hele eiland is uitgelopen. Ik had ook niet anders verwacht.

Milena speurt over de hoofden en zegt dan zachtjes: 'Kijk, daar is hij, bij de rest van de Visploeg.'

'Nou, ga gauw naar hem toe dan,' moedig ik haar aan, 'of moet ik even meelopen?' Mijn eigen ogen speuren de gezichten af op zoek naar iemand anders. Hoewel ik aan de ene kant niet kan wachten om haar weer te zien, ben ik aan de andere kant bijna blij als Milena me een excuus geeft om de hele boel uit te stellen. Ik weet niet wat ik moet verwachten, ik weet niet waar ik me op in moet stellen; ik word daar niet blij van.

'Ik vind het wel fijn als je meeloopt,' zegt Milena zachtjes, 'en plus: jij bent toch ook Visploeg, ondertussen?'

Dat is een redenering waar ik geen gaten in kan schieten, en dus lopen we samen, dapper en doelbewust, op de groep jongelui op het plein af.

Cam heeft ons het eerst in de gaten – verbaast me niks, die jongen is scherp als een vers geslepen tactisch mes. Ik zie hoe hij Vincent aanstoot, die kijkt op, en het is alsof er in één keer twintig kilo ellende van zijn gezicht af valt.

'Mi!' roept hij uit, en hij trekt een sprintje onze kant op, om haar vast te grijpen, op te tillen en rond te draaien. Zij begint meteen te snuffen, dus ik stap even bij die twee vandaan om ze een beetje privacy te geven.

Cam geeft me een grijns. 'Alles gelukt, zie ik,' zegt hij. Ik had hem vanaf Schiphol al een paar appjes gestuurd om hem alvast op de hoogte te stellen dat niet alleen de operatie geslaagd is, maar dat ik ook nog voor een paar honderd euro aan baht in mijn zak heb zitten.

'Alles gelukt. Morgen krijg je je geld terug; ik heb dat voor nu maar even thuis laten liggen.'

'Prima,' zegt Cam met een grijns.

'Sorry dat ik niet zo handig ben geweest om de boel weer terug te wisselen,' voeg ik eraan toe, maar hij haalt zijn schouders op.

'Kom ik wel overheen,' zegt hij, de lach in zijn stem. 'Kijk ze nou!'

Vin en Milena weten zo ongeveer niet hoe ze elkaar vast moeten houden; ze hebben nog nauwelijks een woord gesproken, maar zo te zien is dat ook helemaal niet nodig. Ik ben opgelucht, zowel voor dat jong als voor haar; ik voel me zelf ook meteen een paar kilo lichter. Toch lukt het Cam natuurlijk om precies de vinger op de zere plek te leggen.

'Ik heb onze burgermoeder nog niet gezien,' zegt hij, zo zacht dat alleen ik het kan horen. 'Ze zal op moeten schieten, want over een minuut of vijf begint de dienst. Ik ga ervan uit dat jij iets gaat zeggen, zo dadelijk.'

Ik trek mijn wenkbrauwen op. 'Je overvalt me een beetje,' mompel ik.

'Dat kan jij wel hebben,' mompelt hij op exact dezelfde toon terug, en dan moet ik een onverwachts stevige beuk op mijn schouder incasseren. Vincent staat naast me, met zijn meisje onder zijn arm.

'Eerstvolgende keer dat er zoiets gebeurt wil ik niet hebben dat je zonder mij gaat,' zegt hij. Hij probeert boos te klinken, maar dat lukt voor geen meter; hij is blij als een jonge hond.

'Het gaat niet nog een keer gebeuren, Vin,' zegt Milena ernstig. 'Dat kan ik je wel verzekeren.'

'Ik denk het ook niet, maar je snapt toch wel waarom het ging zoals het ging?' Ik geef Vin een doordringende blik.

'Ja, ik snáp het wel, maar ik vind het niet leuk. Ik baalde als een stekker dat Cam en jij dit zo achter mijn rug om hadden zitten bekokstoven, dat ik niet eens wist hoe het eraan toe ging op dat resort; ik had natuurlijk zélf...'

'Vin, jij was hier nodig,' zeg ik rustig.

Hij slikt in wat hij nog meer had willen zeggen, geeft me dan nog een blik, en mompelt, een beetje verstikt: 'Nou, bedankt, in ieder geval.'

'Geen punt,' brom ik, en dan zet de hele menigte zich langzaam in beweging richting de kerk, en loop ik mee met mijn vrienden van de Vis, terwijl mijn ogen over de menigte zwerven. Nog steeds geen teken van Lexie.

Ik zie haar pas in de kerk. Er zijn niet genoeg zitplaatsen nu het hele eiland is uitgelopen, dus ik blijf een beetje achterin hangen, met de jongelui van de Vis. Dan kunnen de oudjes en de moeders met kleine kinderen in ieder geval zitten. En de belangrijke mensen van het dorp, die moeten natuurlijk ook zitten: pontificaal op de eerste rij zit Lexie, naast een man die ik, in ieder geval aan zijn achterkant, niet herken.

Ik zie hoe ze met elkaar praten, hoe de man zich naar haar

toe buigt om iets in haar oor te zeggen; ik zie aan hun lichaamstaal dat ze elkaar goed moeten kennen. Ik kan zijn gezicht niet zien, maar ik weet binnen drie minuten scherp observeren dat hij geen eilander is. Daarvoor zien de schouders van zijn lange wollen winterjas er te strak gesneden uit, daarvoor is de wollen sjaal in Burberry-ruit die hij om zijn nek heeft hangen te, te... ik zoek naar een woord. Te modieus. Mannen van het eiland zijn van alles, maar modieus is over het algemeen niet iets dat bovenaan hun verlanglijst staat. Ik kijk even langs mijn eigen lijf naar beneden: schone zwarte BDU-broek, schoon zwart T-shirt; als ik er een tactisch vest overheen gooi ga ik van begrafenisganger naar sluipschutter in minder dan een seconde. Ik denk dat niemand op het eiland een Burberry-sjaal bezit. Ja, misschien zijn er jongelui die dat voor de grap online kopen, maar een man die dat serieus draagt?

Nou zitten ze alweer te smoezen. Ik wou dat ik zijn gezicht kon zien.

'Jij kijkt naar onze burgermoeder,' mompelt Cam ineens in mijn oor.

Ik kijk opzij, recht in die bleekblauwe ogen van hem en zie dat ik geen bevestiging hoef te geven.

'Die vent is gisteren aangekomen,' mompelt hij verder, 'schijnt een oude vriend van haar te zijn. Logeert in 's Graven, of althans, daar heeft hij een kamer. Volgens Ria, dan, hè?' Cam beweegt zijn wenkbrauwen suggestief.

Mijn hersenen maken een noodstop, ik knijp mijn ogen even stijf dicht.

Is dat...

Het kan toch niet dat dat die...

De rest van de dienst gaat in een waas aan me voorbij, hoewel ik het toch voor elkaar krijg om, als mijn naam genoemd wordt, naar voren te lopen en staand vrije hand iets over Pier te zeggen. Dit is mijn kans om die man naast Lexie eens goed in het gezicht te kijken, maar ik weet dat uit te stellen totdat ik aan mijn laatste zin toe ben. Ik heb het al even nadrukkelijk vermeden om naar Lexie zelf te kijken, omdat ik dan waarschijnlijk meteen de draad kwijtraak, maar het een kan niet zonder het ander.

'Pier zal voor altijd in de herinnering van de eilanders voortleven,' zeg ik langzaam en een beetje gedragen. 'Hij was een vuurtorenwachter in hart en nieren, maar bovenal was hij een van ons. Een eilander. We zullen hem missen.'

In de stilte die ik daarna laat vallen laat ik mijn ogen eindelijk op haar gezicht rusten. Ik voel de bonk in mijn hartstreek waar ik al op rekende, hoewel ik me heb verkeken op hoe hard hij is. Ik kan me voorstellen dat je hem tot op de achterste rijen zou moeten kunnen horen, zo beukt de klap door mijn lijf; ik sta nog net niet te trillen.

Ze kijkt terug. Naar mij. Haar gezicht staat gespannen en verdrietig. En dan zie ik dat de man die naast haar zit – gekleed als een gesoigneerde heer, ik had het niet verkeerd gezien – haar hand in de zijne houdt. Hij is niet alleen netjes gekleed, hij heeft ook het gezicht dat erbij past. Donker haar, grijzend aan de slapen, in een strakke, maar niet té korte coupe geknipt, donkere ogen, een regelmatig, gladgeschoren gezicht met een rechte neus, een mond met smalle lippen en een kin met een kuiltje. Hij kan zo als fotomodel aan de slag; ik verwacht van zo'n type dat hij iedere dag zijn gezicht met speciale, duur geurende mannencrème insmeert. Vergeleken met hem heb ik een verweerde kop, vol vouwen en kreukels, een kapsel dat op dit moment te lang is voor een militair maar dat met een tondeuse zo weer in model te dwingen is, en een kledingkeuze die veel te utilitair is om een welbewuste smaak uit te stralen. Ik draag een tenue, omdat ik anders bloot ben.

Dat alles flitst door mijn hoofd, terwijl ik van achter het spreekgestoelte vandaan stap, Lexie een korte knik ten groet geef en met mijn stalen gezicht – ik vertrouw er volledig op dat niets van wat ik nu denk of voel aan de buitenkant zichtbaar is – door het middenpad terug naar achteren loop.

Ik zwijg.

Terwijl de dienst wordt afgerond zwijg ik, als we wachten, buiten, in de herfstige frisheid die ik zonder jas verdraag – ik stond nog in de Thailand-stand en ben volkomen vergeten iets over mijn shirt aan te trekken – zwijg ik, en als we in een processie naar de plaats lopen waar Pier de grond in gaat, zwijg ik nog steeds.

Ik zie wel, in de gauwigheid, dat Vin zijn spijkerjasje om de schouders van Milena heeft gehangen, en als ik me niet zo beroerd had gevoeld, zou ik daarom kunnen glimlachen.

Lexie loopt voor in de processie, gearmd met die vent alsof ze met hem getrouwd is.

Wie ís die kerel?

'Wist jij dat de burgemeester een man had?' hoor ik ineens het neuzelige geluid van Siets in mijn oor. 'Hoewel ik niet geloof dat ze getrouwd zijn. Is gisteren aangekomen, hij heeft op de een of andere manier ook meteen een ontheffing voor zijn auto; dure Jaguar, reed er zo zonder blikken of blozen de boot mee op. Donkerrood is dat ding, met van die witte leren bekleding. Nou, zulke types zien we niet vaak op het eiland!'

'Nee,' mompel ik stroef, tussen mijn tanden door; ik had liever nog even doorgezwegen.

'Ik dacht toch dat jij, eh, met de burgemeester...' zegt Siets aarzelend, en veel te hard naar mijn zin.

'Stil,' zeg ik streng, en ik krijg een verschrikte blik van hem. 'Sorry, Siets,' brom ik er maar gauw achteraan, 'ik weet wel dat het hele eiland weet dat er iets is, of was, tussen haar en mij, maar blijkbaar was dat... nou ja, iets tijdelijks? Ik was blijkbaar een aardig boek voor tussendoor, maar nu heeft ze het uit en gaat ze verder met het serieuze leeswerk.'

'Shit,' bromt Siets. 'Ik dacht dat je haar echt leuk vond.'

'Is ook zo,' geef ik dan maar toe, omdat ik geen zin heb om erover te liegen tegen een man die ik al zo'n beetje mijn hele leven ken, al hoop ik wel dat hij er nu over ophoudt. Ik ga tijd nodig hebben om hiervan bij te komen, en ik wil daar het liefst zo snel mogelijk aan beginnen. Ik heb nog genoeg te doen, met Piers huis, en de roosters, en de wachten, en de reddingsboot, de trainingen, bijspringen bij de Vis totdat Axel en Wende weer terug zijn... Ik denk dat ik er wel overheen zal komen als ik gewoon mijn kop intrek en mijn schouders eronder zet.

'Het hele eiland vond het een geweldig idee,' zegt Siets, na een tijdje stil te zijn geweest. Iedereen heeft zich intussen rondom het graf opgesteld, maar wij blijven een beetje aan de buitenrand hangen. Bijna de hele begraafplaats staat vol met eilanders, en aan al die eilanders zitten twee oren. Iedereen weet altijd al alles over elkaar; het hele eiland weet natuurlijk intussen ook dat Lexie bij mij in bed is beland na de strieman, en ik zit er niet op te wachten dat het hele eiland straks weet hoe ik me nu vanbinnen voel.

Als een Afghaanse woestijn voel ik me vanbinnen: pijnlijk heet, droog, schurend en levenloos.

Als ik nou niet op Siets reageer, misschien houdt hij er dan over op.

'Iedereen had zoiets van: als Tjerk nou wat heeft met de burgemeester, dan kan hij haar mooi op de weg houden. Aangezien jij het zelf niet wilde worden. Burgemeester, bedoel ik.'

Siets heeft geen zin om erover op te houden. Ik zucht; ik kan het hem niet kwalijk nemen.

'Ik ben blij dat iedereen het een goed idee vond,' zeg ik dus maar zachtjes, 'alleen jammer dat zijzelf daar blijkbaar anders over dacht.' En terwijl ik dat zeg valt ineens het kwartje: toen ze me appte dat ze iets stoms had gedaan, toen had ze het natuurlijk over die nacht. Na de strieman. Toen ze bij mij, toen we hebben...

Ik slik moeilijk en kijk even om me heen; ik wil hier weg.

Ik moet hier weg.

Zodra het met goed fatsoen kan, maak ik me uit de voeten.

Ik ga niet naar Burema, ik ga me niet vol laten lopen; ik heb voorlopig al mijn hersenen helder en wakker en netjes in het gelid nodig, want ik heb een hoop te doen en ik ben van plan om te gaan werken totdat ik er nog net niet dood bij neerval. Als het Vinnie heeft geholpen om te zorgen dat hij niet gek werd toen Milena weg was, dan zal het voor mij vast ook wel gaan werken om te zorgen dat ik niet in elkaar lazer totdat dat woestijngevoel in mijn borstkas is verdwenen. Tanden op elkaar en doordouwen: dekken, dienen, hulzen rapen.

Niet zeuren, Tjerk.

Verliefd, wat een onzin.

Ik loop met grote, bozige passen naar de vuurtoren, achter de laatste huizen van het dorp langs, dwars door de duinen. Ik zet er zo de sokken in dat ik nog nét niet buiten adem ben tegen de tijd dat ik in Piers, nee, mijn achtertuin sta. Direct gaat de achterdeur open en stapt Godwin naar buiten.

'Tjerk, kan ik je wat vragen?'

'Ja, natuurlijk,' zeg ik, even afgeleid van mijn eigen misère.

'Moeten wij nou stoppen met onze stage, omdat de burgemeester heeft gezegd dat er geen nieuwe vuurtorenwachter meer komt, of...? Ik dacht eigenlijk dat jij de nieuwe vuurtorenwachter zou zijn. Maar Peter zegt dat je dan geen salaris meer krijgt, en dat het dan dus niet kan. En ik denk de hele tijd: wat moeten wij nou beginnen als we geen stagebeoordeling krijgen? Moeten we dan ergens anders nóg een keer op stage? Maar dan halen we ons jaar niet!'

'Je maakt je stage gewoon af, en ik schrijf een beoordeling voor jullie,' zeg ik rustig. Verrassend genoeg helpt het dat die slungel voor mijn neus zo nadrukkelijk mijn hulp nodig heeft. Ik begon me al nutteloos te voelen, weggegooid zelfs, en dat soort zelfmedelijden is natuurlijk de dood in de pot.

'Ja, maar hoe moet het dan, als je geen salaris krijgt? Jij moet toch ook eten?'

Voor het eerst sinds uren grijns ik; de spieren van mijn gezicht voelen zelfs een beetje stram, zo volhardend heb ik mijn stalen gezicht opgehad. 'Ik vind het sympathiek van je dat je je druk maakt over mijn welbevinden,' zeg ik tegen dat jong, 'maar ik heb nog wel een potje waar ik voorlopig uit kan putten. En ik ga er eens even over nadenken hoe ik kan regelen dat er ergens geld vandaan komt om de bemanning op de toren te houden zonder dat de gemeentekas eraan te pas komt. Er zijn altijd meerdere wegen naar Rome, en de burgemeester heeft tenslotte niet gezegd dat het verboden is om op de toren te gaan zitten!'

Terwijl ik het zeg zie ik voor mijn geestesoog de mogelijkheden zich netjes ordenen: ik weet ineens precies wat ik ga doen om te zorgen dat er toch nog wat geld binnenkomt. Ik maak een stichting van de torenwacht, de wachters worden vrijwilligers – dat waren we natuurlijk allang, alleen nog niet officieel – de stichting gaat sponsors zoeken en kan dan ook de vrijwilligers compenseren. En ik? Ik kom er wel uit, met mijn defensiegeld op de bank en mijn inkomsten uit mijn pension, al zal ik op de een of andere manier nog een truc moeten verzinnen om dat op te knappen, want wanneer ik dát nu weer moet doen...

Ik merk dat ik me al beter begin te voelen. Zo veel te regelen, ik heb helemaal geen tijd om verliefd te zijn, en voor een gebroken hart – wat een verschrikkelijke, pathetische term – heb ik al helemaal geen tijd.

Mijn hersenen klikken en ratelen nog net niet hoorbaar door terwijl ik bij Pier naar binnen stap om in ogenschouw te nemen wat ik allemaal zal moeten doen aan het huisje. Het is volgens mij veel minder klein en hokkerig dan het lijkt, als ik het eens even goed uitruim. Pier was nogal een verzamelaar en alles staat helemaal volgebouwd. Het uitzicht is en blijft fantastisch, ik heb meermaals gedacht dat ik het geen straf zou vinden om hier zelf...

Wacht eens even.

Als ik nou... Ja, dat zou zomaar eens kunnen werken. Ik heb nog niet echt de kans gehad om een behoorlijk plan te maken voor dit huis, behalve dat ik het leeg zal moeten halen, maar als ik hier nou eens zelf in ging wonen? En als ik dan mijn eigen huis... Wat zal ik daarmee doen, in de verhuur gooien? Dan moet ik het denk ik net zo hard opknappen als Westerveld, en ik heb er even weinig tijd voor op het moment.

Ik frons, maar dan schiet me ineens het gezicht van Martin voor ogen. Die jongen heeft een paar gouden handen, net als zijn zwager, en hij kan het nog allemaal professioneel uittekenen ook. En hij heeft woonruimte nodig voor zijn gezinsuitbreiding. Als ik hem en zijn vrouw nou eens voorstel om mijn huis van me te kopen? Als hij dan de boel daar opknapt, en hij neemt meteen Westerveld ook mee, dan... Wacht. Als zij de verhuur van Westerveld op zich nemen, of voor mijn part de hele boel integreren in de huisjesverhuur van de Vis, en mij gewoon een percentage van de opbrengsten geven, dan heb ik het toch perfect voor elkaar? Dan ben ik van de sores af, maar heb ik er wel een maandelijks inkomen aan – bescheiden, maar dat is prima – en verder kan ik mijn defensiegeld langzaam opeten, en wat ik de afgelopen tijd nog extra heb verdiend, en ik kan de stichting... wacht. De stichting, die maak ik dan voor de torenwacht en het reddingsteam, en het onderhoud van de boot gooien we daar ook in. De wedde die ik daarvoor krijg kan dan linea recta de stichting in, en ik zoek wat sponsors... Ik zal niet zo heel veel nodig hebben per maand, zo in mijn eentje; ik ben een spaarzaam figuur.

Volgens mij ga ik de boel prima rondbreien zo, en dan heb ik meteen een beetje orde op zaken voor de toekomst. Ik verwacht dat ik dit de komende twintig jaar nog wel vol kan houden, zo, maar als er iets meer van een instituut omheen zit, dan is de overdracht ook wat eenvoudiger... Axel, denk ik. Zodra dat jong weer op het eiland is – nou ja, jong, hij is natuurlijk intussen vader van twee zoons; Cam heeft het me nog net even snel verteld voordat ik me uit de voeten maakte. Hoe dan ook, zodra hij er weer is ga ik de boel met hem doorspreken. Hij wordt mijn *number two* in deze hele operatie. Voor de zakelijke kant denk ik dat Cam even aan moet schuiven, en als dan alles uitkomt zoals ik het nu voor me zie, heb ik een nest vol vliegen in één klap geslagen.

Als ik me niet zo belazerd voelde, zou ik blij zijn.

Intermezzo 19: Milena en Vinnie, eindelijk samen thuis

'Dus mijn nicht heeft de tweeling gekregen, hoorde ik; Fedde en Hessel, wat een leuke namen. Ik ben echt zo ontzettend blij voor ze!'

'Niet zo blij als ik ben, Mi, dat je weer hier bent.'

'Daar ben ik ook superblij om. Ik weet niet hoe vaak ik sorry moet zeggen, Vinnie, dat ik zo stom ben geweest.'

'Hierna exact nog... nul keer. Je hoeft geen sorry te zeggen, liefje, ik snap wel wat je dacht. Ik voelde het zelf niet zo, maar ik kan wel soort van begrijpen dat het zo in jouw hoofd zat. Ik heb er nog een paar keer met Tjerk over gepraat en dat heeft wel wat geholpen, zeg maar. Ik was eerst gewoon heel boos omdat ik het niet begreep.'

'Snap ik.'

'Maar nu begrijp ik het wel beter. En hoewel ik het natuurlijk zwaar klote vond dat je niet bij me was, vind ik het eigenlijk wel heel goed van je dat je bij je vriendin bent gebleven. Om haar te steunen. Dapper, en lief. Maar dat ben je eigenlijk altijd, dapper en lief, al doe je dat wel altijd op zo'n stille manier.'

'Ik was dus doodsbang dat je woest op me zou zijn, dat we vreselijk ruzie zouden krijgen, en nu zit je alleen maar hele lieve dingen tegen me te zeggen, Vinnie. Jij bent ook vreselijk lief, weet je dat? Ik weet ineens weer helemaal hoe lief eigenlijk, nu ik weer eens met eigen ogen heb kunnen zien wat voor eikels van kerels er eigenlijk bestaan.'

'Je drukt je nog zachtjes uit. Als die gast dat met jou had gedaan, wat hij met Monica deed, dan had ik, dan was ik...'

'Niks, had je dan gedaan, want die man is oppermachtig daar

op dat eilandje, en hij heeft rijke en belangrijke vrienden die het heel prettig vinden dat hij doet wat hij doet, zodat zij er ook misbruik van kunnen maken. Ik heb van de andere meisjes gehoord dat er hele wilde feesten zijn geweest, en dan moesten ze allemaal op komen draven en gewoon doen wat ze werd gezegd, en als ze niet wilden dan kregen ze zo, hup iets in hun drankje. Vind je het gek dat zo veel meisjes er maar zo kort blijven? En we hebben ook nog een enorm dik contract moeten ondertekenen dat we nooit of te nimmer iets zouden loslaten over wat er op dat resort gebeurt, dus ja...'

'En wat zou er dan gebeuren als je het toch deed? Erover praten, bedoel ik. Tegen de politie, of de pers.'

'Nou, dan zou je, als je bij dat modellenbureau staat ingeschreven, nooit meer werk van ze krijgen, en dan zorgen ze er blijkbaar voor dat je als onbetrouwbaar te boek komt te staan, en dan wil een ander bureau je ook niet meer hebben. Mij interesseert dat natuurlijk niet zo veel, maar die andere meisjes die van een modellencarrière dromen...'

'Shit, Mi, dat is toch bijna een soort slavenhandel?'

'Ja. Eigenlijk wel.'

'Moeten we daar niet iets aan doen dan?'

'Misschien wel. Of nou ja, ik weet heus wel dat we er iets aan zouden moeten doen, maar ik kan nog niet bedenken wat. Ik ben op dit moment vooral blij dat ik weer thuis ben en dat jij me er niet uit hebt gegooid.'

'Doe normaal, ik ging helemaal kapot zonder jou!'

'Ja, Tjerk zei het al, in het vliegtuig terug. Ik ging ook kapot zonder jou, Vinnie, ik heb je echt zo ontzettend gemist!'

'Kom hier jij!'

'...'

'...'

'Mmm, jij bent echt de lekkerste zoener van de wereld, Vin. Dat heb ik ook heel erg gemist.'

‘Ik heb alles aan je gemist. Dat ik niet met je kon praten, dat ik niet naast je in bed kon liggen, dat ik je niet kon zoenen, of eh...’

‘Heb ik ook heel erg gemist, allemaal...’

‘De slaapkamer is echt een rotplek zonder jou erin, weet je dat?’

‘Gekkerd. Ik ben nu toch ook niet in de slaapkamer?’

‘Nee, maar nou weet ik in ieder geval dat we vanavond weer samen zijn in de slaapkamer, en het is meteen weer de mooiste plek op aarde.’

‘Nu we het over slaapkamers hebben... Vin, je vindt het vast gek dat ik zomaar over iets anders begin, want ik heb ook zin om met je te vrijen, natuurlijk heb ik daar zin in, maar ik bedacht me iets toen Martin vertelde over Fedde en Hessel. Bij de begrafenis, vanmiddag. Axel is best wel overhaast weggegaan, en volgens mij hadden ze de slaapkamer voor die kleintjes helemaal nog niet af. Ik weet dat ze ermee bezig waren, hoewel Axel niet zo heel erg opschoot, maar Wende vroeg nog aan me of ik wilde meedenken over de kleuren en zo. Ze wilde niet echt zo’n standaard blauwe babykamer.’

‘Daar heb ik nou geen seconde bij stilgestaan, weet je dat?’

‘Heb je een vrouw voor nodig, om daaraan te denken. Sorry dat ik het zeg, Vinnie, en het is vast op een bepaalde manier vrouwonvriendelijk, maar volgens mij is het wel waar.’

‘Zit je me nou een beetje uit te lachen?’

‘Hihi, klein beetje maar!’

‘O, ik heb je zo ontzettend gemist! Maar wel goed dat je het zegt, van die babykamer. Als we het nou morgen even op tafel gooien bij de koffie, voordat de Vis opengaat... Wacht, jij kan vast niet werken morgen, je zal wel te moe zijn...?’

‘Nee joh, ben je gek, ik wil niks liever dan morgen gewoon naar de Vis, en weer meedoen, en alles achter me laten. Misschien dat ik nog wel een beetje gaar ben van de jetlag, en van de schrik en zo, maar ik ben echt niet meer dezelfde als toen ik hier zat bij te komen bij Ax en Wen thuis, na die hele toestand met Romero. Dat weet ik nu. Toen was ik echt kapot, en jij hebt me weer heel gemaakt. Nu ben ik... nou ja, sterker. Volwassener denk ik ook wel. Stom, eigenlijk, nu ik erover nadenk: ik ging weg omdat ik dacht dat ik los moest komen van mijn verleden, dat ik sterker en volwassener moest worden, maar ik was al die dingen denk ik gewoon al.'

'Alleen geloof je er nu zelf ook in. Dat is toch ook wel wat waard, Mi. Dan ben je toch niet helemaal voor niks gegaan.'

'Als je het zo bekijkt niet, nee. Laat het maar aan jou over om er toch nog altijd iets positiefs van te maken, hè?'

'Ik doe mijn best, ik doe mijn best... Nou je er weer bent heb ik makkelijk praten.'

'Ja, ik ook.'

'Kunnen we niet gewoon, nou, zeg maar... trouwen of zo?'

'Huh? Jij en ik?'

'Ja, ik ga niet met de deurknop trouwen, natuurlijk. Dus ja, jij en ik, gek!'

'Maar we hadden toch gezegd dat dat niks voor ons was? Dat wij niet zulke mensen zijn, die gaan trouwen, en zo?'

'Ja, weet ik wel, maar dan weet ik tenminste zeker dat je niet nog een keer zomaar ineens weggaat om iets te doen wat eigenlijk allang voor mekaar is.'

'O. Ja. Ik snap wat je bedoelt. Ehm... nou ja, we zouden dat natuurlijk gewoon kunnen doen. Als we er zin in hebben.'

'Hebben we ook een mooie reden voor een feestje.'

'Dat ook.'

'Kunnen we ook weer een keertje met de band spelen.'

'Moeten we wel wachten totdat Wende en Axel weer op het eiland zijn, met hun kleintjes.'

'Het hoeft ook niet meteen morgen.'

'Dat is waar.'

'Maar eh.... gaan we het dan doen? Trouwen? Ik bedoel, zeg je ja, en zo?'

'Eh... ja? Volgens mij wel. Ik vind het eigenlijk wel een mooi idee, nu ik er een beetje over nadenk. Heeft ook iets te maken met volwassen worden, of zo.'

'Ik vind het ook een mooi idee. Ik wil denk ik ook gewoon kunnen zeggen tegen mensen: dit is mijn vrouw.'

'Dat kan nu toch ook al?'

'Ja, weet ik wel, maar dan is het echt. Echt echt, weet je wel?'

'Ja. Echt echt.'

25

In de ochtend, vaste tijd, meld ik me bij de Vis voor de ochtendkoffie. Hoewel ik de hele nacht in mijn eigen bed heb gelegen, heb ik bijna geen oog dichtgedaan; de vorige keer dat ik erin lag was het met haar, aan wie ik dus niet meer kán denken, zelfs al zou ik het willen. *The great mistake*. Dat ben ik, blijkbaar. Ik begrijp nog steeds niet hoe ik het zo verkeerd heb kunnen inschatten. Hoe zij heeft kunnen verzwijgen dat ze ergens nog een of andere vent achter de hand had, die nu als een duveltje uit een doosje tevoorschijn is gekomen en mij naar het land van de grote vergissingen heeft verwezen. Mijn lijf is al met al redelijk uitgerust, maar mijn geest is de hele nacht bezig geweest om dit allemaal om en om te gooien, en ik heb schele koppijn als ik me in de Vis langzaam op een stoel laat zakken, achter een kop koffie waar Cams meesterhand vanaf geurt.

Vin en Milena zijn er ook. Vinnie ziet eruit alsof hij meteen tien jaar jonger is, hoewel ik vermoed dat zij ook niet zo veel hebben geslapen. Wel om een betere reden dan ik; ik grimas, maar misgun het ze natuurlijk niet.

Cam en Mayke, Greetje, Martin en Mandy met kleine Lieuwe, iedereen zit om de tafel.

'Mijn zus zegt dat ze verwachten volgende week zo'n beetje wel terug te komen,' zegt Martin, na een eerste grote slok koffie.

'Ik vind het snel, hoor,' zegt Mandy, 'ik kan me niet voorstellen dat ze dan al is bijgekomen van de bevalling.'

'Ha, dan ken jij mijn zus nog niet,' zegt Martin grijnzend. 'Volgens mij is die van gewapend beton. Maar serieus: het gaat eigenlijk hartstikke goed met haar, en met de kleintjes ook.'

'Nou, dan moeten we wel opschieten,' zegt Milena meteen, 'want volgens ons is de kinderkamer bij hen thuis helemaal nog niet af!'

'Daar zou je wel eens gelijk in kunnen hebben,' zegt Cam. 'Ik heb de sleutel, ik ben ook een paar keer binnen geweest, om papieren te pakken en zo, en om de post een beetje ordentelijk op tafel te leggen, en er staan een paar dozen tegen de muur waar volgens mij ledikantjes in zitten. Of een commode, hoe heet zo'n ding.'

'Een commode, ja,' zegt Mandy met een glimlach.

'Keizer Commodus,' mompelt Cam in zijn koffie, 'je weet wel, de zoon van Marcus Aurelius. Niet?' Hij kijkt op.

Iedereen grinnikt.

'Ja, dat jullie nou geen behoorlijke opleiding hebben gehad,' zegt hij dan nog, een beetje verongelijkt, maar Milena, die Vincents hand nog geen moment heeft losgelaten, zegt dan: 'Ja, jongens, allemaal goed en wel, maar we moeten daar iets aan doen, want als ze hier ineens staan en Axel moet dan nog die bedjes in elkaar zetten, dat kan toch niet? Dat moeten wij natuurlijk even regelen. En die kamer moet ook fris geschilderd worden, en alles moet schoongemaakt worden, en ik zal even een paar gordijntjes naaien, en, eh... Wie helpt er mee?'

Iedereen helpt natuurlijk mee. Ik ook. Binnen tien minuten

hebben we afgesproken hoe we het gaan doen, wie waar wanneer is, wie er een paar potten verf regelt en een paar kwasten, en dat is dan dat. Als alles volgens planning gaat is volgende week donderdag de babykamer bij Axel en Wende thuis keurig klaar voor gebruik. Ik voel me dan wel ellendig, maar ik kan toch niet ontkennen hoe soepel dit team werkt. Ik ben blij dat ik er nu deel van uitmaak, al is dat natuurlijk uit nood geboren en is het maar de vraag hoe permanent het is.

'Cam, Martin, kan ik jullie zo nog even snel over iets spreken?' vraag ik, als het koffierondje ten einde loopt.

'O, Tjerk heeft geheimen,' zegt Mayke grijnzend, 'ik wil het ook weten!'

'En dat mag ook,' brom ik, 'maar ik wil eerst even met je man overleggen, want die heeft de juiste expertise.'

'Ik wil ook nog even iets zeggen.' Milena weer. Ze is niet te beroerd om haar mond te roeren; hoe ik ooit van haar heb kunnen denken dat ze zo'n stil, beetje mysterieus meisje is, weet ik ook niet. Blijkbaar kan mijn inschattingsvermogen van vrouwen rechtdoor naar de schroothoop; ik zal me er voortaan maar niet meer aan wagen.

'Nou... eh,' gaat ze verder, ineens verlegen. 'Zal ik het zeggen, of doe jij het, Vinnie?'

'Weet je zeker dat je het nu al...' zegt Vin zachtjes tegen haar.

'Ja, ja, tuurlijk,' mompelt ze terug, en dan wat harder, voor ons allemaal: 'Vinnie en ik, we hebben, nou ja, we hebben ons verloofd. Gisteravond.'

Iedereen valt bijna van verbazing uit zijn of haar stoel.

'Jullie?' zegt Mayke lachend. 'Ik had nou nooit gedacht dat jullie zo'n stap zouden zetten. Veel te traditioneel. Maar: gefeliciteerd, jongens, wat ontzettend leuk! Houden jullie de bruiloft hier?'

‘Lijkt me wel,’ zegt Vin, zelfvoldaan. ‘Even wachten op Ax, en dan kunnen we op ons eigen feest met de band spelen.’

Ik sta op om Vin een stevige hand te geven, en Milena een kus op haar zachte wang. Ze giechelt er een beetje van. ‘Goed gedaan, jongelui,’ zeg ik zachtjes tegen ze, en dan loop ik naar de bar, waar Cam intussen achter heeft plaatsgenomen. Martin wandelt achter me aan, en zodra we bij elkaar staan begin ik maar eens met aan Martin uit te leggen dat ik niet alleen Piers baan heb geërfd, zij het onbezoldigd, maar ook zijn huis met alles wat erin staat.

‘Wie zit er nu boven?’ onderbreekt Cam me.

‘Peter. Ik ben vanochtend vroeg al even bij die jongens langs geweest. Ze hebben zich kranig gehouden de afgelopen dagen, mede door de goeie zorgen van jou en je vrouw,’ zeg ik tegen Cam.

‘We zijn niet getrou-houwd,’ roept Mayke pesterig, als ze langsloopt met een pak servetten en mijn woorden opvangt.

Ik geef Cam een blik. Er zit een draadje betekenis in Maykes toon dat niet zo heel pesterig is, en Cam heeft het denk ik ook gehoord. Hij kijkt even nadenkend om zich heen, grijpt dan een blikje chocomel uit een ijskastje, trekt het open, schenkt het in een glas, neemt drie grote slokken, breekt het lipje van het blikje en stapt dan met een paar grote, doelbewuste passen achter de bar vandaan.

‘*Hold that thought*,’ zegt hij in het voorbijgaan tegen Martin en mij, en dan marcheert hij op Mayke af, die verbaasd de servetjes neerlegt waarmee ze de houder op een van de tafeltjes aan het bijvullen was.

‘Wat ga jij nou...’ zegt ze nog, maar Cam zakt op één knie, houdt het ringetje van het chocomelblikje omhoog en declameert ernstig: ‘Mayke Petronella Maria Ferwerda, wil je mijn vrouw worden?’

'Doe niet zo raar,' zegt ze, maar Cam blijft zitten. 'Serieus? Cam, bedoel je dit serieus?'

'De ring is een improvisatie, maar ik weet, en jij weet ook, dat er bij ons thuis in een laatje een exemplaar ligt dat je goedkeuring kan wegdragen,' zegt hij, dodernstig. 'Zie het als een *placeholder*. We hebben het er al eerder over gehad, Maykelief, maar laten we het nu ook gewoon echt doen. Ik vraag je nu opnieuw, *en plein public,* omdat ik ook echt wil dat het gebeurt: ik wil je huwen, en ik wil dat de hele wereld weet dat ik dat wil.'

Ik zie ineens dat hij een beetje trilt.

Iedereen is gestopt met waar hij of zij mee bezig is, en Greetje is uit de keuken gekomen om ademloos op de drempel te staan. Het moment is plotseling zo geladen dat je een speld kan horen vallen.

'Ja, maar...' probeert Mayke nog.

'Vooruit, meid, zeg ja,' komt er dan van een van de ontbijttafeltjes waar de huisjeshuurders intussen zijn aangeschoven voor hun ontbijt: een ouder stel, de vrouw graatmager en de man joviaal rond.

'Nou ja, ik had eigenlijk al een keer ja gezegd, gewoon, toen we met z'n tweetjes waren, maar toen is het er eigenlijk helemaal niet meer van gekomen; we hadden het steeds te druk met alles,' zegt Mayke, een beetje schaapachtig, tegen de joviale man.

'Je kan het nooit te druk hebben voor je vrijer, als hij zo voor je op zijn knieën gaat! Kom op, verlos die jongen uit zijn lijden!'

Mayke glimlacht wiebelig, en zegt dan tegen Cam: 'Ja natuurlijk, ik bedoel, ja! Natuurlijk! Cam, idioot, sta nou op!'

En dan springt Cam overeind, grijpt haar om het middel en tilt haar van de grond om haar te knuffelen. Iedereen lacht, een klein applausje kan natuurlijk niet uitblijven, en even later staat Cam, nu met twee hoogrode vlekken op zijn wangen, weer achter de bar.

'Zo,' zegt hij voldaan, 'dat is beter. Nu kunnen we een dubbel huwelijk plannen. Nou, Tjerk, wat had je allemaal nog meer voor plannen?'

Ik moet gewoon spontaan lachen; dit is allemaal zo onverwachts, en ook zo ontwapenend, dat mijn eigen ellendige gevoel er even bij in het niet verdwijnt.

Nadat ik alles wat ik had bedacht heb uitgelegd: dat ik mijn huis voor een bedrag onder de marktwaarde aan Martin en Mandy zou willen verkopen, mits zij Westerveld erbij nemen en me een percentage van de opbrengsten geven, of dat het misschien ook een optie zou kunnen zijn om Westerveld in de verhuur van de Vis te integreren, blijft het een tijdje stil.

Martin schudt zijn hoofd en praat als eerste: 'Ik vind het een fantastisch idee, en ik zou het met alle liefde zo doen, maar we kunnen je toch niet gewoon te weinig geld voor je huis geven?'

'Nou ja, als ik dat nou zelf voorstel,' zeg ik nog, maar Cam, die even met een frons op zijn voorhoofd stil is gebleven, begint ineens te praten.

'Ik zou natuurlijk de hele operatie kunnen financieren, maar ik denk dat Martin dat ook niet wil,' zegt hij nadenkend. 'Ik zie ook wel een constructie voor me waarbij iedereen uiteindelijk krijgt wat de bedoeling is, maar niemand echt risico loopt. Ik zal het nog even door moeten rekenen, maar als we nou...' Hij pakt een of ander papier van achter de bar, keert het om en tekent op de achterkant een cirkel. 'Kijk. We kunnen zo, zonder problemen, Westerveld opnemen in het verhuurprogramma dat we al hebben. We moeten even nadenken hoe de logistiek moet, wie erheen gaat voor het ontbijt en dergelijke, en de schoonmaak, maar nu Greetje erbij is hebben we ook weer iets meer mogelijkheden; zij woont op dit moment bij haar grootouders en die zitten tenslotte een paar huizen verderop van Westerveld.'

'Nou ja,' zegt Martin fronsend, 'ze kan natuurlijk niet én hier, én daar het ontbijt doen.'

'Nee, maar jouw vrouw is toch niet voor eeuwig zwanger? En je kinderen zijn ook niet voor eeuwig klein, net als die van Axel en Wende. Daar komen we wel uit, als we even slim nadenken. En anders nemen we gewoon nog iemand in dienst, want er gaan ook inkomsten bij komen als we Westerveld erbij nemen. Plus: er zal eerst verbouwd moeten worden. Nee, over het rooster maak ik me niet zo veel zorgen, over de mogelijkheden om de verhuur te registreren ook niet... Wie wat wanneer aan wie betaalt is een ander verhaal.

Ik stel me zo voor dat de Vis jouw huis kan kopen, Tjerk, gewoon voor de marktwaarde; dat hebben we denk ik wel in kas, en anders kan ik het makkelijk bij elkaar krijgen. Dan verhuren we het aan Martin en Mandy. Martin knapt het op, met wat hulp van ons, natuurlijk, en hij neemt Westerveld voor zijn rekening, en dat doet hij om niet, maar met die arbeid koopt hij zich in in het huis. Het eigenaarschap van Westerveld blijft bij jou, Tjerk, en je ontvangt een percentage van de opbrengsten van de verhuur. Wat had je zelf in gedachten?'

'Gewoon, de helft?' zeg ik. 'Het pand is wel hypotheekvrij, maar ik moet een bom duiten betalen aan onroerendgoedbelasting, dus ik hou daar dan met een beetje geluk net genoeg aan over om...' Ik neem even de tijd om mijn tweede plan, dat voor een stichting rondom de torenwacht en de reddingsboot, uiteen te zetten.

'Heel verstandig idee,' zegt Cam, 'ik help je wel met de

rechtsvorm en dergelijke. En ik zie hoe je het wilt doen, Tjerk; het is inderdaad geen vetpot, maar zo kom je wel rond, terwijl wij er ook nog iets aan overhouden.'

Martin is nu degene die stil is, met een frons op zijn gezicht.

'Wat is er, Mart, zie je het nog steeds niet zitten?' vraagt Cam, met een scherpe blik uit die rare bleke ogen van hem.

'Ik... weet eigenlijk niet, ik heb het gevoel alsof ik wel de beste deal krijg, hier.' Martin wrijft even over zijn ogen.

'O, maar dat gevoel heb ik dus ook,' zeg ik, terwijl ik een grijns voel opkomen. 'Ik ben van het gedoe rondom Westerveld af, het wordt verbouwd zonder dat ik dat allemaal zelf hoef te regelen, mijn huis wordt bewoond door een jong gezin dat ik het van harte gun en ik krijg nog geld toe ook!'

'En,' zegt Cam tegen Martin, 'als je dat wilt, kun je het eigenaarschap van het huis gewoon langzaam verwerven. Ik verwacht niet dat ik een hypotheek zal hoeven afsluiten als ik wat van mijn cryptovaluta van de hand doe, dus dan hebben we het over een virtueel maandbedrag ter hoogte van de rente op de lening, waarbij ik de rol van leninggever speel. Dat gaat niet om zo veel geld. Je kunt je gewoon iedere maand een stukje verder inkopen, Martin, met je huurafdracht. En als je architectonisch werk doet voor de Vis, en je schrijft geen factuur, dan kunnen we dat ook wegschrijven tegen het huis. In feite lease je het, net zo lang totdat er niets meer over is, of het openstaande bedrag zo laag is geworden dat je er een hypotheek voor kunt afsluiten, als je dat zou willen. Dat is aan jou.'

Martin knikt.

Ik knik ook; ik heb straks naast mijn defensiegeld nog een paar ton op de bank staan als het zo doorgaat, en daar kan ik het prima mee uitzingen totdat ik de stichting op poten heb en daar ook geld binnenkomt. 'Ik verwacht je wel op de toren,' zeg ik tegen Martin, een beetje als plaagstootje, 'en op zaterdag bij de training.'

'O,' zegt hij, toch wel een beetje geschrokken, 'ja, nou, ja natuurlijk, als dat nodig is... Mandy zei al dat ik een vetje begin te krijgen, dus misschien is het ook wel goed voor me.'

'Nodig is het niet,' zeg ik maar snel, 'maar ik zou het wel waarderen.'

'En ik zou het waarderen,' zegt Cam, 'als jij, Tjerk Boomsma, je intussen volwaardig lid van de Visploeg voelt. Want dat ben je. Als wij deze deal met elkaar doen, dan hoor je bij ons, of je dat nou leuk vindt of niet.'

'Prima,' brom ik, maar vanbinnen voel ik toch een soort klein vlammetje opgloeien. Ik dacht dat ik het had afgezworen, na mijn avonturen bij defensie, om ergens bij te willen horen. En nu na het debacle met Lexie, nou, ik voel me nog net niet gebruikt en weggegooid, maar de gedachte om bij deze groep jongelui te horen, officieel nog wel, spreekt me toch wel aan. Het doet me goed. Ik grijns. 'Ben ik niet een beetje te oud voor jullie?'

'Doe eens even een beetje normaal, Tjerk,' zegt Cam plagend-misprijzend.

'Volgens mij zijn er af en toe hele abnormale dingen best wel normaal voor Tjerk,' zegt Vincent, die met een blad op zijn hand aan komt lopen. 'Nog een uurtje, Cam, en dan ga ik naar de raadsvergadering.'

'Prima,' zegt Cam, en hoewel ik snel mijn gezicht strak heb getrokken bij het woord raadsvergadering, wat natuurlijk meteen het beeld van Lexie heeft opgeroepen, weet ik bijna zeker dat dat jong zicht heeft op het woestijnlandschap dat ik in mijn borstkas heb zitten. Ik knap dan wel een beetje op van het idee officieel bij deze groep jongelui te worden ingelijfd, maar dat wil nog niet zeggen dat het allemaal meteen weer goed is.

Na de lunch sta ik in de loods bij de reddingsboot. Ik heb nog steeds die motor niet open gehad, en dat zit me dan toch niet lekker. Daarbij vind ik de bandjes van de trailer eigenlijk net te zacht. Ik sta op het punt om te gaan takelen als mijn mobiel gaat: het is Vincent. Zo te horen zit hij op dat zwabberige ouwe ding dat hij een fiets noemt: ik hoor de wind suizen en zijn stem klinkt alsof hij zich een beetje inspant.

'Tjerk, hai, ik was bij de raadsvergadering vanochtend,' zegt hij in mijn oor.

'Weet ik.'

'Nou, ik dacht dat je misschien wel wilde weten dat het volgens mij helemaal niet zo goed gaat met Alexandra.'

'O?' zeg ik, hoewel ik eigenlijk vind dat ik zou moeten zeggen dat dat me helemaal niets aangaat, en me nog minder interesseert. Dat is natuurlijk niet waar, maar ik wou dat het wel waar was. Als ik zo in mijn eentje aan het rommelen ben en ik let even niet op, dan sta ik ongenadig hard naar haar te verlangen, en daar wordt Atze Tarquinius Boomsma niet gelukkig van. Woestijn in de hartstreek, en zo.

'Ja,' gaat Vin verder, 'ze zag er ontzettend moe uit, en ze had zoiets mats. Ze was in het begin altijd ontzettend *on point* met die vergaderingen, volgens mij leerde ze de agenda zo ongeveer uit haar hoofd, maar nu was ze gewoon een paar keer de draad kwijt. Alsof al haar, nou ja, al haar strijdlust eruit was, of zo. Siets zat nog te grappen dat ze zeker geen tijd meer heeft om haar werk te doen nu haar man op het eiland is, omdat ze voor hem moet zorgen, maar dat was het niet, hoor. Het klopte gewoon niet, maar ik krijg er de vinger niet achter.' Hij blijft even stil, maar mompelt dan nog: 'Nou ja, ik dacht dat je dat wel zou willen weten.'

'Ik weet het eigenlijk niet precies, of ik dat zou willen weten of niet, maar, eh, bedankt voor het doorgeven,' zeg ik tegen hem. 'Ik weet ook niet of ik er iets aan zal kunnen doen; ik verwacht eigenlijk van niet.'

'Ik vind het maar weird; jullie waren zo goed met elkaar,' zegt Vincent, en de wind is opgehouden en zijn adem is ook weer wat genormaliseerd.

'Ben je bij de Vis?' vraag ik.

'Yep. Nog een paar uurtjes werken, maar eerst even kijken hoe het met Mi gaat. Die wil gewoon meteen weer aan de slag, die gek; hoe hard Cam ook heeft geroepen dat ze eerst een paar dagen rust moet nemen om bij te komen. Ze heeft wel geappt met die andere meiden van wie je de paspoorten had bevrijd –'

Ik grinnik om zijn terminologie. 'Bevrijd. Je woordkeus bevalt me, jong. Zijn ze allemaal goed weggekomen?'

'Blijkbaar wel. Ze zijn 's morgens vroeg via een of ander raampje hun appartementengebouw uit geklommen, er schijnt daar dag en nacht een kerel voor de deur te staan, en toen hebben ze hulp gekregen van de havenmeester. Die had er zelf ook een boot liggen; die man heeft zijn baan opgezegd, zijn vrouw en kinderen opgetrommeld en de hele boel ingeladen, en hij is zo weggevaren met die meiden aan boord. Wilde daar niet meer werken, en ik begrijp van Mi dat hij er ook een zaak van gaat maken. De pers op gaat zoeken en zo. Het kan zijn dat er nog een staartje aan zit voor de meiden: misschien dat ze moeten getuigen, maar blijkbaar verwacht die man dat hij een enorm mediacircus op kan starten, en dat hij daar ook voldoende mee zal kunnen verdienen om zijn gezin te onderhouden.'

'Hij leek me al een geschikte kerel, ja,' brom ik, blij met de afleiding van het onderwerp Alexandra, 'hoewel ik me wel afvroeg hoe het kon dat hij niet wist wat er allemaal gebeurde in dat resort.'

'Ja, dat weet ik ook niet, natuurlijk. Maar goed, ze hebben een appgroep, die meiden,' zegt Vin, 'we zullen het wel horen van Mi, als er nog ontwikkelingen zijn. In de tussentijd moet jij misschien even een kop koffie drinken met onze burgemeester?'

'En dat gaat helpen op welke manier?' vraag ik, een beetje cynisch. 'Mij gaat het in ieder geval niet helpen, dat weet ik nu al. Ik zit er te diep in.' Ik had dat helemaal niet willen zeggen, maar het is me zo over de lippen geglipt, en gek genoeg geeft het wel iets van opluchting om openhartiger te zijn dan ik gewend ben.

'Ik begreep al zoiets, ja,' zegt Vin ernstig. 'Daarom bel ik je dus ook.'

'Ik dacht dat je belde om me te treiteren,' probeer ik nog een grapje te maken, maar dan geeft mijn mobiel een geluid en een bibber en weet ik dat ik nog een beller heb. Ik kijk even snel op het scherm. 'Als je over de duvel spreekt,' zeg ik tegen Vin, 'ze belt me. Op haar werkmobiel.'

'Zal ze blij mee zijn, dat je haar de duvel noemt,' zegt die stinkerd lachend in mijn oor, 'nou, de mazzel, Tjerk, ik spreek je later.'

En weg is hij.

Ik druk op opnemen en mijn hart bonst in mijn oren alsof ik een zware cardio-oefening achter de rug heb. 'Tjerk,' grom ik nog net niet in het toestel.

'Ja, eh, hallo, Tjerk, met Alexandra spreek je.'

'Ja, dat zie ik op het scherm. Dat jij het bent.'

'Nou. Ehm... heb je vanmiddag tijd om even aan te schuiven bij een overleg met een schade-inspecteur van de Nederlandse tak van de maritieme verzekeraar waar dat gezonken containerschip onder valt?'

'Wie, wat,' sputter ik, en na de moeite te hebben genomen

om mijn gedachten weer even netjes in het gelid op te stellen: 'Is het je gelukt om iemand te pakken te krijgen en een afspraak te maken?'

'Inderdaad,' zegt ze, een beetje kleintjes. 'Het was nog lastig om de verzekeraar te overtuigen een expert naar het eiland te sturen, maar het helpt toch wel enigszins om burgemeester te zijn, geloof ik. Hoe dan ook,' ze haalt een keer diep adem en lijkt zich wat te herpakken, hoewel ze nog steeds niet zo klinkt als, nou ja, als...

Ik schud mijn hoofd even om de beelden van haar, bloot en weelderig en ademloos in mijn armen, van mijn netvlies te krijgen.

'Hoe dan ook: ik zou het waarderen als jij, met jouw expertise en het voorbereidende werk dat je hebt gedaan om het schip te kunnen laten bergen, deel zou kunnen nemen aan het gesprek. Ik heb mijn best gedaan om me in te lezen, maar ik zal er niet zo goed in zitten als jij, en we willen allebei dat het schip, én al die containers, van de zeebodem worden gehaald, dus...'

'Ik zal er zijn,' zeg ik rustig. 'Hoe laat en waar?'

'Gemeentehuis, over drie kwartier.' Ik hoor een opluchting in haar stem die me verbaast. Ik dacht dat ze het vervelend zou vinden om contact met me te moeten hebben, gezien het feit dat ik blijkbaar haar grote vergissing ben.

Ik weet dat het onrealistisch van me is, maar er gloeit een dun draadje hoop op in de woestijn.

26

Er is een vergaderkamer helemaal speciaal in gereedheid gebracht als ik, stalen gezicht op vol vermogen, het gemeentehuis binnenwandel en door die neef van Menno Olivier, die dienstdoet als gemeentesecretaris en manusje-van-alles, woordeloos de weg word gewezen.

Lexie zit er al, en tegenover haar aan de tafel zit een keurig verzorgde, slanke vrouw, wat jonger dan ik, met een laptop en een map vol papieren voor haar neus. Ze staat direct op en steekt haar hand naar me uit, en ik krijg een schattende blik van haar die ik voel van mijn haarwortels tot mijn tenen. Dit is geen dame die met zich laat spotten. En ook: de man van de verzekering is dus een vrouw. Dat is nou al de tweede keer dat me dat overkomt; ik moet mijn verwachtingspatronen blijkbaar nog nodiger reviseren dan de motor van de reddingsboot.

'Erszi Rademakers,' zegt de dame als ik ook mijn hand naar haar uitsteek.

'Tjerk Boomsma,' mompel ik, en na een korte, stevige schud laat ik los en ga ik aan de vierkante tafel zitten, zodat we elkaar allemaal goed kunnen aankijken.

'Ik heb uw rapport doorgenomen,' zegt mevrouw Rademakers

tegen me, zakelijk maar zeker niet koel, 'en ik vind het een knap staaltje werk. Ik begrijp wel dat u niet zo gemakkelijk met ons in contact kon komen; we hebben het contract nog niet zo lang geleden overgenomen van een kleinere verzekeraar die met ons moederbedrijf is gefuseerd, en soms is het gewoon nogal een ondoordringbaar woud, hè?' Ze glimlacht warm naar me, en ik kan niet anders zeggen: ze is een charmante verschijning. Voor een verzekeraar in ieder geval, want ik moet mijn uiterste best doen om niet de hele tijd naar Lexie te kijken, aan de andere kant van de tafel.

Lexie is andere koek, wat mij betreft; geen vergelijk mogelijk, al is ze vandaag niet op haar florissantst. Ze ziet er zoals altijd keurig uit: zakelijk, zeker niet goedkoop, netjes gecoördineerd, maar ze heeft een zorgelijke blik in haar ogen, en zoiets... tja, ik weet niet precies hoe ik het moet omschrijven. Iets lamgeslagens, denk ik. En ze doet heel formeel; een buitenstaander zou denken dat we elkaar nauwelijks kennen, niet dat we elkaar een paar keer zo gepassioneerd hebben gezoend dat de vonken er nog net niet vanaf vlogen en dat we een nacht hebben beleefd die wat mij betreft niet te evenaren valt. Met een andere vrouw dan, bedoel ik, want met haar denk ik dat het best nog een keer had kunnen lukken.

'Ik vind het vooral een knap staaltje werk van onze burgemeester dat zij er uiteindelijk in is geslaagd met u in contact te komen, mevrouw Rademakers, en dat we nu dit gesprek met elkaar kunnen hebben,' zeg ik, met nog een korte blik op Lexies gezicht. Zij kijkt nou toevallig ook net naar mij als ik dat zeg en ik voel vanbinnen een klap als een mortiergranaat. Volgens mij voelt zij ook iets; ik zie haar even trillen. Het liefst zou ik iets zeggen, of even haar hand pakken, maar dat is hier zo niet op zijn plaats dat ik niet anders kan dan me zo goed mogelijk achter mijn stalen gezicht verschuilen.

'O, noem me toch Erszi,' zegt mevrouw Rademakers warm, en ik kan bijna niet anders dan haar aanstekelijke glimlach beantwoorden en 'Tjerk' mompelen. Ze heeft een aparte voornaam; ik heb al veel voornamen voorbij horen komen in mijn leven, maar dit is een nieuwe voor mij. Hongaars, schat ik zo in, en een versie van Elisabeth.

'Ik heb de zaak nog eens goed bekeken,' zegt Erszi dan, weer helemaal in de professionele modus, 'maar het ziet er niet naar uit dat wij de berging volledig zullen kunnen dekken. Niet alleen was de premie niet betaald op het moment dat het schip verloren ging, het was ook onderbemand en slecht onderhouden. Maar dat laatste heb je zelf ook al boven tafel gekregen, zie ik uit je documentatie, Tjerk.'

Ik knik, en ineens valt het me op dat ik zonder enig papierwerk – of laptop, opschrijfboekje of ander ding dat ik voor mijn neus op tafel zou kunnen leggen – hier naar binnen ben gelopen. Ik heb niet eens een pen bij me. Hoeft ook niet; het zit allemaal in mijn hoofd. Ik leg dan maar mijn handen op tafel; nog niet helemaal schoon van de loods, zie ik, maar dat is dan maar zo. Ik voel, zonder te kijken, dat Lexie naar ze kijkt, en ik wou dat ik wist wat ze dacht.

'Maar goed, om er geen al te lange, technische discussie van te maken wil ik vanuit ons bedrijf het volgende voorstellen: wij hebben uiteraard hetzelfde voor ogen als jullie vanuit het eiland: zo min mogelijk milieubelasting of, nog erger, -vervuiling. Wij kunnen dus kort gezegd het wrak niet in zijn geheel bergen, maar in ieder geval kunnen we de bunkers eruit halen, zodat er geen olie de zee in kan lopen.'

'Dat is al iets,' zegt Lexie. 'En wat doen we met de lading? De containers zijn natuurlijk ook gezonken, en Tjerk vermoedt dat de boel nogal verspreid is geraakt over de zeebodem.'

'Tja, als er een container vol pluche teddyberen bij zit, dan lijkt dat misschien onschuldig, maar als zo'n ding doorrot en vervolgens komt al dat schuimplastic in het milieu terecht...' Ik frons. 'We hebben geen idee van de lading verder; ik kon geen officiële *bill of lading* of een ander soort zeevrachtbrief te pakken krijgen, dus ik heb geen idee wat er nog voor gevaren op de zeebodem liggen, naast de stookolie in dat schip.'

'O, maar daar kan ik wel aan komen als ik me even inspan,' zegt Erszi blijmoedig. 'Ik weet het goed gemaakt. Zodra ik die vrachtbrief boven tafel heb, maak ik een inschatting van het gevaar voor het milieu. Ik neem contact op met jullie en zorg ervoor dat wij de moeite nemen om eventuele milieugevaarlijke containers te verwijderen. De rest, het schip en de niet-milieugevaarlijke containers, kunnen dan waarschijnlijk wel geborgen worden met behulp van je plan, Tjerk, dat wij overigens volledig onderschrijven. En als jullie binnen afzienbare termijn de financiën aan jullie kant kunnen regelen, dan zal ik zorgen dat de juiste bedrijven ingeschakeld worden, en dan kunnen we er waarschijnlijk een *joint*-operatie van maken: dat is ook het goedkoopste.' Ze knikt ons vriendelijk toe en ik krijg sterk de indruk dat het hele onderhoud, dat nog geen kwartier heeft geduurd, wat haar betreft eigenlijk is afgelopen.

'Ik kan niet anders dan blij zijn met wat je ons te bieden hebt,' zegt Lexie, met een vermoeide veeg over haar voorhoofd. 'En al zie ik er niet naar uit om dat subsidietraject in te gaan, ik vermoed wel dat het succesvol gaat zijn, zeker met dit verhaal ernaast.'

'Dat denk ik ook,' zegt Erszi, met weer zo'n brede glimlach. 'En nu zou ik graag nog even een beetje van het eiland genieten voordat ik morgenochtend weer terug moet naar mijn kantoor. Dat is toch een stuk minder voorzien van natuurschoon en frisse lucht, dus ik maak er graag het beste van!

Tjerk, zou jij me, als echte eilander – ik neem tenminste aan dat je een echte eilander bent – een korte rondleiding kunnen geven, en dit stadsmeisje willen laten zien waar hier het beste gegeten kan worden? Geen zorgen, ik probeer je niet op kosten te jagen: alles is declarabel!' Ze lacht even, staat op, pakt haar spullen bij elkaar, steekt ze in een duur uitziende leren werktas, geeft Lexie een hand en een vriendelijk, 'burgemeester, het was me een genoegen,' en loopt zelfverzekerd de deur uit naar de hal.

Lexie en ik kijken elkaar even aan, maar we zeggen niets; er zit niet veel anders op dan Erszi maar gewoon te volgen. Ik denk op Lexies gezicht iets te zien dat ik herken als die onzekerheid van haar, die ze normaal gesproken zo goed weet te verbergen, maar waarover ze zo verrassend open was bij mij.

In de hal keert Erszi zich onverwachts ineens naar Lexie om haar te vragen: 'Kan ik even van de voorzieningen gebruikmaken, burgemeester?'

'Natuurlijk,' zegt Lexie, wijzend, 'het is daar, links, dat gangetje in.

Erszi loopt, nog steeds met die zelfverzekerde pas van haar, de aangeduide richting in en Lexie en ik blijven achter in de hal, als twee zoutzakken naast elkaar staand.

Na ongeveer een minuut hou ik het niet meer. Ik kijk naar haar. Zij kijkt ook naar mij, en bam, nog een keer zo'n mortierinslag. Nu is het niet te missen; zij voelt dat ook.

'Ga je...' begint ze aarzelend.

Ik blijf naar haar kijken en voel hoe ik, bijna onvrijwillig, iets van mijn stalen gezicht laat slippen door op mijn lip te bijten.

'Ga je met haar uit eten?'

'Ik denk het wel,' mompel ik, ineens een beetje verlegen. 'Dat lijkt me het minste wat we kunnen doen. Ze gaat volgens mij wel *above and beyond*, voor deze zaak, zeker als ze ook de kosten voor het bergen van de containers met milieugevaarlijke inhoud erbij kan nemen.'

Lexie wil nog iets zeggen, ik zie het aan haar gezicht, maar er komt niks uit, dus ik knik maar eens naar haar.

En precies als Erszi weer uit het gangetje tevoorschijn komt, wandelt er een man het gemeentehuis binnen die ik niet ken. Of althans, ik weet wie het is, want ik heb hem gisteren voor het eerst gezien: het is die man met wie Lexie naar Piers afscheid was. Blijkbaar haar man, dus. De man die ze zo netjes voor me heeft weten te verzwijgen. Hij ziet er nog net zo overdreven goed verzorgd uit als gisteren: Burberry-sjaal losjes om de nek, spiegelglad geschoren en al zijn haren op nummer.

'Dag schat,' zegt de gesoigneerde heer opgewekt, 'ik kom eens kijken of je werkdag er al op zit. En met wie hebben we hier van doen?'

Dat laatste gaat over mij, en ik weet meteen, zonder ook maar naar 's mans gezicht te kijken, dat hij jaloers van aard is.

'Dit is Tjerk Boomsma,' zegt Lexie, haar stem bijna bibberig. 'Tjerk is de, eh, nieuwe vuurtorenwachter. Denk ik. Toch?'

'Jazeker,' zeg ik, en ik steek mijn hand uit naar de man.

'Henri Jongerius,' zegt de man. 'Ik ben Alexandra's partner. We zijn niet getrouwd, hoor, maar wel al lang een stel. Dat ongetrouwde, daar zal binnenkort wel verandering in komen wat mij betreft; ik ben hier naartoe gekomen om haar ten huwelijk te vragen. Het wordt tijd dat we onze relatie consolideren, hè, schat?' Hij geeft Lexie een blik die er aan de buitenkant uitziet als warm, maar waar voor een man als ik de competitiviteit vanaf straalt. Van mij, wil Henri Jongerius zeggen; afblijven!

'Ik heb mijn leven omgegooid,' gaat hij verder tegen mij. 'Ik heb mijn zaak van de hand kunnen doen voor een heel mooie prijs, en nu ben ik op zoek naar iets hier op het eiland, een hotel of zoiets, iets om me bezig te houden terwijl Alexandra lekker een beetje kan burgemeesteren.'

'Aha,' zeg ik, terwijl er bij mij vanbinnen ongeveer tien alarmbellen tegelijk beginnen te rinkelen.

'Nou, zullen we dan maar?' zegt Erszi vrolijk tegen me, na deze korte en onvermijdelijke introductie van de man die Lexie – ik weet het nog tot in detail – nog niet zo lang geleden bij mij beschreef als haar kryptonite. De man die haar in de slaapkamer heeft verkracht, en tegen wie ze blijkbaar geen nee kan zeggen. De man die haar cruciale rol voor het eiland blijkbaar ziet als 'lekker een beetje burgemeesteren'.

Ik raas met lichtsnelheid langs alle opties die ik heb om deze idiote situatie een draai te geven, waarbij de optie 'Henri een knal voor zijn plaat verkopen' even wenselijk als onuitvoerbaar blijkt; ik weet niet wat Lexie nou echt wil, als ik haar grote vergissing ben geweest. Ik kan dus geen kant op. Geen van de overige opties lijkt wél uitvoerbaar, dus dan doe ik het enige wat erop zit: ik knik vriendelijk tegen Erszi en maak een gebaar in de trant van 'gaat u voor', maar ik kan niet voorkomen dat mijn vuisten zich ballen als ik achter haar aan de frisse buitenlucht in stamp.

Ik weet niet hoe ik het doe, maar ik blijf beleefd en vriendelijk tegen Erszi, die objectief gezien aangenaam, intelligent en prima uitziend gezelschap is, maar ik heb gewoon geen ruimte voor iets anders dan met het absolute minimum aan beleefdheid reageren op de gespreksonderwerpen die ze volhardend enthousiast blijft aandragen. Mijn hoofd zit te vol, met vragen, gedachten, maar vooral met Lexie.

De wandeling duurt ongemerkt langer dan ik had verwacht, en als we tijdens het lopen worden overvallen door een stevige regenbui loods ik Erszi snel het dorp weer in via een van de moet-je-net-even-weten tussendoorweggetjes, en dan naar binnen bij een kleine gelegenheid die er aan de buitenkant nogal onooglijk uitziet, maar waarvan wij eilanders weten dat het eten er lekker is en niet al te duur. Het tentje wordt gerund door Rink Zijm, de oudere broer van Arie die bij Burema werkt en die meetraint met de reddingsploeg. Arie is een nakomertje; zijn broer is zeker tien jaar ouder. 'Alles Oernij', heet het tentje, alles overnieuw, een naam die als grap is ontstaan, omdat toen Rink het overnam van zijn overleden oom hij alles eruit moest slopen en opnieuw opbouwen, zo'n ouwe meuk was het. Iedereen krabde zich op de kop, maar hij heeft het voor elkaar gekregen, met zijn eigen twee handen, en hij heeft vanaf het begin gezegd dat hij een tent wilde hebben die vooral voor de eilanders zou zijn. Goeie kost, niet te duur, en geen spatsies voor badgasten. Hij heeft drie soorten pizza, drie soorten pannenkoek, een paar pastagerechten, patat of gebakken aardappelpartjes, en gebakken eieren waarop je alles kan krijgen wat hij toevallig maar in de ijskast heeft liggen. De wijn die hij erbij schenkt is prima te drinken maar niks bijzonders, en verder kan je bier krijgen, of cola, of bruiswater.

Ik leg dat allemaal uit aan Erszi, terwijl we naar binnen rennen om voor de regen te schuilen. Zodra we de deur dichttrekken zet die regen er nog vrolijk een tandje bij en begint het echt met bakken uit de hemel te gieten, dus we hangen onze jassen op en gaan zitten, en we beginnen met een kop thee. Het is eigenlijk nog nét te vroeg voor het diner.

Aan tafel zit ik braaf te zwijgen, terwijl ik probeer een vriendelijk gezicht op te houden. Ik weet van mezelf dat ik, als ik erg diep in mijn gedachten verdwijn, soms een chagrijnige kop kan hebben; dan ben ik niet chagrijnig, maar dan kijk ik blijkbaar wel zo.

Mijn gezicht blijft denk ik wel redelijk in de plooi terwijl Erszi over haar werk vertelt, en de vreemde zaken die ze af en toe meemaakt, maar onder water razen mijn gedachten als een dolle. Is die Henri er op uitnodiging van Lexie? Begon ze hem toch te missen, na onze escapade? Of is hij uit zichzelf gekomen, en heeft hij zijn leven gebeterd? Heeft ze hem weer teruggenomen en schaamt ze zich voor de uitspatting met mij? Of is hij uit zichzelf gekomen, en heeft ze hem teruggenomen omdat... wat? Hij bekend terrein is? Of omdat... omdat ze niet anders kon? Als hij haar kryptonite is, die man, dan kan ze hem misschien gewoon niet weerstaan, al snap ik niet direct hoe dat werkt. Maar dan bestaat de kans dus dat ze er niet zo uitgewoond bij zit omdat ze zich ellendig voelt over mij, maar dat ze er niet blij mee is dat híj er is. Dan zie ik even niet hoe ik de vergissing kan zijn, in dit krachtenveld, maar...

'Tjerk?' vraagt Erszi.

Shit. Ik ben toch te diep weggezakt in mijn gedachten.

'Volgens mij heb je geen woord gehoord van wat ik net allemaal zei.'

Ik frons en mompel betrapt: 'Schuldig.'

Ze geeft me een blik die zegt: nou, vertel dan, en ik kan niet anders dan toch een tipje van de sluier oplichten.

'Lexie – eh, ik bedoel, de burgemeester, zag er niet goed uit. Ik maak me zorgen dat het niet zo goed met haar gaat op het moment, al heb ik de vinger er nog niet achter wat er aan de hand is.'

'Maak je je altijd zo druk als iemand hier op het eiland eruitziet alsof hij of zij niet helemaal lekker in het vel zit?'

'Nee,' geef ik schoorvoetend toe, 'maar Lexie is... bijzonder voor me.'

'Aha,' zegt ze, met sprankelende ogen. 'Ik vermoedde al zoiets.'

'Ik dacht dat ik het goed verborg!'

'Niet voor mij, ik heb een neus voor zulke zaken. Ik geef altijd graag gevraagd én ongevraagd advies over, laat ik zeggen, intermenselijke relaties, hoewel ik in dit geval wel een beetje teleurgesteld ben.'

'O?' Nu heeft ze mijn volle aandacht.

Ze grijnst, en zegt dan volledig onbevangen: 'Ik dacht dat er wel een klik was tussen jou en mij, Tjerk. En ik heb vanavond niets te doen, dus ik had er geen bezwaar tegen gehad om die klik tot op de bodem, eh, uit te zoeken.'

'O,' zeg ik nog een keer, als een soort idioot. Dat had ik niet aan zien komen. Ze heeft trouwens geen ongelijk: er is wel een klik, maar daar waar er tussen Lexie en mij een klik is alsof je de kluisdeur van de Nederlandse Bank in het slot laat vallen, is het tussen Erszi en mij misschien net een lichtknopje. Een bescheiden klikje, dat onder andere omstandigheden best het onderzoeken waard was geweest, maar nu... Ik schud mijn hoofd.

'Nee, dat begrijp ik ook wel,' zegt ze, nog even blijmoedig, 'iemand was me voor. En de situatie ziet er niet weinig complex uit. Je lijkt me een aardige man, Tjerk, en je bent geen straf voor het oog; ik hoop dat alles op zijn pootjes terecht zal komen. Maar als je ervoor openstaat wil ik toch nog wel één tip meegeven.'

'Kom maar door dan,' brom ik, na een heerlijk warme slok thee. Ik voel me toch wel een beetje betrapt.

'Aarzel niet,' zegt Erszi dan vol daadkracht. 'Als je kans zich voordoet, grijp hem dan aan met twee handen en aarzel niet. Dat is soms lastig als je geen achttien meer bent en je hebt je leven op een bepaalde manier opgebouwd; soms zul je iets moeten omgooien, maar dat weegt altijd op tegen het geluk dat je kunt vinden als je goed oplet en toeslaat op het moment dat je de kans hebt.'

'Dat klinkt wel een beetje roofdierachtig,' zeg ik, met een voorzichtige grijns.

'O, maar dat is het ook,' zegt ze, met een brede glimlach retour. 'Het leven is soms zo: eten of gegeten worden, nietwaar? Niet altijd, gelukkig, maar af en toe is het wel eens op het scherp van de snede. Sta vast, Tjerk, en dan komt het goed.'

Ik knik. 'Ik denk dat ik wel weet wat je bedoelt, en ik dank je voor je advies. Ik zal mijn best doen het ter harte te nemen.'

Op dat moment komt Rink aanlopen met twee kaarten in zijn hand. Het is nog geen half zes, nog steeds vroeg voor het diner, maar ik merk dat ik rammel van de honger. Tegelijk spoelt de moeheid van de afgelopen dagen als een langzaam opkomende vloed over me heen; ik heb natuurlijk afgelopen nacht in mijn eigen bed ook niet echt heel rustig geslapen.

Erszi werpt een blik op de kaart, en dan een blik op mij, en zegt blijmoedig: '*Let's eat*! Doe mij maar een pizza met alles erop, en een glas rode wijn ernaast.'

Onder andere omstandigheden had ik het wel geweten met haar.

Belachelijk vroeg, om zeven uur, staan Erszi en ik weer buiten. De bui is overgetrokken, de magen zijn gevuld. We hebben niet zo heel veel meer gezegd tijdens het eten; daar was het ook gewoon te lekker voor.

'Ik moet mijn mand in,' verzucht ik, 'ik heb de afgelopen twee dagen twee keer een tijdsverschil van zes uur moeten verstouwen, en twee nachten in een vervoermiddel. Ik voel me een beetje...' Ik waggel mijn hand heen en weer.

'Waar was je?' vraagt ze. 'Ik moet ook nogal veel reizen

voor mijn werk, en ik kan er nooit lang blijven, dus ik weet denk ik wel hoe je je voelt. Soms heb je het gevoel alsof je in één keer ingehaald wordt door al je slaapgebrek.'

Ik knik. 'De man met de hamer. Ik moest naar Thailand, en niet voor mijn plezier. Maar wat ik daar te doen had is goed gelukt, dus daar ben ik niet al te ontevreden over.'

Ze grijnst. 'Ik hoef geen details, maar ik wil wel van je weten waar ik het beste nog een borrel kan pakken. Ik logeer in Hotel Burema.'

'De bar van Burema is uitstekend,' zeg ik met een klein grijnsje. 'Echte eilandsfeer. En de broer van Rink,' ik maak een gebaar met mijn hoofd naar Alles Oernij, achter ons, 'Arie, heet die, die staat daar regelmatig achter de bar. Ik train hem, voor de reddingsploeg. Geschikte vent, je kunt met hem lachen.'

'Volgens mij ken jij iedereen, en iedereen kent jou,' zegt ze grinnikend. 'Ik neem je advies ter harte. Goeie avond, Tjerk, en bedankt voor je gezelschap.'

'Insgelijks,' mompel ik, en dan gaan we ieder ons weegs.

Binnen vijf minuten sta ik voor mijn voordeur, en nog vijf minuten later lig ik in mijn bed. En ik val als een blok in slaap, hoewel de gedachten aan Lexie me door het hoofd blijven malen. Ik droom zelfs van haar; in mijn droom hoor ik haar stem die me roept, ze heeft me nodig, maar het is donker en ik kan haar niet vinden, waar is ze nou, ze klopt op mijn raam en –

Ik schiet recht overeind in mijn bed.

Het geklop op mijn slaapkamerraam en Lexies stem zijn er nog steeds, ook nu ik niet meer in dromenland ben, en met een woeste veeg over mijn voorhoofd verwijder ik de spinnenwebben van de slaap, om dan met twee benen tegelijk uit bed te stuiteren. Drie stappen verder ruk ik het gordijn open, en daar staat ze, in het echt, op haar blote voeten, in een soort pyjama. Ik open razendsnel het raam en kijk ondertussen met één oog op mijn horloge: het is iets over tweeën.

'Lex, wat doe je nou, kom gauw binnen, het is al bijna winter,' zeg ik tegen haar, onsamenhangend, maar dan voel ik haar hand in de mijne, stapt ze samen met een flinke golf koude nachtlucht naar binnen, klimt ze van mijn geïmproviseerde treden af en, terwijl ik gauw het raam weer sluit en het gordijn terugschuif, leunt ze bibberend en vochtig tegen me aan. 'Regent het?' brom ik in haar haar.

'Motregen,' zegt ze gesmoord, 'wat ben je lekker warm, Tjerk. Jij bent altijd lekker warm.' En dan begint ze te huilen.

Ik doe eerst niks. Of althans, ik doe natuurlijk wel iets: ik hou haar vast en krijg het voor elkaar om mijn dekbed van mijn bed af te grissen zodat ik dat om haar heen kan slaan. Ze bibbert intussen op niveautje bijna-onderkoeld. Ik wacht, terwijl ze zich leeghuilt. Van kleine snikjes gaat het via grotere snikken naar gierende uithalen, net zo lang totdat het weer kleinere snikken worden, en ze uiteindelijk rustig is, en weer een beetje opgewarmd.

'Wil je even onder de warme douche?' vraag ik zachtjes in haar oor. Haar gezicht zit nog steeds verborgen tegen mijn schouder en het shirt waarin ik in bed was gevallen is intussen even nat van de motregen die ze mee naar binnen heeft genomen als van haar tranen.

'Ik heb alles nat gemaakt,' zegt ze gesmoord en wanhopig, 'je dekbed, en je shirt...'

'Nou en,' brom ik, 'wordt wel weer droog. Heb je het al een beetje minder koud?'

Ze knikt, maar heft nog steeds haar hoofd niet op. 'Ik hield het niet meer uit,' verzucht ze dan, 'ik ben uit het raam van de badkamer geklommen.'

‘Van de burgemeesterswoning?’ Ik ben verbaasd. Dat raam is niet heel groot, en het zit ook vrij hoog.

‘Het viel niet mee,’ mompelt ze, met alweer een beetje zelfspot, ‘er was een moment dat ik dacht dat ik vastzat. Maar ik moest daar gewoon weg, ik moest naar je toe, ik hield het echt niet meer uit; ik dacht, straks ben je met die Erszi, en ik heb nog niet eens de kans gehad om behoorlijk met je te praten. Henri is zo jaloers, hij houdt alles in de gaten. Ik... je vindt het vast stom, Tjerk, maar ik voel me zo vreselijk gevangen!’

‘Ik vind niks stom,’ zeg ik snel, ‘ik vind alles best; vooral als je hier bij mij bent. Wat is er nou aan de hand? Waar komt die man ineens vandaan, ik dacht dat je niks meer met hem te maken wilde hebben?’

Eindelijk komt haar hoofd van mijn schouder en kijkt ze me aan. Ze heeft geen make-up op, haar ogen zijn rood van het huilen, haar neus is ook rood, haar haar zit verschrikkelijk in de war en toch vind ik haar de mooiste van de hele wereld. Hoe het kan, ik weet het niet, maar nu ik haar stevig vast heb hoor je me niet klagen.

‘Wilde ik ook niet. Wil ik nog steeds niet. Jij en ik... O, Tjerk, ik heb zo’n spijt van wat ik allemaal heb gezegd in de tuin bij de vuurtoren; ik wilde gewoon open naar je zijn en zorgen dat je meteen wist hoe of wat, ik wilde geen geheimen hebben, maar ik was zo vreselijk onhandig; mijn timing, ik schaam me, ik dacht dat ik alles kapot had gemaakt, ik bedoel, ik weet gewoon ook niet –’

‘Stil nou maar,’ mompel ik. ‘Ik had even de tijd nodig om erover na te denken, maar later snapte ik ook wel dat het je alleen om het budget ging, niet dat je de bemanning op de toren ook echt wilt verbieden, of zoiets. En het is simpel: als het niet kan, dan kan het niet, dan moet het op een andere manier. Ik heb wel wat ideeën, intussen, dus maak je daar nou maar geen zorgen over. En ik was nou ook niet het toonbeeld van redelijkheid, op dat moment, ik heb toch ook gereageerd als een ongenuanceerde brombeer? En toen moest ik meteen daarna naar Thailand om Milena daar weg te halen, dus toen zat er ineens een halve wereld tussen...'

Ze knikt. 'Samenloop van omstandigheden. En toen was je weg, en de volgende dag stond ineens Henri voor mijn neus. Met dat hele verhaal van hem, dat hij zijn zaak heeft verkocht. Hij heeft miljoenen op de bank nu; ik had nooit gedacht dat hij zoiets zomaar zou doen. Het was echt zo'n familiebedrijf waar hij de alleenheerser was; ik ging ervan uit dat dat alles voor hem was.'

'Maar blijkbaar ben jij alles voor hem,' zeg ik zachtjes.

'O, nee, het gaat niet over mij,' zegt ze schamper, terwijl ze haar hoofd licht schudt. Ze stapt uit mijn omhelzing om op de rand van mijn bed te gaan zitten, mijn dekbed als een cape om haar schouders.

Ik ga voorzichtig naast haar zitten en ze legt meteen, heel zorgzaam, de helft van het dekbed ook om mij heen. Dat kleine gebaar, bijna onwillekeurig, raakt me diep. Ze zit in de shit, ik weet nog niet alles maar ik weet in ieder geval dat ze niet gelukkig is, en nog heeft ze de tijd om eraan te denken dat ik het ook wel eens koud zou kunnen hebben.

'Waar gaat het dan over, Lex, als het niet over jou gaat? Die man heeft ik weet niet wat gedaan om bij je te zijn.'

'Het gaat hem erom,' zegt ze, met neergetrokken mondhoeken en een koude stem, 'dat ik was weggekomen. Ik was ontsnapt, ik was uit zijn invloedssfeer. Dat is niet de bedoeling, natuurlijk: narcisten willen de dienst uitmaken. Daar halen ze hun ego aan op. En hij weet donders goed dat hij een raar soort macht over me uitoefent zodra hij bij me in de buurt is; ik snap ook niet hoe dat werkt. Het is alsof de afgelopen tien jaar wegvallen: ik ben weer helemaal die onzekere vrouw. Hij zal me wel eens even redden, en ik vóél me dan ook echt zo, Tjerk, ik snap er niks van, het is alsof al mijn daadkracht wegvloeit als ik die man zie. Alsof niks van wat ik zelf heb gedaan of bereikt ook maar iets betekent; niks weegt zwaarder dan zijn goedkeuring en zijn instemming. Ineens stond hij voor mijn neus; hij liep zo het gemeentehuis binnen en deed alsof het allemaal de normaalste zaak van de wereld was; alsof het helemaal niet uit was, en ik, stomme, stomme ik, ik nam hem mee naar de burgemeesterswoning, met zijn rolkoffer van Balenciaga en zijn maatpak. En toen hebben we gegeten bij 's Graven, we hebben wijn gedronken, het had zelfs wel iets fijns en vertrouwds om zo samen te zitten; we lachten, hij was op zijn allercharmantst – als hij zo doet kan ik me bijna niet voorstellen dat die andere kant van hem ook bestaat, weet je dat?'

'Ik geloof je,' zeg ik zachtjes, en ik maak er even werk van om mijn arm, onder het dekbed, om haar heen te krijgen. 'Kom hier, jij,' mompel ik, en ik trek haar nog iets dichter tegen me aan. Ze protesteert niet; nog even en ze zit op mijn schoot.

'Nou, en toen, voor ik het wist, lag ik met hem in bed, en gebeurde het, net als vroeger, net als de eerste keer. En toen kon ik daarna niet slapen, en toen zat ik op de wc, ik was behoorlijk in de war, en toen appte jij me.'

'En toen zei je dat je iets stoms had gedaan,' zeg ik zachtjes.

Ze knikt miserabel en legt even haar hoofd tegen mijn schouder. 'Het was één grote vergissing, Tjerk,' zegt ze. De ellende druipt nog net niet van haar stem af. 'Ik wist dat zeker op het moment dat het klaar was: hij keerde zich om, heel tevreden, en viel in slaap. Ik voelde gewoon dat hij iets dacht als: zo, het vrouwtje is weer onder controle, en ineens kon ik het zo voor me zien. Hoe het zou gaan tussen ons. Hoe hij mijn hele leven weer zou beheersen, hoe beklemd ik me zou voelen, hoe ik geen kant uit zou kunnen. En nu kan ik niet zomaar mijn baan opzeggen en met stille trom vertrekken om hem te ontvluchten; ik zit hier, ik vind het een prachtige post, ik wil er echt heel graag iets van maken. Maar Henri gaat zich natuurlijk binnen twee weken verschrikkelijk vervelen hier, en dan gaat hij op jacht en ligt hij binnen no time met het halve dorp te rollebollen. Of met allemaal badgasten, als het seizoen weer is begonnen. Het vloog me allemaal zo ontzettend naar de keel, en ik zag gewoon geen uitweg... Ik had nog wel meer willen zeggen, op de app, tegen jou, maar toen hoorde ik hem roepen, en ik had er geen zin in dat hij zou eisen om in mijn mobiel te kijken, dus ik ging van de wc af en braaf terug in bed, als een plichtsgetrouw vrouwtje...' Ze snuft minachtend en klinkt boos. Vooral op zichzelf, denk ik.

'Ik snap het wel,' zeg ik tegen haar.

Ze kijkt me verbaasd aan in het halfduister van mijn slaapkamer – ik slaap met een nachtlichtje aan. Overgebleven uit mijn defensietijd; als het niet helemaal donker is ben ik minder makkelijk te besluipen in mijn slaap.

'Wat snap je wel, dat ik als een idioot terug in die man zijn armen ben gerold? In zijn béd?' Ze schudt haar hoofd.

'Dat er dingen zijn die je als het ware terugwerpen naar een eerdere fase van jezelf. Dat je dan weer in een soort oude groef valt. Ik heb dat ook af en toe; soms neemt mijn training ineens iets over en dan ben ik weer even de Tjerk van toen ik nog op missies ging. Ik heb er wel begrip voor, Lex. Ik snapte alleen niet wat je nou probeerde te zeggen, in die app, toen je zei dat je iets stoms had gedaan: ik dacht dat je die nacht tussen ons bedoelde. Dat dat je grote fout was geweest.'

'O, nee,' zegt ze zachtjes. 'Dat... dat was denk ik het beste wat me is overkomen. Ooit. In mijn leven. Ik maak geen grapjes, Tjerk.' Ze kijkt even naar mijn waarschijnlijk ongelovige gezicht. 'Ik lag daar, met Henri, sorry dat ik het allemaal zo moet zeggen –'

'Geeft niks,' zeg ik snel, 'geen geheimen.'

'Ik lag daar, en, en... Alles wat ik zag was, nou, jij. Jouw gezicht. Het was zo fout, zo verkeerd om met Henri in een bed te liggen en, en het gewoon te dóén, ik was zo, zo ontzettend stom dat ik dát heb laten gebeuren, maar ik had het gevoel dat ik het niet kon stoppen, en toen zat ik daar op de wc, en toen begon jij me te appen... Ik wilde het eigenlijk allemaal meteen tegen je zeggen, want, nou ja, geen geheimen, maar toen begon hij dus te roepen...' Ze haalt diep adem en blaast die adem weer heel langzaam uit.

'Dus...' zeg ik aarzelend, 'Henri was het stomme, wat je hebt gedaan? Niet dat wij...?'

Ze knikt, en er rollen nog een paar tranen over haar lieve, mooie gezicht. 'Nou wil je me zeker niet meer terug,' zegt ze waterig.

Ik knijp even zachtjes in haar zij. 'Ben jij gek,' mompel ik, 'ik heb je hier, en ik laat je niet meer gaan.'

'Serieus?'

'Natuurlijk ben ik serieus, Lex. We zijn toch geen jongelui meer? We hebben allebei bagage, daar zullen we mee moeten dealen van tijd tot tijd, maar jij bent het. Voor mij.'

'Jij bent het ook voor mij,' zegt ze zachtjes, en dan veegt ze, als een klein meisje, haar ogen droog met de rug van haar hand. 'Ik had gewoon geen idee dat dit gesprek zo zou gaan als dit, weet je dat? Ik voelde alleen dat ik naar je toe moest om het uit te leggen; ik hield het gewoon niet meer uit, en ik weet dat ik het morgen druk heb, en jij waarschijnlijk ook, en op de momenten dat ik je even zou kunnen bellen of dat we elkaar zouden kunnen zien, dan zou Henri me op mijn nek zitten, en, en... ik zag gewoon geen andere oplossing.'

'Dan midden in de nacht in je pyjama uit je badkamerraam klauteren, en op je blote voeten door het dorp sluipen om op mijn slaapkamerraam te kloppen?' vraag ik met een grijns.

'Nou, dat,' zegt ze, met een gek gezicht. 'Als je het zo zegt klinkt het wel nogal absurd.'

'Heeft iemand je gezien?'

'Denk het niet; ik kwam niemand tegen. Het was wel stervenskoud.'

'Op je blote voeten, ook. Kon je niet even een paar sloffen pakken?'

'Ik heb helemaal geen sloffen. En als ik de hal in was gelopen om schoenen te halen, had hij meteen naast me gestaan. Hij heeft er een neus voor.'

'Ik ben maar blij dat ik nog niet in Piers huis woon,' zeg ik, een tikje ondeugend, 'want dan had je een dik half uur door de duinen moeten lopen. Kortste weg.'

'Ga je dat doen?' Ze kijkt me aan.

'Yup. Ik ga je alles vertellen wat ik me heb voorgenomen, maar eerst gaan we onder de douche. En daarna gaan we nog even een paar uurtjes slaap pakken, jij en ik.'

'En morgenochtend dan?'

'Morgen gaan we de hele boel oplossen. Ik weet nog niet hoe, want ik moet eerst slapen, maar ik weet wel dat dat gaat lukken, of ik heet geen Atze Tarquinius Boomsma.'

'Atze,' zegt ze zachtjes, 'wat een mooie naam is dat eigenlijk.'

Ik kan niet anders dan breed grijnzen en diep en opgelucht ademhalen: eindelijk is die woestijn in mijn hartstreek verdwenen.

27

De ochtend breekt aan met een gelukzaligheid die ik niet had verwacht; ik heb zo diep geslapen dat ik even was vergeten dat ze bij me is. Maar zodra voldoende hersencellen het reveille hebben gehoord en zich in formatie hebben opgesteld, herinner ik me weer wat er is gebeurd.

Lexie.

Lexie is hier, ze is midden in de nacht naar me toe gevlucht, ze wil mij, niet die andere kerel, en ik kan mijn geluk niet op. Ze staat onder mijn bescherming; eigenlijk is dat gevoel nooit weggeweest, en ineens snap ik ook waarom ik me zo, nou ja, weggegooid voelde toen het erop leek dat ze nog ergens een man had zitten die ze had verzwegen. Het was alsof ik het beste dat ik had voor haar voeten had neergelegd en ze er zonder nadenken overheen was gestapt.

Maar nu niet. Nu niet meer! Ze heeft me wél nodig, ze wil míj, híj is de vergissing! Ik grijns breed en beweeg een beetje, en meteen wordt ze wakker, om zich naar me toe te keren met een glimlach die minstens even breed is als de mijne. We rollen tegen elkaar aan – we zijn zo bloot vanuit de douche in bed gestapt – en even besteden we wat aandacht aan elkaar, aan hoe blij we zijn om samen te zijn, hier in dit bed. Ons veilige holletje. Het voelt allemaal zo vertrouwd en, nou ja, gewoon goed; ik dacht dat ik niet zo van de ochtendseks was, maar even later zit ik in haar en doen we het woest en snel en heet, alsof we alles wat er de afgelopen dagen is gebeurd willen uitwissen.

Het is fantastisch.

Alles aan haar is fantastisch, en de gedachte dat ik dit de komende tijd nog veel vaker kan doen – nuchter is het nog veel lekkerder dan aangeschoten – geeft me zo'n stoot geluksgevoel dat ik volgens mij nog nooit zo goed aan mijn gerief ben gekomen. Zij ook niet; we zijn er helemaal slap en sprakeloos van.

'Zo, dat is even andere koek, zeg,' mompel ik uiteindelijk dromerig, als ik me heb herinnerd dat ik kan praten.

'Zeg dat wel,' zegt ze, innig tevreden. 'Je bent een beest van een minnaar, Tjerk.'

En dan, ik kan er niks aan doen, schiet ik toch wel zo ongenadig in de lach. Alle spanning, alle stress, al mijn gepieker lach ik eruit, en het lucht verschrikkelijk op. Zij ligt naast me te schudden van de pret; af en toe kijken we naar elkaar en dan beginnen we weer helemaal opnieuw met giechelen, grinniken, schateren en gieren, en we kunnen allebei niet zeggen waar we nou zo hard om moeten lachen.

Als we zijn uitgelachen – af en toe komt er nog een proest, bij mij of bij haar, en dan hebben we nog een nagrinnikje – klimmen we maar eens uit bed; het zal toch moeten gebeuren.

'Wat doe ik nou met kleren?' vraagt ze, ineens serieus. Ik zie het op haar gezicht gebeuren: de situatie waar we in zitten valt over haar heen, met al zijn complexiteiten.

'Je kan wel een onderbroek, een shirt en een trainingsbroek van me lenen,' zeg ik, 'maar op het gebied van schoenen heb ik niet zo veel voor je in de aanbieding. Maar dat geeft niet;

dan draag ik je wel naar de burgemeesterswoning.'

'Dan wát?' zegt ze ongelovig. 'Je krijgt me toch nooit omhoog?'

'O, jawel,' zeg ik zelfverzekerd, 'dat gaat wel lukken. En je moet niet vergeten: ik ben ontzettend gemotiveerd. Een ongemotiveerd leger van tienduizend manschappen tegen een gemotiveerde unit van honderd, wie denk je dat er de meeste kans maakt? De geschiedenis heeft bewijzen genoeg!'

Ze knijpt even haar lippen op elkaar; ze weet maar al te goed wat ons zo dadelijk te wachten staat, natuurlijk. De nieuwsgierige ogen van bijna het hele eiland, en vervolgens de confrontatie met Henri. Het zal wel niet prettig gaan worden, hoewel ik vermoed dat we op de sympathie van de eilanders zullen kunnen rekenen. Als ik ervan uitga dat wat Cam en Siets me hebben ingefluisterd ook echt klopt: dat iedereen het wel een goed idee vindt, Lexie en ik.

Nou, denk ik ineens strijdlustig, al vindt niemand het een goed idee, het gaat gewoon gebeuren, en dan zullen ze er maar aan moeten wennen!

Even later zitten we beneden, aangekleed en wel, in mijn keukentje. Ik heb even snel koffie gezet en een paar boterhammen gesmeerd; het is karig, maar dat is niet belangrijk. Ik kan mijn grijns nauwelijks binnenhouden als ik naar Lexie kijk: ze heeft een van mijn zwarte T-shirts aan, en hoewel ze de bovenkant ervan bijzonder aangenaam uitvult, hangt de onderkant als een jurk over haar kont als ze staat. Aan haar benen heeft ze een grijze trainingsbroek van mij, met de pijpen misschien wel vijf keer omgeslagen. Het staat haar goed, maar al zou ze een postzak aantrekken, dan vind ik haar nog steeds mooi. Mijn oordeel kan zo het raam uit, want ik vind alles, echt álles aan deze vrouw fantastisch.

'Hoe gaan we het nou doen, Tjerk?' vraagt ze, langs een hap bruin brood met pindakaas.

‘Plan maken heeft geen zin,’ zeg ik, na een grote slok koffie, ‘we moeten maar gewoon improviseren. *Just wing it.*’

Ze knikt, zucht – het zal haar toch wel zwaar vallen, denk ik zo – en dan gaat mijn mobiel. Ik grijp hem van het aanrecht en zie dat het Vinnie is; waarom zou dat jong me nou om half acht ’s morgens bellen? Er is toch niet iets met Milena?

‘Tjerk, ben je al wakker?’

‘Doe normaal, Vin, ik heb mijn ontbijt al achter de kiezen. Wat is er aan de hand?’

Terwijl ik dat zeg, krijg ik nog een bel. Van Siets, zie ik, na een korte blik op het scherm, en even later probeert Menno me op WhatsApp te bellen. Mijn telefoon klinkt als een kermisattractie.

‘Wat gebeurt er?’ vraagt Lexie verbaasd.

‘Het hele eiland wil me bellen; zou me niet verbazen als dat over jou gaat.’

‘Maar niemand heeft me gezien,’ zegt ze nog, een beetje onzeker.

Ik haal mijn schouders op en probeer haar een blik te geven die ‘maak je er maar niet druk om’ zegt, en tegen Vin zeg ik: ‘Kom maar door met de ramp; ik heb én Siets, én Menno op de andere lijn.’

‘O, die zijn dan vast ook gebeld. Ik kreeg vanochtend zo’n raar telefoontje! Van het toestel van Alexandra, nou ja, de burgemeester dus –’

‘Ik weet wie het is,’ zeg ik met een verstolen grijns, ‘we hebben maar één Alexandra op het eiland.’

‘Ha!’ zegt Vin besmuikt. ‘Ze is zeker bij jou?’

‘Kom ter zake, jong!’

‘Nou, dat was dus niet Alexandra, die belde.’

‘Dat geloof ik direct, want ze heeft een alibi.’

‘Ze is ook gewoon écht bij jou, hè? Goed gedaan, ouwe rukker! Hoe heb je dat voor mekaar gekregen?'

'Ga ik jou niet aan je neus hangen. Vertel over dat telefoontje.'

'Het was die vent! Van haar! Ze is vannacht verdwenen, en ze heeft niks meegenomen. Ze is gewoon uit het huis verdwenen terwijl hij sliep; ze ging naar de wc en is nooit meer teruggekomen. Hij lag op haar te wachten, maar hij was weer in slaap gevallen, en toen hij vanochtend wakker werd was ze weg. Hij zit blijkbaar alle nummers in haar toestel te bellen, want ik krijg intussen ook een appje van Menno, wacht even hoor, ik zeg even tegen hem dat ik met jou aan de lijn hang.'

Ik wrijf even over mijn voorhoofd en trek er een denkrimpel in. Wat nou als... 'Luister eens even, Vin. Kun je zo dadelijk, overrr... zeg vijftien minuten naar de burgemeesterswoning komen? Ik weet dat het nog vroeg is, maar ik vermoed dat we wat hulptroepen nodig hebben.'

'Moet ik de rest van de Visploeg ook even uit bed schudden?'

'Doe maar. In ieder geval Cam, met zijn karretje, die wil ik graag over tien minuten voor mijn deur hebben. En alle mannen van Ons Sociaal Belang. Ik doe de reddingsploeg-app, dan krijgen jullie het bericht wel dubbel, maar dan heb ik in één keer Arie en Tjeerd en die andere jongens ook te pakken. En Robbie moet ik denk ik ook hebben.'

'Wat gaan we doen?' Vin klinkt helemaal opgetogen. 'Operatie Romero nog een keertje?'

'Ik ga ervan uit dat we het deze keer iets beschaafder kunnen aanpakken, maar grofweg komt het er wel op neer, ja. Daarom wil ik Robbie er ook bij hebben, omdat ik die kerel er wel voor aanzie om meteen een rechtszaak aan te spannen. Hij heeft er in ieder geval geld genoeg voor.'

'Yup,' zegt Vin blijmoedig, 'ik ga even aan de slag. Zie je over een kwartiertje.'

'Over en uit,' zeg ik.

'Wat is operatie Romero?' vraagt Lexie, die Vincents enthousiaste stem uitstekend heeft kunnen verstaan.

'O, dat was iets wat we hebben gedaan toen Vincents vriendin ongevraagd werd opgezocht door een groepje jongens uit haar verleden. Jongens die haar opgesloten hadden gehouden en als hoer hadden laten werken. Het arme kind lag helemaal in de kreukels toen ze door haar familie was bevrijd – Axels vrouw is haar nicht. Ze kwam hier om een beetje op te knappen, en zo is het gekomen tussen haar en Vincent. Die jongen ging helemaal van de sokken voor haar; niemand had dat gedacht van die flierefluiter.'

'Ach, wat vreselijk voor haar! Maar wat fijn dat ze toch iets moois heeft gevonden met die jongen, dan...' Lexie kijkt even uit het raam.

'Zie je de parallellen, liefde?' brom ik zachtjes.

'Nou ja, mijn situatie is toch wel iets anders,' mompelt ze.

Ik ram intussen even een appje naar de reddingsploeg in elkaar en zeg dan: 'Maar ook weer niet zo anders: we hebben een ongewenst sujet, en die moet naar de wal. Simpel.'

Lexie zucht. 'Het zal wel niet zo eenvoudig worden, Tjerk. Henri kan heel overtuigend zijn, hij heeft ook wel wat vrienden in Den Haag, en hij heeft een heleboel geld.'

'Dit gaat hij niet winnen,' zeg ik, vol overtuiging. 'Dit kán hij niet winnen.'

Ze geeft me de liefste glimlach die een vrouw ooit aan een man heeft geschonken, en dan hoor ik een tringeltje. Mijn deurbel.

'Ha, daar zal je je vervoermiddel hebben,' zeg ik, alsof ik verder geen zorgen heb. Die heb ik wel, of althans, een klein beetje, want ik weet maar al te goed dat ik Henri niet met een gebroken neus in de rubberboot kan mieteren – die ligt overigens half leeggelopen in een hoekje van de loods, want hij heeft een lek dat ik nog moet repareren – en hem dan op misselijkmakende topsnelheid naar de wal kan raggen. Die boys die wel even dachten Milena te komen halen, waren allemaal groen van ellende toen ik ze loste op de wal. Zo gaan we het deze keer niet doen, Maar dat die man eraf gaat met de boot van tien uur staat voor mij vast.

Ik reik Lexie de hand en loop met haar naar de deur, waarachter, precies zoals ik al hoopte, Cam staat, met een grijns van oor tot oor.

'Ha, ik zie dat alles hier op zijn pootjes terecht is gekomen?' vraagt hij, terwijl hij van Lexie naar mij kijkt.

'Nog niet helemaal,' grom ik.

'Ah, ja, de verwijderoperatie. Ik ben van de partij, hoor. Al is het wel jammer dat Axel er nu niet is. Hij zal er ook wel van balen dat hij dit feest heeft moeten missen, als hij en Wende en de kleintjes eenmaal terug zijn, maar ik verheug me er nu al op om hem dat nadrukkelijk in te wrijven. Goedemorgen, burgemeester!'

'Goeiemorgen, Cam,' zegt Lexie, en ze doet haar best om het te maskeren, maar ik voel dat ze een beetje verlegen is.

Cam kijkt naar haar voeten. Die zijn nog steeds bloot. Hij trekt zijn wenkbrauwen op.

'Wat ik niet bij me had toen ik kwam, daar kan ik ook niet mee naar buiten,' zegt Lexie, een beetje besmuikt.

Cam grijnst breed. 'Respect, Alexandra! En ook nog een Cruijffisme waar Johan zelf zijn vingers bij af zou likken! Welnu, uw strijdwagen staat klaar!' Hij maakt een diepe buiging en draait weg, zijn arm elegant wijzend richting zijn plastic karretje, dat hij onhandig met twee wieltjes op het stoepje voor mijn huis heeft gezet.

'Kom hier, Lex,' brom ik, en voordat ze kan protesteren heb

ik haar al opgetild. Ze weegt niet niks, maar ik kan het wel hebben, hoewel ik in stilte toch wel blij ben dat ik haar niet helemaal tot aan de burgemeesterswoning hoef te dragen. Ze geeft een soort piepje, wat ik enorm vertederend vind, maar laat zich toch zo die Birò in lepelen.

'Rij je zelf, of moet Cam of ik je chaufferen?' vraag ik.

'O, ik rij zelf!' Gelukkig, ze heeft haar daadkracht teruggevonden. 'Deze situatie kan zo niet voortduren, en ik ga er nu een eind aan maken.'

'Wij staan achter je, burgemeester,' zegt Cam ernstig, 'letterlijk en figuurlijk.'

Lexie rijdt met een slakkengangetje richting de burgemeesterswoning, en Cam en ik lopen erachteraan.

Zodra we de hoek om komen zie ik al dat er nogal wat mannen zijn verschenen, die allemaal opvallend onopvallend midden op straat met elkaar staan te praten. Normaal gesproken is het voor half negen 's morgens en buiten het seizoen niet zo druk op straat, dus wie houden ze voor de gek? Mij niet, en blijkbaar die Henri ook niet. Hij is op de drempel van de burgemeesterswoning verschenen en lijkt in een ernstig gesprek verwikkeld met Menno Olivier. Dat zal hem niet meevallen op zijn nuchtere maag, denk ik met een verstolen grijns; Menno is een beste vent, echt waar, maar hij kan soms erg nadrukkelijk zijn mening naar voren schuiven.

Vincent ziet Cams Birò aan komen rijden, met ons als voetsoldaten erachteraan, en hij stapt naar Menno en Henri toe. Ik weet niet wat hij precies van plan is, maar in ieder geval houdt het gesprek abrupt op en keert Henri zich naar ons. De rest van de opgetrommelde manschappen komen allemaal dichterbij. Om te ondersteunen mocht dat nodig zijn, dat weet ik zeker, maar vooral ook om niks te missen van wat er komen gaat. Ik voel aan mijn water dat er iets gaat gebeuren dat nog vaak opgehaald zal worden aan de bar van het Boathuus, als iedereen lekker in de olie is.

Lexie rijdt het karretje ongeveer tot voor de deur van de burgemeesterswoning, maar dan wel midden op straat. Langzaam stapt ze uit, en hoewel ze in mijn kleren en op blote voeten is – en ik zeker weet dat het hele eiland, voor zover aanwezig, meteen ook wéét dat dat mijn kleren zijn – en de frisse ochtendlucht er nogal nadrukkelijk voor zorgt dat je kunt zien dat ze geen bh draagt, krijgt ze het voor elkaar om een bepaalde waardigheid uit te stralen.

Cam bereikt haar het eerst, en als een echte heer trekt hij zijn fleecevest uit en legt dat voor haar voeten op de straat. Ze stapt erop als een veldheer op een schild. Ik had natuurlijk zo slim moeten zijn om zelf iets aan te trekken dat ik weer uit kon doen, maar ik heb daar helemaal niet aan gedacht, ik sta hier ook maar gewoon in mijn blote armen. Gelukkig kan ik beter tegen kou dan tegen hitte.

'Henri,' zegt Lexie dan, haar stem goed hoorbaar. Iedereen houdt op met praten. 'Ik wil graag dat je je spullen pakt en dat je met de boot van tien uur vertrekt.'

'Hoe kom je daar nu bij?' zegt Henri, oprecht verbaasd. 'Waar was jij ineens, vannacht? Ik heb zo'n beetje iedereen in de contactenlijst van je werktelefoon gebeld, ik was bezorgd, ik was –'

'Onzin,' zegt ze daadkrachtig, 'je was helemaal niet bezorgd om mij, het gaat jou helemaal niet om mijn welbevinden. Je bent een heerszuchtige, jaloerse, narcistische man. Het gaat jou alleen maar om jezelf en ik wíl helemaal geen relatie met je. Ik heb interesse getoond in deze post juist omdat ik dan zo ver mogelijk bij je vandaan zou zijn, omdat ik ervan uitging dat je aan je bedrijf vastzat.'

'Ik heb alles voor je verkocht, om bij je te zijn, zodat we sámen –' fleemt hij, maar ze valt hem in de rede.

'Met jou is er geen samen. Het is eerst jij, en dan een hele tijd helemaal niets, en dan de rest van de mensheid. En je bent hier ook niet voor mij, maar voor jezelf, omdat je het niet kan uitstaan dat ik me van je heb weten los te maken. Maar het is toch echt gebeurd, Henri. Ik heb me losgemaakt. Ik woon nu hier, en ik wil hier blijven. En ik wil dat jij vertrekt. Je hebt nog, gok ik, ongeveer een uur om je dure rolkoffer weer in te pakken.'

'Nou, zo reageerde je anders niet toen ik hier aankwam. Je was maar wat blij om me te zien,' zegt hij schamper. 'En je maakte ook geen enkel bezwaar om mijn armen, en mijn béd,' hier krijg ik een nadrukkelijke blik van de man, 'weer in te rollen. Precies zoals altijd. Omdat ik weet dat jij helemaal niet zonder mij kán.'

En dan zie ik zijn ware aard boven komen drijven. Zijn toon wordt harder, valser.

'En echt. Denk je nou serieus dat je hiertoe in staat bent? Zelf? Zonder enige hulp, een beetje voor burgemeester spelen? Eilandje besturen? Daar heb jij toch helemaal de gravitas niet voor, laat staan de herseninhoud. Je gaat een flaterfiguur slaan, en ik ben ervan overtuigd dat je mijn ervaring en adviezen héél hard nodig gaat hebben als ik me hier eenmaal heb gevestigd en –'

Lexie schudt haar hoofd, hoewel ik zie dat zijn woorden haar raken. Maar ze houdt zich sterk. 'Nee, Henri. Nee,' zegt ze nadrukkelijk. 'Je gaat naar huis.'

'Wij van Ons Sociaal Belang zijn er volledig van overtuigd dat Alexandra een uitstekende burgemeester voor dit eiland is,' declameert Menno dan ineens serieus, en alle mannen om ons heen mompelen duidelijk hoorbaar hun instemming.

'Daar heeft ze geen adviezen van een ander bij nodig.'

'Maar...' Even kijkt Henri wat verwilderd om zich heen, terwijl hij een inschatting van de situatie probeert te maken.

Ik denk dat hij nu pas begint te snappen dat al die eilanders niet zijn komen opdagen om van een relletje te genieten. Om er lekker met de neus bovenop te staan terwijl Lexie midden op straat moet toegeven dat ze bij iemand anders uit bed komt en zich openbaar moet verantwoorden. Nee, ze zijn gekomen om Lexie te steunen. Daar had hij niet op gerekend; hij lijkt me nou echt zo'n kerel die er bij voorbaat van uitgaat dat mannen te allen tijde eerst partij voor elkaar kiezen.

'En wat is zíjn rol hierin precies?' zegt hij dan, met een vlijmende, beschuldigende vinger mijn kant uit.

'Tjerk is –' zegt Lexie, en even zie ik haar slikken.

Kom op, meid, denk ik zo hard ik kan, zeg het nou gewoon.

'Tjerk is mijn vriend.'

Ik laat mijn ongemerkt ingehouden adem langzaam en onhoorbaar ontsnappen.

'Van vrienden kun je er nooit genoeg hebben,' zegt Henri een beetje schamper.

'Nee,' zegt Lexie scherp, 'hij is mijn vríénd! Mijn partner. We zijn samen, Henri, en vannacht ben ik naar hem toe gegaan omdat het anders gewoon niet lukt om elkaar te spreken, omdat jij je altijd overal tussen wringt, mijn gesprekken probeert af te luisteren, mijn mobiel probeert te openen, kortom, omdat je zo jaloers bent dat ik nauwelijks adem kan halen als jij in de buurt bent. Ik moest hem uitleggen wat er is gebeurd, hoe het zit,' ze corrigeert zichzelf, 'hoe het zát, tussen jou en mij, en –'

'Ik wring me overal tussen?' roept Henri uit, nu in een klap woedend. 'En ik ben zo jaloers? Nou, dat was anders niet je primaire reactie toen ik hier aankwam. Toen ik je mee uit eten nam en toen we, zoals altijd, tussen de lakens belandden. Toen nam je zulke woorden niet in de mond, nee, toen was je me dankbaar! Dankbaar dat ik al die moeite voor je had gedaan, dankbaar dat ik je kwam redden voordat je kopje-onder zou gaan in dit waanidee van een burgemeesterschap, dankbaar dat ik mijn hele leven heb omgegooid en dat ik zonder voorbehoud bereid ben om je te huwen. We gaan tróúwen, Alex, dat is toch geen grap?'

Alex, denk ik meteen, hij noemt haar Alex als ze alleen zijn. Niet Lexie. En ineens krijg ik een soort energiestoot in mijn donder en heb ik er genoeg van om toeschouwer te spelen. Ik stap daadkrachtig op Lexie af, knik haar toe, leg haar arm om mijn nek en til haar van de grond. Ik hoop dat het er een beetje soepeltjes uitziet, en dat het zweet dat op mijn voorhoofd staat als ik met haar in mijn armen richting de openstaande deur van de burgemeesterswoning loop, alleen voor haar te zien is.

Henri is tijdens het gesprek met Menno naar buiten gestapt en staat nu, voor mij heel handig, niet meer in de deuropening, waardoor ik Lexie zonder hindernissen naar binnen kan dragen, en in de hal op haar voeten kan zetten. Onze ogen vinden elkaar even en ik zie de hare twinkelen, maar er zit toch ook nog wel iets in van die stille onzekerheid van haar.

Henri heeft mijn woordeloze actie gevolgd met ogen die vuurpijlen afschieten. 'Dus jij bent de nieuwe vlam,' zegt hij nu giftig tegen me. 'Nou, die vlieger gaat niet op, kameraad. Alexandra en ik zijn verloofd, en dat is niet zomaar –'

Ik onderbreek hem. 'Ik ben van alles, maar niet jouw kameraad,' zeg ik tegen hem. Ik weet dat ik helemaal niet zo hard praat, maar dat iedereen op straat me kan horen als ik deze toon opzet. 'En als er hier getrouwd gaat worden, dan is dat niet met jou. Als Lexie al met iemand trouwt, dan is het met mij, en alleen als ze dat zelf wil.' Ik voel hoe de situatie verstilt, hoe de spanning toeneemt, en hoewel mijn eigen woorden me verrassen denk ik er direct achteraan: tja, Atze Tarquinius Boomsma, wie A zegt... En dus haal ik een keer diep adem, keer me naar Lexie en zak op een knie op de stoep van de burgemeesterswoning.

Wat Cam kan, kan ik ook.

Achter me fluit er iemand op zijn vingers; dat zal Arie wel zijn. Ik kijk naar haar op en zie dat er tranen in haar ogen staan. Mooie ogen, lieve ogen, ogen die mijn hart beroeren.

'Kom op, Alex,' roept Vincent, 'je gaat hem toch niet zo laten zitten?'

'Nee, nee, natuurlijk niet,' zegt ze zachtjes, en dan iets harder, zodat Vin het ook kan horen: 'Maak je geen zorgen, ik ga hem uit zijn lijden verlossen.' Ze veegt haar ogen droog met de rug van haar hand, stapt naar me toe en zegt dan zachtjes: 'Ik had er niet op gerekend, maar ja. Graag.' En dan sta ik op mijn voeten, twee armen om haar heen, en klinkt er een stevig mannenapplaus van de straat.

'Hoera voor onze Tjerk!' roept er een, van wie ik de stem niet zo snel herken.

'Je hebt het verkeerd om gedaan,' roept een ander, en dat is volgens mij die neef van Menno Olivier, de gemeentesecretaris die nooit zijn mond opendoet. 'Je moet haar éérst ten huwelijk vragen, en pas daarna over de drempel dragen!'

Gelach spoelt door de straat.

Henri staat er ineens een beetje verweesd bij.

'Hoe laat is het?' vraagt Lexie aan mij.

Een snelle blik op mijn horloge en ik zeg: 'Nul-negen uur vijftien, bijna tot op de seconde.'

'Nou,' zegt Lexie dan, 'ik ga me even snel omkleden, en dan

heb je nog precies een half uur om je spullen te pakken, Henri, als je de boot nog moet halen.'

'O, die gaat hij wel halen, hoor,' zegt Siets. Ik had hem nog niet eens zien staan. Hij heeft zijn mobiel in de hand en steekt deze voor iedereen zichtbaar in de lucht. 'Als hij het niet haalt bel ik wel even, dan blijft de boot gewoon even wachten. Zo doen wij dat hier, meneer.'

'En neem je proletenbak ook meteen mee!' Dat is Arie, kan niet missen. 'Burgemeester, Tjerk, als jullie zover zijn, dan staat de koffie klaar bij Burema, hoor. Rondje van mij, komen jullie ook allemaal maar mee, jongens. Behalve jij, meneer, jij moet inpakken. Cam, je zal me wel even moeten helpen met zetten, want ik sta alleen vanochtend, en ik kan niet twee van die antieke koffiemachines tegelijk bedienen.'

'Geen probleem,' zegt Cam grinnikend, 'ik zet even mijn Birò uit de weg.' Hij stapt in en maakt zo'n krap bochtje dat hij bijna een paar eilanders omver kegelt – ongetwijfeld doet hij het erom – en ik voel hoe mijn grijns mijn gezicht in tweeën splijt.

Nog geen tien minuten later zitten Lexie en ik tegenover elkaar aan een van de kleine, donkerbruine, oeroude tafeltjes in de hotelbar van Burema. Rondom die bar staat de rest van het manvolk verzameld, lachend en pratend, terwijl Lexie en ik even tactisch met rust worden gelaten. Ze kijkt af en toe uit het raam, ik denk om te zien of Henri al naar buiten komt.

'Maak je geen zorgen, liefde,' brom ik over de rand van mijn koffiekop, 'zie je Siets? Die staat precies zo gepositioneerd dat hij de voordeur in de gaten kan houden. Als het te lang gaat duren belt hij wel even, dan blijft de boot liggen, en als het echt véél te lang gaat duren, dan zie ik die hele ploeg er nog wel voor aan om naar binnen te marcheren en hem eruit te trekken.'

Lexie lacht, toch nog wel een beetje bibberig. 'Ik krijg nu een visioen van die stripverhalen van Lucky Luke, waarin er altijd wel iemand op een stuk treinrails, besmeerd met pek en veren, zo'n dorpje uit wordt gedragen. Nothing Gulch, heet dat dorpje dan, en dan staat er op het bord honderd inwoners, met een streep erdoor, en negenennegentig eronder gekalkt.'

Ik grinnik en geef haar een knipoog. 'Dat is vast niet nodig, hier, maar wat er in eilanders hun kop zit, zit over het algemeen niet in hun kont.'

'Dat heb ik gemerkt, ja,' zegt ze, 'met de strieman. Hebben jullie daar ook Cams karretje voor gebruikt?'

'Yup,' zeg ik tevreden. 'Het dak kan eraf. We konden dat ding er zo met de kop doorheen steken, en Cam reed er probleemloos de loods mee in.'

'Van de reddingsboot?'

Ik knik.

'Aha, dus zo hebben jullie dat gefikst. Ik heb me dat de hele tijd afgevraagd.'

We zitten even stil, gewoon naar elkaar te kijken. Ik geniet van iedere seconde, van haar gezelschap, haar aandacht, haar hele zijn.

'Tjerk...' begint ze dan voorzichtig. 'W-eh... weet je het echt zeker?'

'Wat, liefde?'

'Nou, dat, eh, dat trouwen, en zo? Ik bedoel, zo lang kennen we elkaar nou ook weer niet, hè, en het is wel een stap, en dergelijke. We zijn nou niet bepaald jong meer, ik bedoel, dan ben je nog flexibel, en zo...'

'Twijfel je?' Ik kijk haar ernstig aan.

Ze denkt even na, maar schudt dan haar hoofd. 'Jij?'

Ik hoef niet na te denken. 'Ik zei toch al: wat eilanders in hun kop hebben zitten...'

'Maar misschien moeten we wel even de tijd nemen,' zegt ze dan nadenkend. 'Om toch een beetje aan elkaar te kunnen wennen, weet je wel? En wat doen we met, nou, onze woonsituatie?'

Ik haal diep adem en leg haar in een paar minuutjes al mijn plannen voor, en ik zie haar knikken.

'Slim, Tjerk, wat een mooie oplossingen! Zowel voor de toren als voor jouw huis, en je pension, en Piers huis...'

'Ik moet er wel het nodige aan opknappen, maar...' ik aarzel even, omdat ik geen idee heb of ze zoiets zou willen, 'misschien kunnen we dat wel samen doen?'

'O, ja,' zegt ze, meteen enthousiast, 'dan kom je gewoon zolang in de burgemeesterswoning, zodat Martin alvast aan jouw huis kan beginnen, en dan knappen we samen Piers huis op, en dan, nou ja, dan gebruik ik daarna de burgemeesterswoning gewoon als, eh, als een soort werkpaleis!'

'Koningin Lexie,' mompel ik met een glimlach.

Ze grinnikt. 'Ik hou wel van schilderen, hoor. Ik ben niet zo heel handig met zagen en boormachines en zo, maar ik kan goed schilderen.'

'Ik denk dat je dan de komende dagen ook maar even mee moet komen helpen de babykamer in Axel en Wendes huis op orde te krijgen. Als je tijd hebt, tenminste.'

'Ik maak tijd,' zegt ze lachend. 'Wat leuk dat jullie dat voor ze willen doen!'

'Ze zijn nogal haastig naar de wal vertrokken omdat het niet zo goed ging met Wende; ze werkte te hard door met die tweeling in haar buik, ze moest rust nemen. Ze hebben al die tijd bij haar ouders gezeten, ergens in het midden van het land. Boerderij. Axel zal zijn handen wel hebben moeten laten wapperen, maar daar is hij niet te beroerd voor.'

'Ik ken ze natuurlijk nog niet, maar volgens mij...'

'Volgens mij kan je het wel met ze vinden,' zeg ik tevreden, 'het zijn echte aanpakkers, net als jij.'

Van de bar stijgt ineens een gejoel op, en als Lexie en ik even opkijken uit onze bubbel zien we dat Erszi naar beneden is gekomen, en dat die zonder enige schaamte achter de bar is gekropen om Arie een zoen recht op zijn bakkes te geven.

'Ik dacht nog dat jij misschien... met haar...' mompelt Lexie, met rozige wangetjes.

'Hmm,' zeg ik, quasi-nonchalant, 'ze had wel interesse, maar ik niet.'

'Arie, ouwe rukker!' roept Vincent door de zaak. 'Nou wil ik dus nooit meer iets van jou horen, hè?'

'Hoeft ook niet,' kaatst Arie terug, 'ik heb het Handboek Vinnie gelezen, nou weet ik hoe het moet!'

'Deed hij het een beetje goed?'

Die brutale aap vraagt dat gewoon, aan Erszi, maar die is zo te zien niet voor een kleintje vervaard.

'Hij deed het uitstekend. Ik kom zeker nog een keer terug, de service in dit hotel is echt fantastisch.'

Er klinkt een oergebrul van mannengelach op, en Lexie en ik lachen al even hard mee. De dag kan niet meer stuk, wat zeg ik, mijn leven kan niet meer stuk.

'Maar hoe ging dat dan?' vraagt Mayke, verfroller in de hand, aan Lexie. 'Cam heeft het me allemaal maar zo schetsmatig verteld; ja, je had erbij moeten zijn, zegt hij dan, maar dat is het hem nou juist: ik was er níét bij!'

Lexie staat met precisie en aandacht het kozijn heel lichtgroen te verven, terwijl de muur een soort bleke tint lichtblauw wordt, en het plafond een zonnig geel. Ik kan het door de deuropening zien terwijl ik op de minuscule overloop de commode opnieuw in elkaar sta te schroeven; eerst hadden we dat beneden gedaan, maar toen kon het ding niet langs de trap.

'Nou,' zegt Lexie bedachtzaam, 'Siets hield de boel dus in de gaten, maar Henri kwam maar niet naar buiten, en toen zijn ze uiteindelijk met z'n drieën naar binnen gegaan, Siets, Menno en Cam, met mijn sleutel, en toen hebben ze hem dus maar een handje geholpen. Hij wilde écht niet, ze moesten hem zo'n beetje aan zijn kraag het huis uit trekken. Het was nogal beschamend. Siets dreigde dat hij hem wel eens even in zijn dure slee naar de boot zou rijden – we waren allemaal naar buiten gelopen om te zien hoe het af zou lopen, maar Henri houdt echt ontzettend veel van dat koekblik van hem; niemand mag erin rijden. Dat was volgens mij de druppel; toen stopte hij zijn koffer achterin en schoof hij achter het stuur. Ik denk dat hij het allemaal gewoon nauwelijks kon geloven.'

'Nou, dan kent hij ons nog niet,' zegt Mayke, met zelfspot, maar toch ook met een beetje van haar beruchte vervaarlijkheid.

'Dat heb ik inmiddels van Tjerk ook wel begrepen, ja,' zegt Lexie grijnzend.

'Dus nu woont Tjerk bij jou in de ambtswoning?'

'Jazeker. We hebben maar direct actie ondernomen, zodat Martin zo snel mogelijk zou kunnen beginnen aan Tjerks huis. Dan is alles een beetje in gereedheid als hun nieuwe spruitje komt, nietwaar? Die arme jongen moet al zo veel tegelijk, en nou moet hij ook nog van Tjerk meetrainen, en wachten op de toren nemen...'

'O, daar kan hij wel tegen, hoor. Hij is een Freriks, hè, en die zijn iedere keer weer een stuk veerkrachtiger dan je misschien op het eerste gezicht zou denken, daar zijn we hier intussen wel achter, op het eiland. En eh... jullie huwelijk?'

'O, dat zien we nog wel. We hebben geen haast; eerst dat van jullie, en dat van Vincent en Milena. Daar moet nu eerst alle aandacht naartoe. Bovendien: we kunnen toch ook niet allemaal tegelijk?'

'Waarom kan dat niet, burgemeester?' vraagt Cam olijk, die achter me langs is gestapt en net het staartje van hun gesprek heeft opgevangen.

'Omdat,' zegt Lexie met een brede grijns, 'ik jullie in de echt ga verbinden. En ik kan dan wel trouwambtenaar voor jullie spelen, maar ik kan dat natuurlijk moeilijk voor mezelf doen.'

'Is dat eigenlijk ingewikkeld, trouwambtenaar worden?'

'Welnee,' zegt Lexie, 'je hebt een Verklaring Omtrent Gedrag nodig, en verder moet ik je beëdigen. *That's it.* Er is geen officiële opleiding voor, of zoiets. Ik heb het wel eens eerder gedaan, voor vrienden van vroeger, eigenlijk best al een tijd geleden, dus ik zal even moeten kijken hoe het ook alweer gaat, maar dat is natuurlijk geen *rocket science*.'

'Nou, dat VOG'tje, dat kan ik nog wel regelen; ik heb me dan in mijn wilde jaren wel een beetje misdragen, maar dat heeft me voor zover ik weet geen strafblad opgeleverd. Dus! Zal ik jullie trouwen? Of hadden jullie al iemand anders op het oog?' Hij kijkt heen en weer van Lexie naar mij.

Ik haal met een grijns mijn schouders op en Lexie schudt haar hoofd. 'Ik dacht eigenlijk dat we iemand van de wal zouden moeten laten komen,' zegt ze, 'maar ik had nog geen idee wie, en nou zomaar een of andere wildvreemde daarvoor vragen, of inhuren, is ook weer zo wat, hè? Dan lijkt het me een stuk leuker, en ook specialer, als jij het wilt doen, Cam!'

'Nou ja, ho eens even, als het zo makkelijk gaat, dan wil ik ook wel,' zegt Vin, die achter Cam aan naar boven is gekomen. 'Plus, ik heb meer schuld in te lossen bij Tjerk, want Milena, en dergelijke.'

'Doen we het toch samen,' zegt Cam met een brede grijns.

'Deal.'

'Zo,' zegt Lexie tevreden, 'dat is ook weer geregeld. Ik ben er blij mee. Jij, Tjerk?'

'Ik hou mijn hart nu al vast voor de toespraken die die twee gaan houden,' zeg ik tegen niemand in het bijzonder, maar iedereen die het hoort moet lachen.

'We horen het wel wanneer jullie zover zijn, tortelduifjes,' zegt Cam. 'Kom, Vin, we nemen hier veel te veel plek in beslag. Ik ga nog even een verse pot koffie zetten, en dan ga ik zo dadelijk mijn rondje op de toren zitten.'

Ik draai de laatste schroef vast en voel me licht in mijn borstkas. Dat gevoel heb ik nu al dagen, en het wordt maar niet minder. De hele wereld is mooi, mooier dan ooit tevoren, en ik wist niet dat het zo fantastisch kon zijn. Verliefd zijn. En met haar samen zijn. Elke dag naast haar wakker worden, mijn leven met haar delen. Ik wist het niet. Ik wist niet dat ik dat in me had, en ik wist niet wat het me zou brengen.

Dit ongelooflijke geluksgevoel.

Ik ben een rijk man.

Intermezzo 20: Martin en Mandy, met Lieuwe op schoot, in het gemeentehuis, vlak voor de huwelijksvoltrekking

'Wat zijn die jongens van Ax en Wen klein, hè? Ik kan me bijna niet meer voorstellen dat Lieuwe ook zo klein is geweest!'

'Volgens mij was hij ook helemaal niet zó klein toen hij pas geboren was; hij was een negenponder! Dat kan natuurlijk helemaal niet met een tweeling; dat past er niet in. Misschien als Wende er eentje had gehad, was het ook een grote baby geworden; ik bedoel, Axel is nou niet echt een kleine jongen, net als jij. Ik hoop maar dat de volgende niet nog groter is voordat-ie eruit komt.'

'Wat een zucht! Voel je je nog wel goed, lieverd?'

'Ik voel me prima, hoor! Mijn jurk zit een beetje strak; ik heb hem net een week binnen, maar als ik nog harder groei kan ik hem volgende week al niet meer aan. Lieuwe, kleine grote vriend van me, zit eens even een beetje rustig; je krijgt volgens mij een reusachtige broer of zus, en dat gespartel van jou maakt het allemaal niet eenvoudiger. Nog even en jij past niet meer op mijn schoot!'

'Schoot zitte, mama!'

'Ja hoor, lieverdje, nou kan je nog even lekker op mijn schoot zitten. Maar nu moet je wel even stil zijn, hoor, want kijk: Cam en Mayke gaan trouwen, en Vin en Milena ook. Zie je hoe mooi de jurken van Mayke en Milena zijn, en hoe netjes Cam en Vin eruitzien in hun pak? En dat is de burgemeester, die mevrouw met die rode jurk, die gaat het strakjes doen. Die gaat ze trouwen. En dan zeggen ze allebei ja, en dan is het klaar. Dan horen ze bij elkaar.'

'Ja!'

'Ja, inderdaad, dan zeggen ze ja.'

'Ja, ja, ja, ja, ja!'

'Ssst, Lieuwe, stil nou even. Het officiële gedeelte gaat beginnen.'

'Het is een heel verschil met het nee van de *terrible two's*, hè, lieverd? Geniet er nou even van dat hij niet de hele tijd nee zegt!'

'Nee!'

'Ssst, Lieuwe!'

'Stil, zoon.'

Intermezzo 21: *Cam en Mayke, nerveus wachtend achter een deur die op een kiertje staat, terwijl de zitplaatsen in de tot trouwzaal omgebouwde raadszaal langzaam vol raken*

'Ben je er klaar voor, Mayke-lief? De stoelen zijn al bijna op, maar volgens mij staat het halve eiland nog buiten.'

'Ik heb er lang genoeg op moeten wachten, Cammie, natuurlijk ben ik er klaar voor!'

'Je ziet er echt heel mooi uit; ik zou het liefst weglopen met je, en die jurk meteen weer uittrekken.'

'Ja, zo komt er natuurlijk nooit meer iets van, hè? Maar jij ziet er ook lekker uit in dat pak, hoor; je droogt ontzettend goed op, jij. En het is ook weer eens wat anders dan al die outdoorkleren, hè?'

'Ik heb langer in een pak gelopen dan in outdoorkleren, in mijn leven; ik heb mijn hele jeugd in schooluniformen doorgebracht. Voor nu, oké, maar ik ben blij dat ik ervanaf ben, als ik heel eerlijk ben. Moet ik nou van jou in een hemd en een vestje achter de bar voortaan?'

'Ben jij gek, dan moet ik zeker die hemden strijken!'

'Ja, je dacht toch niet dat ik dan zelf, als ik er zo'n hekel – o, sst, daar komt ze, het gaat beginnen!'

Intermezzo 22: Axel en Wende, helemaal achterin, stiekem fluisterend

'Kijk ze nou staan, Wen, met z'n vieren!'

'Wie had dat gedacht, hè? Een dubbele bruiloft nog wel. En wat is iedereen eigenlijk opgegroeid in de afgelopen jaren, vind je niet?'

'Hm, nou ja, ik vind niet dat er zo veel is veranderd, hoor. Iedereen is nog hetzelfde als vroeger, behalve dat de Vis en alles eromheen flink is gegroeid, maar dat was ik ook wel van plan, dus nou.'

'Dus jij had dit allemaal al voorzien?'

'Hm-hm, dat zeg ik nou ook weer niet. Maar –'

'Toen ik hier kwam, Axel Dominique Bergen Henegouwen, was het een bende. De Vis had stormschade, jij was boos en ongelukkig, Vin lag met iedereen die lang genoeg stilstond in bed, Cam was de hele tijd dronken en dan lag hij ook met iedereen in bed –'

'Of in de plee van de Brulboei, of op het strand, of in het muziekprieel...'

'Ik bedoel maar. Een onverantwoordelijk zooitje was het. En mijn broer maakte er ook een zooitje van, met die vreselijke zwangerzilla-Gwen.'

'Hou op schei uit, ik heb nog nachtmerries van dat mens.'

'Ik was toch zo bang dat ik ook zo zou worden toen ik eenmaal zwanger was!'

'Hm.'

'Ja wat nou hum, je gaat me toch niet vertellen –'

'Shh, niet zo hard!'

'O, sorry, hihi!'

'Slapen ze nog?'

'Als blokken. Ze hebben me tot op de laatste druppel leeggedronken vlak voordat we de deur uit gingen, dus als we geluk hebben slapen ze dwars door de hele plechtigheid heen. En als er toch eentje wakker wordt, dan schiet ik wel naar buiten voordat ze de boel verstoren; we zitten gelukkig handig met die wagen bij de deur.'

'Als er eentje begint te piepen, dan ga ik met ze lopen, lief, want het is jouw nicht. Jij moet er toch bij zijn?'

'Ja maar jij bent getuige bij allebei, samen met Tjerk; jij moet eigenlijk daar vooraan bij hem zitten, Ax.'

'Maar ik wil bij jou zitten! En bij de jongens! Ik loop zo wel naar voren als het zover is.'

'Altijd je eigen ding doen, hè?'

'Hm.'

'Daarom hou ik ook zo veel van je!'

Intermezzo 23: Milena en Vinnie, fluisterend, bij de felicitatierij

'Vin!'

'Wat?'

'Ik krijg kramp in mijn glimlach!'

'Nog even volhouden, lieverd, het eind komt in zicht. Ha, Siets, dankjewel, fijn dat je erbij was, man!'

'Was wel mooi, hè, de hele ceremonie en zo? Sorry dat ik zo zat te huilen, maar ik was echt enorm ontroerd. Dag mevrouw Olivier!'

'Ik ook hoor! Ha, Menno, in je beste pak?'

'Ik zag anders niks aan je. Hallo Ria, wat heb je een mooie jurk aan! Staat je goed, hoor!'

'Gelukkig maar, anders word ik voor de rest van mijn leven gepest door Arie, ik zag hem wel kijken.'

'Eigen schuld, dan moet je hem maar niet zo dwarszitten met Erszi. Laat die jongen nou toch.'

'Ze komt terug, hè? Erszi.'

'O echt? O, hallo, mevrouw Ferwerda, u bent zeker wel enorm trots op Mayke, hè?'

'Ja joh, ze hebben contact gehouden, en nou komt ze binnenkort een weekend. Hé, Henk, trotse vader, kijk hem dan stralen!'

'Heeft ze al geboekt? Of hebben we een huisje voor haar?'

'Ga je koppelen? Wacht, daar komt Arie, ik zal hem wel eens even...'

'Nee, doe nou niet, Vin, jij bent ook altijd zo brutaal, Vin, Vin! Kom terug! O jee, straks ontspoort de hele rij!'

Epiloog

Het is een stralende dag, het is al bijna winter en de wind blaast natuurlijk al aardig fris, maar als de zon zo schijnt en je bent binnen, dan is dat bijna niet te geloven. Ik denk dat ik van het uitzicht over zee in dit huis nooit genoeg ga krijgen; ik kan uren voor het raam staan.

'Wil je je nog omkleden, of ga je gewoon zo?'

Ik keer me om. Daar staat een uitzicht waar ik ook geen genoeg van kan krijgen: Lexie, in haar roze joggingpak. Ze heeft twee cadeautjes op tafel gelegd, leuk ingepakt met lekker scheurbaar papier.

'En ga jij dan ook gewoon zo, in je roze pak?' vraag ik met een grijns.

'Nee, natuurlijk niet, gek! De eerste verjaardag van de tweeling, daar ga ik toch echt wel iets netters voor aantrekken, hoor.'

'Ik niet, want ik verwacht dat ik binnen no time over de grond lig te rollen in de Vis met Lieuwe. Dat jong wil altijd maar in me klimmen. Hij denkt zeker dat ik een berg ben.'

'Hij is wel dol op je; ik vind dat altijd zo aandoenlijk om te zien! Je bent goed met kinderen, Tjerk. Heb je geen spijt dat je zelf nooit aan een gezin bent begonnen?'

Daar moet ik even over nadenken. 'Soms heb ik me dat wel eens afgevraagd, maar ik denk dat ik er, zeker in mijn jonge jaren, toch echt te eenzelvig voor was. En te reislustig, ik kon niet stilzitten. Daarom ook defensie, commando's, Special Forces, hoe harder hoe beter. Nu ben ik mijn wilde haren wel kwijt...'

'En nu heb je mij, en ik ben eigenlijk al te oud.'

'Nou ja, je wordt toch gewoon nog ongesteld? Dan kan het toch nog?'

'Maar ik ben boven de veertig!'

'Je zal niet de eerste veertigplusmoeder zijn, en zeker ook niet de laatste, stel ik me zo voor, Lex. Mijn ouders waren ook niet meer de jongsten toen ze mij eenmaal kregen; ze hadden eigenlijk de moed al opgegeven. Mijn moeder was nog ouder dan jij; het hele eiland vond het een half wonder dat er nog een kind kwam bij de Boomsma's.'

'Is het toch ook? Zo makkelijk gaat het allemaal niet meer als je eenmaal boven de vijfendertig bent, hoor.'

'Maar zou je het willen? Kinderen? Of misschien één kind?'

Ik zie haar denken. Echt even diep nadenken, niet zo'n snelle afweging maken, zoals ze soms kan doen als van haar wordt verwacht dat ze meteen reageert.

'Ik... moet wel wennen aan het idee, want ik zag mezelf intussen eigenlijk niet meer als moeder. Ik dacht gewoon dat het niet mijn pad zou zijn. Maar weet je wat het is, Tjerk? Ik voel me eigenlijk met jou alsof... nou ja, alsof gewoon alles kan. Ik voel me volkomen vrij om te kiezen wat ik wil, en tegelijk voel ik me innig verbonden met je. Ik wist niet dat dat mogelijk was: dat je zo samen bent als wij zijn, en dat je elkaar dan toch zo vrij kunt laten.'

'Henri Jongerius moet naar Siberië,' brom ik, 'hij heeft je opgezadeld met een volkomen idioot idee over wat een relatie is.'

'Nou, dát hebben jullie met z'n allen wat mij betreft wel voor elkaar gekregen,' zegt ze tevreden. 'Hij is van het eiland af en alles wat niet hier op het eiland is, is wat mij betreft Siberië. Ik hoef nooit meer naar de wal, tenzij het voor boodschappen is; ik heb helemaal het gevoel dat ik hier hoor ondertussen, en dat ik hier tot mijn dood wil blijven wonen. Met jou.'

Ik stap naar haar toe en neem haar in mijn armen. 'Dat gevoel heb ik nou ook, liefde. Ik wil tot mijn dood bij je blijven, hier in dit huis, samen uitkijken over zee. Ik wist niet dat er een vrouw kon bestaan die zo goed bij me zou passen als jij.'

'Misschien hoeven we wel helemaal niet te trouwen,' zegt ze zachtjes tegen mijn schouder, 'we hebben toch alles al?'

'Liefde, alles is al gepland, ik heb een keurig pak en jij een mooie jurk, er is van alles ingekocht bij de Vis, Cam en Vin hebben het tot in de puntjes voorbereid, ze gaan met de band spelen op het feest, het hele eiland zit zich er al een jaar op te verheugen... Dat kunnen we ze toch niet ontnemen?'

'Weet ik ook wel, hoor. Maar tussen jou en mij, Tjerk... beter dan dit kan het toch gewoon niet worden? Al gaan we honderd keer trouwen.'

'O, jawel hoor, Lex. Elke dag is weer iets beter dan de dag ervoor. Elke dag denk ik, net als jij nu, dat het toch echt niet beter kan, en iedere morgen als ik dan wakker word, en jij ligt naast me, dan voel ik me gewoon verdorie tóch weer iets gelukkiger.'

'Eigenlijk ben je een enorme romanticus, weet je dat?'

'Wie, ik? Ik ben een ouwe stomp, ik ben toch veel te praktisch om romantisch te zijn?'

'Dat dénk jij maar, lieverd van me. In die brede borstkas van jou schuilt een liefdevol, romantisch hart, waar ik iedere dag met volle teugen van geniet. Net als van de rest van jou.'

Ik grijns en trek haar nog iets dichter tegen me aan. We hebben vanochtend nog een keer heerlijk gevreeën; als ik me te veel zou verdiepen in herinneringen aan dat moment, dan komen we nog te laat op de verjaardag van de tweeling. 'Zie je, Lex,' mompel ik in haar haar, 'dan zeg je zoiets, en dan besef ik ineens dat ik tóch weer een heel klein beetje gelukkiger ben geworden.'

'Ik hou van je.'

'En ik van jou.'

Nawoord

Lieve lezers,
Het zit erop, het hele eilandverhaal is verteld. Ik zal de eilanders missen; ik ken ze intussen door en door en ik vond het heerlijk om nog één keer terug te gaan en te zien hoe het met iedereen is. En om Tjerk, die in alle verhalen wel op de achtergrond aanwezig was maar die zich heel langzaam, bijna ongemerkt, steeds verder naar voren had gewerkt, nu eindelijk zijn eigen verhaal te geven. Hij had er intussen wel recht op; ik ben erg veel van hem gaan houden.

Het was ook leuk om alle eilandperikelen eens door de ogen van een wat ouder personage te bekijken, en het gaf me de kans om alle personages uit de voorgaande delen nog even naar voren te halen. Wat een grote, mooie groep is het intussen geworden.

Maar! Wat ik misschien nog wel het allerleukste vond van dit boek was dat ik Erszi nu eindelijk een echte rol kon geven. Bij de Facebookfeuilletons van de delen van deze serie is Erszi een onmisbaar onderdeel van de pret geworden. Iedereen kent haar: ze heeft altijd wel een keer een onverwacht en uiterst hilarisch belletje gepleegd naar weerspannige of niet-begrijpende hoofdpersonen. Haar verwarrende interventies zijn in de afgelopen jaren een steevast terugkerende grap geworden – en niet alleen in mijn verhalen. Het vervelende is alleen dat die grappige scènes het niet doen in een boek, en dus iedere keer moeten sneuvelen in redactierondes. Het werd kortom hoog tijd dat Erszi eens voet op het eiland kon zetten om in hoogsteigen persoon een kijkje te nemen, en dat ze dan in het gedrukte boek nog steeds stevig aanwezig zou zijn. En dat is in dit verhaal extra belangrijk omdat ze met haar expertise op het gebied van scheepvaartverzekering en -schade een belangrijke inhoudelijk bijdrage heeft geleverd. Dus: dankjewel Erszi, voor al die jaren plezier en al je enthousiaste aanmoedigingen van de hoofdpersonen, en voor je onmisbare inhoudelijke bijdrage aan dit laatste deel!

En dank jullie wel lezers, voor alle gezelligheid op Facebook, en voor het feit dat jullie helemaal tot hier op het eiland zijn gebleven; ik hoop jullie bij een volgend avontuur allemaal weer terug te zien!

Alle liefs,

Jackie

p.s.: een laatste dankwoordje moet toch wel naar Femke, die zoals altijd op briljante wijze de redactie heeft gedaan en met wie het immer heerlijk samenwerken is.

Lees alle delen uit de *Eilandliefde*-serie:

Wende Freriks staat op een keerpunt in haar leven: ze is gestopt met haar opleiding en is totaal onverwacht gedumpt door haar vriend. In een opwelling boekt ze twee weken vakantie op een Waddeneiland, om het einde van haar relatie te verwerken en te bedenken wat ze nou eigenlijk wil met haar leven.

In Grote Vis, de enige strandtent op het eiland, raakt ze aan de praat met de eigenaar Axel en zijn beste vriend Vincent. De twee zijn tegenpolen: zo vrolijk en flirterig als surfer Vincent is, zo serieus en ontoegankelijk is Axel. Nu ze er toch is helpt Wende de twee her en der met een klusje, en al snel komt ze er dagelijks, raken ze echt bevriend en lijkt haar oude leven heel ver weg. Behalve oprechte vriendschap voelt Wende ook iets anders voor de stugge Axel, al wil ze daar nog niet te veel over nadenken nu haar nieuw verworven vrijheid net een beetje begint te wennen. Tot haar ex ineens voor haar neus staat en alles op zijn kop zet…

Verkrijgbaar als

Vincent is een surfer, een losbol, een vrijbuiter. Dus als zijn beste vriend Axel zijn hulp niet meer nodig heeft in Grote Vis, de strandtent die ze samen runden, omdat Axels nieuwe geliefde Wende zijn plek inneemt, kan hij dat alleen maar toejuichen: vrijheid, blijheid. Toch? Hij verruilt het Waddeneiland voor surfparadijs San Diego en geniet van zijn leventje in de zon, vrij van enige verplichting, maar na drie maanden slaat de verveling toe. Hij mist Axel, hij mist kitesurfen en hij mist… iets wat hij zelf nog niet kan benoemen.

Als Vincent terugkeert naar het eiland, blijkt de vriendenkring daar uitgebreid te zijn met de achttienjarige Milena, een nichtje van Wende dat na een traumatische gebeurtenis een veilige haven nodig had. Terwijl hij met hernieuwde energie en motivatie helpt bij allerlei nieuwe plannen met Grote Vis, gaat hij zich steeds meer betrokken voelen bij het welzijn van Milena. Maar die durft niet zomaar iemand te vertrouwen…

Verkrijgbaar als

Mayke Ferwerda is een jonge vrouw die geboren is op het eiland, en die als een van de weinigen van haar leeftijdgenoten heel zeker weet dat ze er ook wil blijven wonen en er haar leven wil opbouwen. Maar zo veel werk is er niet, en zie maar eens een leuke partner te vinden die hetzelfde over de toekomst denkt... Gelukkig is ze al een heel eind op weg met haar plannen: ze heeft als kok bij Grote Vis, de enige strandtent van het eiland, de leukste baan die ze zich kan voorstellen. En ze heeft een vriendje, al is hij volgens haar ouders misschien niet helemaal een ideale schoonzoon.

Het enige wat haar danig irriteert is het feit dat de strandtent van een dreigend faillissement gered is door Cam, een losbollige surfer uit een deftig gezin met veel te veel geld. Gelukkig heeft ze haar baan nog, maar nu hangt die arrogante kwal de hele tijd rond op haar werk. Hij is zelfs min of meer haar baas! Of is hij misschien toch minder onuitstaanbaar dan hij op het eerste gezicht lijkt?

Martin Freriks heeft al sinds zijn schooltijd een vriendin, Gwen, met wie het niet altijd even makkelijk gaat. Hij is zijn eerste grote liefde, Elodie Rombouts, het mooiste meisje van school, nooit vergeten, al woont ze intussen in New York en heeft ze een glanzende internationale modellencarrière. Als de relatie tussen Martin en Gwen voor de zoveelste keer onder spanning komt te staan, zoekt Martin steun bij zijn zus Wende op het eiland. Wende wil het nieuwe seizoen inluiden met een groot feest in strandtent Grote Vis. Wanneer ze voorstelt om Elodie uit te nodigen, komt Martins jeugdliefde ineens wel heel dichtbij...

Elodie is niet de enige oude vlam die het stof doet opwaaien. Mandy komt terug naar het eiland: het meisje dat een zomer eerder zo gek was op Vincent, maar aan wie hij zich toen niet wilde binden. Mandy heeft Vincent maar niet kunnen vergeten, maar Vincent is intussen dolverliefd op Milena. Breekt dat Mandy's hart, of vindt ze toch de ware liefde?